Einaudi. Stile libero Big

ISBN 978-88-06-18694-4

Wu Ming 4
Stella del mattino

Einaudi

Per Ismaele

Stella del mattino

Ritengo davvero fortunati coloro ai quali gli dèi concedono di fare cose degne d'essere narrate o di scrivere cose degne d'essere lette. Fortunati oltremodo coloro ai quali sono concesse entrambe le cose.

PLINIO, *Lettere*.

Quest'atto valoroso noi l'abbiamo compiuto battendoci con grande entusiasmo. Temerariamente ci siamo arrischiati contro la forza dell'Ignoto.

ANONIMO, *Beowulf*, XIV, 958-60.

La linea dell'orizzonte, netta come un taglio di spada, divide la terra dal blu viscoso che la sovrasta. A perdita d'occhio, pura assenza. Di cose, piante, animali. Un nulla uniforme, senza barriere per lo sguardo. Muoversi o restare fermi non sembra fare differenza. Eppure le ombre cortissime precedono i dromedari, che avanzano sulla superficie lattea con passo inesorabile. Gli esseri umani siedono in bilico, fluttuanti, i volti bendati perché il riverbero non bruci gli occhi. Procedono in fila, muti e ciechi, affidati all'istinto del cammino, lo stesso da mille anni, da quando il primo pellegrino attraversò quella distesa, percependo la propria finitezza, insieme alla sofferenza fisica che lo avvicinava a Dio, il Clemente e Misericordioso.

Soltanto quando il sole abbandona lo zenit appare il profilo delle colline e le distanze riacquistano proporzione. I monti galleggiano su un lago d'acqua che pian piano si dissolve al passaggio, un gioco di rifrazioni e calore per tentare lo spirito degli uomini, che possono solo implorare un rapido tramonto.

La prima stella è già sopra di loro quando la marcia si arresta ai bordi di un pozzo. Dopo l'isolamento imposto dalla fatica del giorno, sul suolo freddo e inospitale si accende una parvenza di vita comune. Qualcuno intona una preghiera, gli uomini scoprono il volto e si genuflettono sulle stuoie, a lungo, quasi fossero troppo stanchi per rialzarsi e piegarsi ancora, bere, nutrirsi, perfino troppo stanchi per dormire. Mentre gli ultimi bocconi di farina abbrustoliscono sul fuoco, si può ancora interpellare qualcuno, chiedere la consolazione di una storia. Gli occhi si volgono verso il piú anziano, la barba striata di grigio, il volto arrossato dal sole. La voce vibra sul ritmo di una litania. Racconta della guerra santa degli arabi contro i loro padroni turchi, sotto la guida luminosa dell'emiro Feisal, la benedizione di Dio scenda su di lui e sui suoi comandanti. Combattenti leggendari i cui nomi fanno tremare i nemici. Lo sceriffo Ali Ibn el-Hussein. Lo sceriffo Nasir. L'emiro Nuri Shaalan. Auda Abu Tayi, il piú grande guerriero d'Arabia. El Urens, che ha portato agli arabi il Dono di Nobel, un'arma che rende invincibili, tanto potente da piegare il ferro e frantumare la roccia. I turchi non hanno tregua, i loro treni blindati, carichi di cannoni e mitragliatrici, non possono nulla contro quella forza che li schianta e li decapita, trasformandoli in ammassi di ferraglia, dove vanno a farsi la tana gli sciacalli.

Le fiamme del falò prendono le forme di cavalieri al galoppo, avvolti in una nube di polvere e fumo. Gli uomini scrutano l'oscurità che li circonda, le orecchie tese, come per cogliere l'eco delle esplosioni attraverso il deserto.

Quando tornano a guardarlo, il vecchio si è già coricato su un fianco, lasciandoli preda di quelle visioni di vittoria. Uno dopo l'altro si rassegnano a imitarlo, consapevoli che il sonno sarà lieve sotto le stelle.

Parnasus

Autunno 1919

1. Lo spettacolo

Le odalische avevano le lentiggini.

Ancheggiavano al suono stridulo del flauto, stagliate sul fondale dipinto: il Nilo, le piramidi, una falce di luna argentea. Il canto tenorile del muezzin seguiva la melodia.

Un colpo di grancassa e l'uomo in tight guizzò fuori da una nuvola di fumo. Odore d'incenso investí le prime file, qualcuno tossí. L'uomo accennò un inchino e sfiorò il leggio con la grazia di un direttore d'orchestra che controlla lo spartito.

– Seguitemi, signore e signori, nelle misteriose terre d'Oriente, ricche di storia e di avventura, dove il Giordano trascina le sue sacre acque nel mar Morto e ancora oltre, tra le oasi e le dune del deserto.

Il genio della lampada aveva baffi sottili, capelli neri divisi in due onde dalla brillantina, un forte accento americano. Ritardava le parole, trattenendole in bocca quanto bastava a pregustarne l'effetto prima di mandarle a segno.

La banda militare attaccò con Haendel, mentre un raggio luminoso sorvolava la distesa di teste fino a centrare lo schermo. Torme di cavalieri si riversarono dentro la *Royal Opera House*. Volti aspri, occhi freddi di predoni, antichi come i fuochi della Bibbia.

– È questo lo scenario della vicenda che andremo a raccontarvi. L'impresa del generale Allenby, il liberatore di Gerusalemme, e del Re Senzacorona d'Arabia. Colui che avrebbe potuto cingere lo scettro della Mecca e di Damasco e l'ha invece concesso ai legittimi eredi del profeta Maometto.

Comparve l'immagine di un occidentale in vesti arabe, con un vistoso pugnale ricurvo alla cintura. Dalla cima di una duna sorrideva all'obiettivo. Il contagio della meraviglia percorse la platea da un gomito all'altro.

Il tema musicale riprese, piú basso di un'ottava.

– Turchi e tedeschi avevano messo una taglia di cinquantamila sterline sulla testa di questo giovane archeologo, vivo o morto. Ma io, che ho avuto l'onore di conoscerlo, posso dirvi che gli arabi non l'avrebbero consegnato nemmeno per mezzo milione di sterline, perché sapevano che la possibilità di spezzare il giogo ottomano dipendeva in gran parte dall'abilità di questo timido giovane.

Ora l'arabo bianco si intravedeva in un semicerchio di beduini accovacciati, seduto appena piú indietro degli altri, quasi volesse sottrarsi alla cinepresa. Qualcuno fuori campo li invitava ad alzarsi, e loro sorridevano come scolari in una foto di gruppo. L'occidentale si schermiva, piú basso di tutti, i tratti del viso sfuggenti sotto il copricapo.

– Non era che un semplice studente di archeologia, con l'amore per la libertà tipico delle sue origini irlandesi, che aveva scelto di andare nel deserto a scavare le rovine delle antiche civiltà. Ma appena seppe della chiamata alle armi, corse ad arruolarsi nell'esercito britannico. Solo per scomparire di nuovo nel deserto... avvolto nel mistero.

Una pausa studiata e una tempesta di sabbia divampò sullo schermo, rossa da sembrare un incendio o una chiazza di sangue nella polvere.

– Riapparve poco tempo dopo. Senza un giorno di addestramento e sfidando le stesse gerarchie militari, era diventato consigliere personale del re dell'Hejaz, lo sceicco Hussein, che insieme ai suoi figli avrebbe guidato la rivolta contro i turchi usurpatori.

Un vecchio con il turbante e una gran barba candida che spiccava sulla pelle scura sovrastò gli spettatori. Lasciò di nuovo il posto all'arabo bianco, in una foggia principesca, sguardo fisso sul vuoto anonimo che l'osservava. La foto era colorata in maniera grottesca: gote rosa e labbra vermiglie. Un uomo truccato e mascherato. Irriconoscibile.

Archi e tamburi avviarono il crescendo musicale: le Guardie gallesi pronte alla carica.

– Quella che vi racconteremo non è una storia di guerra e di massacri, ma di un uomo a cui vennero attribuiti poteri divini. Un giovane cavaliere, che da solo creò un esercito e liberò l'Arabia Santa, e che passerà alla storia al pari dei personaggi piú grandiosi e pittoreschi. Di lui si canteranno le gesta nei secoli a venire, come fu per Achille, Sigfrido o il Cid.

La musica toccò l'apice, mentre uno stendardo verde e oro scendeva dall'alto.

– Lawrence d'Arabia.

L'istinto gli disse di voltarsi. Scoprí un paio di occhi neri sul margine dell'ultima fila. Venti, ventidue anni al massimo. Si sforzò di tornare ai racconti del signor Thomas, reporter del «Chicago Evening Journal», intento a offrire al gentile pubblico una serata di esotismo e grande *epos*. Reduce dallo strepitoso successo americano, finalmente a Londra lo spettacolo dell'anno. *I racconti di viaggio di Lowell Thomas: con Allenby in Palestina.*

Giochi di dissolvenze, voce stentorea, musica. Gli ingredienti per un grand tour ai confini del mondo. Non era nemmeno l'Oriente, era Marte o l'isola dei Feaci. Bastava che ascoltassero, che guardassero le immagini e la fantasia avrebbe fatto il resto. La fantasia è l'arma piú potente. Anche piú della dinamite. Avrebbero ammirato quell'arabo posticcio come un principe delle fiabe e raccontato le sue gesta ai figli prima di metterli a dormire, pensando che da qualche parte, lontano, la guerra poteva essere una meravigliosa avventura.

Sentí ancora quello sguardo impertinente, come una violenta carezza sulla nuca. Irrigidí i muscoli. Difficile resistere alla tentazione di voltarsi di nuovo.

Questa volta il ragazzo rispose con un accenno di sorriso, abbastanza consapevole da tradire un certo studio di sé di fronte allo specchio. Arma impropria, la bellezza.

Piú tardi, quella sera, avrebbe scoperto che si chiamava Andy Mills e che non aveva fissa dimora. Era nato a Blackpool ventitre anni prima. A dodici era scappato di casa, saltando su un carrozzone di giocolieri, ed era arrivato fino a York, prima che lo rispedissero indietro. Per punirlo, il patrigno lo aveva fustigato a sangue. Quel giorno Andy aveva giurato a se stesso di ucciderlo, ma si era limitato ad andarsene davvero, quattro anni dopo.

Era come sapere tutto ancora prima di domandare. Seduto al buio, a pochi metri di distanza, riconosceva il puzzo di solitudine, lo stesso che anche lui portava addosso. Odore di violenza incisa nella carne, di cattivi pensieri e amore negato.

Andy aveva girato parecchio e svolto i lavori piú infimi per un piatto di minestra, prima di scoprire il segreto dei suoi grandi occhi spudorati. Il fatto che piacessero a piú di uno disposto ad aprire i cordoni della borsa e la patta dei pantaloni, lo aveva tenuto lontano dai lavori pesanti. C'era voluta la guerra per toglierlo dalla strada: paga sicura e un viaggio in Europa a spese della Corona. Per quattro anni la fanteria del Lancashire era stata la sua casa. In congedo definitivo soltanto da pochi mesi, aveva ripreso a vagabondare per il centro, in cerca di marchette e di fortuna.

Si alzò e raggiunse il corridoio laterale, facendo in modo di passare vicino al ragazzo fino quasi a sfiorarlo. Pensò che i cani si comportano allo stesso modo: lasciano una traccia, un segnale. Attese nel foyer, fingendo di leggere il cartellone, fino a quando sentí i passi alle sue spalle. Lasciò che si avvicinasse, guardandolo di sottecchi.

– Ti piace? – chiese il ragazzo.

Una scrollata di spalle.

– E a te?

Andy mostrò il sorriso di denti candidi.

– Non guardo mai lo spettacolo, mi annoio. Mi piace di piú guardare la gente seduta in platea.

Silenzio. Era chiaro che il ragazzo si aspettava che dicesse qualcosa, ma siccome lui non lo fece, non trovò di meglio che porgergli la mano.

– Andy Mills.

– Ned Vaine.

– Vuoi rientrare per il finale?

– Preferirei fare due passi.

– Come vuoi.

Si incamminarono, chiacchierando di cose banali, come fanno gli estranei che si incontrano in treno o nelle anticamere dei dottori. Stimolato da qualche domanda, Andy attaccò a parlare della guerra e dei compagni morti in Francia, ma tagliò corto, quei discorsi lo deprimevano, avrebbe preferito berci sopra.

Scovarono un pub e Ned gli offrí un paio di birre. Lui non bevve nulla, nonostante l'insistenza di Andy. Il ragazzo si ricordò d'essere a stomaco vuoto e ordinò anche dei panini. Alla fine era piuttosto allegro. Chiese a bruciapelo se avesse un posto dove andare. Ned disse di sí, ma prima voleva che gli parlasse ancora di sé, della sua famiglia. Cosí scoprí del patrigno violento e del giuramento di Andy. Le sue parole sapevano d'odio antico. Era ancora lí, sotto le cicatrici. Bastava poco per farlo affiorare. Magari era già successo in trincea, forse un tedesco aveva fatto le spese dell'ira funesta del soldato Mills, o un compagno d'armi che si credeva piú furbo degli altri e fregava le razioni. Era quello che lo attirava, l'odio puro di un ragazzino nelle braccia temprate di un fante del Lancashire.

Lo condusse attraverso il quartiere governativo e superata l'Abbazia imboccò una stradina fra le case.

Lo studio era all'ultimo piano, aveva i soffitti bassi e piccole finestre quadrate.

– È di un amico, – disse.

Stava appoggiato allo stipite della porta, con il viso in penombra.

Andy si tolse la giacca e andò alla finestra a contemplare i pinnacoli del Parlamento.

– Un amico pieno di soldi?

– È un architetto famoso.

Il ragazzo non smise di guardare fuori.

– Cosa costruisce?

– Ha progettato la Banca d'Inghilterra.

– Deve averne, di grana –. Andy si interruppe, come se un pensiero gli avesse di colpo occupato la mente. – Perché non hai voluto vedere la fine dello spettacolo?

Ned sorrise.

– L'avevo già visto.

Andy si voltò, ma non disse nulla. Nella sua breve vita doveva avere incontrato tizi anche piú strambi e ben poche cose potevano meravigliarlo davvero. Lo osservò misurare con lo sguardo l'ambiente spartano, poi avvicinarsi alla scrivania, sfiorare il manico intarsiato di un tagliacarte e una risma di fogli coperti da una grafia nervosa.

– Per favore, non toccare.

La voce tradí una vena d'ansia.

Il ragazzo si voltò ancora a guardarlo, era poco piú di un'ombra nell'angolo della stanza.

– Cosa vuoi fare?

Ned rimase immobile. Andy fece un passo avanti, ma si bloccò, percependo la sua ritrosia.

A un tratto l'aria dello studiolo era diventata densa da togliere il fiato. Ned percepí odore di panico. Il suo. Immaginò un energumeno sfilarsi la cintura dai pantaloni e farla schioccare sulla schiena di un ragazzino di dodici anni. Le urla riaffiorarono dal pozzo del tempo fino a quella stanza, i colpi sulla spina dorsale e sul costato come i rintocchi di una campana a morto. Le immagini erano confuse, l'uomo aveva le fattezze di un sottufficiale turco. Il sapore noto del sangue: si era morso l'interno della guancia. Strizzò gli occhi e riprese fiato, lo stomaco accartocciato come un foglio. Si sentí sfinito.

Andy aspettava una risposta.

– Nel cassetto della scrivania ci sono dei soldi. Prendili e vattene, per favore.

Cercò di nascondere il tremore alla mano destra che ora risaliva il braccio. Andy sembrava confuso, ma si riscosse subito. Gli bastò un colpo d'occhio per contare le banconote e ritenersi soddisfatto. Puntò verso l'uscita senza chiedersi altro. Ned si appiattí contro il muro per farlo passare, come volesse diventare una sola cosa con la parete.

– Se cambi idea, mi trovi al Garden.

La porta si richiuse con un tonfo lugubre che rimbombò nel petto.

Dopo un tempo indefinito si staccò dal muro e scivolò fino alla finestra. I rumori della città erano ronzii lontani, sirene di navigli sul fiume, automobili lungo Whitehall.

La punizione non sarebbe stata sufficiente a colmare il lutto. Non piú della solitudine che lo avvolgeva.

La mano prese a tremare forte. Provò a trattenerla con la sinistra, ma anziché placarsi il tremito si diffuse a tutto il corpo e lo costrinse a piegarsi sulla scrivania. I fogli volarono sul pavimento. Appoggiato sui gomiti afferrò il tagliacarte e con un grido soffocato si pugnalò la mano.

Il tremito cessò.

Crollò sulla sedia e rimase a guardare con occhi spenti il sangue che colava sul tavolo.

2. Robert

Il barlume di luce era vicino, un varco o un incrocio di gallerie, dove tentare di orientarsi. La risata di una mitraglia in lontananza. La luce si allargò appena, un refolo di vento portò odore di putrefazione. Gallerie che andavano in tutte le direzioni, mucchi di ossa, corpi a brandelli, arti buttati alla rinfusa. Attraverso la maschera antigas vide l'ombra avvicinarsi, poi una fitta tra le scapole e il petto lo lasciò senza fiato. Si strappò l'elmo e osservò la scia di bolle scarlatte accompagnare la punta mentre usciva dalla carne. Andarono a scoppiare piú in alto, come un grappolo di piccoli shrapnel.

Benvenuto nella Terra di Nessuno, capitano.

Qualcuno iniziò a gridare.

Aprí gli occhi di colpo, gli mancava il respiro, tossí.

Nancy era in piedi nella stanza e cullava la bambina che piangeva disperata.

– Credi che i bimbi piccoli facciano brutti sogni?

Era tipico di Nancy inziare a parlare di punto in bianco come se stessero discutendo da ore.

Robert annaspò, in attesa che il cuore si rassegnasse a restare nel petto. Bofonchiò qualcosa di incomprensibile e lasciò scorrere la memoria sotto la camicia, fino alla cicatrice e alla prima volta che era morto. Parole vaghe lo inseguirono mentre tornava al presente.

Capitano Graves, ferito con onore.

Rimase steso a fissare il soffitto. Il pianto cessò e poco dopo lei tornò a stendersi al suo fianco.

– Non mi hai risposto.

– Non lo so, – riuscí a dire.

– Io credo che sognino proprio come noi.

La cinse in un abbraccio.

– Ho fatto di nuovo quell'incubo.

– Allora forse è ereditario. Potrei odiarti per questo.

Nancy non chiedeva mai della guerra. Dopo la morte del fratello aveva chiuso la mente e non voleva piú sentirne parlare. Forse una buona moglie l'avrebbe compatito, ma non lei: Nancy non era una buona moglie, e teneva a precisarlo. Era una donna. Jenny non sarebbe cresciuta con terrificanti storie di guerra, e nemmeno la creatura che portava dentro di sé. C'era bisogno di quiete e di oblio, di colori e serenità. Gli incubi restavano fuori dalla porta del piccolo cottage sulla collina.

Robert la amava anche per la sua fantasia, per il testardo entusiasmo nel costruire la loro vita ogni giorno, senza compromessi e senza smettere di lottare per ciò in cui credeva.

Con la mano le sfiorò il ventre. Aveva cominciato a ingrossarsi.

– È un maschio.

Nancy girò la testa per baciarlo.

– Hai paura di restare in minoranza, ammettilo.

Robert rise. Cercava sempre di indugiare nel dormiveglia, cullato dalla consapevolezza del corpo tiepido di sua moglie. Una sensazione atavica che ottundeva i sensi e sublimava le pulsioni. Una tregua prima che l'esistenza adulta reclamasse la decima di caos e rumore. O soltanto un modo per rimandare il momento di trovarsi esposto agli eventi. Era un vuoto inerziale, come prima del fischio che lanciava fuori dalla trincea. In guerra tutto insisteva sull'istante, ogni slancio in avanti poteva diventare un ritorno al ventre freddo della terra, che li avrebbe accolti materna, anche un pezzo alla volta se necessario, per concimare il secolo con il loro sangue.

Si fece coraggio e si alzò. Prima di dirigersi alla stanza da bagno, si fermò davanti al lettino dove Jenny dormiva di nuovo tranquilla. Le sfiorò la guancia con un dito e si allontanò cauto.

La rigida sequenza di gesti e pensieri era l'unico modo di affrontare il risveglio. Versò nel bacile l'acqua fredda e lavò via il sonno dalla faccia. Ancora gocciolante, si fermò a ricambiare lo sguardo dell'uomo nello specchio. Il sopracciglio che custodiva la scheggia di granata gli dava un'aria torva, da duro. La mascella da pugile faceva immaginare un buon destro. Il naso storto, un incidente di rugby. Fronte spaziosa, molti pensieri. Occhi grigi, quasi trasparenti. Una faccia è una biografia, pensò.

Aveva di nuovo sognato il cunicolo. Ancora la terra dell'ombra. La pace firmata a Parigi non placava l'anima dei combattenti.

Rumori dalla cucina annunciarono che anche la balia si era svegliata. Scacciò i brutti pensieri con un colpo di tosse. Doveva sbrigarsi, se non voleva arrivare tardi a lezione.

Uscí dal cottage all'aria fredda del giorno. Il sole arrancava dietro la casa dei Masefield, che rosseggiava tra gli alberi del giardino. Il capanno dove John Masefield scriveva durante il giorno si intravedeva appena in mezzo alle fronde.

La necessità fa passare i dubbi, ma il cervello li conserva intatti. Un affitto di tre sterline al mese era piú di un prezzo di favore. Poteva anche essere pietà, o piuttosto compassione per come la guerra aveva ridotto i suoi nervi, per una moglie di nuovo incinta, o ancora per qualche oscuro senso di colpa. Eppure Masefield aveva condiviso il fango per scelta, con la croce rossa sul petto. Aveva visto nei loro occhi il futuro tradito, una generazione spazzata via in poche centinaia di passi, gli sguardi pavidi dei condannati a morte, quelli che il rum e la retorica non erano riusciti a scagliare contro le mitragliatrici tedesche. Lo aveva raccontato. L'aveva scritto. Accanto al suo nome la parola *onestà* aveva un senso preciso. Adesso la quiete era tutto per lui, insieme al rispetto degli orari e alla gentilezza dei modi. Del resto, quiete era la parola d'ordine di ogni essere umano trincerato a Boar's Hill.

Gli abitanti del circondario lo chiamavano il Parnaso.

In mezzo a una macchia d'alberi spuntava la residenza di Robert Bridges, il Poeta Laureato – un vecchio bisbetico e brusco, dallo sguardo acuto. Gli piaceva sentirsi il patriarca del clan rifugiato lassú a leccarsi le ferite.

Nichols viveva poco piú in là, insieme all'inseparabile cappellaccio nero, senza il quale non sembrava in grado di scrivere un solo verso.

Siegfried Sassoon invece aveva preferito sfidare il caos di Londra e andare a dirigere le pagine letterarie del «Daily Herald», fedele alla nuova missione laburista. Tornava a Oxford una volta al mese e in quelle occasioni erano davvero al gran completo.

Be', non proprio. La sedia di Owen era rimasta vuota. La guerra l'aveva tirato giú con l'ultimo colpo di coda, quando ormai il pericolo sembrava scampato. Una perdita che pesava su tutto il clan e che era doloroso ricordare.

Attraversò la strada e imboccò lo stretto sentiero fra i villini.

Passò di fianco al cottage dei Blunden. La loro coinquilina, la signora Heavens, lo salutò dall'aiuola che curava con attitudine maniacale.

– Come sta sua moglie, capitano Graves?

– Bene, grazie. La pancia cresce.

– E la piccola?

– Cresce anche lei. Piú in fretta di quanto possa immaginare. Dica a Edmund che lo aspetto in città, per favore.

Sarebbe risalito insieme a Ed quel pomeriggio, come faceva spesso, per dirgli tutto quello che Nancy non voleva sentire. In realtà capitava che rimanessero entrambi preda di un'afasia paradossale per dei poeti. Passavano il pomeriggio a guardare giú dal dirupo delle loro esistenze, sfidando la vertigine, cercando di cogliere sul fondo un formicolare di vita. Misuravano lo spazio vuoto dove un tempo erano braccia, gambe, mani; contavano in silenzio i sedili liberi sui treni, sui banchi di studio e di lavoro.

I polmoni di Ed erano avvelenati dai gas, la sua anima dalla guerra e dal lutto recente. Beveva sherry, oppure whisky, un sorso dopo l'altro, con metodo. A volte non si alzava in tempo per le lezioni. Sua moglie aveva reagito con piú forza alla morte del figlio neonato. Era successo ad agosto. Per il funerale Edmund aveva scritto versi che erano chiodi nella carne.

Mentre passava oltre, Robert si interrogò sulla fratellanza tra coloro che avevano conosciuto le trincee. Era quel *noi* che ancora conservavano per i momenti peggiori. Perfino quando inveivano contro la banda di nevrastenici che abitava il Parnaso, ovvero contro se stessi, ex soldati dalla penna facile in cerca di un filo d'Arianna che li riportasse a valle, tra la gente civile.

Naturalmente Apollo viveva sulla cima, circondato dalle Muse. Sir Arthur Evans, il grande archeologo, si era fatto costruire la casa per avere la vista migliore. D'estate lascia-

va che i boy-scout si accampassero nel suo terreno. Per loro
aveva innalzato un intero padiglione. Nelle notti d'estate si
potevano vedere i falò.

Scese di buon passo, infischiandosene della terra umida
che si appiccicava alle suole. La via breve, lungo la Ridgeway,
non faceva per lui. Ci passavano i camion del latte, qualche
automobile solitaria, e lui si ritrovava appiattito contro la siepe, le mani sulle orecchie, i denti stretti, in attesa che la tor-
tura sonora finisse. Meglio il fango dei campi. Le mucche erano osservatrici silenziose e schive, ormai avevano fatto l'abitudine a vederlo passare davanti agli abbeveratoi. E poi c'era
la vista. Quella vista. Poco prima di raggiungere la fattoria a
metà del cammino, sostava sempre qualche minuto a contemplare la valle del Tamigi. Anche quella breve concessione rientrava nel rigido ritmo che scandiva la discesa.

Con lo sguardo cercò sul prato sopra di lui l'albero im-
mortalato da Matthew Arnold. I versi del poeta dischiusero
le labbra.

Protetto è questo angolo sull'alto campo mietuto a metà.

La natura non era una fonte d'ispirazione meno ricca della guerra. Bisognava pure provarci. Nancy avrebbe illustra-
to le parole con il tocco lieve di cui era capace.

Colse la linea degli edifici all'orizzonte. Campane salutavano il mattino.

E gli occhi scendono fino alle torri di Oxford.

Eccole laggiú. Il professor Murray sarebbe stato indulgente, era anche lui un abitante del Parnaso e sapeva che perfino Euripide avrebbe cercato ispirazione in quello scorcio.
Riprese il cammino verso la città e solo in vista delle case
consultò l'orologio: al St John's stavano finendo la prima colazione.

3. Jack

Qui tratteremo della poetica nel suo insieme e nelle sue forme, quale finalità abbia ciascuna di esse, e come si debbano comporre le trame affinché la poesia vada a buon fine.

Quando il gesso terminò di grattare la lavagna, la traduzione campeggiava a fianco dell'originale greco. Il professor Murray sedette alla cattedra e schiarí la voce.

– Nelle prime pagine della *Poetica* di Aristotele, a malapena una decina di parole trova il suo equivalente in inglese. Ogni frase deve essere scomposta, ridotta ai minimi termini, e poi ricostruita per poterne ricavare un senso compiuto. Nessuna traduzione può risolvere facilmente questo problema. È lavoro per un insegnante che conosca davvero bene il greco.

Lo sguardo del professore planò sull'uditorio. Qualcuno dalle prime file sorrise per piaggeria, mentre lui rimaneva serissimo. L'aula era piú silenziosa di un cimitero. La voce riprese suadente.

– C'è poi una seconda difficoltà che deriva da questa. Capire una grande opera straniera attraverso la traduzione è possibile soltanto se i due linguaggi condividono lo stesso bagaglio di idee e appartengono allo stesso periodo della civilizzazione –. Senza smettere di parlare spostò le penne sul tavolo in modo che fossero bene allineate con il libro. – Ma tra il greco antico e l'inglese moderno c'è un oceano di storia umana. Nessuna traduzione che aspiri ad avere un significato in inglese può riprodurre lo stile di Aristotele.

Si interruppe. Anche dall'ultima fila notarono la fronte aggrottata. Toccò di nuovo le penne, insoddisfatto della disposizione.

– Piú di una volta ho accarezzato l'idea che sarebbe preferibile una traduzione brutalmente letterale.

Si alzò e tornò alla lavagna.

– Sappiamo che la parola greca *poiesis* in origine indica il «fare». E che la parola *mythos* ha una resa letterale nel termine «mito». Ne consegue che l'incipit della *Poetica* potrebbe essere tradotto cosí.

Cancellò e scrisse negli spazi rimasti vuoti. Accompagnò la lettura con la bacchetta puntata sul testo.

– «Qui tratteremo del *fare* nel suo insieme e nelle sue forme, quale finalità abbia ciascuna di esse, e come si debbano comporre i *miti* affinché il *fare* vada a buon fine».

Cercò di aggiustarsi la toga sulle spalle e sporcò l'orlo di gesso. Si affrettò a spazzarlo con la mano riuscendo solo a imbrattarsi di piú. Rinunciò all'impresa, avvolto in una nuvola bianca che lo fece assomigliare a un alchimista reduce da qualche esperimento mal riuscito.

– Ogni traduzione è un inganno. Parola di traduttore, – disse.

Il disappunto aveva fatto emergere l'accento australiano.

– Se volete capire qualcosa di quello che studieremo quest'anno, dovete conoscere bene il greco antico.

Si risedette e iniziò a riporre i libri nella cartella, ma poi, ricordandosi di qualcosa, lanciò uno sguardo all'aula.

– Buona giornata, signori.

Gli studenti si alzarono per raggiungere l'uscita. Non volevano farsi sorprendere dal temporale. Per tutta la mattina

avevano osservato con la coda dell'occhio le nuvole adden-
sarsi e gonfiarsi fino a incombere basse sul prato. Adesso rin-
ghiavano minacciose alle guglie dei college puntate contro le
loro pance.

Jack registrò le avvisaglie di un'emicrania e seguí il flusso
cercando di non mostrarsi piú nervoso di quanto già fosse.

Moran lo affiancò con un sorrisetto sornione. Jack finse
di non vederlo, ma sapeva che non gli sarebbe sfuggito.

– Lo preferisco quando legge Euripide. Inoltre, se va in
giro cosí conciato, conferma gli stereotipi sulla sciatteria dei
coloniali.

Avevano raggiunto il corridoio.

– È un rimprovero o un moto di solidarietà?

Moran scrollò le spalle.

– Noi saremo coloniali ancora per poco, Lewis.

Jack gli indirizzò un gesto svogliato.

– Al diavolo Michael Collins e tutto il dannato Sinn Féin.
Fosse per loro, la guerra doveva vincerla il Kaiser.

Moran si esibí in un ghigno crudele. Jack aveva il sospetto che la fisionomia rivelasse qualcosa del suo caratte-
re: i tratti affilati del viso e le folte sopracciglia nere sembravano esprimere una minaccia costante.

– *Mors tua, vita mea*, – ribatté Moran. – Un giorno Michael Collins avrà un monumento in ogni piazza d'Irlanda.

Jack non aveva voglia di imbarcarsi in quella discussione.
Era inquieto e aveva la gola secca. Tossí. Le parole uscirono
basse e strozzate.

– Non puoi pensare che una guerra clandestina sia onorevole.

– È l'unica che agli irlandesi è concesso combattere. Che
gli inglesi se ne vadano, e i problemi finiranno.

Eric Moran non dava mai segni di cedimento quando si
parlava dei guai di casa loro. Era un feniano convinto, di

quelli che non si erano voluti arruolare, testardo come soltanto un irlandese può essere. Jack ne sapeva qualcosa.

– Hai un bel coraggio a parlare di clandestinità, signor Giano Doppiavita, – lo canzonò Moran. – Uno di questi giorni ti seguo di nascosto e scopro il tuo nascondiglio segreto.

Jack decise di cambiare discorso.

– Che ne pensi della traduzione di Murray?

– Sei tu il poeta. Dimmelo tu.

Erano arrivati all'uscita.

– Non vedo cosa i miti abbiano a che vedere con i fatti –. Un tuono lo fece trasalire. – Ci vediamo.

Uscí dall'edificio quasi correndo.

Al secondo tuono i contorni delle cose vacillarono, la paura divenne un ragno che si arrampicava lungo la schiena. Un attimo dopo le gocce martellavano il selciato. Un ticchettio forte, tremore d'ossa, denti battuti e bossoli che rimbalzano. I brividi investirono Jack a ondate. Altri colpi dall'alto, lo scroscio divenne piú forte. Si riparò sotto un cornicione. Adesso il rumore era assordante, raffiche, guizzi di luce spaccavano il cielo. Trovò un angolo dove accucciarsi, le ginocchia al petto, le mani sulla testa.

Aprite i cancelli per me. Aprite i cancelli del castello. Fatemi entrare.

Gli sembrò di sentire qualcuno lí vicino, ma non osò guardare. Da quando era tornato dal fronte, i temporali adunavano fantasmi.

Paddy, sei tu?

Sbirciò tra le dita e vide i tedeschi avanzare a mani alzate sotto il campanile del college, che però era uguale a quello di una chiesa francese.

Non sparare, inglese, non sparare.

Vide le facce dei prigionieri sporche di fango e lacrime, mentre si arrendevano a un ragazzo di diciott'anni.

La voce del capitano.

Molto ben fatto, sottotenente Lewis. Molto ben fatto.

Avrebbe voluto urlare.

Paddy, ho mantenuto la promessa, sai? L'ho mantenuta. Paddy? Paddy?

Il frastuono era cessato.

Sollevò il capo. Il vento da ovest respingeva i nembi verso la costa. Il temporale marciava lontano, spazzando la campagna. C'era davvero qualcuno, pochi passi piú in là. Un uomo fradicio di pioggia, mani e schiena attaccate al muro. Si guardarono. Poi l'altro si mosse, incerto sulle gambe.

Poteva avere qualche anno in piú. Forse uno dei corsi avanzati, oppure un borsista. Magro e dinoccolato, occhi grigi e inquieti.

– Tutto bene? – chiese.

Voce profonda, ancora scossa dai tuoni.

– Sí... È che non sopporto i temporali...

– ... i clacson, le sirene dei treni, i rumori forti e improvvisi, – gli rivolse un'occhiata ammiccante. – Siamo soci dello stesso club.

Si strinsero la mano con cautela, in equilibrio sulla fune tesa sopra l'imbarazzo.

– Robert Graves, Royal Welch Fusiliers.

– Clive Staples Lewis, Somerset Light Infantry. Per gli amici sono Jack.

– Frequenti Lettere classiche, vero?

– Sí... Graves il poeta?

L'altro passò una mano tra i capelli umidi.

– Quel che ne resta dopo il diluvio universale.

– Incredibile.

– Che non siamo affogati? Puoi dirlo forte.

– No, intendevo… *1915* è una delle mie poesie preferite.

– Mi fa piacere –. La fune si allentò, l'imbarazzo li inghiottí entrambi. – A dire il vero, adesso sto provando a scrivere altro. In fondo la guerra è finita.

Non sembrava molto convinto nel dirlo.

– Già, – rispose Jack con lo stesso tono.

– Be', arrivederci.

Jack lo osservò allontanarsi spedito, l'andatura sbilenca. Quando ormai era lontano, si accorse di non avergli detto nulla di sé. Non aveva detto di essere un adepto che bussava alla porta della sacra schiera. Né della raccolta che Heinemann si era degnato di pubblicare l'anno prima. *Aprite i cancelli per me. Aprite i pacifici cancelli del castello. Fatemi entrare.* Per ora rimanevano chiusi: a quella poesia «Reveille» aveva dedicato poco spazio e nessuna critica. Le pagine erano tutte per loro, i migliori poeti della sua generazione. Owen, Sassoon, Graves, Blunden e gli altri.

Lo guardò rimpicciolire in fondo alla strada fino a sparire dietro l'angolo. Raccolse la borsa dei libri e si incamminò. L'attacco di panico se n'era andato rapido com'era venuto. Restava la sensazione di vulnerabilità.

Superò il Magdalen Bridge, lanciando appena un'occhiata ai canottieri che pulivano le barche sotto i rami dei salici. Dieci minuti di buon passo e lo accolse la periferia, placida e neutrale come la Svizzera. Casette a due piani, una attaccata all'altra, acquattate dentro minuscoli cortili. Vite che scorrevano parallele, perdendosi all'orizzonte, buongiorno e buonasera fino alla fine del tempo.

Giunse davanti a un cancelletto verde. Si guardò attorno con forzata indifferenza, ed entrò.

4. Reading

L'apparecchio trillò solitario nella stanza.
Una volta.
Due.
Alla terza, una mano si avvicinò e sollevò la cornetta.
– Parla Hogarth.

Scese dal treno calcandosi il cappello in testa, per via del vento e della pioggia che lo investirono appena messo piede sul predellino. I brividi lo convinsero ad aspettare la coincidenza alla tavola calda. Con la valigetta stretta nella mano sana si incamminò lungo la piattaforma, fino al piccolo pub. Dentro c'era puzza di chiuso e roba vecchia, oltre allo sguardo indifferente dell'oste: quello di chi vede transitare l'umanità da un punto fermo e ha ormai smesso di chiedersi dove vadano tutti quanti.

Sorseggiò un caffè, alzando ogni tanto gli occhi sul rado andirivieni esterno. Le stazioni gli erano sempre piaciute, erano incroci di vite, templi del caso. Non puoi sapere chi incontri in una stazione, né su quale treno salirà. Commessi viaggiatori con la bombetta d'ordinanza, madri con figli al collo, facchini e macchinisti sporchi di grasso, tutti assieme in una manciata di metri quadrati.

Pensò che avrebbe potuto prendere un treno alla cieca e sparire, diventare qualcun altro da qualche altra parte. Lasciare che il mondo lo dimenticasse sarebbe stato il modo migliore per seppellire il fallimento. Quante energie sprecate. A Parigi era stato una zanzara tra gli elefanti. Si era perfino mascherato per compiacere i reporter. L'americano, Lowell Thomas, ne aveva cavato fuori uno spettacolo circense.

Si era reso ridicolo. Era riuscito solo a registrare la memoria della sua infamia su quelle pagine chiuse in valigia. Il Vangelo di Giuda.

Pensò ai momenti rubati per fissare i ricordi sui taccuini, tra una riunione e l'altra, tra un incontro privato e una colazione pubblica, di getto, con la fretta di finire, prima che anche l'ultimo confine del mondo venisse chiuso. L'orgoglio dei popoli non si accende e spegne come una lampada elettrica. I conti fatti a Versailles erano tutti sbagliati e i vecchi padroni della pace se ne sarebbero accorti molto presto.

L'altoparlante annunciò il diretto per Oxford. La ferita alla mano riprese a pulsare.

Il trillo del telefono risuonò nitido nel silenzio. L'unica persona che occupava la stanza alzò la testa dai fogli e osservò l'apparecchio con l'aria di chi si interroghi sulla natura di un oggetto misterioso. Attese che suonasse una seconda e una terza volta, poi allungò la mano.

– Parla Hogarth.

Compose il numero quasi in trance, respirando nella cornetta, sperando che qualcuno in quell'ufficio rispondesse all'Sos, che una voce nota gli dicesse ancora cosa era meglio fare. Se solo avesse avuto una direzione si sarebbe messo a correre. Si trovava in una zona morta, fuori dal corso degli eventi, e guardava gli altri da dietro un vetro. Ci sbatteva contro rabbioso, con i pugni e con la fronte. Colpi che rimbombavano sordi, lontano. Una volta. Due. Alla terza qualcuno alzò il ricevitore.

– Parla Hogarth.

– Ho perso quei maledetti fogli.

– Ma chi parla?

– Mi hanno rubato il manoscritto.

– Lawrence? Dov'è successo?

– Alla stazione di Reading, nel pub, era nella valigia. L'ho lasciata lí.

– È tornato a cercarla?

– Dappertutto. È sparita.

– Ha conservato i suoi appunti, spero.

– Gli appunti… sí.

– Non le resta che rimettersi al lavoro.

– Come?

– Non vorrà che vada tutto perso?

– Ma è già andato perso.

– Si calmi, per favore. Dove si trova adesso?

– Sono ancora qui, alla stazione.

– Prenda il primo treno e mi raggiunga al museo. Dobbiamo parlare.

La comunicazione si interruppe. Ritornò ai binari a passi lenti e si ritrovò su una panchina senza ricordare d'essersi seduto. La mano doleva, la benda era sporca. Si sentiva stranamente leggero, sollevato, come se il corpo sottile si fosse liberato di un fardello. Nulla sarebbe piú dipeso da lui, la storia poteva continuare in sua assenza. Era questo che voleva, ritrovare la quiete, se mai fosse stato possibile. Cancellare il lutto.

Si rese conto che stava gelando. Decise che non gli importava e rimase seduto, covando l'intima speranza di rimanere cosí per sempre. Monumento di ossa e carne al viaggiatore solitario.

5. Ronald

La pista si perdeva tra i ghiacci. Il mostro cercava il suo elemento. Scovarlo era un'impresa degna di Beowulf e degli impavidi Geati. Per metà cavallo e per metà balena, con zanne affilate come spade, l'essere poteva muoversi a piacimento nell'oceano e sulla terraferma.

Gli antichi inglesi lo chiamavano *Horschael*. Il nome aveva raggiunto l'isola sulle navi vichinghe. *Hrosshvalr* o *Rosmhvar*, lo appellavano i norreni: il cavallo marino, la balena anfibia. Per scovarlo bisognava riattraversare il mare del Nord fino a toccare i fiordi norvegesi, dove di solito si nascondeva. Lassú si poteva avvistare il suo nero dorso frangere i flutti. L'animale fuggiva sentendo il battere dei remi sull'acqua; nuotava verso il circolo polare, dove la banchisa avrebbe bloccato la chiglia delle navi baleniere. Sulla vetta del mondo i lapponi lo chiamavano *Morsa*, animale sacro da rispettare e temere. Ma l'inseguimento si spingeva ancora oltre, doppiava il Capo Nord e raggiungeva la terra dei finni. Nella loro lingua la chimera zannuta era detta *Mursu*. Sulle rocce piatte, ormai spossata, attendeva il colpo dell'eroe, che dalla prua scagliava l'arpione e la trafiggeva spaccandole il cuore.

La penna centrò il portamatite e lo ribaltò sul tavolo. Il rumore fece voltare tutti. L'occhiata del professor Bradley solcò la stanza fino a inchiodare il responsabile.

Ronald si affrettò a raccogliere i lapis e si rimise al lavo-

ro. La luce del pomeriggio iniziava a calare. Guardò l'orologio: un quarto alle quattro. Aveva impiegato troppo tempo
per l'etimologia della parola *walrus*, tricheco. L'aveva inse-
guito fino al Polo Nord. Del resto si era dilungato perfino su
waggle, agitare, e già paventava le infinite accezioni di *want*,
volere. Una distesa di foglietti fitti di appunti ricopriva la
scrivania. La maggior parte erano attraversati da serpentine
o già accartocciati. Ipotesi, tentativi di battere piste sconosciute. Per il tricheco ne aveva azzardate ben sei. Serviva a
sopportare la noia di quel lavoro compilativo.

Bradley invece aveva fretta, le ultime lettere del Dizionario dovevano essere pronte entro un anno. Si era già dovuto aspettare anche troppo: che finisse la guerra, «che la
civiltà della parola riprendesse il sopravvento sulla barbarie
delle armi», che la squadra di lavoro venisse ricomposta col-
mando le defezioni inflitte dal Kaiser. Ronald era lí per quello. E perché, nonostante la lentezza, era bravo. Bradley lo
sapeva. Pochi tra i giovani collaboratori padroneggiavano
le lingue nordiche come lui. Inoltre era lí perché lo pagavano: con una famiglia a carico, c'era poco da essere schizzi-
nosi.

Ronald amava le parole, ma in un modo privato e pecu-
liare. Erano arcani, enigmi da risolvere, contenevano storie,
abbracciavano secoli e continenti. Ogni parola ne suggeriva
altre, forse mai pronunciate, ma del tutto plausibili, ancora
piú dense di significati e rimandi, quindi piú vere. Ma tra
quelle pareti non ci si poteva spingere troppo in là, vigeva
un limite invalicabile. Nell'ottica dei fondatori, l'*Oxford English Dictionary* doveva essere la pietra miliare della civiltà
britannica, la summa di ciò che si era detto in inglese e di come lo si era detto dall'alba dei tempi all'evo moderno. La
fantasia restava fuori dalla porta.

«Parole, parole parole» era la citazione preferita da Bradley, la ripeteva talmente spesso che a volte non se ne accorgeva nemmeno, lo faceva sovrappensiero, tra sé e sé. Ronald detestava Shakespeare. Trovava incredibile quante occorrenze gli spettassero, come se avesse voluto usare tutti i vocaboli possibili. Un vero usurpatore della lingua, vorace e ingordo.

Qualcuno iniziò ad alzarsi e accomiatarsi con sobri cenni di saluto. Il grigiore delle mansioni contagiava i costumi. Parlare a bassa voce, muoversi il minimo indispensabile. Ronald si era adattato.

Uscí dalla vecchia sede del museo, concessa ai compilatori del Dizionario per portare a termine la grande opera. Broad Street era ancora sgombra dal via vai di toghe e colletti inamidati che in capo a un'ora l'avrebbero riempita. La percorse fino all'angolo e si diresse verso casa. All'incrocio successivo si fermò a contemplare il nuovo palazzo dell'Ashmolean, che biancheggiava sul lato di Beaumont Street. La scalinata, le linee neoclassiche dell'edificio, il frontone sorretto da quattro colonne ioniche, ogni dettaglio magnificava la gloria di chi, grazie alla propria fama, aveva convinto l'università a trasferirvi il museo. Sir Arthur Evans non si sarebbe accontentato di niente di meno per contenere i ninnoli di re Minosse che aveva portato alla luce con tanta cura. Archeologi e classicisti regnavano sovrani nella Nuova Arcadia Oxoniense. Per loro si costruivano palazzi. I filologi dovevano accontentarsi degli edifici dismessi.

Fu proprio al museo che si diresse. Da qualche tempo aveva preso quell'abitudine, una deviazione prima di tornare a casa, un innocuo segreto.

A quell'ora le sale erano deserte, mancava poco alla chiusura. All'ingresso il custode lo salutò portandosi la mano alla visiera. Per qualche oscura ragione lo credeva un artigliere suo commilitone e per questo gli concedeva di trattenersi qualche minuto fuori orario. Ronald era stato nei Lancashire Fusiliers, ma non si era mai presentata l'occasione di smentire quell'uomo, quindi poteva indulgere nell'equivoco senza sentirsi in colpa.

Superò le collezioni minoiche e filò al piano di sopra. Quando entrò nella sala sentí una sottile emozione solleticargli la nuca. L'illuminazione degli espositori era l'unica fonte di luce rimasta. La grande teca ottagonale dominava il centro della stanza. Da lontano era già un bel colpo d'occhio vederli disposti sul piano inclinato, quasi a formare una freccia puntata verso l'alto. Anelli. Forme e dimensioni erano le piú svariate. Angeli e dragoni, croci e stemmi, perle e pietre preziose. Erano appartenuti a papi, vescovi, principi italiani. Cerchi che racchiudevano patti tra gli uomini, vincoli di potere, il senso di una fede immortale. Alcuni suggellavano un vincolo coniugale sopravvissuto agli stessi amanti, e forse celavano motti incisi all'interno.

Sfiorò il vetro col naso per osservarli meglio. La fascetta d'oro che portava al dito era ben poca cosa davanti a quello sfarzo. Pensò a Edith, a quanto l'amava. Si sentí in colpa e gli venne voglia di correre a casa.

Voltandosi trasalí e quasi urtò la teca. C'era qualcuno sulla soglia, una sagoma illuminata a malapena. Un piccolo essere, anche piú basso di lui, con una grossa testa. Gli ricordò l'illustrazione di un *goblin* su un libro di favole di quando era bambino. Rabbrividí, proprio come allora davanti a quella pagina.

– Domando scusa, – disse l'uomo minuto. – Credevo non ci fosse piú nessuno.

Si avvicinò a passi piccoli e delicati. Ronald lo osservò sbirciare oltre il vetro. Aveva occhi di un azzurro intenso che catturavano la luce.

– Provo spesso a immaginare chi li portava al dito.

Sembrava alludere a un discorso iniziato da tempo. Ecco uno che condivideva il suo segreto.

– Uomini che reggevano il peso del potere. – disse Ronald.

Per un attimo l'altro parve incupirsi, ancora sovrappensiero. – Chissà se tutti ne erano all'altezza.

– Immagino di no. Il potere corrompe –. Ronald diede un colpetto di tosse. – Credo che il museo sia chiuso.

– Oh, non sono un visitatore, – rispose l'altro, gli occhi sulla collezione di anelli. – E nemmeno un ladro, – ammiccò. – Avevo un appuntamento con il direttore. Lei viene qui spesso?

– No, – mentí Ronald. – Lei sí?

– Ci venivo prima della guerra. Mi perdoni, – disse mostrando la mano destra bendata e porgendo la sinistra. – Mi chiamo Lawrence.

Ronald si adattò.

– Tolkien.

– Hai fatto tardi. La cena si è freddata.

Ronald poggiò la valigetta sulla sedia nell'ingresso, baciò la moglie e lasciò che gli sfilasse il soprabito.

– Scusa. Mi hanno trattenuto.

Il piccolo John gli corse incontro rischiando di inciampare e pretese d'essere preso in braccio. Il suo riso infantile tolse a Ronald l'aria trasognata che si era portato dietro dalla sala degli anelli. Scherzò per qualche minuto con il figlio, poi sedette a tavola. Di fronte a lui, Edith lo osservò mangiare in silenzio. Parlò soltanto quando ebbe finito.

– Vuoi dirmi che ti è successo?

6. Madre Natura e Marte

– Perché i bolscevichi sí e i pacifisti no?

Edmund non si appassionava alla politica, ma gli piaceva cogliere Robert in fallo, giocando con i suoi stessi argomenti.

Centellinavano birra da grosse bottiglie scure, seduti in veranda, godendosi gli scampoli del pomeriggio attraverso la vetrata.

– I bolscevichi non sono contro tutte le guerre, combattono quella di classe, invece di parlarne all'ora del tè a Bloomsbury.

– Hanno firmato la pace unilaterale, hanno mollato. E quando Siegfried ha provato a fare lo stesso ti sei messo in mezzo.

Robert sollevò la bottiglia per controllare il livello del liquido.

– Pensi che i bei gesti facciano la rivoluzione? – indicò verso est. – A parte il plauso delle anime belle a Garsington Manor, tutto quello che Siegfried poteva ottenere era una branda in prigione. Ho cercato di evitarlo perché gli voglio bene.

– Forse lui voleva essere un esempio per gli altri, – insinuò Ed.

– Vuoi dire un martire. Dio ci scampi. Nessuno l'avrebbe seguito.

Robert sentí ancora il morso della vecchia rabbia, al pensiero d'essersi lasciato blandire da Lady Ottoline e dalla sua corte di teste illuminate. Non piú di un quarto d'ora, ma era stato sufficiente.

Ed scolò la birra e guardò davanti a sé.

– Non lo siamo stati un po' tutti? Martiri, intendo. Tu perché ti sei arruolato?

– Per non venire a Oxford, – Robert rise di se stesso. – Il corso per cadetti era una buona scusa per rimandare l'università.

– E dopo?

– Era troppo tardi. Ormai l'impegno era preso.

– Siegfried non si è rassegnato, – insistette Ed. – Ma è rimasto solo e alla fine l'hanno ricondotto all'ovile. Anzi, al macello.

Robert non raccolse la provocazione. Sapevano entrambi che il problema di Siegfried era l'accondiscendenza verso le proprie suggestioni. Era un romantico. Nel '17 si era fatto affascinare da Bertrand Russell e dalla cerchia di intellettuali che frequentava Garsington Manor, la casa di Lady Ottoline Morrell poco fuori Oxford. Lo avevano incitato a scrivere una dichiarazione di rifiuto della guerra indirizzata allo Stato maggiore. Condivisibile fino all'ultima riga, certo, ma il signor Russell era finito in galera per qualche mese, mentre il tenente Sassoon aveva rischiato la corte marziale. Robert aveva dovuto farsi in quattro per fargli ottenere una diagnosi di nevrastenia che lo salvasse dalle conseguenze di quel gesto. La commissione se l'era bevuta: un periodo di riposo in clinica, e i brutti pensieri dovuti allo stress sarebbero passati.

Siegfried ovviamente non si era rimangiato nemmeno una parola, ma alla fine aveva deciso di tornare al fronte insieme ai suoi uomini. Non si sarebbe mai perdonato di averli lasciati affrontare la morte da soli. Rifiutare la guerra senza sottrarsene. Questo era *Sass*, prendere o lasciare. Robert in fondo lo capiva fin troppo bene, era il paradosso in cui tutti loro erano rimasti intrappolati e che i sapientoni come Bertrand Russell non avrebbero mai compreso. Lasciare la truppa sarebbe stato un tradimento, l'abbandono della trincea piú profonda: quella tra i combattenti e tutti gli altri, *a casa*.

Poi Siegfried aveva scoperto l'impegno politico. Si era imbarcato in una serie di comizi per il partito laburista. Un'umiliazione. Sassoon, l'omosessuale appassionato di golf e caccia alla volpe, mandato a declamare le proprie poesie davanti a folle di operai che si guardavano perplessi e gli ridevano alle spalle. Quando lo aveva saputo, Robert aveva pianto di rabbia.

La gente voleva dimenticare in fretta e non sapeva cosa farsene del rancore dei reduci. L'unico sussulto di rivolta delle divise cachi, durante l'estate appena trascorsa, si era risolto in nulla. Su e giú per il paese diversi reparti si erano ammutinati, sfilando per le strade in segno di protesta contro la lentezza dei congedi. Qualche scaramuccia con la polizia e i giornali già parlavano di un'ondata di «bolscevismo, anarchia, ubriachezza e bestialità». I capi della rivolta erano finiti sotto processo insieme alle proprie sacrosante ragioni. La verità era che il governo temporeggiava perché non voleva rinunciare alla massa di soldati in servizio attivo. Per via dei disordini in Irlanda, ovvio. A gennaio i repubblicani irlandesi avevano proclamato l'indipendenza dall'impero britannico e dato vita a un governo clandestino. Si erano accesi focolai di ribellione in tutta l'isola. Anche Robert aveva rischiato di rimanerci sotto. Aveva trascorso gli ultimi mesi di ferma proprio lassú, e solo per un colpo di fortuna era riuscito a ottenere il congedo un attimo prima che la situazione degenerasse.

– Credi che faranno la rivoluzione anche in Irlanda? – chiese Ed come avesse condiviso il filo di quei pensieri.

Robert provò a stendere le gambe, accorgendosi che erano troppo lunghe e toccavano la vetrata. Finí per accavallarle in modo goffo.

– Non lo so. – disse. – Certo da queste parti mi accontenterei di un po' di progresso sociale.

Edmund ebbe da ridire anche su quello. Robert e Nancy si erano impegnati a fondo nella campagna per il controllo delle nascite, ma era un progressismo astratto, disse. Che senso aveva propagandare la contraccezione dopo una guerra che aveva decimato mezza Europa? Per non parlare della febbre spagnola, portata a casa dalle trincee, che era stata un secondo colpo di lama, come se la falce fosse tornata indietro a portare lo sterminio anche tra le mura domestiche. E poi Nancy non era di nuovo incinta?

Robert si vergognò di dirgli che quella gravidanza non era cercata. Il figlio di Ed aveva cinque settimane quando era morto a causa di una bottiglia di latte infetto. Cosí rimasero zitti a lungo, fino a che la voce di Ed non fece capolino sull'orlo del silenzio.

– A volte penso che abbiamo fatto un grande giro per tornare a calpestare le vecchie orme. Siamo ancora sotto l'ombra dell'albero di Matthew Arnold, a contemplare i pinnacoli di Oxford, con attorno la quieta campagna inglese. Campi e campanili. Com'è conciliante e ordinata questa natura. Popolata da creature innocue e laboriose, regolare e placida come l'Oxfordshire –. Indicò i pascoli. – Siegfried l'ha capito, sai. È per questo che apprezza le mie poesie e le pubblica sul giornale. È l'orrore che si scorge in trasparenza. Non c'è bisogno di essere modernisti per vedere i crateri delle bombe in mezzo ai prati.

– Ma non possiamo scrivere della guerra per sempre, – ribatté Robert. – Io vorrei che Nancy illustrasse i miei versi. Voglio scrivere per Jenny. C'è qualcosa davanti a noi, il resto della vita, la famiglia, i figli.

Si trattenne. Chiese scusa.

Ed parve non farci caso. – Siamo come talpe, – mormorò. – Abbiamo scavato il nostro buco su questa collina e sbirciamo fuori, chiedendoci cosa ci sia laggiú. Laggiú c'è ancora la guerra. Ci sono i mostri. Facciamo finta di non saperlo, ma ci stringono d'assedio.

Robert si voltò a osservare il profilo dell'amico, scuro e minuto, il naso prominente, gli occhi gentili. Sentí nel petto il calore della compassione. Disse che avevano una responsabilità verso se stessi e chi non era tornato. Erano sopravvissuti per vivere. Non era la rivoluzione, ma era quello che potevano fare.

Edmund Blunden annuí. Magari erano anche abbastanza in gamba da riuscirci.

Nancy era sulla soglia di casa con la bambina al collo. Mentre si avvicinava, Robert la osservò: un baffo di tempera blu sulla guancia, Jenny accoccolata sulla spalla, il pancione. La figura piccola e compatta emanava energia vitale, riserva di forza per il futuro.

Le sorrise.

– Lo sai com'è Edmund.

Lei lo baciò sulla guancia.

– Ancora la guerra, immagino.

Il tono era di rimprovero.

– Il socialismo, – mentí lui.

Nancy gli depose la figlia in braccio.

– Deve mangiare tutta la cena, – disse. – Senza storie.

Robert la guardò interdetto.

– Margaret ha il pomeriggio libero e c'è ancora un po' di luce, – disse Nancy.

Mostrò il pennello che teneva nella tasca della tuta da lavoro e si allontanò. Prima di sparire nello studiolo si voltò ancora una volta.

– L'unico socialismo, Robert, è la parità tra i sessi. Stessi diritti, stessi doveri.

Lui sospirò.

Jenny iniziò a piangere.

Quella notte Robert non riuscí a dormire. Aveva ripreso a piovere, l'umidità faceva dolere la cicatrice. Il battere delle gocce cullava il sonno di Nancy, della bambina e della creatura nel ventre materno, ignara del mondo.

Alle soglie del quarto di secolo aveva già una moglie, una figlia, un secondo bambino in arrivo, una pensione di guerra e un assegno di studio che, sommati, equivalevano ad appena centoventi sterline all'anno. Ancora non sapeva che ne sarebbe stato di sé. A cinquant'anni si sarebbe voltato indietro per vedere cosa? La guerra non sarebbe piú stata un ricordo cosí vivido. Magari gli avrebbe perfino strappato un sorriso accondiscendente, quello di un uomo di mezza età che contempla i propri vent'anni.

Si disse che avrebbe mantenuto l'impegno preso con Nancy. Non avrebbe parlato ai piccoli di quello che aveva passato. C'erano le poesie, le avrebbero lette da grandi, se ne avessero avuto voglia.

Presto anche il 1919 sarebbe giunto al termine. Il decennio si chiudeva sotto i presunti buoni auspici della conferenza di pace di Parigi, che aveva ridisegnato il mondo. A Versailles si era dovuto fare i conti con il crollo dei vecchi imperi, tutti tranne uno, quello britannico, seduto dalla parte giusta del tavolo. Colpe e debiti di guerra scaricati sulla Germania, un paese stremato che non avrebbe potuto onorarli nemmeno in cent'anni e ne avrebbe tratto motivo di rancore perpetuo. Cosí si voltava pagina all'insegna del *Vae victis*, spazzando le ceneri della vecchia Europa sotto il tappeto, insieme a braci tutt'altro che spente.

Robert pensò che non c'era scelta, bisognava dedicarsi ai vivi, come aveva detto a Ed per convincere anche se stesso. Dedicarsi alla vita regolata da cicli certi come il divenire delle stagioni. Non limitarsi a cercare rifugio in una contea privata, ma schierare Madre Natura contro Marte. La dea della terra contro gli dèi del cielo e della guerra. Uno scontro millenario, ancor piú frontale della lotta di classe.

Il socialismo secondo Nancy Nicholson.

Si chiese se in fondo non fosse proprio quella la vera contraddizione: la fiducia nel progresso. Se Lenin indicava la direzione della Storia, al dito di Lady Proserpina stava l'anello della vita e della morte, piú potente di qualunque verso imposto al mondo. Un ciclo che lui aveva spezzato, varcando la porta custodita da Cerbero e tornando indietro. Era morto per un'ora o poco piú, quanto bastava a intravedere la dea che l'aspettava sull'altra sponda del Lete, pronta ad accoglierlo tra le sue braccia d'avorio. Aveva riaperto gli occhi in una branda dell'ospedale da campo. Il capitano Graves figurava già nell'elenco dei caduti di quel giorno d'estate, ma respirava ancora. Un mezzo miracolo, visto che la granata era esplosa a pochi passi da lui e una scheggia gli aveva trapassato un polmone.

Si assopí seduto in poltrona e sognò di essere all'ingresso di un enorme palazzo. Nancy era accanto a lui, il ventre enorme, smisurato, il seno gonfio di latte. Gli consegnava un rotolo di spago rosso e lo spingeva a entrare. Appena varcata la soglia si trovava in una galleria che scendeva nelle viscere della terra e incrociava un reticolo di tunnel. Erano deserti, ma rimandavano ancora l'eco di battaglie antiche, intrappolata dall'alba dei tempi in quello scrigno di roccia e diamante. Tornò ad avere paura. Le viscere della terra custodivano mostri.

– *Benedictus sit Deus in donis suis.*

La voce dello studente riecheggiò nel silenzio del refettorio, sopra le teste dei collegianti. Quella settimana la Grazia toccava a Percy, uno del primo anno.

– *Et sanctus in omnibus operibus suis,* – rispose il professore di latino.

Jack sollevò gli occhi dal piatto e sbirciò la scena. Percy era in piedi, paonazzo di vergogna, concentrato nello sforzo di non sbagliare la pronuncia. Cercava di imprimere convinzione al tono di voce, riuscendo soltanto a produrre un effetto ridicolo.

– *Adiutorium nostrum in nomine Domini.*

– *Qui fecit cælum et terram.*

Jack trattenne una risatina e ricevette un calcio sotto il tavolo. Darsey lo guardava con i grandi occhi marroni sgranati e le labbra serrate per non farsi contagiare dal riso.

Il duetto proseguí senza pause fino alle battute finali.

– *... et nobis peccatoribus vitam æternam. Amen.*

Studenti e professori risposero in coro.

– *Amen.*

Percy tirò un sospiro di sollievo e ricadde sulla sedia come se avesse superato un esame. La cena poté cominciare. Il brusio delle conversazioni invase la sala.

– Vuoi farci cacciare fuori? – disse Darsey a bassa voce, servendosi dall'insalatiera.

– Hai sentito che pronuncia? – rispose Jack.

L'altro scosse il capo e simulò un sorriso, ma Jack sapeva che sfottere le matricole non lo divertiva. Era un tipo compassionevole. Forse perché era figlio di un maestro di scuola e aveva ereditato la simpatia per gli ultimi della classe e i brutti anatroccoli. O piú probabilmente perché era stato uno di loro, prima di arrivare lí.

Il pasto serale era uno degli eventi piú indolori della vita allo *Univ* e scivolò via rapido. Jack ascoltò le chiacchiere attraverso la tavolata, contribuendo con pochi commenti svogliati.

Dopo cena si trasferirono nella sala comune del secondo piano, che poco alla volta prese ad affollarsi di studenti.

Jack non aveva voglia di fare conversazione e si trincerò dietro l'ultima raccolta di poesie di Robert Graves. Una copertina sobria, con piccole lettere d'argento. *The Treasure Box*. Maneggiò con delicatezza il volume sottile, lasciando che riaffiorasse alla mente l'immagine di un vecchio baule. Era stato suo fratello Warnie a battezzarlo cosí: lo scrigno del tesoro. Si trovava nella soffitta della loro casa d'infanzia, a Belfast. Jack aveva impresso nella memoria l'odore di legno e cuoio che esalava quando veniva aperto.

Avvertí l'onda di nostalgia montare alla distanza e provò a concentrarsi sui versi che aveva davanti, sentendosi ridicolmente simile a Percy mentre declamava la Grazia. Il volto quieto di sua madre, ancora radioso, lo costrinse a un corpo a corpo coi ricordi.

Si innervosí, li ricacciò dentro a forza e richiuse il baule, ma qualcosa riuscí a sfuggire, pagine scollate, qualche volume intero. *I viaggi di Gulliver... La storia di Sigurd... La regina delle fate...* schegge del tempo che si era infranto al capezzale di sua madre. Era appena un bambino, allora, e già costretto a fare i conti con la perdita piú dolorosa. Se un barlume di quella gioia primordiale era rimasto vivo sotto la cenere del lutto, ci aveva pensato la guerra a spegnerlo per sempre. Altre morti da conteggiare, facce amiche sulle lapidi, e una rabbia che latrava contro la durezza della vita. Come aveva scritto Graves? *Una breccia ha aperto la saggezza | e Babilonia nella polvere ha gettato, | gnomi e streghe della nostra fanciullezza | tra fossi e siepi ha sparpagliato. | Lob e Puck, poveri elfi frettolosi, | tolgono i tesori dai ripiani polverosi.*

Era giusto cosí, pensò Jack. La realtà non assomigliava alle favole. Per quanto forte potesse essere la tentazione di rimpiangere quella spensieratezza, indulgervi avrebbe portato soltanto a cocenti delusioni.

Si riscosse e decise di interrompere la lettura. Meglio sottrarre il proprio malumore alla compagnia degli altri. Abbandonò il divano e imboccò il corridoio che portava alle stanze, certo che avrebbe fatto fatica a prendere sonno.

– Dormi, Jack? – chiese Darsey rivolto al buio.
– No, – fu la risposta dall'altro letto.
– Perché?
– Pensavo ad Ayers.
– E chi diavolo è? – sibilò ancora Darsey nell'oscurità piú assoluta.
– Un sergente del mio reggimento.
– È morto?
– Poche spanne e toccava a me. A quest'ora sarebbe con sua moglie, a Coventry.
– Nessuno conosce i piani di Dio.
– Dio non esiste, Charlie.
– Ti va di fumare? – suggerí Darsey.
Jack accolse l'invito. Recuperarono un paio di sigarette e si spostarono nella sala comune. Il camino era spento da un

pezzo e faceva freddo anche con le vestaglie di lana. Un lume era acceso su uno dei tavoli.

– Toh, ecco altri due insonni.

Darsey riconobbe il tono beffardo di Moran e storse la bocca in una smorfia. Charlie Darsey era un tipo umile, alla mano, di quelli che a scuola erano sempre andati a traino di qualche compagno dalla personalità piú spiccata. La saccenza di Moran non poteva che irritarlo e sotto sotto mettergli addosso una certa soggezione, che celava bene dietro l'ironia.

Fuori non pioveva piú, un quarto di luna occhieggiava tra le nuvole. Jack si appoggiò alla finestra, la testa contro il vetro costellato di gocce, il fiato che lo appannava a ogni respiro. Darsey si accomodò in poltrona.

– Cosa leggi? – chiese a Moran.

Lui sollevò il libro, mostrando la copertina col nome di Yeats.

– Il nostro poeta nazionale. Pare si trasferisca a Oxford.

– Perché non Wilde? – lo provocò Darsey. – Era irlandese anche lui e ha studiato a Oxford.

– Wilde era un pederasta, – sentenziò Moran. Lo disse con un tono cattivo e un'espressione torva che spinse Darsey a ridacchiare e voltarsi dall'altra parte.

– Ehi, Jack, – disse. – Se gli irlandesi instaurano la repubblica, che fai? Prendi la cittadinanza?

Jack scrollò le spalle.

– La mia vita è qui ormai.

– Tuo padre? Tuo fratello?

– Ultimamente non abbiamo un rapporto idilliaco.

Moran si alzò, tolse la sigaretta dalle dita di Darsey e si mise a fumarla sul divanetto di fronte. Parlò senza guardarli in faccia, ascoltando il suono delle proprie parole.

– Voi non capite. Non si tratta soltanto dell'Irlanda. Alla conferenza di Parigi il presidente Wilson l'ha detto chiaro: autodeterminazione dei popoli. Sapete che significa?

– Oh, no, ti prego, non alle tre di notte, – protestò Darsey.

– Significa che gli imperi sono finiti –. Moran osservò la brace della sigaretta con aria annoiata, come stesse spiegando l'ovvio ai bambini. – L'altro fine settimana sono stato a Londra a vedere lo spettacolo di cui parlano tutti... quello su Lawrence d'Arabia –. Notò le espressioni neutre degli altri due e li guardò storto. – Ogni tanto dovreste mettere il naso fuori da qui –. Scacciò l'aria con la mano. – Be', anche gli arabi hanno fatto una guerra di liberazione nazionale. Contro l'impero turco. E se adesso non gli ridànno il loro paese si ribelleranno anche agli inglesi e ai francesi. Il colonnello Lawrence lo ha scritto perfino sul «Times». Ha del fegato, quello. E indovinate un po'?

– Non mi dire che è irlandese, – bofonchiò Darsey.

Moran sorrise compiaciuto.

– Tu invece, Lewis, dove hai passato il fine settimana?

A Jack non sfuggí la sua occhiata maliziosa.

– Qui. Come dici tu, non metto mai fuori il naso, – rispose svogliato.

– Be', non proprio, – insinuò Darsey, – visto che sparisci il venerdí e riappari la domenica sera.

La sua aria ingenua e compiaciuta irritò Jack. L'alleanza tra quei due era inaspettata quanto improbabile. Decisamente troppo per quell'ora di notte.

– È tardi, – disse. – Me ne torno a dormire.

– Reticenza. Come al solito. – Darsey allargò le braccia. – Mi lasci qui con lui? Tra poco inizierà a parlarmi in gaelico.

Moran lo ignorò.

– Lo conoscete l'aneddoto di quel tizio che nel mezzo della battaglia della Somme si è messo a parlare una lingua sconosciuta?

– Aspetta, l'ho già sentito... – disse Darsey soffocando uno sbadiglio. – Quale reggimento era?

– Cambia ogni volta che me lo raccontano. Il tizio, un sottotenente credo, nel bel mezzo del bombardamento non riusciva piú a farsi capire da nessuno. È uno dei casi di trauma da esplosione piú strani che abbia mai sentito.

– Magari era il professor Murray che parlava greco, – ammiccò Darsey.

Jack approfittò del momento per rivolgere ai due un cenno di saluto e tornare in camera.

Da sotto le coperte li sentí discutere ancora. Moran sosteneva che anche quella russa era una rivoluzione nazionale, e Darsey lo contestava. La lotta di classe era basata sull'internazionalismo proletario e non poteva avere niente a che fare con il nazionalismo. Moran insisteva: di fatto i russi avevano liberato il proprio paese da un ceto di tiranni e parassiti. Gli irlandesi avrebbero fatto lo stesso con i Saxe Coburg e Gotha. O Windsor, come si facevano chiamare da quando avere origini tedesche era diventato sconveniente.

Jack smise di ascoltarli e tornò a pensare al povero Ayers. Le sue budella l'avevano colpito al volto, strappate dall'esplosione. La gabbia toracica, forzata dalla compressione dell'aria, era rimasta vuota. Le schegge avevano ferito anche lui. Gli parve di sentire ancora il dolore al petto e al fianco.

Grazie alla poca luce che filtrava dalla porta socchiusa poté scrutare la stanza in penombra. Era stato in un posto come quello, in una notte di luna, che aveva contratto la promessa. Lui e Paddy erano seduti sui letti, uno di fronte all'altro, nella camerata dove si radunavano i cadetti dopo le esercitazioni. L'università era già svuotata dalla guerra, le ultime leve si aggiravano nelle aule semideserte, lezioni tenute per pochi. Il pomeriggio si imparava a marciare e puntare il fucile, per essere pronti alla chiamata. Lui e Paddy erano i piú giovani, impacciati nelle divise da campagna e spaesati quanto bastava per stringere il sodalizio di chi deve difendersi dal resto del mondo. La partenza incombente e le notizie da oltremanica bruciavano le tappe dell'intimità e spingevano a promesse eterne. Si erano stretti la mano con un gesto solenne, come capi di Stato.

Se uno di noi muore, l'altro vivrà anche per lui.

Se uno di noi muore, l'altro prenderà il suo posto.

A diciott'anni è dura dover mettere in conto di morire. Jack ci era andato molto vicino. Paddy era stato inghiottito dalla Terra di Nessuno pochi mesi prima della fine, come il poeta Wilfred Owen.

Un balzo in avanti della memoria. Le pareti si trasformarono, diventarono bianche come quelle di una stanza d'ospedale. Lenzuola candide, passaggi rapidi dall'incoscienza alla veglia, infermiere con tazze di brodo caldo, una mano delicata che reggeva la sua, quella risparmiata dalle schegge. Un volto angelico di donna sussurrava parole gentili. Il figlio non sarebbe piú tornato, eppure era lei a dargli conforto. Jack non poteva, e la consapevolezza gli uccideva il fiato in gola.

Da quel giorno era trascorso poco piú di un anno e la sua vita era cambiata del tutto. Mantenere la promessa di quella notte era il pegno per essere scampato. Nessuno l'avrebbe mai capito, non suo padre, non suo fratello Warnie. Eppure era certo che se al posto di Ayers fosse toccato a lui, oggi Paddy sarebbe stato a Belfast, a consolare entrambi.

8. Racconti perduti

Proiettili tagliano l'aria, carbonizzano l'erba e i fiori dell'estate appena iniziata, bruciano gli alberi, già torti e scheletriti, ossa spezzate che spuntano dalla terra. Il mondo annerisce, coperto di vapori che accecano e soffocano. Giganteschi draghi di fumo e lapilli si alzano a ghermire gli uomini. Fiammate e zampate squarciano il terreno, scavano orme profonde come voragini. Il metallo si trasforma in pioggia di schegge roventi, che riverberano sulle facce pallide dei morti. Il filo spinato artiglia le gambe, blocca la ritirata, lascia in balia dei morsi velenosi delle mitraglie. Ronald maledice le squadre di guastatori che avrebbero dovuto tagliarlo. Maledice quelli che hanno segnato il punto sbagliato sulla mappa. Maledice i nemici che sembrano rispuntati dalle viscere del mondo e dai pantani della Somme. Non è quello il punto, non c'è il passaggio, solo ferro e morte e gli orchi ad aspettarli. L'ufficiale lo affianca ordinandogli di trasmettere la ritirata. Ronald lancia il razzo luminoso, provocando una fuga scomposta di conigli verso i buchi, troppo disorientati per ritrovare la direzione. Qualcuno finisce tra le fauci dei tedeschi, altri inciampano sui cadaveri abbandonati da giorni nei crateri delle bombe. Ronald non si volta, corre fino alla trincea, il peso dello zaino lo sbilancia, cade, gli ultimi metri li fa strisciando. Altri precipitano dietro di lui.

Si ritrova faccia a faccia con una squadra di scavatori coperti di fango. Minatori del Galles e del Lancashire, votati agli spazi bui e angusti, la vista abituata alle tenebre. Le mani grosse e callose sembrano poter sostituire badili e piccozze, che pure impugnano come asce, quasi dovessero assalire i tedeschi con quegli attrezzi. Lo guardano con occhi piccoli e freddi. Si accorge d'essersi pisciato addosso e di stare parlando. Sta ancora trasmettendo gli ordini del capitano, ma nessuno li esegue. Qualcuno chiama il sergente, che arriva correndo piegato in avanti. Tra una cannonata e l'altra Ronald ripete le disposizioni. Devono lanciare ancora razzi luminosi per chi si perde nella Terra di Nessuno. Riceve in risposta uno sguardo perplesso. L'imbecille non capisce piú quello che gli dice. Nessuno ci riesce. È piú imbarazzante della macchia scura che si allarga sui pantaloni.

Il senso d'impotenza aumenta fino ad ammutolirlo.

Ronald abbassò lo sguardo sul quaderno e ascoltò la pioggia per scacciare le immagini dell'attacco a Ovillers. Capitava che l'assalissero all'improvviso, per fortuna piú di rado rispetto ai primi mesi del rientro. In quei giorni non poteva fare altro che scrivere e scrivere ancora. Non aveva trovato un modo migliore per domare i mostri se non trasformarli in creature fiabesche, da relegare oltre lo specchio, nel regno fatato. Glielo consentiva il potere arcano della lingua, l'ancestrale forza evocatrice. *Il segreto delle parole.*

Era stato quello strano tipo al museo a definirlo cosí. In fondo era ciò che l'aveva spinto a creare una lingua nuova e allo stesso tempo antichissima, l'idioma delle fate che Edith adorava, la chiave d'accesso all'altra parte del mondo.

Lawrence sembrava parlare al di fuori dei pregiudizi: una qualità rara. Aveva detto di essere un archeologo. Quando Ronald gli aveva rivelato il proprio mestiere, era parso incuriosito.

– Un filologo indaga il segreto delle parole, non è cosí?
Colto alla sprovvista, Ronald aveva annuito.

– E qual è, dunque?

I suoi occhi brillavano di una luce inquieta, azzurri come certi cieli nelle terre del Sud. Non c'era ombra di malizia nello sguardo.

In quel momento Ronald si era ritrovato la risposta sulle labbra.

– Le parole dànno significato alle cose. Usare un linguaggio è costruire un mondo. Credo sia questo il segreto.

L'altro era tornato a guardare gli anelli nella teca con uno strano sorriso.

– Come un giuramento o una formula magica.

Ronald era rimasto serio.

– Come un atto d'amore. È scritto che in principio fu il Verbo.

Tornò al quaderno, il forziere di poesie e racconti scritti prima della guerra e durante la convalescenza. La sua catarsi, l'appiglio che non era servito a evadere dalle trincee e dai letti d'ospedale. La realtà trasfigurata in favola era compressa in quei racconti perduti e cercava la via di un ritorno possibile. Fiabe, miti di epoche immaginarie. Troppo per il secolo della tecnica e del disincanto. I sogni si erano infranti sul filo spinato della «guerra che metterà fine a tutte le guerre». Quella era stata l'ultima favola, chi poteva volerne un'altra? Le nuove parole d'ordine erano modernismo, realismo. Eppure c'era stato un tempo prima della Catastrofe, in cui i sogni erano stati reali, in cui il mondo era stato se non migliore, almeno piú prossimo alla luce originaria. Di questo scriveva, e facendolo, si rendeva conto, non poteva che narrare l'ineluttabile precipitare del mito nella storia e della propria giovinezza nell'età adulta.

Passò la mano sulla copertina e lesse il titolo in testa nella grafia sottile di Edith: *La caduta di Gondolin*. Aveva scritto quel racconto tra un attacco di febbre e l'altro. Edith aveva insistito per trascriverlo e rimediare alla sua scrittura illeggibile. Lui l'avrebbe tenuto in brutta copia, per poter continuare a migliorarlo. Gli sembrava sempre che ogni frase potesse essere potenziata, aggiustata, magari anche di poco, ma in modo tale da riverberare su tutta la pagina. Oggi poi si avvantaggiava di una visione piú lucida e distaccata, la guerra era finita, i ricordi erano passati attraverso il setaccio della distanza.

Il racconto parlava dell'assedio di una roccaforte e dei coraggiosi difensori che avevano sacrificato la vita nel tentativo di salvarla. I superstiti avrebbero portato con sé il seme di una pallida speranza. Sconvolti, laceri, affranti, fuggivano dalla città come Enea da Troia in fiamme, increduli d'essere ancora vivi, la mente in bilico tra gli affetti lasciati alle spalle e la ricerca di un nuovo sentiero.

Dove si poteva andare dopo un cataclisma come quello? Alla fine della lunga notte sarebbe sorta una stella del mattino a indicare la via?

Aveva la fede, l'amore di Edith e del piccolo John: era piú di quanto molti potessero sperare, e la quotidianità impelleva quanto bastava per non lasciare margine a troppe fantasticherie. C'era l'affitto della nuova casa che andava pagato con regolarità a dispetto dello spazio che non bastava mai. Vivevano con la cugina di Edith, che l'aiutava col bambino, ma Edith aveva anche insistito per assumere una donna di servizio che stesse dietro alla cucina. Poi c'era John, da nutrire, vestire, curare. Il denaro passava di mano con una rapidità impressionante. Per integrare lo stipendio del Dizionario, Ronald si era messo a dare lezioni private di antico inglese. Un'attività che rendeva la casetta di Alfred Street ancora piú affollata e il tempo sempre insuffi-

ciente. Comunque andasse, ne rimaneva ben poco da dedicare alla scrittura.

Sorrise, pensando che in origine, appena tornato dal
fronte, quando Christopher l'aveva spronato a cominciare,
voleva comporre la mitologia mancante dell'Inghilterra.
Nientemeno. Gli sembrava un'impresa degna della gravità
del momento, ma forse era soltanto la voglia di trovare un
luogo dove la lingua degli elfi avesse cittadinanza. Ormai
erano mesi che non proseguiva, assorbito nel lavoro e negli
affari domestici. Rileggeva spesso, annotava a margine, cin-
cischiava intorno a nomi ed etimologie, ma poco alla volta
la routine quotidiana prosciugava la vena.

Richiuse il quaderno e lo allontanò da sé, sentendo la stanchezza premere alle tempie. Si massaggiò gli occhi e quando
li riaprí la vista rimase appannata per qualche secondo. Quanto bastò per scorgere le due sagome in piedi davanti a lui. Il
cuore saltò un battito, una scossa di brividi forti, mani in-
collate al tavolo. Erano poco piú che ombre, ma riconobbe
le divise della scuola, l'espressione beffarda di Rob e il cipi-
glio serioso di Geoffrey. Per qualche motivo apparivano giovani, come ai tempi del liceo, i tratti ancora poco marcati, le
facce pulite. Sembravano in attesa.

Ronald si rattrappí dentro il cono di luce della lampada,
che vacillò.

Guardò ancora, ma le ombre si erano già dissolte. La
paura lasciò il posto a un senso di mancanza che si gonfiò
come una bolla tra lo stomaco e la gola. Gli era successo
soltanto un'altra volta, un paio d'anni prima, e non vi aveva dato molto peso. Tra i reduci le allucinazioni erano al-
l'ordine del giorno. Ora si sentiva scosso e, per qualche ragione, in pericolo. Si fece il segno della croce e pregò per
le anime dei vecchi amici, fino a che non sentí il tocco caldo di una mano sulla spalla.

– È tardi. Vieni a dormire.

Le cinse la vita con un movimento goffo. Lei lo baciò sulla guancia e gli fece scivolare un sussurro nell'orecchio.

– Ti spetta il riposo, mio dolce Beren.

Ronald sorrise, si alzò e le accarezzò il volto minuto.

– Soltanto tra le tue braccia, luminosa Lúthien, – disse, mentre la tirava a sé e guardava oltre la chioma soffice.

9. Galahad

Ned osservò la sagoma della madre stagliarsi contro la finestra illuminata e immaginò ogni gesto. Le posate collocate accanto ai piatti, i centrini, un mazzetto di erica nel vaso dipinto a mano. Negli anni trascorsi lontano da casa aveva dimenticato quanto fosse legata alle piccole ritualità domestiche. Quella donna scomponeva la vita in una sequenza rigida di azioni semplici e inossidabili. Nemmeno la morte dei propri cari era riuscita a intaccare il suo ordine mentale, anzi, l'aveva spinta a rafforzarlo. L'ultimo ad andarsene, pochi mesi prima, era stato il padre dei suoi figli. Lei lo aveva assistito fino all'ultimo, fino a che la febbre non aveva preso il sopravvento sul corpo stanco.

La notizia di quell'agonia lo aveva raggiunto a Parigi, nella hall del *Majestic*. Era rimasto immobile, in mezzo al via vai di diplomatici, segretari, funzionari governativi di mezzo mondo. Il presidente degli Stati Uniti d'America lo aspettava per un incontro privato. Feisal era pronto, in cima alle scale di marmo, nel suo abito piú elegante. Avevano scambiato uno sguardo eloquente, il volto del principe rivelava che aveva intuito le brutte notizie. Non restava che fare buon viso a cattivo gioco e chiudere il trauma in una cella della mente. Woodrow Wilson non era un tipo da fare aspettare.

Il giorno dopo aveva attraversato la Manica, solo per scoprire di essere arrivato tardi. Cosí aveva buttato via la chiave della cella, per impedire al dolore di uscire.

Guardò lo zaino riempito a metà. Aveva trascorso l'intera giornata in preda a una catatonia feroce. Da quando era tornato da Parigi accadeva sempre piú spesso.

Nessuno si aspetta piú niente da me.

Traslocare i vestiti non sarebbe stato un problema, non ne aveva mai posseduti molti. I libri li avrebbe lasciati lí, nella piccola dépendance in fondo al giardino. Eccetto alcuni. L'occhio cadde sulla bisaccia logora e sporca afflosciata in un angolo del pavimento. Non l'aveva piú aperta. La afferrò con timore ed emozione. Ne estrasse due volumi. Le copertine erano ormai incolori, graffiate dalla sabbia, le pagine ingiallite e unte. Lasciò che l'odore del deserto riempisse le narici. Infilò tutto nello zaino, in mezzo ai vestiti, insieme a un libretto sottile, una raccolta di poesie che aveva acquistato al Cairo durante l'ultimo viaggio.

Ecco, era pronto. La strada fino a All Souls non era lunga, sarebbe andato dopo cena.

Sua madre non gli aveva chiesto il perché di quella scelta. Forse aveva capito. La casa era piena di spettri, la guerra l'aveva svuotata e lui sentiva il bisogno di isolarsi per fare ciò che andava fatto.

Lei è il nostro Sir Galahad. Non può deluderci.

Aveva preso la decisione quel pomeriggio, dopo il colloquio con Hogarth. Il vecchio mentore era ingrigito, ma aveva ancora un forte ascendente su di lui, doveva dargliene atto. Lo aveva osservato a lungo in silenzio, dall'altra parte della scrivania, come un padre guarda un malconcio figliol prodigo. Doveva aver notato i cerchi sotto gli occhi, i vestiti spiegazzati, la fasciatura alla mano che iniziava a sfilacciarsi. Ned sapeva di avere l'aria di chi si è lasciato andare, in preda a oscure ossessioni, trascurando di mangiare e guardarsi allo specchio. Sapevano entrambi che quel tornare a rapporto era una richiesta d'aiuto.

Ricordò la prima volta che si era trovato su quella sedia.
Quanti anni erano passati? Dieci? Era solo una matricola ap-
passionata di storia delle Crociate, che si aggirava tra le te-
che del museo per togliere la polvere con cura sacrale. Un modo per farsi notare e trovare uno sbocco alla voglia di maci-
nare pagine e miglia. La stessa voglia che l'estate precedente
lo aveva spinto ad attraversare la Francia in bicicletta, foto-
grafando castelli. Il professore gli aveva indicato la via verso
Oriente, disseminando la mappa di indirizzi utili. Una prova. Un altro viaggio, un altro ritorno davanti a quell'altare,
questa volta con il materiale per la tesi di laurea.

Quel pomeriggio invece era a mani vuote, libero da ogni
fardello.

– Come si sente?

– Spossato.

– I postumi dell'incidente?

Si era sfiorato le costole. Il suo ultimo viaggio in aereo si
era risolto con un'avaria e un tragico atterraggio. Il pilota era
morto.

– Qualche fitta quando piove mi ricorda che ho avuto fortuna.

– Resterà qui. Deve riscrivere il libro. È quello che ci si
aspetta da lei.

– Nessuno si aspetta piú niente da me.

– Ha dimenticato chi ha fatto di lei quello che è? Abbiamo bisogno di testi che forniscano argomenti. Le cose
non avvengono da sole, ragazzo mio, bisogna preparare il
terreno.

– Lei non capisce. Parigi è stata una débâcle, non voglio
piú avere niente a che fare con la politica. Niente piú arabi,
sionisti…

– La partita non è chiusa.

– Lo crede davvero?

– Ne sono convinto. E in fondo lo crede anche lei, visto che insiste a spedire rapporti al Foreign Office e lettere ai giornali.

– Il «Times» le pubblica censurate.

– Lo so. Il nuovo direttore non è dei nostri. Per questo deve scrivere il libro. Ricominci da capo e non tralasci niente. Le ho fatto ottenere una borsa di studio a All Souls. Pensa di riuscire a lavorare con quella mano?

– Non è la mano. Tornare su quell'esperienza mi risulta... faticoso.

– Lei è ancora il nostro Sir Galahad. Non può deluderci.

Lo stregone la sapeva lunga. Lo conosceva da troppo tempo. Si era accorto del suo puerile tentativo di sottrarsi al compito impartito. Senza batter ciglio gli aveva messo la penna in mano e un altro foglio bianco sotto il naso. Come dieci anni prima, quando gli aveva proposto di ripartire subito, appena rientrato dal Libano, questa volta a caccia di una città sepolta nell'Alta Mesopotamia, insieme a Woolley. Erano stati gli anni migliori.

Chiuse lo zaino e fece qualche passo nella stanza. Suo padre aveva fatto costruire il cottage per lui, il genio di famiglia. La memoria proiettò le ombre di cinque ragazzi che giocavano sul prato e quella del padre, curvo dietro il cavalletto per immortalarli. La macchina fotografica era l'unica eredità a cui tenesse.

Un salto temporale, rivide dita abbronzate che armeggiavano con l'obiettivo.

No, aspetta, cosí lo sporchi.

Lanciò un'occhiata ai cassetti dello scrittoio, dove custodiva le fotografie, ma represse l'insano istinto di portarle con sé. Era lo scrigno delle lacrime, un serbatoio di malinconia che l'avrebbe soltanto reso piú tetro.

La mente vagò ancora all'indietro, aiutata dal crepusco-

lo, che rendeva piú facile sovrapporre passato e presente.
Rievocò le epiche imprese dei fratelli Lawrence in quel giardino, durante le giornate estive. Avventure, battaglie, sal-
vataggi improvvisi. Il tempo era infinito allora, la paura sconosciuta, i segreti di famiglia ben custoditi nel cuore di sua
madre.

Con alterne fortune avevano provato a diventare i cavalieri senza macchia che immaginavano da ragazzi. Oggi Bob
era un devoto e morigerato servo di Dio. Arnie, il piú giovane, studiava ancora e chissà quale sarebbe stata la sua strada. Will e Frank erano stati tra i primi ad arruolarsi ed erano rimasti uccisi in Francia.

Poi c'era lui, Ned, che era stato tutto senza diventare
niente. Non un artista. Non un archeologo. Nemmeno un
buon soldato. Se era considerato un eroe di guerra lo doveva al fatto che i governi incensano chi fa il lavoro sporco per
conto loro. La medaglia che avrebbe dovuto conferirgli l'Ordine del Bagno era rimasta a mezz'aria, tra le mani del segretario di Sua Maestà. Davanti al suo rifiuto di accettare la
decorazione, Giorgio V aveva tradito un moto di disappunto, ignaro di non essere il primo re a restare deluso da lui.

Al momento come scrittore non aveva maggiore successo, se era giunto a odiare il suo manoscritto al punto da ab-
bandonarlo in una stazione ferroviaria.

Ricominciare da capo, con spirito nuovo.

Forse poteva tornare utile la fama che Lowell Thomas gli
stava procurando nei teatri di Londra. Hogarth non ne aveva fatto cenno, ma si poteva scommettere che aveva fatto i
suoi conti. Quell'americano impomatato riusciva a incanta-
re la gente. Pagavano un biglietto, per ascoltarlo. Vendeva
«lui», il Re Senzacorona d'Arabia. Lui che aveva tradito tutti, gli amici, i compagni di lotta, superiori e sottoposti. Perfino se stesso.

Trasformato in un divo.

Suoni e colori emersero vividi. Una pioggia di fiori, acqua profumata e copricapi lanciati al cielo. Frastuono di voci che si trasforma in un grido scandito: «Urens... Urens... Urens!» Il suo nome storpiato per le vie di Damasco dall'entusiasmo della libertà.

Tornò al presente e guardò la propria immagine riflessa nel vetro. Secondo Hogarth toccava a lui farlo, sovvertire l'ordine della storia dei vincitori, proseguire la guerriglia con altri mezzi. I contatti nei posti chiave non mancavano, ma non era di politici che avrebbe avuto bisogno l'impresa.

Quel pomeriggio al museo, fuori dall'ufficio di Hogarth, era rimasto colpito da una frase di Tolkien.

Le parole dànno significato alle cose.

Era quella la chiave. Servivano parole inaudite. Non bastava un eroe, occorreva un poeta. Cosa sarebbe stato Achille senza Omero?

Il telefono squillò. Sollevò la cornetta.

– Ned, – la voce di sua madre. – La cena è in tavola.

Riagganciò. Aprí in fretta l'armadio, scostò le giacche e l'uniforme, fino a scovare tunica e mantello. Ne accarezzò il candore, poi afferrò entrambi e li ficcò nello zaino, prima di uscire dal cottage e attraversare il giardino.

Lo aspettavano già seduti davanti alle pietanze. Bob lo degnò appena di uno sguardo severo. Sua madre giunse le mani.

– Signore, ti ringraziamo per il cibo che ci hai concesso. Amen.

– Amen, – ripeté Bob.

– *Bismi' llāh raḥmāni raḥīm. 'Āmīn*, – mormorò Ned.

Lo guardarono con orrore e vergogna, e subito si pentí di averli provocati.

Una tristezza opprimente lo investí fino a incurvargli le

spalle. Erano stati una famiglia numerosa e a tratti anche felice, per quanto fondata su una menzogna. Ciò che ne restava non faceva onore a nessuno. Il pensiero lo schiacciò e lo spinse a mangiare in fretta, senza alzare gli occhi dal piatto. Voleva andarsene il prima possibile.

Dopo cena salutò la madre, che lo baciò sulla fronte. Varcata la soglia di casa, mise lo zaino in spalla e raccolse la bicicletta. La condusse a mano fino alla strada. Polstead Road era immersa nel buio, eccetto per l'unico lampione. Avrebbe raggiunto il centro affidandosi alla dinamo.

Il richiamo del fratello lo colse alla sprovvista. Lasciò che Bob lo raggiungesse e notò l'espressione cupa.

– Nemmeno adesso riesci a perdonarla?

Ned si irrigidí.

– Non si è mai mostrata pentita.

– Di cosa?

– Dell'ipocrisia verso di noi.

Bob sospirò, con la stessa aria che assumeva quando i fratelli ne combinavano una. Era il maggiore, da sempre costretto a essere il piú adulto e responsabile. Ned pensò che nonostante tutto i loro rapporti non erano cambiati.

– Non spetta a te giudicare, – disse Bob. – La vita è stata dura con lei. Ha dovuto seppellire due figli e un marito.

– Ce l'ha messa tutta per inculcarci il suo senso di colpa di peccatrice, – ribatté lui con stizza. – Ce l'ha dovuto conficcare bene in fondo all'anima.

– Perché soffriva, Ned. Sperava soltanto nella misericordia di Dio.

– Cosí abbiamo finito per soffrire tutti. Non fingere che non siamo diventati quello che siamo a causa di una piaga nascosta. Non fingere di non portarti dentro un po' di quella bugia –. Notò lo sguardo rassegnato e dolente del fratello. Era inutile infierire. – Dille che le voglio bene. Arrivederci.

Si incamminò, accompagnato dal cigolio della bici. Quando fu all'incrocio, con la coda dell'occhio riuscí ancora a scorgere il fratello, immobile e solitario sotto il lampione. Guardava in basso. Forse pregava.

Il professor Hogarth osserva il giovane con aria sorniona, tenendolo sulle spine. Gli occhi azzurri spiccano sul viso magro. Non dimostra affatto vent'anni, ha il corpo minuto di un ragazzino, potrebbe avere ancora sulle scarpe il fango delle corse nei prati. Si guarda intorno, come se cercasse di riconoscere gli oggetti esposti sugli scaffali. Lo studio ne è pieno, cimeli da tutto il Mediterraneo. Hogarth conosce quello sguardo incantato, lo stesso che aveva lui quando Evans lo trascinò nella piú grande impresa: trovare il palazzo di Minosse, riportarlo alla luce del mondo dopo quattromila anni. Il tempo passa e alla meraviglia della scoperta segue la responsabilità della conservazione. Ora tocca a lui custodire il museo, domani chissà, forse proprio al giovane studente che gli siede davanti con la schiena rigida, in attesa di una sua parola. Lo ha colpito dal primo momento, quando lo ha scovato a curiosare nelle sale del museo e ha deciso di premiare la sua costanza offrendogli di affiancare il responsabile delle ceramiche medioevali.

Il ragazzo si illumina quando la voce calda del professore rompe il silenzio nella stanza.

– Dunque, vediamo questo tesoro.

Una vecchia borsa di tela viene sollevata fino alla scrivania. Il giovane si ferma, incerto se appoggiarla sulla superficie linda, attende l'assenso del professore, che annuisce. Gesti cauti estraggono un involto di stoffa lurida. Hogarth lascia che il ragazzo lo apra e osserva il vaso sbrecciato, ancora sporco di terriccio. La sua espressione non lascia trasparire niente.

– Sassone, direi, – azzarda il ragazzo. – Quinto o sesto secolo dopo Cristo.

Il professore prende una penna e fa ruotare il vaso per esaminarlo.

– Dove l'ha trovato?

– Su un'ansa del Tamigi. A cinque miglia da qui.

– Ce n'erano altri?

– Sí, ma in briciole. Io credo che possa trattarsi di una tomba.

Hogarth si distende sulla sedia.

– Una tomba, – ripete, come per fissare la parola nella mente.

– Sissignore, la tomba di un guerriero.

Il blu delle pupille diventa piú intenso e luminoso. È chiaro che ha in serbo qualcosa e sta cercando il colpo di teatro. Hogarth pensa che il ragazzo dovrà imparare ad avere pazienza e ad apprezzare i risultati del metodo, oltre a quelli dell'intuizione.

– E cosa glielo fa pensare, amico mio? – chiede per dargli soddisfazione.

Il ragazzo apre di nuovo la borsa.

– Questa.

Hogarth fissa l'oggetto che l'altro tiene in mano, senza riuscire a celare una certa sorpresa. Non se lo aspettava. È da quando Evans scavava nei dintorni che non vede roba del genere.

Riceve la spada dalle mani del ragazzo ed esamina il moncone della lama spezzata. Il metallo è mangiato dalla ruggine, ma si vede che è stato battuto con perizia. L'elsa è leggera, le decorazioni ancora visibili, per quanto smussate dai

secoli. Il professore inforca gli occhialini e la rigira sotto la
luce della finestra.

– Lega di ferro e carbone. Il pomello è d'argento. Le la-
mine pressate al centro formano un motivo a spira di serpente –. Solleva lo sguardo. – È l'opera di un fabbro capace.
Senz'altro destinata a un guerriero di rango.

Appoggia l'arma sul tavolo.

– L'altra metà della lama è rimasta conficcata nella roccia mentre tentavo di estrarla.

Hogarth trasalisce.

– Sta scherzando?

– Sí, – sorride il ragazzo, e indica la copia di *La morte
d'Artú* di Malory sulla scrivania. – Purtroppo non è Excali-
bur.

– Già –. Il professore si rilassa e fa frusciare le pagine del
libro con il pollice, sovrappensiero. Non si è sbagliato, quel
giovane ha talento. Merce rara, che merita una certa cura.

– Il lavoro al museo come va?

– Benissimo.

La risposta è di prammatica. Hogarth annuisce con aria
distratta. I vasi anglosassoni non hanno piú un granello di
polvere e i cartellini espositivi sono in ordine perfetto.

Il professore ci pensa ancora un po', poi decide di andare dritto al punto.

– Che cosa le interessa, Lawrence? – nota l'aria sorpresa
del ragazzo. – Intendo, che cosa le interessa *davvero*?

La risposta arriva dopo pochi secondi, il tempo di scegliere tra reticenza e sincerità e racchiudere i sogni tra le sillabe
di una parola.

– L'Oriente.

Gli occhi grigi di Hogarth si fissano in quelli del ragazzo.

– Dove tutto ha avuto inizio… – mormora il professore.

Eccola, la verità che aspettava. Un tipo capace di celare

bene l'arroganza giovanile, ma abbastanza intraprendente
da saper essere sincero quando occorre. C'è qualcosa in lui,
oro puro, un filone che il tempo potrebbe prosciugare o trasformare in miniera di tesori.

– Il professor Poole mi dice che lei vorrebbe scrivere una
tesi sulle Crociate. È vero?

– Sissignore.

– Argomento piuttosto vasto. Ha pensato a come circo-
scriverlo?

– Mi interessa l'architettura militare. Ho trascorso in
Francia le ultime estati e ho visitato i castelli dei Plantageneti. Mi piacerebbe studiare le contaminazioni architettoni-
che tra quelli e gli edifici coevi in Terra Santa.

Poole ha accennato anche a questo, ma Hogarth preferisce ascoltare il diretto interessato. L'esposizione è corretta,
probabilmente preparata con cura. Si concede ancora qualche momento di riflessione. Adesso è il suo turno di essere
sincero.

– Molti anni fa, quando ero uno studente come lei, qualcuno mi ha offerto una grande opportunità –. Lascia correre lo sguardo sui reperti negli scaffali. – Io ho saputo coglier-
la, e se oggi sono quello che sono è perché ho fatto quella
scelta.

Il viso di Lawrence è serrato in un'espressione tesa, la curiosità compressa nel corpo piccolo e nervoso.

– A quanto mi dicono lei è lo studente piú brillante del
suo corso –. Hogarth indica la spada arrugginita. – E a quanto vedo preferisce trascorrere le domeniche scavando lungo
il fiume anziché giocando per i colori del Jesus College.

Lawrence è zitto e attento, è chiaro che non sa ancora cosa dire.

– Credo che lei meriti la stessa chance che ho avuto io, –
continua Hogarth. – Se vuole raccogliere il materiale per la

tesi non le basterà andare oltremanica. Che programmi ha
per le vacanze estive?

La voce del giovane esce strozzata dall'emozione.

– Nessuno.

– Che ne direbbe di un viaggio in Medio Oriente?

Lo sente deglutire.

– Sarebbe fantastico.

– Dovrebbe visitare le fortezze costiere della Palestina e
del Libano. E quelle dell'entroterra siriano, ovviamente. Posso procurarle una lettera di presentazione di Lord Curzon
per le autorità turche, in modo che le concedano il visto e
non la ostacolino negli spostamenti. Tuttavia un viaggio del
genere in piena estate potrebbe rivelarsi piuttosto faticoso.

Lawrence si affretta a intervenire.

– La fatica non mi spaventa, mi creda.

– Non ne dubito, amico mio, ma è meglio che si consul-
ti con chi ha viaggiato a quelle latitudini prima di lei. Le farò
avere il recapito di Charles Doughty.

– Doughty?

– Sí. Ha letto *Arabia deserta*, spero.

– Due volte.

– Molto bene, – commenta Hogarth. – Gli scriva a nome mio e chieda ogni consiglio utile. È una persona affabile, le darà tutte le informazioni che può –. Il professore consulta un elenco mentale. – Avrà anche bisogno di un'infa-
rinatura di arabo. Prima di partire può prendere lezioni dal
reverendo Odeh. Vive qui a Oxford, è siriano ed è un mio
buon amico, lo farà con piacere. Poi, quando sarà in Libano, può rivolgersi alla signora Faridah el-Akle. Vive a Je-
bail, non lontano da Beirut, e insegna arabo al personale diplomatico europeo.

Hogarth smette di parlare. L'effetto delle sue parole sul
volto di Lawrence è visibile a occhio nudo.

– Professore, io…

Hogarth previene il suo imbarazzo e gli posa una mano sul braccio.

– Vada laggiú, Lawrence, e guardi con i suoi occhi. L'Oriente non è solo il passato che leggiamo nei libri. La storia non è lettera morta, noi stessi ne facciamo parte –. Fa una pausa, meditando su cosa aggiungere, poi conclude: – Al ritorno parleremo del suo futuro.

Si alza e gli tende la mano attraverso il tavolo. Lawrence impiega qualche istante a rendersi conto che lo sta congedando. Si alza e infonde nella stretta tutta la gratitudine di cui è capace.

Hogarth guarda la spada.

– Non posso ricambiare con un dono altrettanto prezioso –. Afferra il libro di Malory e glielo porge. – Ma una buona lettura può farle comodo.

Il ragazzo prende il libro e sorride.

– Grazie.

Hogarth aspetta che esca dallo studio e si risiede, trovandosi di nuovo sotto gli occhi la spada spezzata. Senza pensare la impugna con una presa salda e la solleva come fosse ancora intera.

– Sorga un cavaliere, – mormora tra sé.

10. Il colonnello Lawrence

Quello che colpiva erano gli occhi. Fin dalla prima volta che lo inquadrarono, appena il tempo di incrociare i suoi, Robert si accorse che contrastavano con il tono gentile e il modo inconsueto, attento, di porre le domande. Come se pensasse di poter cogliere un frammento di verità in ogni risposta. Nessuna parola era spesa a caso, nemmeno il nome del piú oscuro poeta.

Meleagro di Gadara.

– Chi?

– Il colonnello Thomas Edward Lawrence, l'eroe d'Arabia. È un ricevimento in suo onore, a All Souls College. Se solo ogni tanto ti degnassi di sfogliare un giornale.

– Per leggere cosa, Robert? Che non esistono piú le brave ragazze di una volta? O che il cervello delle donne è per natura inferiore a quello degli uomini?

– Qualche fatto del mondo, Nancy. Quello che succede intorno a noi.

– Vorrei leggere della condizione del proletariato femminile, ma nemmeno l'«Herald» sembra trovare interessante l'argomento. Perché non ti lamenti col tuo amico Sassoon?

– Siegfried dirige le pagine letterarie.

– E magari pensa di guidare la rivoluzione da lí.

– Mio padre mi ha chiesto di accompagnarlo. Viene apposta da Harlech. È un'occasione per salutarci.

– E per conoscere un altro che mette in bella mostra le stimmate di guerra. Le mogli degli operai inglesi stanno in trincea tutta la vita, ma nessuno organizza ricevimenti per loro.

– Dovrò rispolverare l'abito da sera.

– Non vai in uniforme?

– Smettila, Nancy.

– Buon divertimento, Robert.

Robert varcò l'ingresso impreparato, ancora nervoso per la discussione con suo padre, che invece si tuffò subito in un *grand tour* di saluti. Robert si ritrovò a osservare la compagnia che affollava la sala come fosse un dipinto, sentendosi un visitatore che ha sbagliato museo.

Non ti sembra l'ora di abbandonare gli entusiasmi giovanili?

Guadagnò la parete, cercando di non farsi notare. Toccò il cravattino, incerto se fosse storto o piuttosto sul punto di soffocarlo.

Eccetto qualche ospite esterno come lui e suo padre, gli invitati erano tutti membri del college. Donne, nessuna. Un chiacchiericcio misurato e indistinto era il prodotto di decine di conversazioni. Le frasi giungevano a brandelli, ma gli parve che predominasse la politica, con qualche puntata sulla letteratura e le novità sportive. Cercò suo padre con lo sguardo e lo scoprí ai margini di un capannello di decani. L'astio di pochi minuti prima gli impediva di distendere i nervi. La passeggiata sullo High fino a lí era stata uno strazio.

Sei tu che mi preoccupi, Robert.

Ebbe voglia di imprecare, si fece coraggio e agguantò un bicchierino di sherry dal vassoio del cameriere.

– Immagino che nemmeno il nascituro verrà battezzato.

– Sai come la pensiamo Nancy e io, papà.

– E il cognome?

– Non ne abbiamo ancora parlato.

– Ma perché non il tuo? Perché Jenny porta quello della madre?

– Perché no? Trovi giusto che i figli siano proprietà esclusiva del padre o ti preoccupa la discendenza del nostro nome? Prima o poi Dick e Philip ti daranno soddisfazione, vedrai.

– Sei tu che mi preoccupi, Robert.

– Perché non sono uguale a loro.

– Non è vero. Philip era feniano, e sai quanto mi ha fatto dannare con le sue prese di posizione a favore dei boeri.

– Ma ha messo la testa a posto. Io non sono Philip, papà.

– Il fatto che sei stato al fronte non significa che non puoi aspirare a una vita normale e a una famiglia rispettabile. Hai venticinque anni e un secondo figlio in arrivo. Non ti sembra l'ora di abbandonare gli entusiasmi giovanili?

– Consigliami: dovrei lasciar perdere prima le mie idee politiche o la poesia?

– Dannazione, Robert!

– Che ne dici di sospendere le ostilità? Siamo arrivati.

Appoggiò il bicchiere vuoto e in quel momento decise che qualunque cosa poteva servire a distrarlo. Cercò un bandolo nel flusso di parole che correva attraverso il grande refettorio, ma incappò solo nei commenti di vecchi *tories* e nella cronaca dell'ultima partita di cricket disputata dalla squadra del college. Si ritirò in un angolo occupato da una coppia male assortita: un ometto dalla testa grossa, e uno spilungone ingobbito che, gli parve di ricordare, doveva essere il regio professore di teologia.

– Ho sempre pensato che i filosofi greco-siriani abbiano avuto un'influenza determinante sul cristianesimo delle origini. Penso alla scuola di Gadara. Nell'Epistola di san Giacomo compare un riferimento esplicito al poeta alessandrino Mnasalce...

– Forse dovrebbe approfondire l'intuizione, colonnello Lawrence.

Robert incrociò lo sguardo del piccoletto. Gli occhi, nascosti sotto le sopracciglia folte, avevano qualcosa di ipnotico che catturava l'attenzione, i capelli biondo paglierino riflettevano la luce dei lampadari. Sembrava molto giovane. Si chiese perché l'ospite d'onore della serata non tenesse il centro della sala.

– Mi accontenterei di poter tradurre l'Antologia di Meleagro. È curioso che nessuno abbia ancora pensato di farlo, vero?

– Credo sia per via dei molti epigrammi osceni. Una volta epurati da ogni riferimento all'immonda attitudine dei greci, ne rimarrebbe ben poco.

– Immagino di sí.

– A ogni modo, se dovesse decidere di tentare l'impresa, colonnello, non dimentichi di consultare il professor Murray. Ha idee originali in merito all'attività del traduttore.

Robert si sentí piú goffo che mai, mentre le parole uscivano da sole.

– «Salve, Lucifero, messaggero dell'alba, e torna presto come Vespro, per riportare in segreto colei che ora mi rubi».

Lo guardarono vagamente interdetti. Poi Lawrence sorrise.

– Meleagro di Gadara.

– Perdonate. Involontariamente ho orecchiato la conversazione, – disse Robert superando l'imbarazzo. – La stella di Venere identificata con Lucifero sembra legare saldamente Meleagro alla tradizione ebraica.

Il professore drizzò il naso.

– In effetti gli ebrei si sbarazzarono del culto di Venere una volta divenuti stanziali, e lo fecero nel modo piú netto, associandola a Lucifero, o se si preferisce a Satana, nella sua veste serale. Sono stati i cristiani a ridare all'astro una connotazione positiva... – Aggrottò le sopracciglia nello sforzo di ricordare. – Nella Seconda lettera di san Pietro l'apostolo definisce la parusia come il giorno in cui la stella del mattino si leverà nei nostri cuori. Certo l'amore pagano e carnale dei poeti ellenistici non può avere niente a che spartire con questo.

– Immagino di no, – ammiccò Lawrence. – È quel genere d'amore che danna il corpo e l'anima –. Si rivolse a Robert. – Lei dev'essere Graves, il poeta. Mi avevano detto che sarebbe venuto. Ho letto una raccolta di sue poesie in Egitto nel '17, e le ho trovate molto belle.

– Sono lusingato, colonnello.

– Prego, tralasciamo i gradi. Le nostre uniformi combattono le tarme nell'armadio.

Qualcuno affiancò il professore di teologia, col pretesto di coinvolgerlo in una discussione sulla Trinità. Robert ebbe l'impressione che fosse un modo per avvicinarsi al protagonista della serata, ma Lawrence ne approfittò invece per scostarsi di mezzo passo, ruotando il busto quanto bastava a isolare l'altra conversazione.

– Lei e io abbiamo almeno due cose in comune. Un padre irlandese e una nascita gallese. La sua famiglia vive a Harlech, vero? Io sono nato dall'altra parte della baia, a Tremadoc.

– Davvero?

– Be', per la verità la mia famiglia si è spostata parecchio, – un gesto vago con la mano per cambiare discorso. – Al Cairo ho conosciuto suo fratello Philip. Abbiamo lavorato fianco a fianco all'Arab Bureau. Una persona brillante.

– È un inviato del «Times» adesso. Altri miei fratelli hanno intrapreso carriere diplomatiche all'estero. Io sono la pecora nera della famiglia.

– Non si crucci, qualcuno deve pur esserlo affinché i bravi ragazzi brillino di luce propria.

Robert si chiese se la simpatia epidermica che provava fosse condizionata dalla fama del personaggio.

– Se non ho capito male le interessa la poesia classica.

– In verità mi attirano di piú i poeti moderni. A Londra ho incontrato Siegfried Sassoon, che tra le altre cose mi ha parlato di lei. Qui i poeti sono di casa. Forse lei potrebbe aiutarmi a conoscerne meglio qualcuno.

– Se crede…

– Sarebbe splendido. Manco dall'Inghilterra da troppo tempo e mi serve un cicerone.

– Spero di essere all'altezza.

– Oh, al contrario, Graves, spero di esserlo io. La motivazione della mia borsa di studio parla chiaro: devo redigere il resoconto della guerra in Arabia. Mi serve la prosa migliore.

– Crede che i poeti possano esserle utili?

– Per quello che ho in mente sí, senz'altro. Una volta ho chiesto a Charles Doughty cosa fosse andato a cercare in Arabia, e lui mi ha risposto che voleva riscattare la lingua inglese dai pantani in cui languiva dai tempi di Spenser.

– Bella sfida.

Un decano rubicondo si fece largo fino a raggiungerli.

– Ah, ecco chi può darci un parere autorevole. Si discuteva della necessità del blocco navale alla Russia. Lei, colonnello, non crede sia un'esigenza vitale?

– La definirei piuttosto una vocazione, professor Chambers.

L'uomo si lisciò i baffi.

– Temo di non capire.

– Russia, Irlanda, Medio Oriente. Reprimere rivoluzioni è l'attitudine nazionale del momento. Mi chiedo quale successo si speri di ottenere.

– Per quanto riguarda la Russia non abbiamo scelta, – insistette il professore. – O i bolscevichi dilagheranno fino a qui.

Lawrence inclinò appena il capo con aria pensosa.

– Scambiare il nostro posato Lloyd George con un capo carismatico come Lenin. Dio ce ne scampi, il paese non sopravvivrebbe allo shock.

L'altro finse di cogliere lo spirito della provocazione.

– Non mi dirà che simpatizza per Lenin, colonnello?

– Mi limito a invidiarlo. È riuscito dove io ho fallito.

La risposta spense il sorriso sulla faccia del professore.

– La prego di scusarmi, – disse Lawrence.

Non ebbe bisogno di aggiungere altro, né di farsi largo tra gli abiti da sera. Semplicemente si sottrasse, scivolò di lato, fuori portata da ogni ulteriore domanda, come un servo che abbia ultimato i suoi compiti e prenda congedo dai padroni.

Robert si ritrovò a seguirlo senza pensare. Immaginò che avrebbero addirittura lasciato la sala per trasferirsi a chiacchierare altrove, lontano dalle cariatidi di All Souls. Invece gli sguardi di tutti li accompagnarono fino a due poltrone.

– Credo che Chambers ci sia rimasto male, – disse Lawrence. – Non volevo offenderlo. Lei, Graves, che idea si è fatta del socialismo?

– Io sono socialista.

– Perdoni l'ingenuità, avrei dovuto immaginarlo. Magari ha anche firmato il Documento di Oxford.

– Non c'era bisogno di essere socialisti per firmarlo, signor Lawrence. Bastava il buonsenso.

– Sono d'accordo. L'odio antitedesco è un'assurdità propagandistica.

– Molti credono che le condizioni di resa imposte alla Germania presto o tardi finiranno per scatenare un'altra guerra.

– Hanno ragione da vendere. Sconteremo gli sbagli fatti alla Conferenza di pace negli anni a venire. E non solo per quanto riguarda la Germania. Si fidi, io c'ero. Ma forse potremmo concederci argomenti di conversazione meno tetri. Magari domani a colazione?

– Molto volentieri.

– Parleremo finalmente di poesia. E, se non le dispiace, il mio è diventato un nome dannatamente ingombrante, lo lasci perdere.

– Niente gradi, niente nomi. Come devo chiamarla?

– Due lettere possono bastare. Per gli amici sono T. E.

11. Seconda vita

Jack finí di riporre i piatti nella credenza e si spostò in salotto abbottonando le maniche della camicia.

– Hai finito? – chiese alla ragazzina seduta al tavolo.

Lei alzò gli occhi dal quaderno.

– Quasi.

Jack sbirciò sopra la sua spalla, sovrappensiero. Doveva trovare il tempo di dedicarsi anche al proprio lavoro, gli esami erano piú vicini di quanto potesse sembrare.

– Jack?

– Sí?

– Quanti anni hai?

– Ventuno.

– E quando mi sposi?

Jack finse di tirarle un orecchio.

– Smettila, Maureen. Finisci i compiti.

– Hai soltanto dieci anni piú di me.

Il tono malizioso della ragazzina era forzato e patetico.

– Tua madre si arrabbierà.

– Se ci sposiamo?

La guardò storto.

– Se non finisci i compiti.

Troncò la discussione e sedette nella poltrona incastrata sotto la finestra. Rimase a guardarla per qualche minuto. Era seduta composta e si vezzeggiava dondolando appena una gamba, la punta della scarpetta di vernice che sfiorava il pavimento. Indossava un grembiule ormai troppo piccolo, e Jack si scoprí a osservare che il suo corpo non era piú quello di una bambina. Certo non era un buon motivo perché lei gli comunicasse esplicitamente di essere cresciuta. Era una faccenda da donne, avrebbe dovuto parlarne con sua madre. Forse se fossero stati fratelli sarebbe stato meno imbarazzante.

Sentí una vampa di calore salire dal bassoventre fino alle orecchie. Si affrettò a ricondurre quei pensieri alla dura necessità domestica: annotò che avrebbe dovuto mettere da parte i soldi per comprarle dei vestiti nuovi, della taglia giusta.

Prese a riordinare gli appunti, ma lo sguardo si perse subito sulla trama del tessuto che ricopriva il bracciolo. Stoffa di poco prezzo già lisa. Chiuse gli occhi, soltanto un attimo, quanto bastava a raccogliere le idee, sufficiente per assopirsi.

Il tocco di una mano. Su di lui un sorriso placido, materno.

Jack sollevò la testa dallo schienale.

– Mi sono addormentato.

Setacciò la stanza con lo sguardo.

– È fuori a giocare, – lo tranquillizzò lei.

– Ho fatto la spesa. È in cucina.

Jack fece per alzarsi ma lei lo trattenne.

– Perché non ti sdrai sul letto?

– Meglio di no –. La scostò con delicatezza e si sforzò di sorridere. – Dormirei fino a domattina.

In quel momento notò la busta tra le mani della donna.

– Notizie? – chiese titubante.

– Niente di nuovo –. Lei guardò altrove per nascondere l'espressione delusa. – La Bestia non ci darà un penny di piú.

Jack arrossí. Si imbarazzava quando lei nominava il marito in quel modo.

– Nemmeno per Maureen? – chiese.

– È il suo modo di vendicarsi.

Jack strinse i pugni.

– È terribile.

– Sí –. Si voltò per accarezzargli il volto. – Ti stiamo gravando troppo.

– No, non intendevo questo... – si affrettò a dire lui. – Per te, per tua figlia.

Janie Moore rimase in silenzio e Jack la osservò mentre cercava le parole per esprimere i pensieri che l'affliggevano. La bocca sottile, i capelli raccolti sulla nuca, gli occhi dall'espressione ridente che nemmeno la tristezza riusciva a cancellare del tutto. Non era bella, anche se portava bene i suoi anni. Conservava una testarda dignità di fronte alle difficoltà della vita, che Jack aveva finito per ammirare.

– Sei cosí giovane, – disse lei, rinunciando ai giri di parole. – Se volessi lasciarci...

Lui le prese le mani.

– Smettila.

– Non possiamo pretendere questo da te.

– Non dire nulla.

Lei gli sfiorò ancora la guancia con la punta delle dita. Riusciva sempre a placare la rabbia che Jack covava nell'animo. Il suo sguardo gli ricordava quello di sua madre prima che la malattia lo offuscasse. Allora non aveva potuto salvarla, ma la vita gli concedeva un'altra possibilità. Riempire il vuoto della morte di Paddy, mantenere la promessa.

Lei lo aveva accudito in ospedale, lo aveva accolto al posto di quel figlio che non era tornato. Una donna sola, che a quarant'anni passati si trovava separata dal marito, con una bambina che cresceva senza padre e senza il fratello maggiore. Jack era diventato entrambe le cose per lei. La sua seconda vita.

– Devo andare, – disse. Recuperò la giacca e gli appunti. La baciò sulla guancia. – A domani.

Dalla finestra lei lo osservò uscire e imboccare la strada in direzione del centro.

Quando ebbe varcato il portone del college si fermò, indeciso se salire subito in camera. Il tragitto in bicicletta aveva scacciato la sonnolenza e ridestato i sensi, ma non aveva voglia di fare conversazione. Non con Darsey, almeno. Eppure era certo che l'avrebbe trovato lí, pronto a coinvolgerlo in chiacchiere futili. Riusciva a prevedere perfino gli argomenti che avrebbero toccato: le vacanze di Natale, gli esami, i nuovi corsi… Sostò davanti al Memoriale di Shelley. Era un'alcova di silenzio. La statua del corpo esanime del poeta biancheggiava sulla lastra di marmo, come distesa su un mare invisibile, sorretta dalla Musa della poesia e da due leoni di bronzo. Era morto ad appena trent'anni, annegato nelle acque del Mediterraneo, mentre cercava di solcarle su una piccola barca. Forse una fine cercata, coerente con l'ideale romantico, o piuttosto il tributo richiesto dagli dèi per una vita breve, vissuta sfidando ogni convenzione.

Osservò il corpo nudo del giovane, adagiato su un fianco, candido e levigato. Sembrava pronto a essere destato da un bacio. La piega dolce della spalla e dell'anca, i genitali piccoli, appena abbozzati, le labbra socchiuse. C'era qualcosa di lascivo nelle forme che lo scultore aveva voluto imprimere al marmo, come un desiderio latente. Jack represse l'istinto di sfiorare quella mano bianca e affusolata. Rabbrividí e alzò lo sguardo sulla cupola. Un cielo blu affrescava la volta, pallida imitazione di quello sotto il quale il cadavere era stato cullato dalle onde, fino a una spiaggia italiana.

Jack pensò a quanta ipocrisia fosse stata necessaria per
erigere il monumento al piú famoso studente del college,
espulso per avere scritto un pamphlet in favore dell'ateismo.
L'ennesimo martire della Ragione, a cui spettavano lacrime
di coccodrillo e una gloria postuma.

Per un attimo fu come se le parole del suo vecchio tuto-
re risuonassero sotto la volta.

*La fede è credenza, non conoscenza, Jack. Di nessuna reli-
gione abbiamo prove certe e se le consideriamo da un punto di
vista filosofico, il cristianesimo non è nemmeno la migliore. Le
religioni sono mitologie, vale a dire semplici invenzioni del-
l'uomo.*

Quel coriaceo scozzese l'aveva aiutato a rafforzare la mente, facendogli l'onore di discussioni metodiche e puntiglio-
se, che avevano spesso una conclusione inappellabile.

*Adesso capisci come la tua osservazione fosse del tutto priva
di significato?*

Jack sorrise tra sé, ripensando a quella palestra di sobrietà
e raziocinio. Anni che erano serviti a costruire un'armatura
solida per le proprie idee e a scoprire qualcosa che in fondo
già sapeva: il suo destino era la letteratura. Non piú le fan-
ticherie infantili in soffitta, ma lo studio serrato dei clas-
sici.

*Non sei in grado di dedicarti a nient'altro, ragazzo. Rasse-
gnati.*

Era stata l'ultima sentenza del vecchio Kirkpatrick. Si
era tradotta in un biglietto di sola andata per Oxford, verso
l'orizzonte di una carriera accademica. Ciò non gli aveva impedito di cullare nell'intimo una velleità poetica, provare a
scrivere versi, mediocri e maldestri, stando alla fredda acco-
glienza della critica. Un'altra dura lezione di realtà, che gli
aveva lasciato l'amaro in bocca. Clive Staples Lewis detto
Jack, scampato alle nebbie d'Irlanda e alla guerra, non sareb-

be diventato un poeta, ma nella migliore delle ipotesi solo l'ennesimo studioso dedito a letteratura scritta da altri.

Riprese a camminare e si trovò davanti alla scala che portava alle camere, fissandola come un destino segnato. Prese a salire i gradini a passi lenti, senza nessuna fretta di raggiungere la sua stanza, dove sapeva che la socialità l'attendeva al varco.

In principio fu il *wara*, nel folto delle foreste germaniche. Poi il *varar* dei fiordi scandinavi. La verità, il patto, la fede. Tradita dal Diavolo, primo degli spergiuri. Alla sua coda puntuta si attaccò subito il verbo *leogan*, mentire, poiché il demonio è anche il primo traditore e bugiardo. Quando il suo servo deforme e cannibale, il *waerloga*, approdò sulle isole, gli scozzesi tolsero la vocale finale per indurirne il nome e maledirlo. Cosí, dalle nebbie delle Highlands emerse il *warlock*, lo stregone, che adesso stava davanti a lui, nella sala degli anelli.

– Lei deve essere Tolkien.

La veggenza è una dote degli incantatori, pensò Ronald.

– Non si meravigli. Come direttore del museo non mi sfugge nulla di quanto accade qui dentro.

Il professor Hogarth si presentò e Ronald gli strinse la mano evitando di guardarlo negli occhi. Si concentrò sul pizzetto grigio scolpito sul mento.

– Ad esempio, so che a lei piace fermarsi qui quando non c'è piú nessuno.

Ronald pensò che il custode doveva aver rivelato il suo segreto.

– Io...

– Non incolpi Harris, la prego. È una persona discreta.

Forse gli leggeva davvero la mente.

– È stato Lawrence a parlarmi di lei, – proseguí Hogarth.
– Credo sia rimasto molto colpito dalle vostre chiacchiere
davanti a questa teca.

– Gli sarò apparso davvero ingenuo, – disse Ronald. –
Purtroppo ho scoperto chi è soltanto dopo il nostro incontro. Non mi tengo aggiornato sull'attualità.

– Certo, lei preferisce il passato, come me –. Un sorriso
sotto i baffi. – Permette che le tenga compagnia? – Indicò
la sala attigua. – Venga, anche a me piace passeggiare tra i
cimeli quando il museo è vuoto.

Mentre si incamminavano affiancati, Ronald pensò che
era come se lo stesse aspettando, come se l'intero museo fosse approntato per loro. Eppure sotto la superficie della cortesia non poteva celarsi altro che il premio per l'assidua fre-
quentazione fuori orario. Era tornato lí nella speranza di incontrare di nuovo Lawrence, parlargli ancora. Per qualche
oscura ragione si era accorto di provare nostalgia di quel breve attimo di sincerità davanti agli anelli. Dopo l'apparizione
spettrale di qualche sera prima, si sentiva ancora piú solo di
quanto l'avessero lasciato i lutti di guerra. Avrebbe voluto
superare il pudore e provare a parlarne a qualcuno, magari
nell'intimità di un museo vuoto, anche se adesso sapeva che
Lawrence non era certo un individuo comune. Si rese conto
di quanto quell'idea fosse sciocca e puerile e la cancellò dalla testa, mentre si lasciava accompagnare verso la sala dell'e-
poca anglosassone.

Terrecotte, spille ed else ripulite dalla ruggine, le lame
perse in battaglie che avevano deciso il dominio sull'isola e
adesso giacevano chissà dove, tra le costole degli scheletri,
sotto una coltre di terra e muschio.

Hogarth indicò una delle vetrine.

– Sa, alcuni di questi oggetti sono ritrovamenti di Lawrence. Quando era studente setacciava la campagna per conto del museo. In fondo noi archeologi facciamo un mestiere molto simile al suo, signor Tolkien. Ricaviamo ipotesi e storie dalle schegge del tempo. Da una sillaba lei risale a una parola, a un concetto, capace di restituirci il senso di un poema perduto. Da un capitello noi ricostruiamo un tempio, una città. Si è mai chiesto cosa spinge gente come lei e me a volgersi verso il passato?

– Immagino sia la sua perfezione, – rispose Ronald. – Il fatto che non può deluderci.

Hogarth annuí, puntando lo sguardo verso l'alto come dovesse leggere la risposta sul soffitto.

– Non solo. Pensi a ciò che ha spinto Winckelmann e Schliemann e guida ancora i nostri Petrie e Evans –. La voce dello stregone era un rivolo d'acqua tiepida. – È l'ambizione di scoprire il teatro dei poemi, dei miti, delle religioni. Noi cerchiamo Achille, Odisseo, Mosè. Vogliamo guardare il volto della Gorgone riflesso nello scudo di Perseo e afferrare il Minotauro per le corna. Il mio amico Woolley vuole trovare la città di Ur, dove nacque Abramo. Lei cosa cerca in queste sale, signor Tolkien? Forse Beowulf, oppure Sigurd. I nomi cambiano, ma è la stessa storia che si ripete dalla notte dei tempi. Un re saggio e potente siede nella sua reggia, afflitta da una minaccia oscura. Uno straniero giunge dal mare per offrire i propri servigi. È l'eroe che compirà l'impresa. Il re è Minosse, o forse Hrothgar, Artú sul trono di Camelot. Il campione pronto a mettere in gioco la vita per liberare la terra dalla maledizione è Teseo, Galahad... o perché no? Lawrence.

Proseguirono. Il professore incrociò le mani dietro la schiena.

– Che ci piaccia o no, camminiamo rivolti all'indietro. Un archeologo trasforma i miti in realtà storica. Un filologo può restituirci la grandiosità poetica degli antichi. Chi ricostruisce mondi perduti può essere capace di immaginarne di nuovi. Sta a noi decidere come spendere la piccola forza creatrice che ci è stata consegnata; è quello che Lawrence ha fatto.

– Suppongo che lei ne sia molto fiero.

Hogarth sorrise compiaciuto.

– Ho soltanto dato a un giovane schivo e caparbio una piccola spinta fuori da qui, verso il confine che separa ciò che siamo da quello che potremmo essere. Ma il suo destino l'ha scelto da sé.

Si spostarono lenti nella sala successiva, senza che Hogarth smettesse di parlare con lo stesso tono affabulatorio.

– Un proverbio arabo dice che chi vive vede molto, ma chi viaggia vede di piú. Il suo primo viaggio è stato attraverso la Francia, fino al Mediterraneo. Un mare significa un'altra sponda e nuove genti e terre inesplorate, città celesti da strappare alla sabbia dei millenni. Lawrence l'ha fatto prima da solo, accompagnato dai miei buoni auspici, poi insieme a Woolley, nel deserto siriano. Finché la sorte di tutti noi non è stata proiettata su uno scenario piú ampio, e ci ha trasformati in pedine del Grande Gioco. Abbiamo dovuto fare tutti la nostra parte.

Stavano attraversando la sala dei ritratti. Dalle pareti li osservavano uomini del XVI secolo strozzati da rigidi colletti bianchi, dame con animaletti da compagnia e acconciature spericolate, una serie di nobiluomini dall'aria esotica. Un turcomanno con il turbante e la barba a punta. Un giovane principe arabo, avvolto in una ricca veste. Gli occhi neri e ridenti sembravano canzonare l'aria austera di tutti gli altri.

Ronald si ritrovò presso l'uscita senza accorgersene e senza piú cognizione del tempo. Il sole era già sceso sotto la linea delle finestre e l'atrio del museo era attraversato da una luce dorata.

– Forse si chiede perché le ho raccontato tutto questo. Diciamo che è il mio modo di sdebitarmi. Involontariamente lei mi ha aiutato a convincere Lawrence che può portare a termine il suo lavoro anche con la penna in mano. Scrivere la cronaca di guerra sarà la sua impresa piú difficile.

Ronald esitò per un momento.

– È stato molto interessante.

Il professore gli strinse la mano.

– Torni a trovarmi quando vuole.

Prima di scendere la scalinata, Ronald si voltò a guardare il portone del tempio che veniva richiuso con un tonfo profondo, a suggello del suo prezioso tesoro.

Raggiunse la strada e prese la via di casa, rimuginando sulle parole appena sentite. In quell'esposizione brillante e pulita c'era qualcosa che non lo convinceva. Probabilmente il fatto che quella sera, quando lo aveva incontrato nella sala degli anelli, Lawrence gli era apparso come un uomo piccolo e inoffensivo, pieno di dubbi, con il quale avrebbe perfino trovato il coraggio di confidarsi. Era difficile immaginarlo come il nuovo Achille di cui parlavano tutti. Era addirittura ingiusto.

Si ritrovò all'angolo con Alfred Street e si accorse di non avere alcuna voglia di rientrare a casa. Sapeva bene perché. Da quando aveva avuto l'allucinazione provava uno strano brivido ogni volta che sedeva nello studio. Non riusciva ad accettarlo, era uno scherzo macabro della mente, che non poteva chiudere in un cassetto. E nessuno con cui parlarne. D'istinto proseguí fino all'insegna del pub: un'aquila teneva nel becco un panno in cui era avvolto un bambino. Ganimede rapito da Zeus.

Il locale non era ancora affollato, scelse un tavolino d'angolo dove sedersi a sorseggiare una birra. Alla parete di fronte era appesa la foto di una compagnia di fanti, con i nomi scritti a matita accanto a ciascuno. Ronald si chiese quanti di loro fossero tornati a casa.

Chiuse gli occhi e rivide lo stretto camminamento che lo portava verso la prima linea. Sentí il proprio ansimare sotto il peso dello zaino, le spalle doloranti e lo stomaco in gola. Il giorno del suo battesimo del fuoco non era riuscito a mangiare niente. Come all'ultima cena a Bouzincourt, nelle retrovie, insieme a Geoffrey, in attesa che le rispettive compagnie venissero mandate all'attacco. L'offensiva della Somme infuriava da giorni e si stava rivelando un inutile massacro. Acquattati nei loro pagliericci, vedevano i feriti tornare a centinaia sulle barelle, senza braccia o gambe. Il sangue si mescolava al fango e ai liquami lungo i passaggi delle trincee. Dappertutto c'era odore di cancrena e decomposizione. E sopra di loro, i tuoni sordi dei cannoni, di giorno, di notte.

Rivide la faccia di Geoffrey illuminata dalla lanterna.

– *Pensi che Rob abbia avuto paura? Che se ne sia accorto?*

– *So che a La Boiselle è stato terribile. La prima ondata...*

Non si erano mai sentiti cosí tristi.

– *Mio Dio. Se deve toccare a me, spero che sia rapido. Notizie da Chris?*

– *Mi ha scritto. Ha saputo di Rob. Gli ho risposto che per quanto mi riguarda la Tcbs è finita.*

Riaprí gli occhi, si alzò e abbandonò il boccale sul tavolo. L'aria fresca della sera lo aiutò a scacciare i brutti ricordi e a rientrare a casa come se niente fosse. Esitò sulla soglia dello studio, poi imprecò in silenzio e raggiunse la scrivania. Aprí un cassetto. Sul fondo giaceva un mazzo di buste ingiallite. Le guardò senza toccarle. Su alcune era stata scritta a penna un'intestazione ormai scolorita: «Tcbs», Tea Club

Barrovian Society. Una sigla roboante per definire quattro ragazzi che sognavano la gloria letteraria.

La voce di Edith dalla cucina annunciò che la cena era pronta.

Il cassetto venne richiuso.

Il tè freddo appanna il bicchiere. La superficie liscia tocca la guancia, gli occhi si socchiudono in un'espressione beata, mentre la frescura inumidisce i baffi. L'uomo sbircia tra le palpebre l'andirivieni degli operai. Si muovono lenti, in ordine sparso, schiacciando la propria ombra sotto i piedi, fin dove arrivano le traversine. Il vento è cessato all'improvviso, lasciandoli chiusi in una bolla d'aria calda che ottunde i sensi.

L'altro uomo seduto sotto la tenda finisce di bere e si asciuga la testa pelata con il fazzoletto. Ha baffi ancora piú imponenti, che spuntano ai lati della bocca come manubri. La sedia sembra dover cedere sotto la mole massiccia che la fa scricchiolare.

– Dovevamo portare una squadra di operai dalla Germania. L'avevo detto a Meissner, ma non ne ha voluto sapere.

– Ci vorrà soltanto un po' piú di tempo.

– Molto piú tempo del necessario e molta piú fatica. Questa gente non sa cosa sia la disciplina, capisce solo la frusta. Mi chiedo come pretendano che costruiamo la ferrovia con uomini cosí poco motivati –. L'uomo punta il mento verso il cantiere. – Li guardi. Qui siamo in pieno Medioevo, a loro non importa di migliorare il proprio paese.

L'altro versa ancora tè nei bicchieri.

– Sono siriani e curdi. La ferrovia è turca, costruita da ingegneri tedeschi. Lavorano per la paga, non per la gloria.

Il collega stende le gambe e con uno scacciamosche si colpisce gli stivali di cuoio.

– Lei è un ingenuo, Contzen. Senza di noi viaggerebbero ancora su quei cammelli rognosi. Eppure sembra quasi che provino fastidio per quello che facciamo.

Contzen raccoglie il binocolo e lo punta a caso sulla spianata riarsa.

– Un po' di ingratitudine è un prezzo accettabile per battere la concorrenza.

– Concorrenza? Francesi, russi e inglesi vogliono soltanto spartirsi l'impero ottomano un pezzo per uno. Noi lavoriamo per tenerlo in piedi. Anzi, sui binari.

Il calvo sogghigna divertito dalla propria ironia, mentre il binocolo di Contzen scivola lento sull'orizzonte.

– Adesso è lei l'ingenuo, Grendel.

L'altro non ribatte, finisce di bere il tè e innesta una sigaretta su un bocchino nero. La accende e sbuffa fuori il fumo piegando la testa all'indietro.

Il binocolo si ferma.

– Se la può consolare, anche gli inglesi procedono a rilento.

– Perché passano il tempo a spiarci.

Contzen abbassa il binocolo.

– Sono archeologi. Recuperano cocci e statuette. Quel Woolley è un tipo alla mano.

– Crede d'essere il padrone che fa gli onori di casa. Tipico degli inglesi. Che mi dice di quel suo assistente? È sempre a gironzolare qua intorno, parla con i nostri operai. Secondo me si informa su quello che facciamo.

– Molti di loro lavorano anche agli scavi. Nessuno qui fa una cosa soltanto. Nemmeno noi –. Contzen raccoglie il bicchiere e beve a lunghe sorsate, poi lo rimette sul tavolo, sbirciando Grendel di sottecchi. – Da Berlino ci chiedono di fare qualche carotaggio piú in profondità. Forse se usassero la parola *trivellazioni* i turchi potrebbero aversene a male. E se poi scoprissimo davvero il petrolio, che faremmo?

Grendel smette di fumare.

– E se lo scoprissero gli inglesi? Magari mentre cercano le statuette?

Contzen solleva di nuovo il binocolo per non incrociare lo sguardo dell'altro.

– Comunque vada sappiamo tutti cosa ci aspetta. È solo questione di tempo.

La voce non nasconde un filo di amarezza. Grendel sembra compiacersi di aver spazzato via il sarcasmo del collega e cerca di fare lo stesso con le mosche che ronzano sotto la tenda.

Le lenti di Contzen inquadrano un movimento al limitare della spianata. Un gruppo di uomini cammina dietro una figura che avanza.

Le dita mettono a fuoco un ometto basso e abbronzato.

– Come si chiama l'assistente di Woolley?

L'altro si sfiora la fronte con il dito tozzo.

– Lorenz, mi pare. Un nome del genere... Un ficcanaso.

– Un ficcanaso audace. Sta attraversando la spianata con questo sole a picco, e sembra proprio che punti da questa parte.

Grendel si raddrizza sulla sedia producendo un cigolio sinistro.

– Che diavolo vorrà?

Contzen non risponde. Si alza e attende l'inglese sotto la tenda. Osserva il piccoletto farsi avanti: indossa un copricapo arabo per ripararsi dal sole. Gli operai si fermano e lo lasciano proseguire da solo. Si pianta a un passo dalla linea dell'ombra, come avesse raggiunto un punto prestabilito e invalicabile.

– Salve.

– Buongiorno.

– Una bella passeggiata. Possiamo offrirle del tè freddo?

– No, grazie.

Il giovane lancia un'occhiata glaciale alle spalle di Contzen.

– Questa mattina il suo ingegnere ha aggredito il mio aiutante.

L'espressione stupita di Contzen non produce alcun effetto sulla faccia dell'inglese.

– Herr Grendel non ha aggredito nessuno, glielo garantisco. Ha frustato un operaio perché gli aveva mancato di rispetto.

– E non la definisce un'aggressione?

– Certo che no, – interviene Grendel. Si fa avanti ondeggiando sulle gambe. – È ordinaria amministrazione. Non è possibile avvalersi dei nativi senza frustarli. Da noi capita ogni giorno, non c'è altro modo.

Silenzio. Il piccoletto tiene gli occhi in faccia al gigante, che lo sovrasta di almeno due spanne.

Contzen osserva la scena interdetto. Gli operai si sono stretti in semicerchio alle spalle dell'inglese e rimangono a distanza, ma guardano Grendel, che potrebbe sbatterlo a terra con una mano sola.

Il giovane tiene le mani lungo i fianchi e parla con voce ferma.

– Noi siamo qui da piú tempo di voi e non abbiamo mai percosso uno dei nostri operai. Non permetteremo che voi iniziate a farlo.

Grendel assume un'aria forzatamente divertita, rosso in viso, sembra sul punto di scoppiare a ridere, ma l'ilarità si infrange sul muro di facce scure, incattivite dal caldo e dalla fatica. Torna serio.

– Voi inglesi pensate sempre di poter dettare legge.

– Lei non capisce. Ha umiliato uno degli abitanti del villaggio. Da queste parti non sono cose che si dimenticano. Deve porgere subito le sue scuse.

– Sta scherzando?

– Nient'affatto. Altrimenti sarò costretto a frustarla per dare soddisfazione a questa gente.

Grendel serra la mascella, gli avambracci gonfi, le mani strette sulla cintura. Sta per ribattere, ma Contzen si affretta a trascinarlo in disparte, sotto la tenda.

– Non ci serve un incidente diplomatico, Grendel.

– Con che coraggio viene qui a minacciarmi? – la faccia di Grendel è color vino. – È fortunato se non lo rispedisco indietro a calci.

– Si calmi e mi stia a sentire. I lavori devono procedere, gli operai ci servono. Porga le sue scuse e finiamola qui.

L'altro lo guarda allibito.

– Parla sul serio?

La voce di Contzen è un sibilo d'esasperazione.

– Non sia stupido. Vuole farne un affare di Stato? Sono io che dirigo i lavori. Spetta a me decidere cosa è meglio. Faccia come dico e non parliamone piú.

Grendel lo fissa a lungo, incredulo. Poi sbuffa indispettito.

– Al diavolo.

Si fa avanti di nuovo. L'inglese non ha fatto un passo.

– Ha le mie scuse.

Il piccoletto scuote il capo.

– Non a me.

Un gesto della mano e dal gruppo degli operai emerge un ragazzo bruno, la faccia imberbe.

Il tedesco emette un mezzo grugnito rassegnato.

– Chiedo scusa –. Esce dall'ombra, in mezzo agli arabi, e si pianta a gambe larghe come volesse sfidarli a voce alta. – Chiedo scusa a lui e a tutti voi. Soddisfatti?

L'inglese accenna un inchino in segno di saluto e torna sui suoi passi. Gli operai lo seguono, alcuni lanciano ancora occhiate verso il gigante baffuto, che li fronteggia a testa alta, fino a che anche l'ultimo non si volta per tornare indietro.

Attento che il collega non se ne accorga, Contzen si concede un mezzo sorriso mentre guarda quello strano tipo confondersi in mezzo agli altri.

Il respiro del fiume entra a brevi folate dalla finestra della baracca. *Fererehat*, lo chiamano i curdi del campo. Grande acqua che scorre. Il padre Eufrate.

La corrente fluita lungo quelle sponde potrebbe raccontare la storia dell'umanità. L'uomo guarda fuori e pensa che lí tutto ha avuto inizio e non c'è altro posto dove vorrebbe essere, tra le rovine del tempo, a strappare alla terra il tesoro degli antichi sovrani di Mesopotamia. Un re in mezzo ai re.

Inspira a fondo la frescura della notte, pervasa dalle canzoni biascicate intorno ai fuochi degli operai. Pretende di riconoscere a una a una le sagome scure che scendono al fiume e tornano a dormire sotto le tende, in attesa di un altro giorno di caldo e fatica.

Un fruscio di pagine lo spinge a voltarsi verso l'interno della baracca, impregnato dell'odore di spezie che hanno insaporito la cena. Alla luce della lampada il viso di Woolley è contratto nello sforzo di scrivere, il ciuffo scomposto sulla fronte. Quell'uomo gli ha insegnato molto. Restare chinato per ore a spazzare via la terra da un coccio, armato solo di un piccolo pennello. Scoprire dove scavare, incrociando la storia con il buonsenso e l'istinto. Scegliere gli uomini in base al valore. Pagarli bene, perché non abbiano convenienza a trafugare i reperti e venderli al mercato nero. Soprattutto conoscere, non stancarsi mai di farlo.

Woolley si accorge che lui lo sta guardando.

– Le lettere di spedizione –. Quasi un tono di scusa. – Potrebbero essere le ultime.

Il piú giovane appare interdetto.

– Alla fine dell'anno ce ne andiamo, – aggiunge Woolley.

– È per quello che è successo oggi?

Con la mano Woolley scaccia le immagini appena evocate.

– Oh, no, quel pallone gonfiato andava messo al suo posto –. Indica una lettera sul tavolino da campo. – Nuove disposizioni da casa.

– Hogarth?

Woolley annuisce.

– Pare che le mappe del Sinai vadano aggiornate.

La notizia costringe il giovane a sedersi sulla branda.

– Allora ci siamo?

– Sí. Hogarth è convinto che in capo a un anno saremo in guerra.

– Il Sinai… – ripete il giovane tra sé. – I turchi sospetteranno.

– Sospettino pure. L'ambasciatore ha ottenuto i permessi. Sarà una spedizione archeologica sulle tracce di Mosè –. Un sospiro profondo. – Spero avanzerà il tempo di tornare qui per gli ultimi imballaggi e chiudere gli scavi.

Rimangono a lungo in silenzio, valutando quello che li aspetta.

– Che faremo quando scoppierà la bufera? – chiede Lawrence.

Woolley ripiega i fogli.

– La nostra parte. Come abbiamo fatto finora.

Il tempo di sdraiarsi e la lampada viene spenta con un soffio. Il buio riconquista lo spazio tra i due uomini, lasciandoli in balia dei pensieri.

El Urens

Inverno 1920

13. Rinascita

Il treno rallenta fino a fermarsi in un clangore di elmetti e gavette. L'ultimo scossone strappa le imprecazioni dei soldati.

– *Sveglia!*

Il portello si spalanca sulla pianura e gli uomini saltano giú, goffi sotto il peso degli zaini, le mani a proteggere gli occhi dal riverbero del cielo bianco. Davanti a loro, sul muro della stazione, campeggia una scritta malconcia: «Béthune».

– *Sveglia!*

Spinti dalle urla dei sergenti, formano una fila assonnata lungo la strada fangosa che costeggia un gruppo di casette, simili a funghi spuntati dopo la pioggia. Viene dato l'ordine di cantare e comincia la nenia, mentre una banda di ragazzini smagriti sbuca dalle tane e corre lungo la colonna in marcia.

– *Tommee, donnez-moi viande en boîte! Donnez-moi viande en boîte, s'il vous plait, Tommee!*

– *Sveglia, Robert!*

La gomitata lo riscosse. Impiegò qualche secondo a tornare in sé, mentre la canzone del reggimento rifluiva nella voce del professore di letteratura. Stava parlando di Coleridge.

– Sognavi di nuovo a occhi aperti, – sussurrò Edmund.

Robert lo ringraziò con un tocco sulla spalla. Gli capitava spesso di essere rapito da immagini e ricordi, le sensazioni erano tanto vivide da coinvolgere i sensi. Sentiva ancora il puzzo delle carcasse di vacca, fuori dal villaggio di Béthune.

Provò a concentrarsi sulla lezione, ma l'argomento non veniva in suo aiuto. Quasi si pentiva di avere lasciato il corso di letteratura classica per quello di letteratura inglese: i professori erano genuflessi sulle tombe dei poeti del XVIII secolo. Perfino l'insegnante di anglosassone leggeva il *Beowulf* raccomandando di non perdere tempo a cercarvi un qualche valore letterario. I rozzi vichinghi che avevano cantato le gesta del loro antico eroe non potevano avere niente da dire all'orecchio dei contemporanei. La letteratura poteva fiorire solo nel languido Distretto dei Laghi, non certo nella gelida Danimarca. Per non parlare del modernismo: una parola da mormorare nei corridoi, attenti che nessun professore fosse nei paraggi.

Quel mare di conformismo accademico si gonfiava in burrasca in occasione dei rendiconti trimestrali al consiglio d'istituto, dove vecchi gargoyle nero-togati sputavano sentenze sui saggi degli studenti. Ci avevano messo poco a superare la soggezione verso i giovani salvatori della patria e a riacquistare la sicumera di prima della guerra, con buona pace di chi aveva versato il sangue per consentire loro di comandare ancora. Il rimprovero piú comune era di avere un gusto letterario. Preferire significava scegliere, e una selezione poteva indurre la tentazione di eccellere: un'eresia appena meno grave della sodomia e della convivenza *more uxorio*.

Eppure era come se adesso incontrassero una certa resistenza passiva. Quegli ex soldati che avevano abbandonato l'uniforme per reindossare i pastrani neri, iniziavano a fare una cosa nuova: si guardavano in faccia e si riconoscevano.

Le parole sarebbero seguite presto. I fatti, forse. Qualche segnale già si leggeva, voci, frasi orecchiate nelle sale comuni e nei cortili. In fondo era iniziato un nuovo anno, anzi, un decennio. Il 1920 custodiva le aspettative di molti.

Quando il professore terminò di parlare e congedò la classe, Robert si alzò troppo in fretta attirando gli sguardi. Fece un cenno a Ed.

– Andiamo. Sono le undici, dovrebbe essere sveglio.

– Se la prende comoda.

– Scrive di notte.

Lawrence sfiorò la statuetta di terracotta sulla mensola. Raffigurava un cavaliere hittita, disse. Un ricordo dei suoi scavi a Carchemish, prima della guerra. L'aveva estratta dalla tomba di un bambino morto da quattromila anni.

– Mette tristezza, vero? Gli oggetti che scegliamo di portare con noi raccontano la nostra storia. Non sono altro che cose, eppure attribuiamo loro un valore smisurato. Al punto da seppellire un figlio con il suo giocattolo.

Robert si sentí sprofondare. Era certo che Lawrence non sapesse della tragedia che aveva sconvolto la vita di Edmund. Guardò l'amico con timore e lo scoprí partecipe di quelle parole, come fossero dedicate a lui.

Lawrence lasciò scorrere le dita sui volumi di costa, sorretti da una campana d'ottone.

– I libri, ad esempio. Se vuoi sapere qualcosa di un uomo, scopri cosa legge.

Appena varcata la soglia, Robert si era accorto che lo sguardo di Ed cedeva alla tentazione di perlustrare le superfici in cerca del plico.

– *Abbiamo un tacito accordo: non si parla della guerra. Quindi nessun accenno al libro che sta scrivendo.*

– *Di cosa dobbiamo parlare?*

– *Poesia. Tecniche di scrittura.*

Edmund aveva individuato il manoscritto sulla scrivania, ma per sviare l'attenzione aveva subito chiesto della statuetta dall'aria antica che campeggiava sulla mensola.

– E la campanella cosa rappresenta?

Lawrence sorrise affabile.

– Bottino di guerra. È la campana della stazione di Tell Shahum, sulla ferrovia dell'Hejaz. Un minuto piú tardi e mi sarei dovuto accontentare dell'obliteratrice o del timbro dell'ufficio ferroviario. I beduini sono come le cavallette.

Aveva offerto loro le uniche due sedie della stanza, mentre lui restava in piedi sul basamento del camino. Forse per sembrare piú alto, pensò Robert. Sul grande tavolo, un piatto con gli avanzi di una colazione frugale. Pannelli di legno scuro alle pareti mantenevano l'ambiente in penombra. La luce entrava dalla piccola finestra, che riusciva appena a incorniciare un pezzo di cielo e di cortile. L'impressione era di trovarsi in un'alcova, o nella stanza di un castello orientale. Nell'aria c'era un odore piacevole di legno e spezie, profumo dolce di tessuti esotici. Robert immaginò che provenisse dai tappeti che avevano sotto i piedi.

I loro sguardi si alzarono sul ritratto dell'arabo dai lineamenti gentili che li osservava da sopra il camino.

Lawrence mimò una riverenza in direzione del dipinto.

– Sua Altezza il principe Feisal. Lui è un amico.

Robert notò la piccola bandiera cremisi appesa in verticale accanto al quadro.

– Il suo blasone di battaglia, – commentò Lawrence.

Bussarono alla porta e l'inserviente entrò con un paio di boccali di birra.

– Tu non bevi? – chiese Robert.

– Sono astemio.

Piú tardi, durante l'ora di lezione successiva, Robert non

avrebbe saputo dire come si fosse svolta la conversazione. Si stava appena abituando al modo di fare di Lawrence. Era cordiale, simpatico, e al tempo stesso sfuggente. Li interrogò, ma in modo obliquo, con domande travestite da affermazioni, sassi lanciati nello stagno, ogni volta piú lontani dal bordo, fino a centrare il cuore delle questioni. Ma solo per ritrarsi subito, nascondendo la mano, impegnandola in un'azione diversiva, come un prestigiatore che debba distogliere l'occhio del pubblico dal suo trucco. Sembrava che i discorsi procedessero in libertà, richiamandosi uno all'altro, ma alla fine si aveva la sensazione che una sottile regia avesse condotto la discussione.

Finirono a parlare dei poeti morti: Owen, Brooke, Rosenberg. E dei vivi: Sassoon e Nichols, in particolare. Una rinascita, la definí Lawrence, e solo dopo che l'ebbe detto, Robert si accorse che si stava riferendo a una sua vecchia poesia.

– «Le loro ossa biancheggiano sulla roccia di Achi Baba e nelle pianure delle Fiandre, ma dal loro strazio e dai loro gemiti è rinata la Poesia», – recitò Lawrence.

– Quei versi sono usciti dal fondo di una trincea, nel '16. – disse Robert. – Oggi non sottoscriverei niente di cosí retorico.

– Credo tuttavia che centrino la questione, – insistette Lawrence. – La poesia indaga enigmi e si nutre di paradossi.

– Tutta la poesia del mondo non vale la vita di un uomo, – commentò Ed in tono amaro.

A Robert parve di avere esagerato, nessuno lo giudicava. Lawrence invitò Ed a parlare di quello che stava scrivendo. Si allontanarono dalla guerra a grandi passi, e lasciarono scorrere le parole insieme al tempo.

Quando si accomiatarono, Lawrence li invitò a tornare anche il giorno dopo.

Trascorsero il resto della mattinata ascoltando una lezione su Wordsworth. Quel pomeriggio la risalita a Boar's Hill fu lenta e faticosa. Edmund aveva il fiato corto, ma era per quell'aria pulita che aveva ottenuto la dispensa a vivere fuori dal college, perciò ansimava senza lamentarsi. A Robert era bastata la diagnosi di nevrastenia acuta. Si salutarono all'altezza dell'abitazione di Edmund. Robert proseguí fino a Masefield Manor, come avevano preso a chiamarla, e al piccolo cottage. Dalla soglia captò il silenzio. Sul tavolo del soggiorno c'era un biglietto accanto a una busta.

«Andiamo a dipingere. C'è una lettera per te. N. & J.».

Controllò il mittente. Aspettava quella risposta da un pezzo. Sedette alla luce della lampada e rigirò la lettera tra le mani.

Le risa di Jenny lo raggiunsero dal cortile. La porta si aprí e sua figlia gli corse incontro con le mani protese al cielo. Sulla soglia, Nancy sbuffava reggendosi la pancia, mentre Margaret appoggiava il cavalletto e la scatola dei colori.

– Bentornato, signore, – disse la balia.

Nancy raggiunse una sedia.

– Cosa ti scrive Philip?

– La solita ramanzina, immagino.

Robert lasciò che la figlia gli tirasse i capelli e scherzò con lei finché Nancy non chiese a Margaret di occuparsi della bambina. Jenny mise il broncio e si lasciò condurre via. Rimasti soli, Nancy sedette sulle ginocchia del marito, gli prese una mano e la portò sul ventre.

– Oggi è nervoso. Scalcia come un puledro.

– Sei sicura che è maschio?

– Lo sento.

Le accarezzò il ciuffo sbarazzino sugli occhi, con il dito scivolò sul profilo minuto, il naso all'insú, la bocca, il mento rotondo. Non le raccontò di quella mattina. Non disse della visita a Lawrence, né di quelle che l'avevano preceduta. Lei non avrebbe apprezzato l'indulgenza verso il piú eccentrico dei sopravvissuti. Le diede un bacio.

– Che ne dici di David?

– David, – ripeté lei assaporando il suono di ogni lettera. – Sí. Mi piace.

Lord Dinamite
Il Cairo, novembre 1915

La hall del *Savoy* è una distesa color cachi. Il brusio sommesso che pervade l'ambiente ha un che di rilassato, come ci si trovasse a un ricevimento dell'alta società anziché nel pieno di un conflitto mondiale. L'unico dettaglio esotico sono i posacenere a forma di scarabeo e i fattorini egiziani che sfrecciano tra i séparé.

– Sessantacinque, – decreta uno dei due uomini seduti sul divanetto d'angolo. – Se i turchi vogliono vincere la guerra basta che mettano una bomba qui dentro.

– Sessantaquattro. Quel generale di brigata là in fondo si è spostato e l'hai contato due volte.

– Conosco personalmente il generale Middlemandlemountmouth. Non potrei mai confondermi.

Sogghignano, continuando a sbirciare attraverso il buco nel paravento da cui hanno eseguito la conta.

– Hanno mandato qui quello che si è consegnato a Ismailia. Clayton vuole che lo interroghiamo subito.

Un mugugno d'assenso.

– Perderemo la conferenza.

– E da quando siamo invitati?

Il biondo sospira.

– La dice lunga su come vanno le cose da queste parti.

L'altro raccoglie i loro cappelli dal tavolino.

– Credevo che il Cairo ti piacesse.

Il biondo fa una smorfia, mentre calca il berretto sulla testa.

– Solo i giorni dispari.

– Come ti chiami?

La domanda rompe un silenzio di diversi minuti.

L'arabo solleva lo sguardo dai piedi e lo sposta prima su uno poi sull'altro inglese, incerto su chi abbia parlato. Scarta quello appoggiato alla finestra, che lo osserva freddo, con la sigaretta tra le labbra. L'uomo alla scrivania sembra molto giovane, i capelli biondo oro, pettinati con la riga e piú lunghi di quelli degli altri militari, la divisa sgualcita. Decide di rispondere a lui.

– Tariq al-Fahd.

– Come sei arrivato a Ismailia?

La voce è gentile, ma gli occhi non si staccano dalla cartella sulle ginocchia.

– A piedi fino al Canale. Poi ho trovato un passaggio su una chiatta.

– Dove hai imparato l'inglese?

L'arabo esita, la domanda è stata formulata nella sua lingua.

– Da ragazzo ho lavorato ad Alessandria, effendi. Tre anni.

– Di dove sei?

Di nuovo la lingua del Corano.

– Di Maan.

– Perché allora hai un accento settentrionale?

Il biondo è tornato alla lingua madre. L'arabo rimane zitto, l'espressione stolida sul volto, poi scaccia una mosca che gli si è posata sul braccio, attratta dal sudore.

– Ti chiedo perdono, effendi. Sono della regione di Aleppo. Lavoravo per i turchi a Maan.

I due inglesi scambiano un cenno d'intesa appena percet-
tibile.

– Perché hai mentito?

L'arabo si guarda le mani, come non sapesse dove met-
terle, poi le lascia cadere in grembo.

– Ho paura, effendi.

– Devo crederti?

– Dio mi è testimone, effendi.

Il tono è mesto, supplichevole.

I due inglesi rimangono in silenzio e l'arabo ne approfitta per liberare lo sguardo. Le mosche volteggiano intorno al
lampadario. Oltre i vetri della finestra gli edifici della piazza svettano sui tetti del quartiere europeo. Sulla parete è appesa una mappa del Medio Oriente, nei colori smorti della
cartografia militare. In angolo, un armadio chiuso da un lucchetto. Sull'altra parete un calendario e un ritratto di Giorgio V in alta uniforme.

– Che genere di lavoro svolgevi per i turchi?

– Stavo tra gli operai della ferrovia. Ascoltavo i loro discorsi e riferivo.

L'inglese biondo scribacchia qualcosa nella cartella. Dalla finestra giunge il rumore di un autocarro che sferraglia lungo la strada e fa tremare i vetri. L'inglese sembra distrarsi,
guarda fuori, tamburella con le dita, poi torna ai fogli.

– Hai lavorato soltanto a Maan o da qualche altra parte?

– Su tutta la linea da Damasco.

Il biondo continua a guardare altrove.

– Perché sei scappato? I turchi non ti pagavano abbastanza?

– Non volevo piú farlo. Gli altri iniziavano a sospettare
di me. Avevo paura.

Anche l'altro inglese va a sedersi alla scrivania, ma resta
zitto.

– Visto il lavoro che facevi, devi avere spirito d'osservazione e buona memoria, – prosegue il biondo.

– Ringraziando Dio, clemente e misericordioso.

– Quali divisioni sono di stanza a Damasco?

Il volto dell'arabo si contrae nello sforzo di ricordare.

– La 25ª, la 35ª e la 36ª.

– Quando ti sei consegnato hai detto che potevi dirci molte cose riguardo alla ferrovia.

L'arabo cerca un appiglio nei volti dei due uomini, ma il
muro d'indifferenza è liscio, senza una crepa. Ha la gola secca e le mosche lo tormentano.

– Il governatore Jemal ha ordinato di raccogliere tutto il
materiale che si poteva trovare. Ha fatto svuotare i magazzini della ferrovia da Damasco fino a Medina.

– Che genere di materiale?

– Binari, traversine, bulloni. Tutto quello che serve a ul-
timare il tracciato tra Gerusalemme e Beersheva. Con una
tratta a scartamento ridotto fino a El-Arish.

L'inglese rimane impassibile.

– Chi dirige i lavori?

L'arabo si aggiusta sulla sedia, gli sembra di scivolare. Dà
un colpo di tosse.

– Un ingegnere tedesco, effendi.

– Meissner?

– Meissner Pasha, sí.

La cartella viene richiusa. Finalmente il biondo lo guarda. Ha occhi piccoli e chiari.

– Va bene. Ancora un paio di domande, – giocherella con
la penna. – Hai detto che sei di Aleppo?

– Una piccola cittadina lí vicino, effendi. Jerablus, si
chiama.

L'inglese annuisce.

– Quindi conosci Salim Tumah.

L'arabo cerca di nascondere la sorpresa.

– Chi non lo conosce? È il piú ricco del paese. Tutti lavorano per lui.

– Anche tu?

– Sí. Prima di venire quaggiú.

– Certo, – annuisce ancora l'inglese. – All'ingresso della casa di Salim Tumah c'è una statua d'avorio. Ricordi la statua d'avorio?

L'arabo si gratta la barba.

– Sí. Un elefante d'avorio.

– La ricordi bene?

– Perfettamente.

– Quanto è grande la statua?

L'arabo ci pensa.

– Sul piedistallo è alta come un uomo.

L'inglese posa la penna e richiude la cartella.

– Molto bene. Aspetta fuori.

L'altro inglese lo accompagna e lo fa sedere nel corridoio. Quando rientra e si chiude la porta alle spalle si accorge che il biondo ha preso qualcosa dall'armadio. Nella luce calante del pomeriggio sembra un ragazzino. Rifiuta la sigaretta che gli viene offerta e lascia che il collega sbirci la cartella sulla scrivania. Sui fogli compaiono solo scarabocchi e ghirigori. Lo sente sogghignare.

– Ti diverti, vero?

– Solo i giorni pari.

Il biondo si risiede.

– L'amico cerca di spillarci un po' di soldi. Magari anche di farsi ingaggiare. La statua in casa di Salim Tumah non è d'avorio, ma d'oro, e non ha alcun piedistallo. Salim ne va molto fiero, prima di ricevere gli ospiti li fa sostare nel cortile perché possano ammirarla. Il nostro Tariq non ha mai messo piede in casa sua. È probabile che ad Aleppo lo conoscano bene. Per questo ha cercato di camuffare la sua provenienza e poi ha detto di essere di Jerablus. Ha studiato la parte nel caso qualcuno gli avesse fatto delle domande.

– Le informazioni sono corrette, – obietta il collega. – Jemal prepara un'offensiva nel Sinai. O cercavi di cavargli qualcos'altro?

Il biondo spiana sul tavolo la fotografia che ha preso dall'armadio. L'inquadratura è storta, le forme sfocate.

– È stata scattata tre settimane fa vicino a Damasco. È uno dei treni diretti a Beersheva di cui parla il nostro Tariq o qualunque sia il suo vero nome.

Grosse sagome coperte da teli incerati, sopra un vagone ferroviario. In un paio di punti si intravedono le croci nere stampigliate sui fianchi degli apparecchi.

– Potrebbero essere Rumpler da ricognizione. Difficile distinguere, – dice l'altro con la sigaretta in bocca. – Significherebbe che i turchi hanno costruito un'aeropista nel Sud della Palestina –. Incrocia lo sguardo del biondo. – Era questa la conferma che cercavi? Clayton che dice?

– È occupato con la conferenza dei caporioni. Quella a cui non siamo invitati.

Il collega scuote la testa e continua a guardare la foto.

– È troppo sfocata… – Si blocca, come distratto da un pensiero. – Chi l'ha scattata?

Un sorriso ammiccante.

– Ha importanza?

– Non ti chiedi mai quanti agenti abbiamo oltre le linee, Lawrence?

Il biondo alza le spalle.

– E i turchi quanti ne hanno?

La cicca viene spenta nel portacenere con un gesto nervoso.

– È meglio che andiamo a disturbare Clayton.

Qualcuno bussa alla porta.

– Avanti.

Il professor Hogarth compare sulla soglia, il volto pallido, tirato. Stringe una piccola busta di carta ruvida, porosa al tatto, con sopra lo stemma dell'esercito. Non c'è suddito britannico che non sappia cosa contenga.

– L'hanno consegnato un attimo fa.

Il biondo prende la lettera e si rivolge al collega.

– Ti raggiungo, – mormora.

L'altro non riesce a guardarlo, fa appena un cenno con la testa e si congeda.

Il biondo legge il telegramma. Le frasi formali del ministero della Guerra sono colpi di fucile. Lo raggiungono parole remote, la voce di suo padre, che intima di restare fermi, altrimenti non può scattare. C'è una casa, un giardino, in Arcadia, dove ogni cosa è ancora intatta e cinque fratelli cercano di rimanere immobili senza ridere.

– Mi dispiace, ragazzo mio, – mormora Hogarth.

Lui non si volta, se si muove rovina la fotografia.

I minuti passano lenti, prima che riesca a parlare.

– Erano entrambi piú giovani di me. Le sembra giusto che io debba continuare a vivere tranquillo qui al Cairo? – Per un attimo la voce si smarrisce, ma torna subito salda. – Mi faccia andare via, professore. Dove si combatte.

L'uomo si avvicina e riesce a mettergli una mano sulla spalla.

14. Philip

Mio caro Robert,

se non ti conoscessi dovrei meravigliarmi che nella tua prima lettera da parecchio tempo a questa parte tu mi domandi di qualcun altro. Soprattutto ora che l'oggetto del tuo interesse è tornato a Oxford e si trova assai piú alla tua portata di quanto possano esserlo i miei ricordi. Tuttavia so quanto Lawrence riesca a suscitare la curiosità del prossimo (e anche quanto se ne compiaccia), e questo mi spinge a una certa accondiscendenza nei tuoi confronti. Insomma ti scuso, sicuro che come al solito finirò per deluderti, e non per cattiva volontà o reticenza, ma perché al fondo non ho una vera risposta alla tua domanda.

Ho condiviso con Lawrence un periodo piuttosto intenso, poi la guerra ha cambiato molte cose e, non devo dirlo a te, ha cambiato noi stessi. Oggi tutto appare cosí diverso, i cinque anni trascorsi sembrano venti.

Mi chiedi di Lawrence al Cairo e dell'Arab Bureau. Io ricordo un ostinato impertinente che amava fare il misterioso per dare a intendere di avere accesso a un piano sempre ulteriore delle decisioni e degli eventi. La cosa poteva risultare irritante, ma io ne ero divertito. A volte penso che il suo fosse un gioco di scatole cinesi e che quella piú piccola contenesse solo un grande spirito critico e molta fantasia. Nonostante questo credo che il suo impegno fosse sincero. Non vacillò neanche quando seppe che due suoi fratelli erano caduti in Francia. La cosa, com'è ovvio, lo sconvolse ma non ne parlò mai apertamente. Non amava discutere fatti privati, con me almeno non lo fece mai.

Il Cairo gli andava stretto. Diceva che era sovraffollato, troppe uniformi e troppe stellette. La quiete del quartiere governativo lo opprimeva, preferiva addentrarsi nei mercati, tra le viuzze dove ogni tanto spariva, senza dirci quando sarebbe tornato. La città è un gorgo di voci e rumori. Dopo i primi mesi non fai piú caso alla scomparsa del silenzio. Le strade non sono mai deserte, nemmeno di notte, c'è sempre qualcuno o qualcosa che si impegna a spezzare il sonno, rubare il riposo, come fossero lussi o bislacche manie che solo un europeo può concedersi. Sorridevamo ai discorsi che si alzavano dai tavoli dei ristoranti, nelle sale da tè, dai corridoi degli alberghi e dalle terrazze con vista sul fiume. Parlavano dell'indolenza degli orientali, ignorando quanto quella sia piuttosto la terra dell'attività incessante, del brulicare infinito e caotico, di un'accanita forza vitale che contrasta il fatalismo imposto dalla storia a quella latitudine. Una forza capace d'improvvisi sussulti e slanci d'abnegazione, forse anche di eroismo. Era la scommessa dell'Arab Bureau.

Pensavamo che, se gli arabi fossero insorti contro la dominazione turca, l'intero scenario della guerra sarebbe mutato. Un nuovo Medio Oriente sarebbe nato dalle ceneri dell'impero ottomano e l'Inghilterra ne sarebbe stata la levatrice. Col senno di poi si può dire che i nostri progetti si sono realizzati soltanto a metà e che forse erano fin troppo ambiziosi. Ma questa è già cronaca dei nostri giorni.

Allora eravamo pochi, devoti alla causa, consapevoli di quanto fosse difficile smuovere l'apparato che ci sovrastava. La nostra guida era il colonnello Clayton, il capo dei Servizi segreti in Egitto. L'autorità spirituale era senz'altro Hogarth, un'enciclopedia vivente su popoli, dinastie e tribú d'Arabia. Quell'uomo è un pozzo di sapere e Lawrence era il suo *enfant prodige*. Si conoscevano da prima della guerra e il passaggio di Lawrence al nostro ufficio fu fortemente voluto da Hogarth stesso. Mi risulta che oggi sia tornato dietro la sua scrivania all'Ashmolean Museum.

Dei trascorsi di Lawrence so molto poco. Credo che le origini della sua famiglia siano irlandesi, ma porta il marchio indelebile di chi è cresciuto a Oxford, all'ombra delle antiche lettere. Ha viaggiato, è certo. Ricordo che una volta accennò a un giro della Francia in bicicletta, a caccia di castelli dei Plantageneti. Parlò anche di un viaggio in Libano e in Siria, a piedi, armato solo di una vecchia pistola e di una macchina fotografica. Posso soltanto immaginare che siano stati quei primi vagabondaggi a salvarlo da un oscuro destino accademico. Certo non aveva il cognome giusto per fare carriera. Aveva partecipato agli scavi archeologici in Siria e a una spedizione nel Sinai insieme a Leonard Woolley. E questo è tutto quello che so di lui prima del nostro incontro al Cairo, nel '15.

Era difficile non notarlo. Andava in giro senza bandoliera e con l'uniforme sbottonata. Non credo che il Regno Unito abbia mai avuto un soldato piú trasandato. Il nostro compito al servizio cartografico consisteva nel mappare gli spostamenti delle guarnigioni turche, e per farlo dovevamo raccogliere informazioni da chi era disposto a passarcele. Lawrence era particolarmente portato per il compito. Aveva una memoria di ferro per nomi e luoghi, e sapeva tenere la parte come pochi.

Insieme a Hogarth redigeva un giornale interno, il «Bollettino Arabo», che nelle sue intenzioni doveva impartirci i precetti di comportamento per trattare con i nostri interlocutori al di là del Sinai. L'effetto che ottenne fu di irritare lo Stato maggiore. Il suo modo esplicito di dire le cose urtava la sicumera dei capi. In un certo senso li tacciava tutti di ignoranza. Per qualche oscuro motivo, però, veniva tenuto in considerazione a prescindere dal suo grado e gli era concesso pronunciarsi nel merito di questioni salienti. Era come se un'aura di follia lo avvolgesse e lo proteggesse dalle rappresaglie. Non sono le culture antiche che considerano i matti toccati dagli dèi?

Riuscí perfino a farsi mandare in missione all'estero, prima ad Atene, poi in Mesopotamia. Ma la trattativa che condusse con i turchi per ottenere la liberazione delle nostre guarnigioni sotto assedio a Kut fallí del tutto. Ci aspettavamo di vederlo cadere in digrazia, sbattuto nei ranghi piú infimi dell'amministrazione. Invece riuscí ad aggregarsi a Ronald Storrs, il nostro comandante in seconda, in partenza per l'Hejaz.

Pochi mesi prima re Hussein della Mecca era insorto contro la dominazione turca e aveva affidato il comando delle operazioni ai suoi figli. Le loro forze però erano esigue e male equipaggiate, le artiglierie turche le avevano respinte già due volte davanti a Medina. Senza rifornimenti e munizioni, la rivolta aveva i giorni contati. L'Alto comando pensava che potesse essere poco piú di un diversivo per stornare l'attenzione dei turchi da Suez, ma dopo la disfatta di Gallipoli si trovava costretto a ripensare l'intera strategia per il fronte sudorientale. Cosí il Bureau ottenne carta bianca e fu deciso che Storrs andasse a incontrare i figli di re Hussein per saggiare il terreno della rivolta.

Non so perché i grandi capi accettarono che Lawrence lo accompagnasse. Forse perché davano scarso peso alle nostre aspettative sull'Arabia e non vedevano l'ora di togliersi di torno un impiastro petulante. O forse l'uomo dei segreti aveva davvero qualche santo in paradiso, come si divertiva a farci credere. È stato cosí che ha attraversato il mar Rosso ed è diventato il nostro jolly in una mano di re, fanti e regine.

Ricordo cosa mi disse quando venne a salutarmi prima di partire: «Se questa rivolta avrà successo, sarà la cosa piú grossa accaduta nel Vicino Oriente dalla conquista di Solimano il Magnifico». Parole roboanti pronunciate come fossero le piú banali del mondo. Questo è Lawrence.

Credo che per lui l'Arabia sia stata una folgorazione. Quando tornò mi parlò con entusiasmo del principe Feisal. Disse che aveva trovato quello che cercava. Poi ripartí.

Lo rividi soltanto nel '17. Era vestito da beduino e puzzava. Aveva attraversato il Sinai a dorso di cammello, praticamente da solo, per portarci in dote un'armata araba.

Fu allora che nacque l'intesa con il generale Allenby. Quei due si piacquero dal primo momento e trovarono il modo di essere utili uno all'altro. Il resto fa parte delle cronache di guerra e della trionfale avanzata di Allenby fino a Damasco.

Questo è quanto posso dirti per soddisfare la tua curiosità. Si tratta di un uomo molto strano, sfuggente, lo definirei ambiguo se non avessi il timore di apparire ingiusto. Sono certo che non seguiresti mai il mio consiglio di non legarti troppo a lui, perciò te lo risparmio.

È troppo sperare che nella prossima lettera tu mi faccia sapere di voi? Se i miei calcoli sono esatti dovrebbe mancare poco al disvelamento del mistero: i Graves avranno l'erede maschio che nostro padre aspetta con ansia? Saluta tutti da parte mia e bacia la piccola Jenny. Soprattutto fai un grosso in bocca al lupo a tua moglie Nancy.

In attesa della lieta novella, tuo fratello,

Philip

15. Soviet

Solo quando si chiuse il cancello alle spalle Jack realizzò quanto fosse tardi. Lanciò un'occhiata alla casetta e finse di non vedere la sagoma dietro il vetro. Calcolò che non sarebbe mai arrivato al college prima del rintocco, ma inforcò la bicicletta e pedalò fino a Cowley Road, con le gomme che slittavano sull'asfalto bagnato. Non poté evitare lo scroscio di pioggia che lo investí poco dopo. Durò appena il tempo sufficiente a trasformare i vestiti in una zavorra grondante. Quando attraversò il Magdalen Bridge e si lanciò sullo High gli facevano male le gambe. Frenò davanti al portone dello University College, legò la bici ed entrò.

Sulla seconda rampa di scale udí le voci, captò presenze, gli parve quasi di avvertire il calore corporeo di persone stipate nel salotto al piano di sopra. Socchiuse la porta e si intrufolò cauto.

Erano tutti lí, intenti ad ascoltare. Nemmeno si accorsero di lui. Eccetto Darsey, che gli fece cenno di girare dietro l'oratore e raggiungerlo. Chi parlava era Walton, uno dei piú anziani, che si era guadagnato i gradi di capitano durante l'ultima offensiva tedesca. Parlava a voce alta, come stesse ancora incitando i suoi uomini a resistere.

– ... al St John's hanno organizzato un consiglio studentesco per migliorare le condizioni del convitto. Mensa, orari, regolamento.

Una voce si alzò dal fondo.

– Vuoi dire un soviet?

Walton non batté ciglio.

– Sono stati tutti sotto le armi, come buona parte di noi dello *Univ*. Hanno disciplina e spirito organizzativo. Cose che non mancano a chiunque abbia fatto la guerra.

Alcuni sorridevano, scambiando commenti e mormorii, altri annuivano seri.

Jack camminò lungo la parete. Non voleva farsi notare, aveva voglia di ficcarsi a letto senza dare spiegazioni a nessuno.

– Qualcosa di simile accade anche in altri college, – continuava Walton. – Al Keble, per esempio, a All Souls.

– Bella forza, hanno il Principe della Mecca!

Molti risero. Chi aveva parlato ricevette una sonora pacca sulla spalla.

Walton annuí.

– Certo. E non sarebbe una cattiva idea formare una delegazione che andasse a parlare con il colonnello Lawrence e gli chiedesse di rappresentare tutti gli studenti.

Le risatine si fecero piú nervose.

– Sí, fondiamo un emirato socialista sovietico! – suggerí qualcuno.

Jack avvertí la loro eccitazione. Scherzavano per allentare la tensione del momento. Erano giovani, avevano scampato la morte, si sentivano diversi da chiunque altro pestasse la terra di quel paese, almeno quanto si sentivano fratelli di ogni sopravvissuto. Jack pensò che anche per lui sarebbe stato facile entrare in quell'effimera sintonia, ma qualcosa glielo impediva. L'ago che puntava a nord era il senso di responsabilità, l'àncora che lo teneva con i piedi ben saldi a terra e gli consentiva di sopportare il peso. Era troppo cresciuto e troppo stanco per perdere tempo con la politica.

Scivolò a distanza da Darsey e senza parlare gli fece capire che se ne sarebbe andato a dormire. L'altro indicò Walton, poi scrollò le spalle e tornò ad ascoltare.

Jack raggiunse la camera, tolse giacca e camicia, recuperò un asciugamano e andò in bagno, dove prese a strofinarsi i capelli davanti allo specchio.

Moran si radeva alla luce della lampada, la faccia insaponata.

– Come mai non sei di là?

Aveva il solito tono fastidioso.

– E tu? – ribatté Jack senza guardarlo.

Il raschio della lama sulla pelle gli diede i brividi.

– Molto rumore per nulla, – disse Moran con aria di sufficienza. – Sentono arrivare la primavera e scalpitano. Non hanno cambiato le cose i tumulti dell'anno scorso e vorrebbero riuscirci adesso...

– Senza fucili non è una cosa seria, vero? – incalzò caustico Jack. – Ma non mi pare che tu sia in Irlanda a lottare per l'indipendenza.

Moran scrollò le spalle.

– Almeno io non ho combattuto per chi occupa il mio paese, come certi fessi che conosco.

Jack deglutí la rabbia senza ribattere. Moran continuò a radersi.

– Dove sei stato? – chiese dopo qualche secondo.

– Non credo ti riguardi, – rispose Jack.

– E se qualcuno fa una soffiata ai decani?

Jack fissò la propria espressione nello specchio.

– Cos'è che fanno alle spie i tuoi amici dell'Ira?

Moran sogghignò.

– Sei uno sciocco, Lewis, se credi che in questo posto si possa conservare un segreto.

Jack immaginò di voltarsi e colpirlo, ma non voleva dargli soddisfazione. Era abbastanza stanco ma non abbastanza annebbiato per lasciarsi andare. Finí di asciugarsi e recuperò le sue cose.

– Chi è Paddy?

La domanda gli si piantò tra le scapole. Jack restò immobile, contratto, mentre la lama lo attraversava. Avrebbe voluto fingere di essere morto, come le lucertole quando vengono intrappolate.

Sentí l'altro riporre rasoio e pennello nell'astuccio.

– C'è soltanto una parete sottile che divide i nostri letti. Ti hanno mai detto che parli nel sonno? – Moran gli passò alle spalle con aria beffarda. – 'Notte, Lewis.

Jack dovette attendere che il respiro si facesse lento e regolare per rientrare in camera.

16. La regina delle fate

Si voltò a cercare Edith e la vide ferma con le braccia al petto, pochi passi indietro.

– Andiamo. Non essere sciocca, è domenica.

Ronald lanciò un'occhiata attorno. Il sagrato di St Aloysius non era affollato. I cattolici in città erano una piccola schiera, ma a lui non piaceva farsi notare a quel modo.

Tornò indietro.

– Non mi fa sentire meglio raccontare i fatti miei a un estraneo, – disse lei. – È soltanto imbarazzante.

Lui sospirò.

– Edith...

– È una cosa medioevale, – aggiunse stizzita. – Voglio parlare con te, non con il prete.

Ormai erano entrati tutti. Ronald le prese le mani.

– Fallo per me.

Edith sollevò il broncio, sospirò, poi si rassegnò a seguirlo in chiesa.

Quando si ritrovarono all'aria aperta, lí investí un raggio di sole. Faceva freddo, ma lei insistette per fare una passeggiata. John era affidato a sua cugina e potevano prendersi la mattinata libera. Ronald fu lieto di accontentarla. Nelle ultime settimane il lavoro non gli aveva lasciato molto tempo per rimanere solo con lei.

– In un bel posto, – disse Edith. – Voglio un prato. Gli alberi.

Attraversarono il centro a braccetto. Passarono davanti all'Exeter College e Ronald si divertí a raccontarle un paio di aneddoti di quando era studente. Poi rimasero a lungo in silenzio. Le poche nuvole scivolavano via rapide, rivelando il cielo turchese. Si sentivano leggeri. Passarono sotto il Ponte dei sospiri e costeggiarono il New College, accompagnati dagli sguardi truci dei mostri che ornavano le murate.

Ronald sapeva che lei non amava Oxford. Lo snobismo che si respirava nell'aria la faceva sentire inadeguata e fuori posto, e c'era ben poco che lui potesse fare. Eccetto farle apprezzare i tesori piú nascosti.

Raggiunsero lo High e infine il giardino botanico.

Ronald la portò in fondo, vicino al muro di cinta, dove lo sguardo non poteva fare a meno di sollevarsi verso la maestosità di un grande albero. Sette braccia affusolate salivano dal tronco principale, biforcandosi fino alla cima, almeno trenta metri piú in alto. Nonostante la mole massiccia dava un'idea di dinamicità, come si fosse pietrificato durante una torsione. La corteccia grigia, venata di nero, sembrava la pelle di un dinosauro.

Ronald lo presentò come un amico di vecchia data.

– *Pinus Nigra*.

A lei venne istintivo toccare la corteccia rugosa. Alla base il tronco era grande come quello di una quercia secolare. Guardò in alto, dove il tetto grigioverde di aghi li riparava da ogni possibile intemperia.

– Comunica un senso di forza e di pace, non è vero?

Edith annuí.

– Di antichità.

Ronald sorrise.

– Ha piú di cento anni.

Lei gli rivolse uno sguardo luminoso ed emozionato. Ronald ricordò quando aveva cantato e danzato per lui, nel boschetto vicino a Roos, nello Yorkshire, in una giornata limpida come quella. Volteggiava sul prato come una fata. Era stata una parentesi di quiete, in attesa di tornare al fronte o di nuovo tra le mura di un sanatorio. Edith era la vita, la serenità che il mondo aveva perduto per sempre. Il suo posto ideale era lí, tra gli alberi e le creature di un giardino incantato. Quella visione aveva ispirato il racconto di Beren, l'uomo mortale che si innamora della dama degli elfi Lúthien Tinúviel. La storia del loro amore e delle loro imprese raccontava quella di Edith e Ronald, le difficoltà che avevano dovuto sormontare per ritrovarsi, potersi sposare, avere una vita insieme. Ronald l'aveva scritta per lei, per loro.

Si accorse che la regina delle fate aveva appena parlato. Poche parole magiche che trasformavano di nuovo la loro esistenza. Ronald aprí la bocca e la richiuse, trattenendo il fiato e l'emozione.

Sono incinta.

Rimasero abbracciati a lungo, all'ombra del vecchio albero che proteggeva la loro unione. Lui le sussurrava parole dolci nella lingua delle fate.

Le note fluivano attraverso le stanze. Nella nuova casa Edith aveva potuto finalmente trasferire il pianoforte e riprendere a esercitarsi. A Ronald sembrò che l'umore cristallino della moglie riverberasse sulla sonata, la vita che cresceva dentro di lei donava ritmo all'andante.

Con un altro figlio le cose sarebbero cambiate, dietro l'euforia che lo pervadeva si insinuava l'urgenza delle scelte. Avrebbe dovuto abbandonare il lavoro al Dizionario. Già da qualche tempo era scettico sull'utilità di continuare, ma un'altra bocca da sfamare valeva come ultimatum. Immaginò l'espressione mesta sulla faccia di Bradley, quando gli avrebbe presentato le dimissioni. Quell'aria da «un altro caduto sul campo» con cui lo avrebbe accompagnato all'uscita augurandogli buona fortuna. Le lezioni erano molto piú redditizie. Aveva già ricevuto richieste da nuovi privatisti. Forse era quella la sua strada.

Certo non sarebbe avanzato tempo per le leggende. Il buonsenso consigliava di relegarle definitivamente in soffitta fino a quando i bambini non fossero stati abbastanza grandi da farsele raccontare.

Anche le visite al museo dovevano finire ed era un vero peccato, perché le chiacchiere scambiate con Lawrence e con Hogarth erano state le piú interessanti degli ultimi tempi. Se non altro erano servite a fargli capire quanto gli mancasse una compagnia maschile con cui condividere storie e idee. Dopo la guerra niente era stato piú come prima. Rob e Geoffrey erano morti e Chris viveva nel Somerset.

Le note lo distrassero dai brutti pensieri e lo cullarono fino ai boschi e alle radure della terra proibita che custodiva tra le pagine e la mente. Era attraversata da ruscelli che portavano linfa agli esseri viventi, l'acqua conservava il suono della creazione. Senza volerlo incastonò nella melodia le parole di sua invenzione, dolci, eufoniche, perfette per il canto. Il libro di grammatica anglosassone slittò al margine del tavolo. La mano scivolò fino al quaderno dalla copertina ruvida, poi sotto il bordo, come fosse una veste, trovando la consistenza sensuale delle pagine e l'ultimo racconto che aveva scritto.

In principio fu la musica. Una melodia emanata dall'Essere originario, il demiurgo che aveva cantato l'universo per la prima volta, il Signore per Sempre, che risiede oltre il tutto, e aveva insegnato ai suoi angeli le armonie del cosmo. Da lí avrebbero avuto origine gli elfi eterei, e ancora gli uomini, i nani, ma anche le creature infime e malvagie figlie della cacofonia e dell'ambizione dell'angelo caduto: orchi e goblin, le afflizioni del mondo.

La creazione perpetua, cosí l'avrebbero nominata gli Alti Elfi.

La realtà lo richiamò all'ordine con i rintocchi della pendola. Chiuse il quaderno e lo ripose dentro un cassetto. Basta cosí. Doveva preparare gli esercizi di lettura sul *Beowulf* o il giorno dopo non avrebbe avuto la lezione pronta.

Ripassò i versi che raccontavano l'incontro tra l'eroe dei Geati e il re dei danesi. Beowulf si presentava al cospetto del sovrano e si offriva di liberare il palazzo dall'orco che lo minacciava.

17. Ultimus inter pares

Ai piedi della porta c'era un biglietto con sopra il suo no- me. Robert si chinò a raccoglierlo. C'era scritto soltanto: «Nella hall».

Era piuttosto insolito che T. E. decidesse di pranzare con gli altri. Di norma si faceva servire i pasti in camera, e solo quando aveva voglia di mangiare, cosa che accadeva piutto- sto di rado.

Robert sentí il cuore accelerare. Gli imprevisti minavano l'equilibrio precario dei suoi nervi, che poggiava su una gior- nata scandita da orari rigidi e percorsi prestabiliti. Anche perdere tempo rientrava in uno schema preciso, che a quel punto rischiava di saltare. Si era attardato nello studio del professor Murray, parlando della *Poetica* di Aristotele, ed era uscito da lí con l'ansia di raggiungere All Souls per l'ap- puntamento. Era in leggero ritardo, ma non si aspettava di non trovare nessuno. Trasse un paio di respiri profondi e in quel momento la voce di Burnes, l'inserviente, lo raggiunse dallo stanzino di servizio.

– Ha trovato il messaggio, signore?

Robert mostrò il pezzo di carta, certo di apparire alquan- to smarrito.

– Forse dovrei ripassare piú tardi.

– Oh, no, signore. Si perderebbe il meglio –. Burnes in- vece aveva l'aria divertita. – Sono tutti giú nella hall. È me- glio sbrigarsi.

Burnes si chiuse la porta alle spalle.

– Sono stati tre giorni campali, una cosa da non credere. Il colonnello Lawrence ha dormito pochissimo. Faccio
strada.

Iniziò a scendere le scale. Robert rimase per un attimo
sul pianerottolo, incerto sul da farsi, poi lo seguí.

– Mi dispiace di non poterle servire la birra delle udien-
ze. Ma se lo facessi, il signor Lawrence ci rimarrebbe male.
In fondo è stato lui a darci l'idea.

– Quale idea?

Burnes si fermò sull'ultimo gradino e si voltò a guardare
Robert con meraviglia. Solo in quel momento si rese conto
che era all'oscuro di tutto.

– Lo sciopero, signore. Davvero non ne sa nulla?

Robert scosse la testa ammutolito. Aveva appena sentito
la parola piú stridente che si potesse pronunciare dentro quelle mura.

Si ritrovò nel cortile, al seguito di Burnes, che aveva già
scacciato lo stupore con una ventata d'entusiasmo.

– È per via delle nuove disposizioni del preside. La direzione ha deciso di prolungarci gli orari di lavoro a parità di
paga –. Abbassò la voce. – Qualcuno l'ha definita una caro-
gnata, con rispetto parlando.

Costeggiarono il prato in direzione della hall.

– Non siamo mica servi, noialtri. Non possono decidere
sulla nostra testa senza nemmeno consultarci. Cucine, lavan-
deria, pulizie, cura dei locali. Se sparisce un penny o il lac-
cio di una scarpa siamo noi che vengono a cercare. Se il cibo fa schifo se la prendono con noi, anche se è la direzione
che tira al risparmio con i fornitori.

Mentre Burnes parlava, Robert mise in fila gli indizi incontrati arrivando lí. Studenti senza berretto che si affret-

tavano nel cortile. Un paio di professori che scambiavano commenti indignati sotto il portico.

– *Una cosa inaudita*.

– *Da non crederci*.

E adesso quella parola, la piú incredibile.

Sciopero.

Da qualche tempo stava succedendo qualcosa. Un disciplinato subbuglio attraversava i college, animato dai reduci. Era come se la soglia dell'attenzione collettiva si fosse d'improvviso innalzata a una vetta prima sconosciuta. Si iniziava a discutere ogni cosa, anche i piccoli dettagli della vita comune.

Aveva fatto molto scalpore la prima conquista ottenuta dagli studenti del suo college, il St John's, guidati da un generale di brigata appena venticinquenne e con un braccio solo. Grazie alle proteste contro il pessimo servizio di refezione, il consiglio d'istituto aveva dovuto nominare una commissione cucine con un rappresentante stabile degli studenti al suo interno. Una piccola scaramuccia che poteva preludere a battaglie su piú vasta scala. Non erano gli ammutinamenti di soldati dell'estate precedente, ma era la prova che le cose potevano cambiare anche lí, dove ogni pietra avrebbe potuto raccontare l'intera storia d'Inghilterra. *Tu quoque*, Oxford. Se perfino gli inservienti si mettevano a scioperare, forse i tempi stavano davvero cambiando.

Robert rimpiangeva di dormire fuori città e non partecipare a quello slancio. Andava al college solo una volta al mese, per recuperare l'assegno di studio. Si ripeteva che mancavano poche settimane alla nascita e doveva restare accanto a Nancy, ma la verità era che stava poco anche a casa, e il tempo libero dalle lezioni lo trascorreva in compagnia di Lawrence.

T. E. appariva divertito dall'idea che gli studenti pren-

dessero parte attiva alla vita dell'università. Spesso si in-
trufolava nelle assemblee di All Souls, per ascoltare cosa veniva detto. Una volta Robert lo aveva accompagnato, per
sentirlo intervenire sulla necessità di sistemare il prato del
Quadrangolo, ridotto in condizioni pietose. Ma le sue parole non erano state prese sul serio. Tutti avevano pensato
a una posa, un modo di dimostrare simpatia alla truppa da
parte di uno che doveva avere ben altre preoccupazioni per
la testa. Ad esempio i destini del Medio Oriente, o la ste-
sura del suo importante memoriale. Quando lo aveva visto
rimanerci male, Robert aveva capito che invece T. E. era
serissimo. Voleva partecipare – come *ultimus inter pares*, gli
disse – e se non volevano ascoltarlo avrebbe fatto da sé. Aveva rintracciato un micologo alla facoltà di Biologia per farsi spiegare come gettare spore nel cortile e farci nascere i
funghi. Cosí non avrebbero avuto altra scelta che rifare il
manto erboso. Robert lo aveva sconsigliato, prendendolo in
giro: la sua era «una fuga in avanti solitaria».

Riemerse dalle riflessioni e arrancò dietro Burnes, che
continuava a parlare.

– ... e lui ha detto: «Tagliate i rifornimenti». Sissignore, proprio cosí. Neanche ce n'eravamo accorti che fosse lí,
ma io ho riconosciuto subito la voce. Ci siamo voltati tutti.
Era in un angolo che sbucciava una mela. Credo fosse sceso nelle cucine perché aveva fame, o forse aveva sentito della nostra riunione, chi lo sa. Qualcuno ha fatto notare che
potevano sbatterci fuori. Mica siamo operai o minatori,
quelli sono organizzati –. Burnes rallentò il passo, il volto
ridente. – Non ci crederà, signore. Si è alzato, è venuto in
mezzo a noi e ha detto: «Credete che a stomaco vuoto e senza mutande pulite il rettore potrà dettare condizioni?»

Burnes scosse la testa e non trattenne un risolino.

– Stamattina il consiglio d'istituto firma la resa.

Si ritrovarono davanti a una selva di teste e colli allungati sulla soglia della hall. Robert sfruttò la statura per avere una visione chiara delle tavolate. Non erano apparecchiate, nessuno aveva allestito la sala.

Sciopero.

Qualcuno stava dicendo che nemmeno le camere erano state pulite, biancheria e lenzuola erano ancora ammucchiate nelle stanze.

Sciopero.

Robert rise. Stava succedendo davvero.

Cercò T. E. e lo scorse appoggiato a una parete, in disparte. Osservava la scena senza nascondere il compiacimento. Il preside riceveva le richieste degli inservienti, indeciso su quale contegno tenere. Nessuno lo aveva preparato a quella circostanza, perché nessuno aveva mai organizzato uno sciopero nell'ateneo. Il risultato era che riusciva soltanto ad apparire ebete piú di quanto non fosse. La corte dei professori si strinse intorno a lui, mentre annunciava che il provvedimento sull'orario veniva ritirato.

Robert iniziò a battere le mani da solo, subito seguito da Burnes e piano piano dagli studenti che assistevano all'evento, finché un lungo applauso riempí la sala. Dal suo angolo T. E. gli rivolse un inchino e un sorriso lusingato.

– Dovresti spendere una parola anche per loro, – disse Robert.

Camminavano nel cortile grande, sotto l'occhio ciclopico della meridiana. Gli studenti che uscivano dalla biblioteca si fermavano per stringere la mano a T. E. o gli indirizzavano cenni di saluto. Robert si chiese il perché di quella *promenade*, se non per assaporare il plauso del momento.

– Molti hanno conosciuto troppi ufficiali indegni di fiducia per non apprezzare un tipo come te.

– Io non sono una guida, non piú –. Un sorriso amaro.
– Non una di quelle buone, comunque.

Qualcuno intonò un hurrà, dall'altro lato del quadrangolo.

– Quello che hai fatto in guerra dice il contrario. Vogliono soltanto sentire una storia che possa ispirarli. È a questo che servono le storie, no? A infondere coraggio, a sentirsi meno soli.

T. E. gli lanciò un'occhiata di sottecchi.

– Intravedo uno spilungone in mezzo al gruppo.

– Lo ammetto, – disse Robert, – sono curioso. Quanto ti manca per finire?

Percepí una rigidità improvvisa.

– Me lo ha chiesto anche Hogarth. La risposta è la stessa: non lo so.

Il tono era freddo, quanto bastava a segnalare che era stata superata una linea invisibile. Robert si trattenne e decise di cambiare discorso.

– Hai letto la mia raccolta?

Il corpo minuto di T. E. si distese. Infilò le mani in tasca, contento che la palla fosse tornata nell'altra metà del campo.

– *Country Sentiment*. L'ho letta. Il titolo rispecchia il mutamento.

Stavano tornando indietro, camminando lenti, verso il cortile piccolo e gli alloggi.

Robert rimase in ascolto.

– Nessun riferimento alla guerra, – proseguí T. E. – Perfino ninne nanne e filastrocche. Qualche stupido dirà che Graves si è rammollito. A me è venuta voglia di sapere dove porterà questo nuovo corso.

Robert annuí. Presero le scale e raggiunsero la stanza di

T. E. L'odore dolce e speziato investí Robert appena varcata la soglia.

– Hai dato un'occhiata anche alle nuove poesie?

T. E. lo invitò a sedersi. – Ho fatto come hai chiesto –. Tirò fuori da un cassetto una risma di fogli dattiloscritti.

– Le annotazioni sono a matita.

– Dovrò sdebitarmi in qualche modo –. Robert allungò una mano avida, ma T. E. prese a sfogliare il plico.

– Be', che ne pensi?

T. E. si mise ritto sul basamento del camino.

– *Ritorno* è la mia preferita. «Ora è finita la maledizione dei sette anni, | che mi portò lontano da questa terra gentile, | dal ramo di gelso e di melo | e dalle frasche gommose flesse dal vento dell'Ovest, | a bere la brina dai laghi ghiacciati | e arrotare i denti sulla sabbia» –. Un sorrisetto. – Eccomi allo specchio, a chiedermi se è finita davvero –. Porse il plico a Robert. – Avrei qualcosa da ridire sull'immagine della seconda strofa. La sete non è «vuota». La sete è un'agonia straziante che ti lascia a bocca spalancata e ti fa barcollare come un ubriaco fino a perdere l'equilibrio. E la pietra non si sbriciola per il caldo, ma per la pioggia. Il caldo tutt'al piú la lucida, la spacca, l'annerisce, spesso la deforma –. Sorrise ancora. – Ma sono i cavilli di uno che ha rischiato davvero di morire di sete, non farci caso.

Robert prese i fogli.

– Tu puoi essere un'ispirazione –. Indicò gli edifici del college, oltre la finestra. – Puoi farli sentire uniti, dopo quello che hanno passato.

Lo vide accarezzare la statuetta d'argilla.

– Non ho intenzione di illudere piú nessuno.

– E gli inservienti?

– Volevo soltanto vedere la faccia che avrebbe fatto il preside.

Aveva l'aria noncurante adesso, come stesse inseguendo altri pensieri.

– Se una minima parte di quello che racconta Lowell Thomas è vera...

Robert tacque davanti alla mano alzata.

– Ti prego. Thomas ha fatto di me un idolo da avanspettacolo. Avrei dovuto accorgermene la prima volta che lo incontrai a Gerusalemme, invece di mettermi in posa per lui.

– Non ti chiedi perché l'hai fatto? – insinuò Robert. – Magari perché credi nella forza delle storie almeno quanto me.

– Voleva un eroe da mettere in mostra per convincere gli americani che la guerra era una cosa buona e giusta. Sono stato al gioco.

– Tu volevi che si parlasse della rivolta, che tutti sapessero. È stato utile allo scopo.

T. E. storse la bocca. – Allo scopo di chi? – Alzò lo sguardo sul ritratto sopra il camino. – Abbiamo fatto combattere gli arabi in cambio di promesse che sapevamo di non poter mantenere: l'indipendenza e Damasco come capitale. Ci siamo spartiti la loro terra con i francesi e adesso a Whitehall cadono dalle nuvole perché il Medio Oriente è in subbuglio.

Si interruppe, la rabbia svanita in un istante.

– L'hai scritto sul giornale, l'hanno letto tutti, – disse Robert. – Per questo ti ammirano ancora di piú.

– Non capisci, – sbottò T. E. – Se io fossi davvero quello che credono, sarei ancora laggiú a combattere. Sarebbe il solo modo di riscattarmi.

Robert lo vide incupirsi. Era consapevole che ciò che stava per dire non avrebbe mutato l'umore dell'amico.

– Stai scrivendo la storia della rivolta. Anche questo è combattere.

L'altro annuí.

– È l'unico motivo per cui ho accettato di farlo –. Estrasse un foglio dalla tasca. – Hai detto che vuoi sdebitarti.
Mi serve il tuo consiglio.

Robert scorse i versi vergati a penna.

– L'hai scritta tu?

– Vorrei che diventasse l'epigrafe del libro. Ti va di aiutarmi?

– Volentieri.

– Ti sarei molto grato se la leggessi piú tardi.

– Certo, – disse Robert trattenendo la curiosità.

Ripiegò il foglio e lo intascò.

– Visto che lo sciopero è finito, Burnes vorrà senz'altro
offrirti un boccale. Vado a chiamarlo.

Quando rimase solo nella stanza, Robert dovette forzarsi per non pensare alla poesia che aveva in tasca. Sarebbe stato imbarazzante farsi trovare intento a leggerla. Si alzò e
andò sotto il ritratto del principe Feisal. Interrogò quello
sguardo come potesse rivelargli i segreti dell'uomo che aveva lottato al suo fianco. Ispezionò la mensola, senza toccare
nulla. La campanella d'ottone puntellava due volumi mal-
conci e un terzo meglio conservato.

Se vuoi sapere qualcosa di un uomo, scopri cosa legge.

I titoli di costa erano grattati e rovinati dall'usura, ma si
riuscivano ancora a decifrare.

Il principe è una statua di lino bianco. Il copricapo scarlatto incornicia il volto magro ed emaciato, le lunghe ciglia abbassate a celare lo sguardo, come se gli occhi avessero visto abbastanza da non voler guardare ancora. La voce è una cantilena gentile.

– Noi siamo legati agli inglesi per necessità, ma siamo consapevoli che sono alleati troppo grandi. Molti tra la mia gente credono che il vostro aiuto non sia affatto disinteressato e che presto o tardi vorrete stabilirvi qui. Che prenderete il nostro paese, come avete fatto con l'Egitto e il Sudan.

– Altezza, gli inglesi combattono anche in Francia, ma i francesi non temono per la propria libertà.

– L'Hejaz non è la Francia, tenente Lawrence. È un paese debole e diviso.

Un refolo di vento filtra attraverso i tendaggi, portando odore di terra e piante, richiami distanti, liti di dromedari.

Ogni reticenza sarebbe fuori luogo, le carte sono sul tavolo, la sincerità è l'unica mano vincente.

– La scommessa della rivolta è questa. Trasformare gli arabi in una nazione. Renderli capaci di decidere per il proprio bene.

Un sospiro profondo. Il principe si sposta verso i cuscini che circondano il grande tavolo basso e scosta dai fianchi i lembi del mantello.

– La vostra idea del bene è molto diversa dalla mia. Un bene imposto con la violenza è comunque causa di dolore.

Quell'uomo sa di non avere scelta. Esternare la propria dolente consapevolezza è il suo modo di farglielo sapere. Non resta che insistere.

– Io credo che i sogni degli arabi e le aspirazioni dell'Inghilterra possano coincidere. Sono qui per renderlo possibile.

Feisal si siede e fa segno di accomodarsi sul tappeto accanto a lui.

È fatta.

A un battito di mani vengono portati datteri e latte appena munto. Il principe aspetta che l'ospite si sia servito, prima di esternare l'ultimo pensiero.

– È difficile essere devoti a due padroni. C'è soltanto un tipo d'uomo che può riuscirci ed è colui che combatte per se stesso. Ma quell'uomo io non lo invidio, perché nessuna causa gli appartiene davvero. La sua è una strada solitaria.

– Colonnello...
Distolse lo sguardo dalle fiamme e dai ricordi. Qualcuno lo aveva appena sfiorato.
– Colonnello, si sente bene?
Un ragazzo lentigginoso con un accenno di baffi sottili.
Si contrasse nell'angolo del divano.
– Sí... certo, sí. Grazie.
Ned guardò l'orologio alla parete. Mezz'ora era passata in un minuto. Qualcuno doveva essersi preoccupato nel vederlo fissare il fuoco a quel modo. Si accorse che fuori aveva preso a nevicare. Grossi fiocchi candidi si appiccicavano al vetro delle finestre e scivolavano giú.
Il ragazzo sedette.
– Mi chiamo Neville. Desmond Neville, signore. Mi chiedevo... Posso farle una domanda, signore?
Lo osservò meglio. Si chiese se fosse l'ingenuità a dargli il coraggio. Si accorse che i pochi studenti nella sala comune erano zitti e attenti alla conversazione. Immaginò che avessero tirato a sorte chi dovesse farsi avanti, ma forse era una malignità partorita dalla depressione.
– Non siamo piú sotto le armi, Neville, e io non sono cosí vecchio. Chiamami T. E.
L'altro lo guardò titubante.
– Qual è la domanda? – lo incoraggiò lui.
Un sorriso incerto.

– Com'è il deserto? Voglio dire... la prima volta che uno
lo vede.

Osservò il giovane come gli avesse sottoposto un enigma.
Il silenzio era totale, il respiro sospeso.

Seduti sui divani, qualcuno sul pavimento, lo attorniavano catturati da ogni parola, nella quiete densa della sera.
Erano arrivati poco alla volta, man mano che la voce si spar-
geva per i corridoi e nelle stanze. L'uomo che contendeva
la fama a Francis Drake e Richard Burton aveva iniziato il
racconto.

Fuori la neve cadeva lieve, ricopriva i tetti e il cortile con
un manto bianco di silenzio.

Al tepore di quell'unione d'anime, eletta a platea intorno al fuoco, Ned fece scorrere lo sguardo sui volti, quasi dovesse rivolgersi a ciascuno, nome e cognome, per ringraziar-
lo dell'attenzione.

– Sbarcai in Arabia convinto di una cosa soltanto: una rivolta ha bisogno di una guida che ne incarni lo spirito. Appena lo incontrai, seppi che l'uomo che cercavo era il principe Feisal, il terzogenito di re Hussein. Da ragazzo aveva
vissuto a Costantinopoli e servito nell'esercito turco. Conosceva la diplomazia dei governi e poteva elencare nel dettaglio ogni difetto del suo popolo. Questa consapevolezza gli
solcava il volto di rughe profonde, nonostante fosse giovane, e lo spingeva a contrapporre alla sorte un'estrema forza
di volontà. Laggiú nel Wadi Safra, circondato dai suoi uomini litigiosi e male armati, frustrato dall'inazione, era un
diamante incastonato in una montatura di stagno. La speranza piú genuina che gli arabi potessero custodire. Aveva il
portamento, la grandezza di spirito, l'onestà e l'intelligenza
per essere un capo. Ma bisognava metterlo in condizione di
diventarlo, e per questo servivano armi e denaro. In fretta,

prima che i turchi capissero di poter spegnere la rivolta in una sola mossa.

Allungò la mano per prendere il bicchiere d'acqua sul tavolino. Il silenzio era tale che lo sentirono deglutire. Depose il bicchiere con calma, assaporando l'attesa. Infine tornò a rivolgersi a loro.

– Prima di ripartire diedi in pegno alla nostra amicizia la promessa che le cose sarebbero cambiate presto. Andai a Karthoum e al Cairo per convincere i miei superiori e ottenni le rassicurazioni che chiedevo. Tornai in Arabia con l'incarico di consigliere militare presso il principe. Lo raggiunsi nel suo nuovo quartier generale, sulle colline dietro Yenbo, una cittadina sulla costa tenuta dalle nostre navi da guerra. Gli diedi la buona novella, riscattando la sua fiducia, e ridiscesi in città. Non sapevo che il rastrellamento turco era già cominciato.

Si interruppe, distratto dalla porta che si apriva. Un ritardatario entrò in punta di piedi, rosso d'imbarazzo, e sgattaiolò nell'angolo.

– La mattina dopo mi svegliarono le grida d'allarme. Salii sul camminamento della porta orientale e da lassú li vidi, – con la mano tracciò una linea invisibile a mezz'aria. – Duemila cavalieri riempivano l'orizzonte. Feisal cavalcava alla testa, il cielo si tingeva d'oro alle loro spalle. Non ho mai visto nulla di cosí maestoso come quella ritirata. Avevano provato a resistere all'artiglieria turca con i loro ferrivecchi, poi avevano dovuto sganciarsi e abbandonare l'accampamento. Eppure l'ingresso in città era trionfale. Capii che avevo fatto la scelta giusta, ma che ogni sforzo poteva ancora rivelarsi vano. Se i turchi fossero avanzati fino a lí, niente avrebbe impedito la sconfitta definitiva dell'armata araba.

Li lasciò di nuovo in bilico per qualche istante, prima di riprendere.

– Trascorsi la notte su una delle navi. Mi addormentai, convinto che entro poche ore il rumore degli spari dalla terraferma mi avrebbe svegliato. Invece non accadde nulla. L'alba arrivò e capimmo che i turchi avevano rinunciato ad attaccare, – lo sguardo tradì un guizzo luminoso. – Quella notte perdettero la guerra. Il fuoco della rivolta era pronto a divampare.

La pendola batté le nove, quasi che anche il tempo si fosse piegato al ritmo del racconto, ma nessuno cercò conferma sul proprio orologio. Li aveva condotti lontano, dove le ore duravano giorni e settimane. Oxford era un luogo remoto, un'isola solitaria circondata dai flutti e dalle nebbie, a cui nessuno bramava tornare.

– Radunammo le forze per muovere a nord. Cinquemila cammellieri e cinquemila fanti. Mitragliatrici e cannoni, finalmente, e le navi di rincalzo dal mare. Perfino un idroplano. Eravamo consapevoli che qualcosa di grandioso stava cominciando. Espugnammo Um Lejj e Wejh, sulla costa. I turchi opposero poca resistenza, mentre ogni giorno che passava gli arabi diventavano piú credibili agli occhi dell'Alto comando britannico. Al Cairo si entusiasmarono e promisero nuova artiglieria e nuovo oro. Ci spedirono anche due autoblindo Rolls Royce –. Si trattenne. – Ma dissero a Feisal di fermarsi.

Lasciò la frase sospesa nella stanza, come per assicurarsi che tutti lo seguissero, di non aver perso nessuno lungo la pista che stava battendo.

– L'Alto comando voleva che tagliassimo la ferrovia per isolare la guarnigione turca di Medina e costringerla alla resa. Dal loro punto di vista combattere per la seconda città santa dell'islam era quanto di meglio si potesse offrire ai nostri alleati arabi –. Cercò gli sguardi che lo attorniavano. – Si sa che i generali mancano di fantasia.

Un risolino d'approvazione serpeggiò nel bivacco che si apprestava ad affrontare la notte. Oltre i vetri la città era sparita nel buio, sepolta sotto la neve.

– Io non riuscivo a convincermi che Medina dovesse essere il nostro obiettivo. Che senso aveva perseverare nell'assedio di una città già isolata, quando potevamo puntare al cuore dell'impero ottomano? Al diavolo Medina, io volevo Damasco. Era uno spreco costringere gli arabi a combattere una guerra di posizione, bisognava lasciare che conducessero le cose alla loro maniera. Colpire e sparire, come il vento del deserto che soffia a folate improvvise, ti acceca e passa, lasciandoti solo il ronzio nelle orecchie e il fucile otturato di sabbia. Gli altri ufficiali della missione inglese erano troppo devoti all'ortodossia per prendermi sul serio, – accompagnò un sogghigno a una scrollata di spalle.

– Poi arrivò Auda. E tutto cambiò.

Lord Dinamite
Il Cairo / Deserto del Sirhan, maggio 1917

– Una dentiera.

Il professor Hogarth si protende verso la scrivania, l'espressione perplessa di fronte a quella sconsolata di Clayton.

– Prego?

L'ufficiale lo guarda da sopra il foglio che tiene tra le mani.

– Chiede una dentiera nuova per un certo... – gli occhi frugano la missiva. – Auda Abu Tayi. Inoltre mi comunica che non parteciperà all'accerchiamento di Medina, perché non ne condivide le finalità e... – legge di nuovo, – un apporto demotivato da parte sua non sarebbe utile alle operazioni. Si sta spostando a nord per vagliare la possibilità di estendere la rivolta ed espugnare Aqaba. Nientemeno.

Con un gesto stanco Clayton lascia cadere il foglio sul tavolo.

– Questa lettera sembra il frutto di un colpo di sole –. Scorge il sorriso sotto i baffi del professore. – Lo trova divertente?

Hogarth alza una mano in segno di scusa.

– Mi perdoni. Conosco Lawrence da troppo tempo per stupirmi del suo spirito d'iniziativa.

– Spirito d'iniziativa? – Clayton trattiene a stento l'alterazione nella voce. – Mi chiedo se si renda conto di essere in guerra, sottoposto a ordini di servizio.

L'altro sospira paziente e per un attimo guarda verso la finestra che incornicia il cielo limpido del Cairo.

– Mi dica della dentiera.

L'ufficiale alza di nuovo il foglio.

– Al quartier generale di Feisal è arrivato questo Auda, un bandito piuttosto noto, a quanto pare. Sembra che in segno di fedeltà al principe abbia rifiutato di mangiare alla sua mensa con la dentiera regalatagli dal governatore turco Jemal e l'abbia spaccata su un sasso –. Il tono è incredulo. – Adesso però quest'uomo non riesce piú a mangiare e ha bisogno di una dentiera nuova. Lawrence chiede di mandargli un dentista esperto dal Cairo.

Lo sguardo dello studioso tradisce ammirazione.

– Auda Abu Tayi è il capo degli howeitat, la tribú di predoni piú agguerrita dell'Arabia settentrionale. È molto temuto. Un combattente leggendario, oserei dire. Si raccontano molte storie sul suo conto. Finora si è fatto pagare dai turchi per rimanere neutrale. Il fatto che abbia deciso di abbracciare la rivolta è un ottimo affare per noi, la sua influenza è decisiva per coinvolgere gli altri capi della regione. Se vuole il mio consiglio, gli procuri dei solidi denti inglesi. È un investimento di cui non si pentirà.

La risposta è un mugugno basso e vibrato.

Il professore decide di insistere.

– I turchi non si aspettano un attacco degli arabi verso il Sinai. Alle nostre truppe impegnate a Gaza non può che tornare utile, e Aqaba è l'ultimo porto turco sul mar Rosso, la nostra ultima spina nel fianco.

– Esiste già un piano d'attacco navale ad Aqaba, – ribatte Clayton. – Lawrence ne è al corrente.

Hogarth annuisce.

– Ma sa anche che il golfo di Aqaba è un *cul de sac*. Lag-

giú i turchi hanno cannoni a lunga gittata, possono bersagliare i mezzi da sbarco e inchiodare le truppe sulla spiaggia.
Il dispendio di vite umane sarebbe enorme, il risultato incerto. Se lo conosco, Lawrence vuole evitare un'altra Gallipoli.

Clayton si irrigidisce sulla sedia senza ribattere. Usa la
lettera per smuovere l'aria calda che entra dalla finestra, senza grossi risultati. La ripone sul tavolo e rimane immobile a
osservarla con espressione incerta.

– Quindi lei mi suggerisce di assecondarlo.

Hogarth scrolla le spalle.

– In fondo lo abbiamo mandato laggiú per questo. Non
abbiamo nulla da perdere.

Clayton si stira un baffo con un gesto nervoso.

– Solo il controllo della rivolta.

– Una rivolta è per definizione incontrollabile, colonnello. L'unica garanzia è la fiducia che gli arabi ripongono in
Lawrence.

Clayton assume un tono rassegnato.

– Pare che anche a noi non rimanga altra scelta che fidar-
ci di lui.

– Le ha comunicato il suo piano?

L'ufficiale sfiora la lettera.

– Una vera follia. Attraversare il deserto a dorso di cammello. Raggiungere i nostri informatori in Siria e far sparge-
re la voce di un'imminente incursione su Damasco, per de-
pistare i turchi. Intende reclutare i predoni del deserto e piegare su Aqaba. Prenderla di slancio da terra.

Clayton sbuffa fuori l'aria con stizza.

Per la prima volta da quando si è seduto un'ombra di
preoccupazione sfiora il volto del professore.

– Quando è partito?

– Il 9 maggio. Con trentacinque uomini e ventimila sterline d'oro fornite da Feisal –. Un'occhiata in tralice. – Cioè da noi. Spero ne faccia buon uso.

Il professore annuisce.

– I beduini sono avidi. Non resta che incrociare le dita.

Lo sguardo si perde di nuovo oltre la finestra, la mente sorvola i tetti della città, viaggia fino al Canale e oltre, lungo la pista di Mosè, attraverso il deserto, fino a cogliere la sottile teoria di orme sulla sabbia.

I dromedari procedono lenti nell'aria rarefatta della sera. Gli uomini sembrano piccolissimi in groppa alle bestie rose dalla rogna. A perdita d'occhio pietre, sabbia secca, pozzanghere salate, palme scarnite e senza foglie, e all'orizzonte montagne aguzze come artigli. Un'aura sinistra e maligna aleggia intorno alla piccola carovana, che appare poca cosa in mezzo a quell'immensità. Il Sirhan è un luogo maledetto, infestato di rettili che sbucano da ogni anfratto, dove si muore avvelenati dal morso letale degli aspidi e delle vipere, che cercano il caldo dei bivacchi e il tepore dei corpi. La mattina non si è mai soli nei giacigli. Di giorno ci pensa il sole a schiacciare i viventi come un macigno, a rendere faticoso ogni movimento, preziosa una goccia d'acqua, straziante la marcia. La desolazione mette alla prova lo spirito e la fede. A volte la fa nascere, quando ogni gesto diventa assoluto e la luce abbagliante ne proietta l'ombra metafisica sul mondo. La mente si astrae dal corpo martoriato fino a rischiare di perdersi, fino a cogliere l'essenza più pura delle cose, l'idea stessa di Dio, per essere salvata soltanto dalla notte, che concede requie e il ritorno a se stessi. Un piccolo fuoco, sotto lo spettacolo mozzafiato delle stelle. Luce appena sufficiente per sfogliare una pagina e sforzare la vista su poche righe, dove si racconta di un'altra impresa, ovvero di una ricerca, attraverso le Terre Morte, compiuta da un pugno di cavalieri.

– Che cosa leggi, Urens?

La voce roca di Auda giunge dall'altra parte del falò. Sta intagliando un legno con il lungo pugnale ricurvo.

Il beduino dagli occhi chiari abbassa il libro.

– Una storia antica della mia terra.

– Di cosa parla?

Anche Nasir e gli altri prestano attenzione, mentre impastano le ultime once di farina e le masticano piano.

– Di un re leggendario. Si chiamava Artú. Mandò i suoi cavalieri per il mondo in cerca della coppa che aveva raccolto il sangue di Isa ibn Miriam, il Cristo crocefisso.

– E la trovarono?

– Quasi tutti morirono nella ricerca. Solo tre si salvarono. Uno soltanto riuscí a raggiungere la coppa, il piú puro e impavido. Sir Galahad era il suo nome.

Qualcuno scambia commenti sottovoce. Auda guarda torvo attraverso le fiamme.

– Quanti erano i cavalieri di questo tuo re cristiano?

– Centocinquanta.

Un grugnito di soddisfazione.

– Auda ne radunerà cinquecento. E prenderà Aqaba, se Dio lo vorrà. Cosí un giorno qualcuno scriverà anche di me.

I commenti si levano piú alti.

– Qualcuno dovrebbe farlo, sí. Ma è incauto far precedere al gesto le parole.

La bocca sdentata del guerriero si apre in un ghigno.

– Vedrai, Urens. Vedrai come lavora il vecchio Auda.

All'alba, quando la compagnia si divide, l'esiguo drappello che punta a nord riesce ancora a sentire il grido di Auda che rimbalza contro le montagne.

– Tra due settimane, inglese! Se ritardi comincio la guerra senza di te!

L'eco di una risata arcigna raggiunge i cavalieri sulla pi-

sta. Il piú esile di loro, avvolto nella veste polverosa dei beduini, sorride sotto la stoffa che gli ricopre la bocca.

Uno dei compagni sprona il dromedario per affiancarlo.

– Urens, adesso me lo puoi dire chi dobbiamo incontrare su al nord.

– Un fotografo –. Un'occhiata divertita all'espressione
incredula dell'altro. – Non temere, saremo all'appuntamento con Auda.

Le bestie vengono lanciate al piccolo trotto sul terreno
piú soffice.

19. Buio pesto

Era stata una giornata faticosa, frammentata dalle incombenze piú diverse. Aveva spalato la neve dal giardino della signora Moore, oliato il cancello perché la serratura non gelasse, accompagnato Maureen a lezione di violino, fatto i preventivi delle spese domestiche, ripulito lo sgabuzzino e preparato la cena. Il tempo non era passato in fretta, aveva dovuto forzare il corpo a compiere ogni gesto ignorando la stanchezza e l'emicrania.

Il tragitto in bicicletta fino al college, attraverso le strade già buie e ricoperte di nevischio fangoso, gli sembrò lungo il doppio del solito. Dopo cena, mentre cercava di strappare qualche ora di studio al mal di testa nella sala comune, Jack si scoprí a guardare Darsey con astio. Il compagno di stanza era tornato dal *White Horse* pieno di birra e storie su Lawrence d'Arabia. Aveva offerto da bere a un paio di borsisti di All Souls, in cambio di qualche racconto orecchiato davanti al camino. Trasudava entusiasmo e puzza di fumo.

Lo lasciò parlare, premendo le dita sulle tempie pulsanti. Blaterava di traversate a dorso di cammello, bivacchi sotto cieli stellati, attacchi alla ferrovia. Non gli diede corda, ma non riuscí nemmeno a interromperlo, ipnotizzato dalla stanchezza e dal profluvio di parole. Le difese iniziavano a cedere. Darsey era troppo preso dal romanzo della guerra nel deserto per accorgersi del suo malessere, cosí la rabbia antica affiorò di nuovo, a poco a poco, una lenta marea di frustrazione e disgusto che gli affannò il respiro.

– Una storia incredibile, – stava dicendo Darsey. – Incredibile!

Nel mondo di Darsey ogni cosa aveva un risvolto positivo, bastava cercarlo, la malafede non aveva cittadinanza. Era andato a stanarlo per spacciargli quella sua ingenuità da bambino mai cresciuto. Darsey non aveva visto l'orrore, non sapeva cosa fosse portare il peso delle conseguenze a schiena nuda.

– Tu dov'eri, Charlie? Impiegato al ministero della Guerra?

La domanda a bruciapelo bloccò l'amico. Guardò Jack con meraviglia, riconoscendo un tono minaccioso. Spalancò gli occhi e le braccia con l'aria di chi ostenta la propria innocenza.

– Lo sai che ho fatto il passacarte per due anni. A quale muro vuoi fucilarmi?

Jack mise da parte i fogli e si sporse sul tavolo.

– Mio fratello è alcolizzato.

Darsey lo osservò confuso. Jack non l'aveva abituato alle confidenze.

– Ha iniziato a bere per scacciare il tremito che lo prende ogni volta che sente un rumore piú forte di questo.

Una botta secca sul tavolo. La violenza del gesto fece trasalire Darsey. Jack continuò.

– Il mio ricordo piú nitido è il torace squarciato del sergente Ayers. A volte mi sembra ancora di sentire quell'odore e mi viene da vomitare, non riesco piú a mangiare.

Si compiacque della paura che leggeva sulla faccia di Darsey: lo specchio si era incrinato e il mondo di cartapesta dall'altra parte traballava. Avrebbe voluto mandare il vetro in frantumi e sbriciolare i pezzi sotto i tacchi.

– Ma almeno eccomi qui, no? Sono tornato, poteva andarmi peggio. Quanti amici mancano alla conta? Quanti fratelli, figli e mariti? Quante braccia e gambe? – Dovette appoggiarsi allo schienale. – Questo posto è vuoto. Non c'è piú nessuno, solo fantasmi. Solo vedove e orfani di cui prendersi cura. Non sarà il tuo Lawrence a farlo. Lui viene a offrirci oasi e principi in cambio della realtà. Un baratto conveniente, tutto sommato. Solo Dio è piú a buon mercato –. Si sfiorò la fronte madida. – È qui il deserto, Charlie. Ed è buio pesto. Non servono favole o preghiere per venirne fuori, ma il lume della ragione.

Si aggiustò il ciuffo umido, che però ricadde scomposto. Si accorse di sudare freddo. Doveva avere la febbre.

Darsey scosse il capo.

– Io non ti capisco, Jack. Cosa pretendi?

Lui batté ancora il pugno sul tavolo.

Gli studenti che chiacchieravano davanti al camino si voltarono, ma Jack non ci fece caso.

– Soltanto un po' di raziocinio. Il tuo eroe è un narcisista buono per gli ingenui.

Per la prima volta si accorse che anche Darsey poteva essere ferito. Lo vide rattrappirsi, socchiudere gli occhi in un'espressione sconosciuta. Un animale pronto a reagire d'istinto.

– L'invidia non è poi cosí razionale.

– Cosa significa?

– I tuoi poeti. Quelli che ammiri tanto, – disse Darsey. – Loro lo trovano interessante.

Jack scacciò quelle parole con la mano.

– Vaneggi.

Darsey continuò.

– Graves, Blunden, Sassoon. Ha voluto conoscerli tutti –. Mentre Darsey pronunciava le sillabe a una a una fu come se lui potesse prevederle, come se fosse solo la conferma di quanto già sapeva. – L'hanno accolto nel Parnaso.

Jack si alzò, pallidissimo, accorgendosi solo in quel momento che gli altri li osservavano attoniti. Ondeggiò come un ubriaco. Con uno sforzo raccolse i fogli e barcollò verso il corridoio.

Davanti alla porta della camera incrociò Moran, l'asciugamano al collo e il sorrisetto acido sulla bocca.

– Ecco il nostro rinnegato anglofilo.

Lo colpí al volto. Moran si piegò indietro, le mani sulla faccia, poi qualcuno strattonò via Jack, lo spinse dentro la stanza e chiuse la porta. Lui si accasciò sul letto, senza piú energie.

– Sei pazzo.

Jack capí che Darsey lo stava compatendo, ma non poteva piú reagire.

– Spera che quello non ti denunci.

I colpi di tosse di Moran dietro la porta accompagnarono Jack nel buio dell'incoscienza.

Ascoltò la busta frusciare giú per la colonna di metallo. Quel che è fatto è fatto, pensò. Non poteva continuare a tenerlo per sé.

John Ronald.

Questa volta avevano parlato. Lo avevano chiamato per nome.

Gordon aveva finito di leggere i versi assegnati, una strofa del *Crist* di Cynewulf, e aveva alzato la testa in attesa di istruzioni. Ragazzo sveglio quel canadese, gran voglia di imparare e un vero talento per l'antico idioma. Il migliore dei nuovi acquisti. Il primo giorno lo aveva chiamato professor Tolkien e lui si era affrettato a dire che vantava solo una laurea, nessuna cattedra.

Davanti al suo mutismo, Gordon doveva essersi chiesto se avesse sbagliato qualcosa.

– La sua pronuncia è perfetta, signor Gordon, – lo aveva rassicurato, per superare l'imbarazzo. Ma avrebbe voluto chiedergli di voltarsi e dirgli se li vedeva anche lui, Rob Gilson e Geoffrey Smith, in piedi vicino alla finestra.

Certo che no. Era la sua mente che proiettava le loro immagini contro la parete dello studio.

Lo fissavano sull'attenti, come aspettassero il sergente per essere passati in rassegna, ma indossavano ancora le divise della scuola.

John Ronald.

Si era scusato, incolpando il mal di testa. La lezione sarebbe terminata con un quarto d'ora d'anticipo, che avrebbero recuperato la volta seguente.

Gordon era sgattaiolato via in fretta, con l'aria di chi si sente in colpa.

Ronald si staccò dalla buchetta, come un nuotatore che azzardi lasciare la boa che lo tiene a galla. Si spinse oltre St Giles' Street e proseguí senza meta, ascoltando i propri passi sul marciapiede. Aveva bisogno d'aria, voleva guadagnare tempo prima di rientrare nello studio.

John Ronald.

Rimasto solo, aveva preso carta e penna e iniziato a scrivere una lettera all'unica persona che poteva aiutarlo.

Chris.

L'altro sopravvissuto della vecchia banda, generosamente risparmiato dagli U-Boot del Kaiser.

C'era voluto diverso tempo per scegliere le parole. Non voleva apparire sconvolto, ma razionale e in grado di fare fronte alla cosa. Gli aveva raccontato dei sogni a occhi aperti. Per qualche ragione si rifiutava di definirli allucinazioni. Forse sperava che gli dicesse che capitava anche a lui, per avere qualcuno con cui condividere la sventura. Chris era comprensivo e generoso, lo aveva sempre incitato e forse anche capito piú degli altri. Non riusciva a immaginare nessuno che potesse confortarlo meglio di lui. Nemmeno Edith, che doveva essere preservata da quella preoccupazione. Mentre chiudeva la busta e scriveva l'indirizzo si era sorpreso a pensare a Lawrence, al loro incontro al museo, mesi prima, e al fatto che avebbe potuto parlare anche con lui. In certi momenti di innata intimità è piú facile confessarsi con un estraneo che con un famigliare. Nessuna implicazione. Solo tu, lui e Dio. Non riusciva a immaginare come qualcuno potesse rinunciare a quel conforto. Eppure iniziava a convincersi che il suo caso non fosse materia per un prete, quanto piuttosto per un medico.

Aveva detto che usciva a imbucare una lettera, ma a voce bassa, sentendosi come uno che sta scappando. Le donne erano troppo occupate con le faccende per badare al suo annuncio.

Camminò a lungo. La strada fece una curva a gomito e svoltò a sud, fino ai campi sportivi ripuliti dalla neve. Era in corso una partita di rugby. Si fermò a guardare i giocatori, riconoscendo i colori del Balliol, ma non quelli della squadra avversaria. Il campo da gioco era troppo lontano per riuscire a decifrare le grida d'incitamento.

Si rivide sul prato della scuola di Birmingham, schizzare veloce sulla fascia laterale, la palla stretta sotto il braccio, con gli avversari che lo braccavano dappresso. Una torsione del busto, appena il tempo di sbarazzarsi dell'ovale, prima di essere travolto e sbattuto giú. Ricordava le nuvole sopra di sé, mentre giaceva sull'erba fangosa e sentiva il sapore del sangue in bocca. Non riusciva a parlare, si era morsicato la lingua. Una voce diceva che bisognava portarlo in infermeria.

Un salto della memoria lo proiettò in un angolo della biblioteca della scuola, curvo sul fornellino ad alcol a preparare il tè proibito del pomeriggio. La Tea Club Barrovian Society era al gran completo. Rob aveva portato uno dei suoi disegni e la riproduzione di un dipinto di Luca della Robbia. Geoffrey una poesia scritta di suo pugno e una scatola di biscotti. Chris del tè nero scovato ai Magazzini Barrow.

E tu, John Ronald, cos'hai portato?

Si rese conto di non ricordarlo piú. Qual era stato il suo contributo all'ultima riunione della società? Un brano del *Beowulf*? O forse del *Sir Gawain*? Rivide le facce perplesse degli amici in attesa di una risposta, ma la lingua doleva, come se non gli avessero ancora tolto i punti. Eppure gli sembrava che l'incidente risalisse ad almeno un anno prima. La distanza giocava strani scherzi di prospettiva.

Si staccò dai ricordi e riprese a camminare, con la mezza intenzione di raggiungere il giardino botanico. Invece svoltò per una stradina laterale, che costeggiava il parco del Magdalen College. Oltre il canale, il Nuovo Edificio torreggiava solitario in mezzo alla spianata, solido e squadrato, con le sue cento finestre anonime. Oltre il cancello i daini brucavano tranquilli sotto gli alberi, solo un vecchio maschio sollevò le corna imponenti per guardarlo passare. Una mandria antica, l'orgoglio del college, custodita con gelosia. Si diceva che in mezzo al branco vi fosse un esemplare albino, ma lui non scorse nessun manto piú chiaro degli altri. Una volta aveva portato lí il piccolo John perché vedesse quegli animali maestosi, e si era emozionato leggendo la gioia sul suo volto. Ai versi di meraviglia era seguito il pianto al momento di tornare a casa.

Respirò a fondo e si guardò alle spalle, come accorgendosi per la prima volta di quanta strada avesse percorso.

Baciò il piccolo e lo strinse forte, in preda a un'ansia immotivata, come avesse corso il rischio di perderlo. Una manina si avvinghiò ai suoi capelli, poi gli tirò un labbro e lui lasciò fare, con gli occhi lucidi.

Si accorse che Edith era sulla soglia della cucina.

– Hanno spostato la buchetta dall'altra parte della città?

Ronald lasciò che il figlio si accoccolasse sulla sua spalla.

– Avevo bisogno di fare due passi.

Lei sorrise e prelevò il piccolo dalle sue braccia.

– Edith…

– Sí.

– Che faresti se io impazzissi?

Lei sorrise.

– Immagino che mi prenderei cura di te. Ma che razza di domanda…

– È successo a molti tornati dalla Francia. Certe patologie possono manifestarsi anche dopo anni.

Edith scosse il capo divertita.

– Oh, non tu, Ronald.

Sparí oltre la porta continuando a scuotere la testa. Lui si affacciò nello studio, titubante. Nessuno.

Sedette alla scrivania e poco dopo la sentí entrare.

– Mi dici cosa succede? Vuoi farti visitare?

– No. No, sono solo preoccupato per te –. Le posò una mano sul ventre ingrossato. – E per il bambino.

Gli accarezzò la testa.

– Sbagli, andrà tutto bene –. Lo sguardo le cadde su un foglio. – Questo cos'è?

– Un modulo.

– Lo vedo.

Ronald non la guardò negli occhi e si affrettò a infilare il foglio nel cassetto. Poi pensò che tanto valeva dirglielo.

– Si è liberato un posto all'università di Leeds.

Lei si ritrasse e rimase zitta per un momento.

– È lontano, – disse.

– Pensavo di provare. Certo, si tratterebbe di trasferirci ancora, ma sarebbe un lavoro sicuro. Una carriera stabile. Insegnare mi piace.

La voce andò spegnendosi. Attese la reazione della moglie come una sentenza. Avrebbe preferito non dirle niente finché non avesse saputo qualcosa di piú concreto.

Edith tornò ad avvicinarsi.

– Tu non impazzirai mai, John Ronald Reuel Tolkien. Sei

come quel pino al giardino botanico. Un albero con salde radici –. Assunse un tono canzonatorio. – Solo non molto alto.

Lui finse di risentirsi, poi scoppiò a ridere.

Il giorno di Pentecoste, mentre Artú e i suoi cavalieri sede-
vano alla Tavola Rotonda per il banchetto annuale, un eremita
comparve a corte e chiese perché il Seggio Periglioso fosse vuo-
to. Re Artú rispose che sedervisi era morte certa per chiunque,
eccetto il cavaliere predestinato alla piú grande impresa.
   – Chi è il prescelto? – chiese l'eremita.
   – Ancora non ci è dato saperlo, – rispose il re.
   – Allora vi dirò che verrà concepito e nascerà quest'anno.
Egli siederà sul Seggio Periglioso e conquisterà il Santo Graal.
   Con queste parole l'eremita sparí.

   – Hai un'amante, Robert?
   Alzò gli occhi dal libro e si voltò a guardarla sorpreso.
Nancy era sulla soglia dello studio con i capelli macchiati di
tempera e cibo della bambina. Jenny doveva appena aver fi-
nito di pranzare e si stropicciava gli occhi tra le gambe del-
la mamma.
   – Prego?
   – Chi è S. A.?
   Robert capí l'equivoco e sorrise.
   – Ho una mezza idea, ma vorrei saperlo anch'io.
   – Mi prendi in giro?
   – Non dovresti frugare nelle mie tasche.
   – Cosí non troverei poesie d'amore.

– Cosí non ti faresti idee sbagliate. Ti sembra la mia scrittura? È di Lawrence. È la dedica del suo libro.

Lo guardò con un odioso sorriso di supponenza.

– Non riesci a stargli lontano, eh?

Robert sospirò.

– È mio amico.

– Sei patetico. Quelli come lui non hanno amici. Solo ammiratori e amanti.

– Non puoi dirlo, non lo conosci.

– Oh, no, caro, il mondo è pieno di guerrieri che decantano le proprie imprese.

Robert alzò la voce.

– Spiacente di deluderti, ma quell'uomo ha del talento.

Nancy forzò ancora un sorriso cattivo.

– Pare proprio che abbia trovato il suo scudiero. L'hai detto a Siegfried? Morirà di gelosia.

Il libro venne chiuso con un tonfo.

– Lasciami lavorare.

– Se almeno trovassi il coraggio di ammetterlo. La verità è che avete tutti una maledetta nostalgia della guerra. E vuoi sapere perché, Robert? Io credo che tu lo sappia. Perché laggiú non c'era nemmeno una donna a guastare il vostro idillio. Fratelli per la vita e per la morte. E noi a casa, a sostenere lo sforzo bellico.

– Noi?! Non mi risulta che tu abbia fatto i turni in fabbrica!

Li interruppe il pianto di Jenny, come ogni volta che litigavano. Un guaito che si trasformò in colpi di tosse e conati. Simulava di soffocare per farli smettere. Ricordava a entrambi che esisteva e che non avrebbero dovuto abbandonarla.

Nancy la prese in braccio e sparí nell'altra stanza.

Per qualche minuto Robert cercò di calmarsi, ma fu inutile. Si sentiva in colpa rispetto alla piccola e a se stesso per essersi lasciato provocare da Nancy. Sapeva che quel sarcasmo era la ricompensa per la sua assenza, qualcosa che al fondo meritava, e la consapevolezza lo rendeva ancora piú nervoso. Afferrò la giacca e cercò di distanziare i pensieri uscendo in fretta di casa. Attraversò il giardino e prese a camminare lungo la strada verso Youlbury. Mentre il respiro tornava regolare, recuperò la calma. L'aria era umida di pioggia appena caduta, come se milioni di goccioline fossero rimaste sospese, per appiccicarsi alla faccia e ai capelli. Trovò la sensazione piacevole e proseguí, destando il pigro interesse di un cavallo al pascolo. Solo in vista del campo di Arnold rallentò il passo.

Si fermò al margine del prato e sedette su una staccionata. Nessun segno di vita a perdita d'occhio, solo voli di rondini e uno scoiattolo temerario che attraversò il campo fino a raggiungere gli alberi. Poteva essere l'ultimo uomo rimasto al mondo.

Qualche giorno prima aveva rivisto Peter e il suo umore era peggiorato. Sapeva che era arrivato a Oxford, anche se non si era mai procurato l'occasione di incontrarlo. Peter apparteneva alla vita precedente, prima della discesa agli Inferi e della lenta risalita in superficie. Robert aveva represso il tuffo al cuore mentre si incrociavano, a distanza sufficiente per fingere di non essersi visti o riconosciuti. Un'ipocrisia salutare per entrambi. Non erano piú a scuola, quando le pulsioni naturali dovevano scavarsi contorte trincee nei meandri di quella società maschile e sessuofobica. Nel giro di pochi anni la guerra aveva imposto a tutti un sacro terrore per l'amore virile sbagliato, quello che non ricerca la bella morte, ma il bello delle forme. Rientrare nella lista nera significava emarginazione sociale e tutto il peggio che si potesse immaginare. Peter c'era andato molto vicino, quando un soldato canadese l'aveva accusato di adescamento. Era l'epoca dello scandalo dei Quarantasettemila, quando tutto il paese era stato attraversato dal sacro furore contro «la piaga» dell'omosessualità. Robert ricordava di avere pensato che se davvero, come sostenevano i grandi accusatori, il Kaiser avesse infiltrato schiere di effeminati agenti seduttori sull'isola per fiaccare l'ardore britannico, sarebbe stata la prova definitiva della sua follia. Eppure i giornali avevano preso la cosa sul serio, imbeccando le autorità e i politici, e non pochi avevano tremato.

Per fortuna le accuse contro Peter erano cadute, ma da quel giorno Robert si era sorpreso a provare diffidenza. Per se stesso prima che per la loro amicizia. La cultura del sospetto contagiava l'anima fino ad allontanarla dalle vecchie passioni, per potersi sentire dalla parte «giusta». In fondo era un uomo sposato, adesso.

Ripensò alle parole di Nancy. Riusciva sempre a mettere il dito nei suoi punti deboli. Robert provava vergogna, perché sapeva che c'era un barlume di ragione in ciò che lei diceva. Era questione ancestrale, di viscere, annidata nella mente virile dai tempi delle antiche cacce sotto le stelle del paleolitico. Quel viscido affetto d'uomini che avanzano fianco a fianco, cullando il pensiero che la bella morte è un destino auspicabile quanto l'amore. Quando la realtà mostruosa e disumana del conflitto si era rivelata in tutta la sua inutilità e gli occhi non avevano potuto non vedere, era rimasto il compianto reciproco, guardarsi le spalle a vicenda, condividere il tè prima delle ronde, le corvée e le guardie notturne, raccogliere e seppellire i morti. Se non c'era più niente di eroico nella miseria bellica che li aveva ridotti a becchini, era stata la compassione a tenerli uniti nell'obiettivo comune di sopravvivere. Oggi era la condivisione del segreto di ciò che si era visto, vissuto. E che nessuno, a casa, voleva sentirsi raccontare.

Chissà che non avesse ragione Nancy. Forse stava ricercando quell'unità ideale lasciandosi sedurre dal fascino di T. E. Philip l'aveva messo in guardia dal suo mistero. Eppure T. E. era un enigma da risolvere, pane per i denti del poeta evocatore di miti.

Robert si era lambiccato a lungo sugli indizi a disposizione, fino a elaborare una teoria plausibile, che partiva dai volumi sulla mensola del caminetto.

Se vuoi sapere qualcosa di un uomo scopri cosa legge.

Il primo era *La morte d'Artú* di Thomas Malory, un classico della sua adolescenza. Lo aveva ripreso in mano dopo anni, con l'occhio nuovo del detective, per ritrovarci il sogno cavalleresco, la Grande Ricerca, il viaggio, la morte romantica. Qualcosa che portava direttamente al secondo libro, il meno inaspettato. *Arabia deserta* di Doughty, il racconto del poeta esploratore che per primo aveva attraversato la penisola arabica. T. E. ne parlava come di un semidio, l'aveva conosciuto prima della guerra, e ora che anche lui era entrato nel circolo degli «arabi» d'Albione, figliocci putativi del sommo Richard Francis Burton, non se lo lasciava piú scappare.

Infine c'era l'*Oxford Book of English Verse*, l'antologia dei poeti inglesi.

Ecco che il filo iniziava a dipanarsi.

Per qualche ragione Robert si era convinto che quei libri contenessero la chiave dei versi dedicatori che T. E. gli aveva consegnato perché li annotasse. Sfilò la poesia dalla tasca della giacca. Le immagini erano buone, ma andavano aggiustate qua e là, si potevano inserire un paio di verbi per renderle ancora piú vivide. La rilesse.

a S. A.

Ti amavo, cosí ho tratto questa marea d'uomini
     nelle mie mani
e ho scritto la mia volontà nel cielo, tra le stelle,
Per conquistarti la Libertà, la nobile casa dai sette pilastri,
affinché i tuoi occhi splendessero per me
quando vi fossi giunto.
La Morte era il mio servo lungo la strada, fino a quando
     fummo vicini
e ti vedemmo in attesa:
Quando tu sorridesti e nella sua penosa invidia lei
     mi abbandonò e prese te:
nella sua pace.
Cosí la ricompensa del nostro amore fu il tuo corpo
     gettato via per essere abbracciato
appena un momento
Prima che le soffici mani della terra esplorassero
     il tuo viso e i ciechi vermi trasformassero
     la tua debole sostanza.
Gli uomini mi pregarono di fondare la mia opera,
     la casa inviolata
in tua memoria.
Ma come monumento adatto io la mandai in pezzi,
     incompiuta: e ora
i piccoli esseri strisciano fuori a rattopparsi le tane
nell'ombra sfigurata
del tuo dono.

Mentre ripiegava il foglio, la voce di Nancy tornò a vibrargli nelle orecchie.
Chi è S. A.?

Attraverso i secoli era proprio il vecchio Malory a suggerire la risposta all'arcano. I poeti del Medioevo dedicavano i loro sonetti a una dama. Eleonora d'Aquitania come la regina Ginevra. Sua Altezza, ovvero *Son Altesse*. Una tradizione che arrivava alla corte di Riccardo Cuordileone, il re crociato che aveva affrontato Saladino. Cavalieri cortesi, uomini d'arme e poesia, in marcia verso la Terra Santa. Uno tra tutti *predestinato alla piú grande impresa*. I pezzi andavano al loro posto, il mosaico si ricomponeva e lasciava intuire un disegno che dava i brividi.

Se l'ipotesi era giusta, allora T. E. non stava scrivendo una cronaca di guerra, non soltanto. Era la *chanson* della rivolta araba quella che prendeva forma nel buio della sua stanza. L'impresa nell'impresa, dedicata a una musa ispiratrice. Una musa morta, stando alla poesia, ma ancora viva nella mente del poeta.

Robert si chiese se forse non avrebbe dovuto scendere in città. Poteva domandarglielo, pur avendo la sensazione che niente come quella domanda diretta avrebbe potuto irritarlo. Avrebbe corso il rischio, ma non quel giorno.

Si incamminò verso casa, deciso a fare la pace con Nancy, ma dopo pochi passi vide un uomo in miniatura in fondo alla strada. Diventava sempre piú grande, in balia di una fretta sgraziata. Le braccia sbattevano a casaccio come quelle di un burattino. Ci mise un po' a riconoscere Edmund. Gli andò incontro in preda ai peggiori presentimenti.

– Sei pazzo, – gli gridò alla distanza.

Ed tentò di rispondere qualcosa, ma il fiato gli morí in gola. I polmoni non gli consentivano quello sforzo. Si fermò, aspettando che fosse Robert a raggiungerlo.

– Nancy, – dissero le labbra. La bocca era un mantice forato. – Il bambino.

Robert si mise a correre.

Lord Dinamite
Nord dell'Arabia, giugno 1917

– Cosa sono le stelle, Urens?

I due uomini sono stesi per terra, sotto il manto notturno, unica fonte di luce fin dove arriva lo sguardo.

– Migliaia di soli. Talmente lontani che la nostra mente non può coglierne la distanza. Possiamo studiarli solo con i telescopi piú potenti.

– Perché?

– Per farne un elenco e dare un nome a ciascuno. Affinché la notte non sia piú un mistero.

Auda incrocia le mani sotto la nuca, la fronte corrugata dai pensieri.

– Perché gli occidentali vogliono conoscere sempre tutto? Noi arabi riusciamo a vedere Dio dietro le nostre poche stelle e voi non ci riuscite dietro tutti gli astri che studiate.

– Noi vogliamo che il mondo finisca, Auda. Vogliamo tracciarne i confini.

Il vecchio capo fa sibilare l'aria tra i denti.

– Questo appartiene a Dio. Se lo scopo della conoscenza è sommare stella a stella, allora la nostra ignoranza è piacevole.

– Può darsi che lo sia.

– Domani attaccheremo il passo di Aba el-Lissan. Ci sono cinquecento turchi bene armati. Tu vorresti sapere se morirai?

– No.

L'arabo grugnisce soddisfatto.

– Allora anche tu preferisci l'ignoranza.

L'inglese rimane zitto, sorridendo a se stesso. L'uomo che ha accanto non smette di stupirlo. Per qualche minuto il silenzio torna a dominare incontrastato la notte.

– Urens?

– Sí.

– Cosa sei andato a fare a nord?

La saggia discrezione del capo lo ha spinto a conservare la domanda da quando si sono riuniti, giorni prima, in attesa del momento migliore per formularla.

– Sono andato a vedere cosa ci aspetta dopo che avremo preso Aqaba –. L'inglese si gira appena verso il capo degli howeitat. – E visto che non so se morirò domani, vi ho portato delle fotografie. A volte un po' di conoscenza non guasta.

Il vecchio predone ridacchia nel buio e si gira sul fianco alla ricerca del sonno.

Nasir ha le labbra spaccate dal sole e si tampona il sangue con la manica, mentre scivola all'ombra della roccia, accanto a lui.

I colpi risuonano piú radi adesso. Per tutta la mattina hanno riempito la vallata. È chiaro che il piano non ha funzionato, non c'è bisogno che lo sceriffo lo dica: i tiri dalla cresta delle colline non hanno spinto i turchi a farsi avanti. Tengono lo stretto passo in fondo alla valle, sanno che dietro di loro c'è Aqaba, forse il loro comandante si sente Leonida alle Termopoli, è troppo furbo per accettare lo scontro sul terreno aperto.

Nasir respira il caldo a grandi boccate.

– Stiamo finendo le munizioni. Che facciamo, Urens?

– Non lo so.

Non c'è acqua, né aria, il caldo uccide i pensieri. Le rocce sono lastre roventi, i fucili pezzi di metallo infuocato. Qualcuno è già svenuto, sopraffatto dal sole, lasciando una striscia di sudore mentre veniva trascinato via.

Auda cammina tra i sibili delle pallottole che sollevano schegge di pietrisco, la faccia coperta di polvere. Quando li avvista accasciati nell'ombra, sogghigna divertito e li raggiunge.

– Stanchi? Gli howeitat hanno appena cominciato.

– Non valgono niente. Sparano molto e colpiscono poco.

Il predone fissa l'occidentale con i pugni stretti e gli occhi rossi di rabbia.

– Procurati una bestia, inglese. E vieni a vedere.

Si rialzano mentre Auda corre su per la collina e richiama i guerrieri con grida roche che graffiano le ossa.

– L'hai fatto arrabbiare, Urens.

– Altroché. Andiamo.

Raggiungono i dromedari, poi la vetta della collina, appena in tempo per vedere i cavalieri che si allineano sull'orlo della conca.

Nasir trattiene il fiato.

– Guarda, Urens!

La scimitarra del capo si solleva a invocare su di loro la protezione di Dio e la rovina dei nemici.

Auda!

Il coro dei guerrieri è un grido di morte che percorre la schiera e ghermisce i cuori.

Auda!

Un brulicare di formiche sulla linea di difesa dei turchi.

Auda!

La spada cala. La marea trabocca, lenta poi sempre piú rapida, gli animali galoppano giú per il pendio, avvolti in una nube di polvere e rumore assordante.

I due uomini si guardano, trattenendo ancora le cavalcature.

Il revolver luccica al sole.

Lo sceriffo alza la frusta.

– Auda!

Le loro voci si uniscono al turbine che invade la vallata, mentre spronano i dromedari. È come guardare il mondo dal fronte di una valanga. Qualcuno cade disarcionato, ma niente può fermare il flagello, Auda il Terribile, Auda la Collera di Dio. Gli insetti davanti a loro diventano uniformi, fucili, uomini, facce, occhi sbarrati dal panico, corpi in fuga travolti, schiacciati, investiti da quintali di ossa e carne. Il tamburo scatta a ripetizione, la mira traballante dalla groppa della bestia in corsa, la mira di un inglese in mezzo alla tempesta, il dromedario crolla, stramazza al suolo, e lui vola lontano, come un acrobata al circo ma senza rete, sbatte a terra, ubriaco di adrenalina, il colpo gli strappa il fiato e l'udito.

Il mondo tace.

Prima che i turchi si avventino su di lui.

Prima che la carica lo calpesti.

Prima che le ossa si sbriciolino.

La mente vola via, altrove, si aggrappa a un pensiero, ai pochi versi di una preghiera.

Signore, ero libero fra tutti i tuoi fiori, ma ho scelto le tristi rose di questo mondo.

Ecco perché i miei piedi sono lacerati, e i miei occhi accecati dal sudore.

Il tempo scorre, il cuore batte, i rumori rientrano nella testa poco alla volta, l'uragano si allontana senza toccarlo.

Quando riesce a mettersi seduto sente il corpo ancora caldo del dromedario che l'ha protetto, dividendo la fiumana come uno scoglio la corrente di una rapida. L'ultimo atto

eroico della bestia che l'ha portato fino a lí. Guarda la pistola che stringe ancora in pugno e capisce. È stato il suo proiettile a colpire alla testa l'animale. Morte istantanea.

Intorno a lui il caos sta scemando. I turchi scappano su
per la montagna, falciati alle spalle, decimati, una scia di cadaveri lungo il passo.

Poco piú in là, Nasir alza il braccio in segno di vittoria
nella sua direzione, mentre tiene sotto tiro un ufficiale. Auda avanza zoppicante, scavalcando i corpi, ancora in preda
al fremito della battaglia. I fori di proiettile sono ben visibili sulla custodia del cannocchiale, sulla fondina della pistola
e sul fodero della spada. Gli occhi scintillano, la voce è un
ringhio.

– Fatti, non parole, inglese –. Guarda la carcassa arena-
ta nella polvere. – Se vuoi venire ad Aqaba ti servirà un altro animale.

Dalle colline la vista solleva l'anima. Aqaba biancheggia
in fondo alla valle. Oltre il grappolo di case, il blu cobalto
del mare seduce l'immaginazione, evoca il ristoro dei tuffi e
la fine delle sofferenze, diluite in quella distesa sconfinata.
Solo l'ultima trincea interrompe il miraggio, a mezza via dalla meta, un incaglio dello sguardo che richiama il dolore delle ferite e dei lividi, la stanchezza delle marce e delle battaglie. L'ultima fatica di Ercole.

Tutti attendono l'ordine di Auda.

– Questa sera ci bagneremo nel mar Rosso, Urens.

– Quante volte vuoi sconfiggere lo stesso nemico?

Auda lo guarda con diffidenza. L'inglese punta il frustino verso le difese turche.

– Trecento fanti asserragliati con il mare alle spalle. Lot-
teranno per la vita. Molti dei tuoi cadranno –. Si fa piú vicino. – Laggiú c'è un ufficiale che si sta chiedendo se deve

sacrificare se stesso e i suoi soldati per il sultano, per Jemal Pasha, per la Sublime Porta. È quello che ci si aspetta da lui, ma per farlo dovrebbe negare il suo istinto di non combattere una battaglia persa, di rivedere la moglie e i figli.

– Che ne sai tu di lui? Cosa ti importa?

Un'occhiata furba. – Procurati un binocolo e stai a vedere.

Il vecchio capo lo guarda legare un fazzoletto bianco al frustino.

– Io non capisco il tuo modo di fare la guerra, Urens.

L'inglese affronta la discesa, affiancato da Nasir e Mohamed.

– Io non lo capisco! – gli grida dietro Auda.

Quando raggiungono le difese li investe il tanfo di sudore rancido che ristagna nella trincea. L'ufficiale in comando ha la divisa sgualcita e la barba non rasata. Li invita a sedersi intorno a un tavolino da campo, sotto un tendone che ripara dal sole. Il piú basso dei tre beduini scopre il volto, rivelando occhi color zaffiro. Si rivolge al militare con una riverenza che lo spiazza. Parla turco. Dice di essere inglese e di combattere per lo sceicco della Mecca. Lo informa che le tribú della zona si radunano sulle colline con l'intenzione di distruggerli, nemmeno la mano del grande Auda Abu Tayi potrà trattenerle ancora per molto. Lasceranno passare la notte, poi accadrà come ad Aba el-Lissan. È venuto a offrire una resa onorevole, per lui e i suoi soldati. Andranno prigionieri in Egitto, in un campo britannico. Non combatteranno piú.

L'ufficiale alza gli occhi sulle colline che il sole ha martellato per tutto il giorno. Poi si volge indietro, a guardare il mare in lontananza, avvolto nella foschia del mattino. L'inglese non ha smesso di fissarlo. Pronuncia poche parole con voce tenue e amichevole.

Gli sorride placido.

– Un giorno la guerra finirà e tornerete a casa.

La mano del militare scende sulla fondina.

Dita ruvide scattano sui pugnali, ma con un gesto l'inglese blocca i compagni e riceve la pistola dell'ufficiale.

L'ultima corsa è una gara verso il mare, in mezzo a una tormenta di sabbia che non può piú fermarli, colpi di fucile al cielo, i vicoli invasi, la spiaggia occupata da centinaia di cavalieri che sembrano voler proseguire la carica tra le onde, e ancora spari verso i lunghi cannoni che sovrastano la baia e che non possono piú nuocere.

Poi i rumori scemano fino a spegnersi tra le rovine, i passi diventano stanchi e incerti, si stenta a riconoscere i volti, svuotati dall'ansia della meta, ma non già appagati. Ci si accascia all'ombra delle palme e si resta immobili a osservare il frangersi incessante dei flutti. Una schiera muta e cenciosa davanti al confine del mondo.

22. Polstead Road

Il vento gettava la pioggia addosso ai pochi che si avventuravano all'esterno, le toghe gonfie, come ali di uccelli che non riescono a prendere il volo.

Ned non ricordava piú da quanto tempo fosse davanti alla finestra. Quando Burnes bussò per la seconda volta, senza voltarsi gli disse di entrare.

– Tutto bene, signore?

Attese alcuni secondi prima di rispondere.

– Per la verità no.

– Posso esserle utile in qualche modo?

– Sai scacciare i fantasmi?

– Solo col whisky, signore.

Si voltò per indirizzargli un sorriso triste.

– Peccato.

– Mi dispiace, signore –. Burnes si accorse della valigia sul letto. – È in partenza?

– Devo finire il mio libro.

– Non si trova bene qui, signore?

Ned si affrettò a scuotere la testa.

– Oh, no, è tutto a posto. Ho bisogno di restare solo.

– Capisco. Colpa dei fantasmi, signore.

Lui si sforzò di sorridergli ancora.

– Non prendertela. Tornerò presto.

L'acquazzone si era trasformato in una pioggerella fitta e sottile che pungeva le guance e rimbalzava sul cuoio della valigia, assicurata al parafango posteriore. Il vento aveva smesso di rovesciare ogni cosa e questo consentiva di pedalare piú veloce. Si lasciò il centro alle spalle e scivolò rapido alzandosi sul sellino. Un uomo rannicchiato sotto l'ombrello al lato della strada si voltò a guardarlo passare.

Mentre filava per la strada deserta ripensò alla decisione presa. Doveva andarsene, isolarsi, finire di scrivere a ogni costo. L'ammirazione degli altri era un pessimo collega di lavoro. Robert ci sarebbe rimasto male per quella fuga, anche se era troppo impegnato con il figlio nato da pochi giorni. Questo dava l'occasione di non disturbarlo e di non fornire spiegazioni. Gli avrebbe scritto da Londra.

Quando svoltò in Polstead Road il temporale aveva ripreso intensità. Scese dalla bicicletta e la condusse a mano oltre il cancello, fino al riparo della tettoia. La appoggiò al casotto degli attrezzi, si asciugò la faccia con le mani e rimase a guardare l'edificio di mattoni rossi. Puntò la porta per qualche minuto, indeciso, poi scelse di andare sul retro. Percorse il viottolo di pietre fino al cottage in fondo al giardino.

Le finestre sembravano gli occhi di un animale addormentato, l'odore di erba bagnata pervadeva ogni cosa. Una goccia scivolava da una foglia, proprio all'estremità di un ramo. Rimaneva appesa alla punta, quasi sperasse di sottrarsi al destino delle altre. Poi si rassegnò a cadere senza rumore.

Ned ascoltò il proprio respiro, il fiato che si perdeva a un palmo dalla faccia. Una risata lo raggiunse da un'epoca remota. Non ne aveva mai ascoltata una piú sincera: quella di chi non aveva mai visto una bicicletta prima di allora, mentre lui mostrava come si pedala.

Dita scure armeggiavano con l'obiettivo.

No, aspetta, cosí lo sporchi.

Si rese conto che entrare avrebbe reso le cose piú difficili.

Mentre tornava indietro scorse un'ombra attraverso la finestra della casa. Rimase in ascolto. Riconobbe le voci di sua madre e di suo fratello Bob. Brigavano in cucina in un giorno come tutti gli altri. Provò invidia per quella normalità riconquistata. La fede li rendeva capaci di accettare ogni evento come un segno divino. Non potevano capire la sua ansia.

La tentazione di suonare il campanello svaní di colpo. Slegò la valigia dal parafango e si incamminò sotto la pioggia. Se marciava spedito poteva ancora salire sul prossimo treno per Londra.

Iblis

Primavera 1920

23. Madre

La ragazzina sollevò l'archetto con gesto elegante, lasciando che l'ultima nota si librasse nel piccolo giardino, fino a confondersi con il cinguettio dei passeri. I presenti applaudirono e Maureen fece un inchino compito. Owen Barfield alzò il calice in suo onore, mentre la signorina Wibelin sorrideva compiaciuta del proprio lavoro. La signora Moore si complimentò con lei, prima di avvicinarsi a Jack e sfiorargli la spalla.

– In fondo è te che dovremmo ringraziare, – disse sottovoce.

Jack si schermí. Il baratto tra le lezioni di violino a Maureen e le sue ripetizioni di latino alla signorina Wibelin era uno degli affari di cui andava piú fiero. Come aggiudicarsi un lusso senza sborsare un centesimo.

Janie Moore serví ancora limonata ai pochi invitati. Era un pomeriggio piuttosto caldo per la mezza stagione, le giacche erano abbandonate su uno dei divanetti di vimini. A Jack ricordarono una catasta di morti in fondo a una buca di granata, durante l'attacco ad Arras. Alcuni erano senza testa e gambe, proprio come quegli indumenti. Distolse lo sguardo. Non voleva rovinare il momento. Due settimane prima aveva superato gli esami con il massimo dei voti, si sentiva bene, i sensi risvegliati dalla primavera, i contorni delle cose netti, i colori vividi e rassicuranti. Niente brutti ricordi: un armistizio col mondo era la concessione a se stesso per quel sabato pomeriggio.

Si accorse che Owen Barfield cercava il suo sguardo per indirizzargli una delle sue stoccate. Lui gli fece una boccaccia e si affrettò a sedere con indifferenza accanto a James Vaughan, il piú taciturno degli ospiti. Era un tipo alto, capelli biondi un po' radi e spalle spioventi. Senza giacca, con i polsini sbottonati e la postura rilassata aveva un'aria vagamente *bohémienne*. Fino a quel momento era rimasto rintanato all'ombra della siepe, forse per proteggere il viso diafano dai raggi del sole o dormire fingendo un ascolto rapito. Quando si accorse di Jack ritirò le gambe da sotto il tavolino come volesse scusarsi della loro lunghezza.

– Esecuzione impeccabile, – disse.

– Non è del tutto vero, ma Maureen apprezzerà il suo incoraggiamento.

Jack notò che Barfield era stato intercettato dalla signorina Wibelin, ma continuava a guardare nella sua direzione, in attesa di sganciarsi. Pensò che una chiacchierata diversiva con Vaughan l'avrebbe protetto. Era un pittore, Barfield l'aveva conosciuto a un corso di nonsocosa, o forse al pub. Difficile dire che tipo fosse, ma Barfield aveva garantito la sua discrezione. Era sicuramente piú anziano di loro, poteva avere una trentina d'anni portati male, gli occhi coronati da rughe sottili, solchi profondi ai lati del naso. Per qualche ragione a Jack pareva vagamente effeminato, e la cosa lo metteva a disagio.

– Lei è di Oxford, signor Vaughan?

– Oh, no, sono un maledetto gallese, – si batté il palmo sulla guancia come lo portasse scritto in faccia. – Mi hanno mandato qui a studiare e... – sorrise. – Ho trovato una nicchia comoda. Ma per favore, niente signor Vaughan. Ogni volta che mi chiamano cosí mi viene in mente mio padre.

– D'accordo.

– Rapporti difficili quelli con i padri, non trovi?

Per essere rimasto zitto cosí a lungo era piuttosto spiglia-
to. Aveva una voce calda.

– Senza dubbio.

– Il tuo com'è?

– Irlandese.

– Oh –. Vaughan annuí, come non ci fosse da aggiungere altro. Questa volta la guancia venne accarezzata con un
gesto delicato. – Il mio è fornitore dell'Esercito. Da quando
mi hanno giudicato inabile al servizio in Francia per via del-
l'asma, ai suoi occhi sono inabile anche come figlio. Per fa-
cilitargli le cose sono diventato socialista e ho stappato una
bottiglia del suo vino d'annata il giorno che i bolscevichi hanno firmato la pace. Come biasimarlo se non mi ha piú voluto tra le mura domestiche? Tu hai combattuto?

– Sí. Piccardia.

– Be', almeno non devi portare l'onta –. Vaughan scrollò le spalle. – Non che per me faccia molta differenza. Io di-
pingo, non devo sorseggiare porto al Circolo conservatore
insieme ai maschi della mia famiglia.

– Se vivi di pittura sei un artista quotato.

– Le uniche quote che prendo sono quelle del mio allibra-
tore. Pur di tenermi alla larga da casa mio padre mi ha garantito una piccola rendita. Abbastanza da concedermi uno
sguardo annoiato e cinico sul mondo. Ma non si sa mai. Se
riesco a ritrarre Lawrence d'Arabia magari entro di straforo
nella storia. È tornato a Oxford, lo sapevi?

– C'è qualcuno che non lo sa?

Vaughan si esibí in una smorfia indecifrabile.

– È cambiato parecchio da quando studiava qui. Ha un'a-
ria piú… – Riuscí a smarrirsi in cerca della parola mancante, fece un gesto come volesse afferrarla.

– L'hai conosciuto? – intervenne Jack.

Vaughan si rassegnò a non trovare l'aggettivo.

– Eravamo entrambi al Jesus. Tu invece sei allo Univ, vero?

– Che tipo era? Voglio dire, prima di diventare quello che è adesso.

– Intendi dire una leggenda vivente?

– Sí.

– Be', una volta ha preso una pistola e ha sparato fuori dalla finestra, in Turl Street. Per fortuna non passava nessuno.

– Perché diavolo l'ha fatto?

– Non lo so. Ci sono persone cosí. I depressi, credo. Anch'io a volte lo sono, ma non a quel modo, cioè non davvero, voglio dire. I veri depressi possono fare del male a se stessi e agli altri. Glielo leggi negli occhi, sono anime in pena.

– E se io fossi uno dei suoi ammiratori?

– Non credo, Jack. Tu non sei il tipo che fa la corte agli eroi.

– Chi te lo dice?

– Hai fatto la guerra. Io ho potuto soltanto leggere le poesie di Sassoon.

– Che tipo sarei?

– Sinceramente?

– Sinceramente.

Vaughan socchiuse gli occhi, come per prendergli le misure.

– Secondo me sei uno di quelli che cambiano. Sei giovane, hai un sacco di tempo.

– A me sembra di non averne mai abbastanza.

Vaughan parve meditare a fondo sulle sue parole. In quel momento la faccia compiaciuta di Barfield si intrufolò fra i due.

- Allora, James, sei stato ammesso al rifugio di Jack Lewis. Benvenuto tra i pochi eletti.

- Non starlo a sentire, è un provocatore, – disse Jack. Vaughan sogghignò. Barfield sedette in mezzo a loro.

- Una pipata, Jack?

- Perché no?

Caricarono con calma, affettando i gesti, mentre Vaughan osservava divertito, sprofondato di nuovo nel silenzio e nella sedia, le gambe distese. Jack accostò il fiammifero al tabacco finché una nuvola di fumo si alzò lenta dal fornello.

- Di cosa parlavate? – chiese Barfield.

- Del colonnello Lawrence, – rispose Vaughan. – Pare che Jack non sia attratto dalle storie avventurose che circolano sul suo conto.

Barfield sbuffò fuori il fumo.

- Oh, Jack è un severo razionalista. Il che, in effetti, è strano per un poeta. Anche se ho il sospetto che sotto la scorza vada matto per favole e leggende.

- Quelle moderne mi attirano meno. Almeno gli antichi avevano la scusa dell'ignoranza. Non vorrete davvero credere alla storia dell'eroe del deserto?

- Sospendo il giudizio, non ne so abbastanza. Devo ammettere però che... – Barfield tacque all'improvviso.

Jack era scattato in piedi. Lo videro sfrecciare via.

Poco piú in là la signora Moore smise di chiacchierare e rimase immobile, come incantata, la cordialità pietrificata in faccia.

Jack varcò il cancello, la pipa in pugno come un'arma, a caccia della figura che era certo di avere visto sbirciare dentro il giardino. Interrogò la strada in entrambe le direzioni. Nessuno. Sperò d'esserselo immaginato. Eppure la visione era stata nitida, almeno per un momento. La faccia livida e beffarda di Eric Moran che lo spiava. Strinse i pugni fino a farsi dolere le nocche. Doveva averlo seguito. Aveva visto, profanato l'intimità del suo segreto. D'un tratto si sentí nudo e inerme, come in fondo a quella buca, insieme al cadavere del sergente Ayers.

Ebbe voglia di gridare, non riuscí a emettere suono.

Gli ospiti si congedarono quando i raggi del sole serpeggiavano già tra i rami degli alberi. Barfield strinse forte la mano di Jack e baciò quella della signora Moore, con un vezzo d'altri tempi. Promise di tornare a trovarli. Prese sottobraccio Vaughan e lo portò via fingendo di dover trascinare un ubriaco.

– Scusate, ma proprio non regge la limonata.

La signora Moore finí di risistemare le sedie, mentre Jack preparava una cena fredda. Mangiarono come una famiglia, ma piú silenziosi del solito, come se il malumore di Jack avesse bisogno di raccoglimento.

Quando ebbero finito, Jack preparò le bottiglie d'acqua calda per il letto della signora Moore e diede la buonanotte a madre e figlia.

Sedette sul lettino nel sottoscala ripensando all'apparizione del pomeriggio. Le intenzioni di Moran sembravano chiare. Lui l'aveva colpito e Moran era abbastanza vendicativo da non fargliela passare liscia, anche soltanto per prendersi la soddisfazione di esercitare un ricatto. Quanto poteva avere scoperto? Era venuto altre volte? L'idea gli fece ribollire il sangue. Cercò di ignorare il languore tra lo stomaco e il bassoventre, ma l'agitazione lo costrinse ad alzarsi e camminare per la stanza.

– Non hai sonno?

Si voltò di scatto, come l'avessero colto a fare qualcosa di sconveniente.

– Pensavo fossi già a dormire.

Lo prese per mano e lo condusse sul letto.

– Cosa c'è che non va?

Gli accarezzò la testa, facendogli scorrere le dita tra i capelli. Un gesto che ricordava con vividezza da quando era piccolo. Sentí la consistenza di quel corpo femminile sotto i vestiti, e desiderò esserne avvolto, sparirle in grembo, tornare a prima della guerra, prima di incontrare Paddy, prima che la morte la portasse via da lui, prima che la nascita lo strappasse all'unione perfetta. C'era qualcosa di simile alla pena nello sguardo di Janie Moore, e alla passione. Si accoccolò su di lei, in modo che i loro corpi combaciassero. Lei non smise di accarezzargli la testa mentre lui le scopriva il seno e portava le labbra al capezzolo.

– Povero Jack, – mormorò.

Con movimenti delicati gli slacciò i pantaloni e gli toccò il membro. Lui le sollevò la gonna. Solo quando fu dentro di lei si accorse che qualcuno stava piangendo. Era un bambino di nove anni, nascosto nella soffitta di una casa di Belfast, mentre al piano di sotto i dottori firmavano l'ultimo referto. A ogni spinta gli risuonava in testa la stessa parola.

Madre... madre... madre...

24. L'invocazione

Riconobbe il sorriso placido di Chris in mezzo al viavai del binario. L'altezza insieme ai colori chiari e al mento volitivo lo facevano assomigliare a un attore o a un uomo d'affari americano piú che al figlio di un pastore metodista. Mentre gli stringeva la mano, Ronald si sentí già sollevato e si pentí di averlo fatto preoccupare al punto da venire fino a Oxford. Si consolò con l'idea che la lettera fosse stata una scusa per rivedersi. Raccolse la piccola valigia, ignorando le proteste dell'amico e si avviarono fuori dalla stazione.

– Come sta Edith?

– Bene. Spero soltanto che l'estate non sia troppo calda. Ti confesso che sono molto in apprensione.

Non ebbe bisogno di ricordare all'amico che, alla nascita del primo figlio, Edith aveva rischiato di morire.

– Andrà tutto bene, – disse Chris. – Quanto è cresciuto il piccolo Johnny?

– Un ometto, vedrai.

Per tutto il tragitto fino a casa non parlarono del motivo della visita. Nella lettera che annunciava il suo arrivo, Chris non aveva fatto riferimento alla richiesta di aiuto di Ronald. Lui apprezzava quella discrezione e sapeva di essersi rivolto a Chris anche per quello. Chris volle sapere invece della domanda d'insegnamento a Leeds.

– L'ho inoltrata. Aspetto una risposta, – tagliò corto Ronald.

– Edith come l'ha presa? – azzardò l'altro.

– Cosí. Ha già dovuto seguirmi tante volte, ma adesso è diverso. Ci sono John e il bambino in arrivo. Sai com'è fatta, si tiene le cose dentro, ma non credo che l'idea di un altro trasferimento la entusiasmi.

– Be', io penso che saresti un ottimo insegnante di letteratura inglese.

– Non puoi saperlo.

– Ricordati che stai parlando con uno che studia per fare il preside. E poi, caro mio, me le ricordo le riunioni della Tcbs. Quando ti alzavi in punta di piedi per sembrare piú alto e declamavi le tue poesie o i brani di qualche vecchia saga...

– È una cosa diversa.

– Ti sbagli. È proprio quella passione che serve a trasmettere qualcosa agli altri.

Arrivarono a casa e Chris venne accolto dal calore della famiglia Tolkien al completo.

Scherzò con Edith e sua cugina Janet, consegnò a John il regalo che aveva portato, un'automobilina di latta, e lo ebbe subito ai suoi piedi. Ronald lasciò che tutto apparisse normale. Edith non doveva sapere il vero motivo di quella visita o si sarebbe preoccupata. Tanto piú che il sospetto di avere esagerato andava rafforzandosi, man mano che lo spirito della rimpatriata pervadeva la casa.

A pranzo venne servito pollo arrosto con patate. Chris raccontò l'aneddoto di quando i membri della Tcbs erano andati ai *Magazzini Barrow* dopo la prova generale della recita scolastica.

– Era *The Rivals* di Sheridan, vero? Non avevamo fatto in tempo a cambiarci d'abito, cosí, quando ci togliemmo i cappotti, rimanemmo con i costumi di scena. Non dimenticherò mai le facce dei camerieri!

Mentre ascoltava la risata di Edith, Ronald pensò che era proprio quella felicità raggiunta con fatica a ingigantire la minaccia. Era la paura che l'equilibrio non potesse durare. Stava concedendo terreno alle ossessioni e proprio questo poteva compromettere ciò che voleva difendere.

Dopo mangiato Ronald e Chris si accomodarono nello studio con le pipe e un paio di bicchieri.

Ronald temporeggiò armeggiando col tabacco, incerto su come affrontare l'argomento, ma fu Chris a toglierlo subito dall'imbarazzo.

– Dunque è qui che è successo.

Si guardò intorno, come se gli spettri dovessero apparire di nuovo.

Ronald annuí.

– Sei sicuro che siano proprio loro?

– Sí.

Per un attimo le volute di fumo li avvolsero entrambi e l'odore dolce del tabacco pervase lo studio.

– E se ne stanno semplicemente qui e ti guardano?

Ronald scosse il capo.

– Te l'ho scritto. L'ultima volta mi hanno chiamato per nome.

Chris accostò il fiammifero alla pipa e tirò una serie di boccate.

– Mmm. Allucinazioni visive e uditive. So che a Londra ci sono dei medici specializzati in queste patologie. Ma non credo che il tuo caso sia cosí grave.

– Chi ti dice che non possa diventarlo?

Chris non rispose, per un po' si limitò a fumare. Poi tolse la pipa di bocca.

– Sai, Rob e Geoffrey mancano molto anche a me. Purtroppo pregare per loro non allevia la sofferenza. Siamo le uniche persone al mondo che possono saperlo. Forse non è cosí strano che il dolore si concretizzi in immagini. Anche nello stato di veglia, intendo.

Per un attimo rimasero in silenzio, sopraffatti dai ricordi del Tea Club diventato poi Barrovian Society. Tcbs, nel gergo degli unici quattro affiliati. Era il tempo felice prima della crescita accelerata nelle trincee. Ronald pensò che avrebbe provato nostalgia di quegli anni anche se Rob e Geoffrey fossero sopravvissuti, ma il fatto che non ci fossero piú rendeva l'atto di ricordare ingiustamente lugubre. Aveva dovuto guardare avanti, pensare alla famiglia, chiudere il passato in un vecchio cassetto, dove custodiva ancora l'ultima lettera di Geoffrey B. Smith, insieme al volume di sue poesie che lui e Chris avevano dato alle stampe a guerra finita. Il 1916 era stato un anno maledetto. Rob era morto il primo giorno dell'offensiva sulla Somme, mentre guidava i suoi uomini all'attacco. Geoffrey a dicembre, per le ferite di una granata andate in cancrena. Dalla nave su cui prestava servizio, Chris aveva mandato a Ronald una lettera con poche righe e una chiosa che non aveva dimenticato. «Sono senza parole. Prego umilmente l'altissimo Signore di essere considerato degno di lui».

Ascoltò la propria voce riportare entrambi al presente.

– Non so che fare.

Chris distese i tratti del viso.

– Perché non proviamo ad analizzare la faccenda nel dettaglio?

Ronald annuí. Conosceva Christopher Wiseman da troppo tempo per non aspettarsi del metodo. Era una mente matematica, la sua specialità era scomporre i problemi in fattori primi e risolverli uno dopo l'altro. Accostò di nuovo il fiammifero al tabacco e attese con aria rassegnata.

Chris si accomodò meglio in poltrona.

– Ricordi la prima volta che è capitato?

– Poco dopo la fine della guerra, – rispose Ronald togliendosi la pipa dalla bocca, – nella vecchia casa. Non ci ho dato peso, era un periodo difficile.

– Poi?

– Qui. Una volta di notte, l'altra in pieno giorno. A distanza di pochi mesi.

– Luoghi e circostanze diversi, quindi –. Chris si sfiorò il mento con la mano. – Queste... – cercò la parola giusta, – *apparizioni*, sono sempre uguali o cambiano?

– Piú o meno identiche. Loro portano sempre le divise della King Edward's.

– Nient'altro?

– No.

– Tu cosa stavi facendo quando sono comparsi?

– Niente di particolare, riguardavo i miei vecchi racconti. L'ultima volta ascoltavo un allievo leggere.

– Mmm. Cosa leggeva?

– Che importanza ha? Li ho visti io, non lui.

– Hai detto che lo ascoltavi. Dunque?

– Il *Crist* di Cynewulf.

– Un brano in particolare?

– L'invocazione alla stella del mattino. *Eala Eärendel engla beorhtast ofer middangeard monnum sended.*

Il suono musicale dell'antico inglese fece sorridere Chris.

– Per noi comuni mortali?

– «Salve, Eärendel, il piú luminoso degli angeli, mandato agli uomini sulla Terra di Mezzo», – tradusse Ronald.

Si bloccò, la pipa a mezz'aria, colpito dalle proprie parole.

Chris si sporse in avanti.

– Non tenermi sulle spine, John Ronald. Si è accesa una lampadina?

– La prima volta che li ho visti stavo rileggendo un mio

vecchio poema, una cosa che ho scritto prima della guerra. È ispirato a questi versi del *Crist*. In effetti... – Ronald andò alla scrivania e recuperò un quaderno sotto una pila di libri. Prese a sfogliarlo. – Ecco qua, – lo passò all'amico.

Chris lesse a bassa voce.

– «Sorse Eärendel dalla coppa dell'Oceano | sull'orlo tenebroso del mondo di mezzo; | dalle porte della Notte come un raggio di luce | balzò oltre la linea del tramonto, | e lanciando la sua barca come scintilla d'argento | dalla sabbia dorata | all'ultimo alito infiammato del Giorno | egli salpò dall'Ovestlandia».

Ronald lo interruppe con un colpo di tosse.

– La seconda volta... era notte, ero seduto lí, – indicò la scrivania. – Leggevo un racconto e pensavo a tutti noi, sí, alla Tcbs... Non so perché, ma ho pensato distintamente a questi versi.

Chris chiuse il quaderno e vuotò la pipa nel posacenere.

– Grazie a Dio qualcosa abbiamo scoperto. Sembra che i fantasmi abbiano qualcosa a che fare con una stella, – fece fluttuare la mano in direzione di un ipotetico firmamento. – La stella del mattino, hai detto? È Venere, l'eros...

– Oh, non provare a spacciarmi le teorie di Freud, – sbottò Ronald. – Se dobbiamo scoprire che è colpa di mio padre che quasi non ho conosciuto, o di mia madre, riposi in pace...

Chris mostrò i palmi. – Non ti arrabbiare. Per quanto ne so Freud si occupa di sogni, non di allucinazioni. Quello che intendevo dire è che se la nostra testa a volte funziona in modo bizzarro non significa che non ci sia un motivo. Capisci? Una *ratio* solo apparentemente illogica. Molti reduci possono confermarlo. Senso di colpa, spaesamento, nevrastenia... Si tratta di trovare il bandolo.

Ronald sentí la preoccupazione riaffiorare. Come aveva

potuto, soltanto un'ora prima, sottovalutare la minaccia che incombeva sulla sua vita? Si sentiva di nuovo depresso.

– Non mi va di impazzire. Non voglio e non posso permettermelo.

L'amico gli toccò il braccio.

– Non credo che succederà. Devi soltanto trovare la risposta che ti dia pace.

– Non c'è nessuna domanda.

– Eppure a me sembra evidente, – disse Chris con occhi ridenti. – Chi è Eärendel?

Ronald scrollò le spalle.

– Per gli antichi sassoni è una personificazione della stella del vespro e del mattino. Per i cristiani simboleggia il ritorno del Salvatore.

– Questa risposta va bene per i tuoi allievi. Ma temo che per te non sia sufficiente.

Ronald fu sul punto di ribattere qualcosa, ma poi tacque. Chris non aggiunse altro. Si lasciarono cullare dal silenzio, giocatori concentrati su una scacchiera invisibile.

L'indomani si salutarono al fischio del treno. Chris spese ancora qualche parola e il suo piú mite sorriso per tranquillizzare Ronald.

– Noi siamo qui e loro no. Non sottovalutare il senso di colpa, è una cosa molto comune. Ci chiediamo quale disegno possa esserci dietro tutto questo e abbiamo la vita intera per trovare la nostra risposta.

Ronald gli strinse forte la mano.

– Grazie di essere venuto. Ti scrivo presto.

– Mi raccomando.

Aspettò che entrasse nello scompartimento e abbassasse il finestrino. Il treno fischiò ancora e sbuffò impaziente.

– Chris?

– Sí?

– Ricordi l'ultima riunione della Tcbs prima che io partissi per Oxford?

– Non la dimenticherò mai.

Le ruote si mossero. Ronald si incamminò a fianco del vagone.

– Cosa portai quel giorno?

L'altro sorrise.

– Non portasti un bel niente, vecchio mio. Quel giorno eri a mani vuote e ce ne meravigliammo tutti –. Il treno prese velocità. – Dio ti benedica, John Ronald.

Ronald rinunciò a proseguire e rimase in mezzo alla banchina, la mano alzata in segno di saluto.

Lord Dinamite
Valle dello Yarmuk, Sud della Siria, novembre 1917

Il paesaggio scorre rapido oltre il finestrino. Montagne battute dal vento, strette gole nella roccia, torrenti che precipitano verso il fiume. Lo Yarmuk si stende sinuoso nella valle e striscia sotto gli archi della strada ferrata, per proseguire parallelo, verso il Giordano. Due serpenti, uno d'acqua, l'altro di ferro, che si corteggiano lungo la via.

Il passeggero si liscia i baffi nero pece. È nervoso e infreddolito, stringe il bavero del cappotto, mentre scruta il profilo nebbioso dei monti del Golan.

Il Sanguinario. È con questo nome che lo temono, dal Caucaso all'Hejaz. I racconti sulla sua crudeltà corrono davanti alla locomotiva e annunciano la sua missione: fermare i crociati prima che conquistino la Città Santa. L'offensiva è massiccia, non può lasciare che sia Von Falkenhayn, con la sua spocchia teutonica, a reggerla al posto suo. Deve essere là dove l'aspetta la Storia. Anche Saladino combatteva gli inglesi. Il loro re Cuordileone non riuscí mai a espugnare Gerusalemme. Dopo otto secoli sono di nuovo lí, con la stessa caparbietà, pronti a spezzarsi le corna contro le antiche mura. Non fosse per l'ipocrisia, li stimerebbe avversari degni. Si chiede che tipo debba essere Allenby, l'uomo che li comanda. Lo chiamano il Toro, perché quando punta un obiettivo lo persegue a testa bassa finché non l'ha colpito. Se soltanto la guerra fosse questo, lo scontro tra uomini d'intelletto e forza superiori sarebbe un'impresa epica, un duello alla spada tra cavalieri. In fondo quello è lo scenario dove hanno combattuto faraoni, re, imperatori. Invece bisogna avere a che fare con truppe pigre e demotivate, con l'ostilità dei civili, con i topi che rodono i pilastri della Sublime Porta. Può sentire il rumore dei denti, piccoli morsi che infettano il corpo dell'impero. Infimi esseri che cercano spazio per la propria genia e sopravvivono in branchi. Ebrei, maroniti, curdi, greci, arabi. Armeni. Tanti, troppi gli armeni. Sembravano non finire mai: quando i mucchi di cadaveri erano piú alti di un uomo e coprivano l'orizzonte, ancora si potevano vedere le code sgusciare via.

Forse l'unica cosa che differenzia l'uomo dalla bestia è l'intenzione del male per ottenere un bene maggiore. In altre parole, la guerra. Gli inglesi blaterano di condurre una guerra pulita, ma mentono. Hanno schiacciato le rivolte in India e i boeri in Sudafrica con la determinazione di una razza superiore. Gli inglesi conoscono la crudeltà quanto lui, sanno qual è il prezzo da pagare per tenere unito un impero. Per questo hanno finto di non vedere le montagne di cadaveri, anche se gli armeni erano cristiani come loro.

Allenby è un uomo scaltro. Sa come usare i topi a proprio favore. In questo gli inglesi sono maestri. Un anno prima la rivolta dei beduini era un piccolo fuoco in fondo alla penisola arabica. Poi c'è stata la faccenda di Aqaba e oggi minacciano tutta la ferrovia dell'Hejaz. I capi tribú non sono piú fedeli alla Sublime Porta, accettano il denaro degli inglesi, si mettono in marcia e dichiarano d'essere una nazione. Sono sempre gli inglesi a raccontarglielo e la storia è talmente bella da incantarli come bambini. In questo sono molto diversi dai cospiratori di città, velleitari e chiacchieroni. Quelli li ha già fatti impiccare tutti sulle piazze, perché il messaggio fosse chiaro.

I nomadi sono un'altra cosa, il deserto è il luogo ideale

per far nascere idee insane. Gli uomini che inseguono i propri sogni nel deserto sono pericolosi fanatici oppure profeti.

Il treno entra in una galleria e per un attimo, prima che le luci si accendano, lo scompartimento resta al buio. Quanto basta perché l'uomo riveda la ragazza che ancora visita le sue notti. Lo stesso sguardo che una volta le ha salvato la vita. Occhi verde mare, cangianti come le stagioni. Pelle chiara e capelli corvini.

– Dimmi chi sono io, dolce Miriam.

– Tu sei il mio signore.

Le braccia candide rilasciate tra le lenzuola, l'aria satura dell'afrore dei corpi.

– Sono il padrone del tuo destino. Potrei farti uccidere alzando un dito e saresti solo un altro corpo in cima al mucchio.

– Quando, mio signore?

– Un giorno, quando ne avrò voglia. Adesso raccontami una storia. E che sia una buona storia.

La ragazza si avvicina e gli parla all'orecchio. La voce calda e sicura.

– Si racconta che un cavaliere avanza veloce sul crinale delle montagne. È vestito di bianco e nessuno può vederlo in volto, perché gli occhi abbagliano fino ad accecare. Ha il potere di distruggere ciò che tocca e il dono di essere ovunque. A volte è solo, a volte guida schiere di cavalieri. Nessuno sa dove si nasconda. Appare e scompare. Il deserto è la sua casa, le rocce il suo cibo. È come l'aria, come il vento che soffia. Un giorno attraversa il Grande Nefudh, il giorno dopo si bagna nel mar Morto. Il suo nome vola da un'oasi all'altra. I pellegrini in viaggio verso la Mecca lo avvistano nelle tempeste di sabbia e lo chiamano *Iblis*, il Diavolo. Tutti lo temono. Anche tu.

L'uomo le passa le dita sulla gola, la carezza allude a una

stretta imminente, ma la ragazza lo guarda senza timore. È quell'aria di sfida ad averlo eccitato fin dal primo momento che l'ha vista, sola e lercia in mezzo ai morti, unica superstite dello sterminio. Ha deciso di raccoglierla e portarla con sé, per provare l'ebbrezza di Dio e giocare con la nemesi.

– Io non ho paura di nessuno. Conosco questa storia. Il tuo Diavolo non è altro che un ufficiale inglese, alla testa di un'orda di beduini cenciosi.

– Ha conquistato Aqaba.

L'uomo si scosta.

– Tu cosa ne sai?

– Tutta Damasco ne parla. Anzi, sussurra, per non fare arrabbiare il nostro signore.

– Non riuscirai a farti uccidere cosí facilmente, dolce Miriam. Non ancora.

Jemal Pasha, governatore militare di Siria, Palestina e Arabia, si desta dai pensieri all'uscita della galleria. Il paesaggio è piú brullo e desolato. La ferrovia è l'unica traccia umana. Il treno corre veloce, carico di uomini e armi, su quella meraviglia della tecnica che fora montagne e supera fiumi. Gli ingegneri tedeschi l'hanno progettata per il Sultano, cosí che possa spostare le truppe da un capo all'altro dell'impero con rapidità. E i tedeschi non sbagliano, calcolatori metodici di chilometri, tonnellate, uomini.

La ferrovia è tutto, Allenby lo sa. Per questo manda i suoi agenti a insegnare ai beduini come usare gli esplosivi e farla saltare. Per questo il Diavolo cavalca sulla bocca dei pezzenti, anche se è soltanto una pedina nel cozzare di colossi in lotta.

Jemal non teme gli uomini, ma il caos. L'aria sporca, intrisa di polvere, che nei giorni di vento caldo giunge a folate da oriente e sembra corrodere perfino il metallo. La sabbia che s'insinua dappertutto, nelle case, sotto i vestiti, e ricopre ogni cosa, anche le vestigia degli imperi. È l'orrore di quello spazio liscio e indistinto, là fuori, a renderlo nervoso, il pensiero di qualcosa che può travolgere intere città, come fu per Ur e Babilonia. Meglio sarebbe arrendersi agli inglesi, allora. Meglio trattare una resa onorevole coi propri simili, piuttosto che cedere alla forza del vuoto.

Gli arabi e il loro Emiro Dinamite venuto dal freddo non sono niente. Pidocchi sulla schiena di un gigante: il deserto è il vero nemico da tenere a bada, oltre i bastioni della Città Santa e di Damasco. Il resto è l'ordinaria amministrazione della guerra. Conteggio di morti, danni, chilometri persi o guadagnati. L'impresa che si accinge a compiere con la fredda dedizione per cui è famoso.

Un'altra galleria. Di nuovo il buio inghiotte il passeggero.

– Devo partire. Al mio ritorno deciderò che fare di te.

Mentre scivola fuori dal letto e inizia a vestirsi, la sente muoversi tra le lenzuola.

– Non vuoi che ti racconti la fine della storia?

Si volta a guardarla distratto. Il piccolo corpo è avvolto come in un sudario.

– Il finale è scontato, dolce Miriam. Prima o poi lo prenderemo. E scopriremo che anche le leggende sanguinano.

Il chiarore oltre il vetro annuncia l'uscita dal tunnel.

25. Barton Street

Bussò due volte prima di provare a entrare. La porta non era chiusa a chiave. Appena varcata la soglia Andy fu investito dal puzzo di buio stantio.

– Ned... Ned?

Raggiunse la finestra, tirò le tende e la spalancò, lasciando che il giorno irrompesse nello studio. Appoggiò il sacchetto sul tavolo fermandosi a osservare il caos sul pavimento. Fogli accartocciati, torsoli di mela, tazze sporche.

Controllò il bagno, si riaffacciò sul pianerottolo. Nessuno. Trasalí quando scorse la mano che spuntava da sotto la coperta gettata sul divano. La sollevò con cautela.

– Cristo, Ned...

Un rantolo a occhi chiusi.

– Cazzo, mi hai fatto paura. Sembravi stecchito.

Lo afferrò sotto le braccia per aiutarlo a mettersi seduto ed ebbe la percezione esatta di quanto fosse leggero. Ned si ritrasse con fastidio e si tirò su da solo, pallido e spettinato, la barba non fatta.

– Non mi dire che sei chiuso qui dentro da martedí.

– Dove dovrei andare? – riuscí a dire prima che i colpi di tosse gli mozzassero il fiato.

Andy scosse il capo e indicò il sacchetto sul tavolo.

– Ti ho portato qualcosa da mangiare.

– Non te l'ho chiesto.

Andy scrollò le spalle.

– Fai come vuoi. Ma se non mangi ci resti secco sul serio.

Ned si alzò, raggiunse il lavabo e si versò l'acqua sulla testa. Prese ad asciugarsi con meticolosità.

Andy ne approfittò per dare un'altra occhiata in giro. Prima non si era accorto del plico di fogli sul tavolo.

– Hai scritto tutta la notte? – Misurò l'altezza della risma passandoci sopra una mano. – Non hai fatto altro, vero? Mi sa che hai qualche rotella fuori posto.

Ned non rispose. Andò alla finestra e respirò l'aria di Londra.

– Che giorno è?

– Venerdí.

Tornò a sedersi sul divano e si guardò attorno come se non riconoscesse quel posto.

– Hai portato anche il giornale? – chiese distratto.

– Nel sacchetto. Ma è di ieri.

Andy lo vide sfilare il quotidiano dalla busta e spiegarlo sulla scrivania. Per qualche minuto gli occhi chiari guizzarono da una riga all'altra. La carta attutí il rumore del pugno sul tavolo.

– Maledetti.

Mentre lui tornava alla finestra Andy sbirciò il giornale. In prima pagina c'era la foto di un arabo con la barba scura. La didascalia lo indicava come il principe Feisal.

– Lo conosci?

Ned rispose senza voltarsi.

– Sí.

Andy scorse l'articolo. Spesso durante i suoi lunghi pellegrinaggi per la città leggeva i giornali abbandonati sulle panchine dei parchi. Non che le notizie gli interessassero granché, non ne trovava nessuna che potesse riguardare la sua meschina esistenza. Ma era un modo per ingannare le lunghe attese dei clienti.

– Pare che se la passi piuttosto male.

Ned si lasciò cadere sulla sedia.

– È colpa mia.

Andy non capí a cosa si riferisse, ma non fece domande.

Si ritrovò addosso uno sguardo torvo, lo stesso blu del mare profondo.

– Quando eri in Francia ti è mai capitato di tradire qualcuno?

Andy scosse la testa.

– Se ne possono dire parecchie sul mio conto, ma laggiú ho fatto il mio dovere. Nessuno ha avuto da lamentarsi di me. Una volta ho perfino salvato la vita a un sottufficiale.

Ned annuí.

– Allora non puoi sapere cosa significa –. Poggiò una mano sul manoscritto. – Tutto l'inchiostro del mondo non potrà assolvermi.

Era ricomparso d'improvviso circa un mese prima. Quando se l'era ritrovato davanti, Andy ci aveva messo qualche secondo a riconoscerlo, ma non si era dimenticato di lui. Adesso la sua faccia era molto nota. Lo spettacolo continuava a essere replicato, lo avevano trasferito alla *Royal Albert Hall*, si diceva perfino che Sua Maestà avesse fatto allestire una rappresentazione privata per la famiglia reale. Tutti sapevano chi era il colonnello Lawrence ormai.

Non gli aveva chiesto altro che di andarlo a trovare nello studio di Barton Street, lo stesso dove l'aveva portato la prima volta che si erano incontrati.

Lui non era come gli altri, il sesso non gli interessava. Gli aveva dato dei soldi per fargli la spesa e rifornirlo di carta e inchiostro. Andy non aveva fatto domande, andava da lui ogni tre giorni con le provviste e lo trovava sempre alla scrivania, a volte addormentato sui fogli con la penna in mano.

Finiva per metterlo a letto e chiudersi la porta alle spalle.
Quando scriveva sembrava posseduto, prigioniero di una
persona diversa, molto piú forte e determinata, che lo costringeva a non fermarsi mai, fino allo stremo delle forze, fino a che non crollava. Andy aveva visto il manoscritto crescere di volta in volta, mentre Ned deperiva gradualmente,
come se stesse spremendo la sua energia vitale dentro quelle pagine, come se l'inchiostro fosse il suo stesso sangue.

Quella sera lo convinse a uscire. Camminarono senza dirsi nulla fino a Millbank e si addentrarono nel quartiere dei
ministeri, sbucando in Trafalgar Square. La città era avvolta da un'aura tetra, anche le luci avevano un che di sinistro.
Andy conosceva ogni strada come le sue tasche, ma si accorse di avere paura. E se qualcuno avesse riconosciuto il colonnello Lawrence? Se li avessero beccati gli sbirri? Ned era
un pazzo a farsi accompagnare da lui in posti cosí frequen-
tati. Era chiaro che non gliene importava niente, ed era proprio questo a spaventare Andy. In trincea lo capivi subito
quando uno stava uscendo di testa, perché perdeva il senso
del pericolo e si metteva a fare cose da matto. Molti di quelli che aveva visto beccarsi la Croce Militare per atti di coraggio erano tipi cosí, pazzoidi che si erano lanciati urlando
contro un nido di mitragliatrice. Erano urla di orgasmo,
Andy lo sapeva. Era convinto che alcuni di loro se ne venissero nelle mutande mentre lanciavano bombe a mano contro una trincea tedesca o infilavano la baionetta nella pancia dei crucchi.

Lungo la via del ritorno vide Ned farsi sempre piú cupo.
Per placare il malumore Andy si concesse qualche lunga sor-
sata dalla fiaschetta che portava in tasca. Lo accompagnò
su per le scale e si fermò sull'uscio, ma Ned gli chiese di entrare.

– Non accendere la luce, per favore.

Dalle finestre entrava a malapena quella dei lampioni, insufficiente a illuminare gli angoli della stanza.

Andy lo sentí armeggiare dentro il baule. Rimase rigido, il battito appena piú veloce del normale, chiedendosi cosa sarebbe successo.

– Devi fare una cosa per me.

– È troppo tardi, voglio andarmene a letto.

Ned emerse dall'oscurità.

– Ti pagherò.

Dal cassetto prese alcune banconote e gliele porse.

Andy le guardò titubante.

– Stasera non sono in vena.

– Non è quello che pensi. La prima volta che ci siamo incontrati mi hai raccontato del tuo patrigno, ricordi? Hai mai pensato di rendergli quello che ti aveva fatto?

Ora Andy aveva una gran voglia di andarsene, ma erano un sacco di soldi e la tentazione era forte.

– Ho pensato di ucciderlo, quel bastardo.

Ned si fece piú vicino e Andy vide l'oggetto che teneva in mano. Era una canna lunga e sottile, simile a quelle che si usano per spronare i cavalli. La depose sul tavolo accanto a lui e iniziò a sbottonarsi la camicia, poi i pantaloni. Si tolse i vestiti fino a rimanere nudo, una mano a coprire i genitali.

Andy sentí i pensieri accelerare fino a bloccarsi.

– Perché?

– Merito lo stesso odio. Ho tradito i miei compagni, le persone che amavo. Non ho risparmiato nessuno –. La sua faccia faceva spavento. – Devo essere punito.

Andy cercò di scacciare l'idea scuotendo forte il capo.

– Tu sei pazzo, – riuscí a dire tra i denti.

Succhiare il cazzo ai depravati che adescava al Garden non era niente davanti a quella cosa... quella cosa insana.

Provò a parlare, a dirgli quanto lo disprezzasse, ma si accorse di non riuscirci. Allora gli sputò addosso.

Lui non reagí.

– Ti darò piú soldi. Il doppio, – la voce era senza tono.

Andy impugnò la canna. Sentí il sudore tra le dita. Il cuore batteva a mille adesso, e perdio, la rabbia che provava prendeva la forma di una chiara bestemmia, che avrebbe voluto urlargli in faccia, per poi colpirlo, fargliela vedere.

Ned si voltò.

– Fallo adesso.

Andy si mosse e in quel momento la luce esterna colse il corpo magro e pallido davanti a lui.

I peli delle braccia si drizzarono come spilli. Sbarrò gli occhi.

– Cristo santo… Oh, Cristo.

Lasciò cadere il frustino e corse fuori, giú per le scale, in strada, verso il fiume, sul ponte, al margine opposto della città, fino al limite del mondo.

26. Ritorno

Da quell'altezza la vista allargava il cuore. Lo sguardo dominava la città attorno e spaziava fino all'orizzonte. Davanti a lui svettava il campanile di St Mary, che proiettava l'ombra sulla piazza. Sugli altri lati, la foresta di guglie e comignoli di All Souls, del Lincoln e della Bodleian Library era una corona per la grande cupola della Radcliffe Camera.

Era salito lassú per distendere la mente. Adesso che la stagione volgeva al bello, restare chiuso tutto il pomeriggio nella grande sala di lettura dava un senso di oppressione e mancanza di fiato. Strascichi di nevrastenia da non sottovalutare. Tornare a casa dopo le lezioni neanche a parlarne. Dalla nascita di David non era piú un posto dove poter studiare. Le coliche del neonato e la gelosia di Jenny erano una miscela letale per i suoi nervi. Il nuovo arrivato esercitava i polmoni con assiduità e i segni di nervosismo della sorella erano sempre piú forti. La prima volta che la bimba aveva visto Nancy allattare al seno se n'era uscita con una sfilza di urla che lo avevano costretto a chiudersi in bagno con le mani sulle orecchie. La notte prima li aveva tenuti in ostaggio fino a strappare la riammissione nella loro camera da letto, dove poteva vigilare sulle poppate dell'usurpatore. Alle prime luci dell'alba Robert si era vestito senza fare rumore ed era sceso in città.

Quello che gli dispiaceva di piú era che nel caos seguito alla nascita non aveva ancora fatto in tempo a familiarizzare con suo figlio. Tra le ansie di Nancy, le premure della bambinaia e le scenate di Jenny, riusciva a malapena a intravederlo quando tornava a casa la sera. Era pronto a scommettere che sarebbe stato un tipo simpatico, lo aveva pensato fin da quando gliel'avevano scodellato tra le braccia, appena ripulito dal sangue e dal liquido amniotico.

Per il momento però non poteva che assecondare il proprio istinto di fuga dal gineceo domestico, lasciando il piccolo in pegno della propria assenza.

Era piú difficile sfuggire agli incubi.

Aveva di nuovo sognato il labirinto. Questa volta però era fin troppo simile alle trincee di La Bassée invase dal gas, e lui ci strisciava dentro in cerca di uno spiraglio di luce e aria. Nelle orecchie il rumore sinistro del respiro attraverso il filtro della maschera e la sensazione pressante di un pericolo molto vicino.

Il cielo diventava sempre piú terso. Scacciò quei pensieri concentrandosi sul panorama, oltre il Grande Tom e i prati di Christchurch, dove la città incontrava il Tamigi. Quell'acqua andava a Londra e il pensiero non poté fare a meno di seguirla, sulle tracce di chi l'aveva piantato in asso davanti alla burrasca, portandosi via i propri misteri.

Nell'unica lettera che gli aveva scritto, T. E. aveva detto di avere bisogno di solitudine per finire il libro. Come se Londra non fosse anche piú mondana e frequentata di Oxford. Ma certo nella capitale era piú facile eclissarsi.

Nelle ultime settimane i giornali non facevano che parlare degli scontri in Medio Oriente, confermando ogni piú fosca previsione. I francesi avevano fatto appello agli accordi prebellici con gli alleati e si erano decisi a far valere il proprio diritto sulla Siria. Il velo di menzogne era caduto, Lloyd George non aveva piú potuto temporeggiare e aveva tolto l'egida su Damasco, lasciando che le truppe francesi occupassero la città per instaurare un protettorato. I siriani avevano opposto resistenza, c'era stato un bagno di sangue. La partenza del principe Feisal era stata sufficientemente rapida da potersi definire una fuga.

Robert cercava di immaginare come dovesse sentirsi T. E. davanti a quegli avvenimenti. Feisal rigettato nel deserto, gli abitanti abbandonati alla ferocia dei francesi, l'indipendenza araba schiacciata dalla ragion di Stato.

All'improvviso colse un movimento di formiche nel Quadrangolo, insieme a un vocio allarmato. Dalle finestre delle stanze gli studenti si sporgevano fino a rischiare di cadere. Qualcuno indicava verso l'alto. Robert tornò a guardare le guglie di All Souls e solo allora si accorse che sulla cima del torresotto non sventolava lo stemma del college. Lo scaglione con i tre fiori scarlatti su campo giallo aveva lasciato il posto a un rettangolo rosso che gli parve di riconoscere.

Non trattenne una risata d'entusiasmo.

Una sola persona al mondo poteva arrampicarsi su quei tetti per issare la bandiera dell'Hejaz.

Lo trovò seduto sui tappeti, indaffarato a leggere la posta arretrata, in mezzo a uno stuolo di buste aperte e fogli di giornale. La faccia era quella di un convalescente in via di guarigione.

Lo accolse con calore, domandò del piccolo David e della famiglia, gli offrí il consueto boccale di birra e i biscotti che aveva ricevuto da un'ammiratrice.

Robert indicò il vuoto sulla parete dove di solito campeggiava il vessillo dello sceriffo della Mecca.

– Una *rentrée* in grande stile.

– Non era me stesso che volevo annunciare.

T. E. agguantò la campanella dalla mensola e la sbatacchiò fuori dalla finestra.

– Sveglierai tutto il college!

– Bisogna svegliarlo. Sarebbe ora che si rendessero conto che fuori di qui il mondo va a rotoli.

Robert annuí.

– Ho letto i giornali.

La campanella tornò al suo posto. T. E. parlò dal basamento del camino.

– Credimi, non è ancora niente. Ho spedito un paio di lettere che non potranno non pubblicare –. Lanciò un'occhiata al ritratto di Feisal. – Voglio che si sappia come l'Inghilterra tratta i suoi alleati. La parola che abbiamo speso in guerra non vale nulla, ma per gli arabi la parola data è tutto. La Siria è solo l'inizio, tutta l'area scoppierà come una polveriera. Siamo governati da gente sorda e cieca. Hanno una tale paura del contagio bolscevico in Europa da non accorgersi che la Russia è anche un paese asiatico. Quella rivoluzione è una lezione per tutti i popoli del continente, la dimostrazione che i poveracci e gli incolti possono conquistare il potere. E noi? Somministriamo sempre la vecchia e odiosa medicina inglese: il piombo.

Robert si mise in guardia.

– Bentornato sul ring, vecchio mio.

Fece per avvinghiarlo con un abbraccio da pugile, ma lo vide irrigidirsi in un'espressione ostile e rinunciò subito allo scherzo. In quel momento si rese conto che non si erano mai toccati, fatta eccezione per la prima stretta di mano. Ma certo la fobia per il contatto fisico non era la patologia piú strana che si potesse riscontrare nei reduci.

– Cosa è successo a Londra?

T. E. scese dal piedistallo e si stravaccò sulla poltrona, una gamba penzolante dal bracciolo, le mani giunte sullo stomaco.

– Ho toccato il fondo, credo. E ho capito che non aveva senso. Bisogna risalire la china, – mimò il gesto di arrampicarsi. – Mi hanno reso complice di un inganno, ma posso ancora fare abbastanza rumore da scuotere qualche poltrona.

– Chi se non Lawrence della Mecca…

– Ho finito il libro.

– Questa è una grande notizia.

– È soltanto una bozza, c'è ancora molto lavoro da fare. Non so ancora se lo pubblicherò.

Robert estrasse il foglio dalla tasca interna della giacca.

– Be', ecco la tua epigrafe. Credo che possa diventare molto incisiva.

T. E. la prese e l'appoggiò sul tavolo senza guardarla.

– Grazie.

Robert consultò l'orologio, cercando di ignorare il proprio imbarazzo.

– È meglio che sia a casa per cena –. Si alzò, imitato da T. E., ma rimase fermo, incerto se parlare. Quando fu sulla soglia decise di chiederglielo.

– Chi è S. A.?

T. E. non reagí, come si aspettasse la domanda e non le desse troppo peso.

– Una persona che ha offerto un pegno sproporzionato all'avventura araba –. Un sorriso amaro. – Un altro fardello per la mia coscienza.

Robert si rese conto che non era la risposta evasiva a irritarlo, ma quello smaccato egocentrismo. Avevano fatto parte di un ingranaggio troppo grande e complesso per poter ridurre tutto a una responsabilità personale. A suo tempo aveva cercato di spiegarlo anche a Siegfried, ma senza grossi risultati.

– Sbagli a tirarti la croce addosso. Siamo stati tutti vittime e complici.

T. E. si appoggiò allo stipite della porta, sfiorandolo con la guancia.

– Non cerco assoluzione. Voglio solo restituire un po' di colpi. Non sarà facile –. Gli occhi risero. – In fondo la mia specialità non è l'inchiostro, ma la dinamite.

Il drago esce rapido dalla montagna con un soffio di vapore rovente. La corazza, ancora bagnata di pioggia, risplende alla luce del mattino e riflette lo scintillio del fiume. Corre parallelo al corso d'acqua senza rallentare, per incrociarlo piú a ovest, dove la piana si restringe sotto la gobba erbosa del Jabal ad-Duruz. È enorme e maestoso: dodici vagoni, tirati da due locomotive al massimo della potenza. Trasportano il prezioso carico a Gerusalemme. In lontananza i tuoni del temporale sembrano le cannonate su Gaza e Bersheeva portate dal vento. In risposta il drago lancia un grido acuto, d'attacco, come se il suo passaggio dovesse spaccare il mondo in due. Affronta la curva e si lancia in discesa verso il ponte.

Quando il treno emerge dalla galleria, Jemal Pasha strizza gli occhi, abbagliato dal riverbero del cielo. Si stringe nel cappotto dell'uniforme, su cui spiccano le stelle d'argento. Nel grande salone su ruote è troppo freddo e per un attimo invidia i soldati, pigiati nei vagoni. Fuori dal finestrino lo Yarmuk si avvicina di nuovo alla ferrovia e scivola sotto le arcate di mattoni di un ponte. La locomotiva corre incontro al fiume, per sormontarlo e lasciarlo sotto le ruote.

L'uomo avvolto nel mantello lacero osserva il drago farsi sempre piú vicino.

Non può fare a meno di ammirare la bellezza aerodinamica delle motrici e la potenza dello spostamento.

Avanti, vieni avanti.

Se questo fosse un dipinto, pensa, avrei una lancia.

Se questa fosse una leggenda avrei una fionda o un palo acuminato.

La prima ruota arriva sul ponte.

Invece ho soltanto questa leva e questo innesco.

Adesso.

La terra esplode con un ruggito assordante, l'aria lo strappa via per farlo ricadere qualche metro piú in là. Passano i secondi e la prima cosa che scorge attraverso il fumo è il busto carbonizzato di un uomo, il macchinista forse. Poi le proprie braccia, graffiate e sanguinanti. Tra le gambe il detonatore sfasciato. Infine il treno, inerte, le locomotive capovolte nel fiume, i vagoni deragliati. Intorno risuonano gli spari dell'attacco.

Le fucilate filtrano attraverso il ronzio dei timpani. Un inconfondibile rumore di galoppo, accompagnato dal nitrito dei cavalli. I miei cavalli, pensa Jemal. È come trovarsi in un sogno, senza alcuna memoria dei minuti precedenti, in mezzo a una battaglia che non può vedere, se non in forma di ombre che sfrecciano sopra la sua testa, attraverso il rettangolo di luce del finestrino. Solo piú tardi, quando una goccia di sangue gli offuscherà la vista, si accorgerà della ferita alla fronte, poco piú di un graffio da tamponare. Troverà anche un grosso livido sotto uno strappo della divisa, e avvertirà un fastidioso dolore al ginocchio, ma non prima di essere riuscito a mettersi in piedi sul vetro incrinato del finestrino e a capire che la carrozza è ribaltata su un fianco. Qualcuno, un ufficiale forse, si affaccia da lassú per gridargli di non uscire. Tenendosi stretto ai sedili capovolti, Jemal raggiunge la portiera del vagone e la spalanca con una spallata che gli toglie il fiato. D'istinto sguaina il revolver e si sporge.

Sparano dalle alture, tiri lunghi. I soldati rispondono al fuoco dalle carrozze. Un drappello di cammellieri sta trascinando fuori i cavalli dal vagone bestiame, approfittando della sparatoria. Li vede allontanarsi col bottino in direzione delle colline. Poco piú in là riconosce la grassa sagoma di Shukair, il suo imam personale, che corre goffo rasente al treno, gli occhi sbarrati dal panico. Sembra scivolare, invece sono i proiettili che lo sbilanciano. È un bersaglio facile, continuano a colpirlo anche quando tenta di avanzare a quattro zampe, con un lamento simile al grugnito di un maiale, finché non rotola giú dal terrapieno.

Jemal scruta le colline. Maledetti pazzi, probabilmente non sono piú di cinquanta. I suoi soldati sono quattrocento. C'è un solo ordine da dare: il contrattacco.

Non riesce a correre, il piede gli fa male, sente i proiettili sfiorarlo, rimbalzare sulle rocce, e le grida di Ali che dice di salire, di non fermarsi. Non ce la fa, si acquatta dietro un masso, respirando a grandi boccate.

– Scappa, Urens! Vieni via!

Fa segno ad Ali di proseguire e si volta a guardare ancora la carcassa del drago.

– Stanno arrivando! Corri, Urens!

Con uno sforzo immenso si rimette in piedi.

– Oh, vorrei che tutto questo non fosse mai accaduto… – dice in inglese, e lo ripete per scandire ogni passo e sfruttare tutta la forza della disperazione.

Ogni tanto getta un'occhiata alle spalle per controllare gli inseguitori. Dopo la sorpresa iniziale i turchi hanno serrato i ranghi e sono usciti per stanarli. Li vede ai piedi della col-

lina, uniformi pulite, armi efficaci, buona mira. Un reparto
scelto. Non doveva andare cosí.

Incespica, cade, quasi una benedizione.

Lasciatemi qui.

È finita.

Invece no. Vede Ali e i suoi uomini lanciarsi giú sparan-
do come ossessi. I turchi ne abbattono almeno sei prima che
riescano a raggiungerlo e a trascinarlo via.

– Hai visto il vagone con le bandiere?!

La faccia spiritata di Ali è contratta nello sforzo della salita. Non risponde.

– Là dentro c'è un generale di Stato maggiore. Ci sono le
insegne del IV Corpo d'armata.

Ali lo tira per la manica.

– Andiamo, Urens, non c'è tempo.

– È Jemal Pasha!

– Se è vero ci inseguiranno fino all'inferno.

Auda li aspetta piú su, con gli howeitat e il resto dei be-
ni sakhr che sparano per coprire la ritirata. Il fuoco di sbar-
ramento blocca i turchi a metà del pendio.

Il vecchio capo afferra la mano dell'inglese e lo aiuta a salire.

– Sei ferito, Urens?

– Sí.

– Dove?

– Dappertutto, credo.

– Non hai tempo di morire, dobbiamo andare via da qui.

– Aspetta, devo avere un piede rotto. Fammi riposare un
attimo.

Lo sguardo del vecchio predone è un fulmine di rabbia.

– Dio è grande, ma non chiedere troppo alla sua benevolenza.

Lo spinge in alto con tutta la forza, verso i passi che mancano alla cima.

Nessuno può vederlo in volto, perché gli occhi abbagliano fino ad accecare.

Jemal si tocca la tempia e guarda le dita macchiate come se quel sangue non gli appartenesse.

Scaccia gli attendenti che vorrebbero soccorrerlo e si sposta lungo il convoglio, per osservare meglio il crinale, dove i soldati hanno messo in fuga i beduini.

A volte è solo, a volte guida schiere di cavalieri. Appare e scompare.

Il vento che si alza gli provoca una scarica di brividi. È aria sabbiosa, che viene da lontano, da oriente, ricopre la mole contorta del treno, infetta le ferite.

Tutti lo temono. Anche tu.

Qualcuno porta una seggiola da campo e Jemal si siede, la mente compressa dal vuoto. Un solo pensiero riesce a filtrare. Mancherà all'appuntamento con Allenby.

Le bestie galoppano via sotto i colpi di frusta. Nessuno si volta, preoccupato soltanto di ritrovare la protezione del deserto. La fuga finisce quando il paesaggio cambia e i dromedari, stremati, si rifiutano di proseguire.

Allora si può smontare e scoprire se si è ancora vivi, cercare le ferite sotto i vestiti.

L'inglese ne conta cinque sul proprio corpo. Tutti colpi di striscio.

– Tu sei molto fortunato, Urens.

Ali gli porge un otre puzzolente.

– Cos'è?

– Urina di cammello. Versala sulle ferite. Impedisce le infezioni.

L'inglese esegue l'operazione con una smorfia di disgusto e dolore.

– Ci fiuteranno da miglia di distanza.

Ali sogghigna.

– Avranno il tempo di preparare i festeggiamenti –. Poi diventa serio, si avvicina e gli tocca il braccio. – Oggi hai fatto tremare la terra fino a Costantinopoli. Tutti lo sapranno. D'ora in poi devi avere occhi anche dietro la testa.

Auda sta già incitando a riprendere la marcia. Uno alla volta montano in sella e si avviano verso il deserto. L'inglese sale per ultimo, dandosi il tempo di vederli sfilare con il sole alle spalle. Le tuniche bianche, i volti scuri, con i riccioli neri che scendono da sotto i copricapi. Nessuna parata potrà mai infondergli l'orgoglio e la compassione di quel momento. Vorrebbe fotografarli, ma non ha portato con sé la fotocamera. Vorrebbe, anche soltanto per lo scorcio di quella giornata campale, essere davvero uno di loro.

27. Vaughan

Quando uscirono dal pub, Jack si accorse che Warnie barcollava. Si guardò attorno, contento che fosse tardi e che suo fratello fosse in abiti borghesi. Lo sostenne e lo guidò in direzione dell'albergo. Le poche volte che approfittava di una licenza per venire a trovarlo, non accettava mai ospitalità. Non voleva avere niente a che fare con la signora Moore, per lui quella donna era come se non esistesse. Jack rispettava le consegne e non ne parlava mai, anche se sospettava che non fosse solo la sconvenienza di quella relazione a condizionare Warnie.

Il fatto era che quello stato di cose li aveva allontanati. Dalla morte della mamma non era mai successo, erano sempre stati loro due, bambini, ragazzi, soldati. Jack era convinto che Warnie si sentisse tradito e che questo esasperasse la sua misogina. Mentre caracollavano lungo il marciapiede e sentiva l'alito etilico del fratello sulla faccia, pensò che erano riusciti a stare insieme senza rancori, nonostante il peso del non detto. La contropartita era che Warnie aveva dovuto bere forte per mantenere l'autocontrollo. Non era una novità. Di solito non si riduceva mai tanto male da non ritrovare la via di casa, ma di quando in quando gli capitava di avere bisogno di una dritta. Jack si offrí di accompagnarlo fino in camera, ma lui rifiutò, bofonchiando soltanto un buonanotte e rimandando ogni ulteriore parola alla mattina seguente.

Jack rimase sulla soglia a vederlo salire le scale, come per assicurarsi che non ruzzolasse giú appena avesse distolto lo sguardo. Non riuscí a non provare pena per lui, a non sentirsi almeno un po' in colpa, a non pensare che tutto sarebbe potuto andare diversamente.

Si consolò con l'idea che il loro legame non si sarebbe mai spezzato e ripensando ai pomeriggi trascorsi insieme in soffitta, frugando nel baule dove si annidavano vecchi tomi mangiati dagli acari. Libri che narravano storie avventurose, di maghi e cavalieri, che erano diventate il fulcro di quelle spedizioni segrete in cima alle scale. Nascosti lassú, si sentivano gli esploratori di un regno incantato, in preda a una gioia che soltanto da bambini si può provare. Ed era ancora lí che si erano rifugiati il giorno che la mamma era morta.

Jack si incamminò. Era una bella serata e non aveva la minima traccia di sonno. Riattraversò le vie del centro. Alla luce nebbiosa dei lampioni le moli della Bodleian Library e della Radcliffe Camera erano giganti assopiti. Preferí passare sotto il Ponte dei Sospiri, quell'angolo di Venezia riprodotto per la gioia dei neoclassicisti. Lo investirono il vocio e le risate dal vicoletto quasi invisibile alla sua sinistra. Era sabato sera, il *Turf* doveva essere stipato di studenti. Si infilò nello stretto passaggio sufficiente appena per una persona e lo seguí fino a sbucare nella piccola corte. Dalle finestre aperte del pub appoggiato alle antiche mura usciva una luce gialla e fumosa che invitava a entrare. Lo fece e si ritrovò sotto il soffitto basso, in mezzo ai tavoli pieni di boccali, attorniati da gente allegra.

Ordinò una birra al bancone e si mise a sorseggiarla rivolto alla sala, in cerca di una faccia nota. Sperava di incontrare Darsey e chiedergli scusa. Dopo l'ultima discussione erano rimasti chiusi in una cortesia formale. L'alcol poteva favorire una riconciliazione. Di Moran invece non gli importava, aveva scelto di fingere che non esistesse. Per ora la sua apparizione in Warneford Road non aveva avuto conseguenze. Se voleva spiare la sua seconda vita, denunciarlo al consiglio d'istituto, ricattarlo, che lo facesse. Non gli avrebbe dato soddisfazione.

In quel momento si accorse di Barfield e degli altri che gli facevano segni dal fondo della saletta. Mentre li raggiungeva riconobbe Harwood, un vecchio amico di Barfield, con cui aveva condiviso l'esame di Lettere classiche. Un ragazzo compassato, con lo snobismo tipico di quelli del Christchurch. C'era anche Leo Baker, un coetaneo patito di recitazione che condivideva la stanza di Barfield al Wadham. Infine James Vaughan, con la medesima aria trascurata di quando l'aveva conosciuto nel giardino della signora Moore.

– Dài, Jack, unisciti ai festeggiamenti, – disse Barfield. – Oggi James ha venduto un quadro.

Fecero tintinnare i boccali.

– Congratulazioni.

– Un incontro di artisti, – disse Barfield. – Un pittore, – alzò il bicchiere davanti a Vaughan. – Un attore, – toccò a Baker. – E un poeta, – fu la volta di Jack, che storse la bocca come se l'amico lo stesse prendendo in giro.

L'espressione ammiccante di Vaughan lo fece sembrare piú vecchio. – Quindi è vero che hai pubblicato una raccolta di poesie?

– Sotto pseudonimo, – rispose Jack. – La critica non mi ha degnato d'attenzione.

– Non prendertela. La mia prima esposizione è stata stroncata da tutti i critici. Mai stati cosí unanimi.

– E poi? – chiese Harwood.

– Sono ancora tutti d'accordo, – scherzò Baker.

– Non importa, – ribatté Vaughan allegro. – Quando

ritrarrò Lawrence d'Arabia dovranno venirmi a baciare i piedi.

Barfield andò al banco a ordinare un secondo giro per tutti. Baker e Harwood si alzarono per aiutarlo a portare i boccali.

– Perché ci tieni tanto a fargli il ritratto? – chiese Jack.

– Quelli che l'hanno fatto finora non hanno colto nel segno.

Jack si mise in ascolto.

– Prendi Augustus John, – continuò Vaughan. – Ha dipinto un serafico principe arabo con gli occhi azzurri. Quello non è un ritratto, è un monumento. Manca soltanto il cavallo. Anzi, il cammello –. Rise da solo. – Per non parlare delle foto di Chase per lo spettacolo di Lowell Thomas. Ridicole.

Jack si rese conto che l'argomento lo interessava in maniera inconsueta.

– Tu come lo dipingeresti?

Vaughan ci pensò un po', facendo fluttuare la schiuma in fondo al bicchiere.

– Minaccioso, forse. Il ritratto della nostra parte oscura.

– Non credo che avresti molto successo.

– Oh, non subito. Ma quando la verità verrà a galla…

Arrivarono le birre. Un altro brindisi, poi uno scoppio di risa alle loro spalle li costrinse a tacere per qualche secondo e frustrò la curiosità di Jack. Gli altri tre erano immersi in una discussione su Shakespeare iniziata al bancone.

– Hai letto quello che ha pubblicato sui giornali? – chiese Vaughan.

– Sí, – mentí Jack.

– Adesso accusa il governo per quello che succede in Medio Oriente, ma se c'è qualcuno che ha imbrogliato gli ara-

bi è proprio lui. Sta cercando di salvarsi la coscienza e la re-
putazione.

Jack avvertí un'agitazione nuova, come se la tensione di
quei mesi avesse trovato un solco dove incanalarsi.

– Non seguo la politica. Come fai a dire che mente?

– Oh, non ho certo le prove. Ma so chi è. E so chi lo ha
addestrato a fare quello che ha fatto. Conosci il professor
Hogarth?

– Dirige l'Ashmolean.

– Certo. Ma è anche uno dei piú importanti consulenti
del Foreign Office sul Medio Oriente. È stato allievo di
Evans a Creta, parla sei lingue, conosce bene il Mediterraneo, ha viaggiato nei paesi musulmani. È lui che ha reclutato Lawrence quando era studente. Gli ha fatto imparare
l'arabo, lo ha mandato in Siria, gli ha insegnato quello che
c'era da sapere. Io ero qui, ho visto quei due diventare padre e figlio.

– Reclutato?

– Hai mai sentito parlare della Tavola Rotonda? Non
Artú, Lancillotto e compagnia. Parlo di una società fondata
da Lord Milner e ispirata alle idee di Sir Cecil Rhodes. Ci
sono dentro parecchi pezzi da novanta. Politici, ministri, di-
rettori di giornali, accademici.

Jack scosse il capo.

– Scrivono su una rivista che porta il nome della società.
Il direttore è Lionel Curtis, ex studente qui a Oxford e
tutt'ora *fellow* di All Souls. Ti dice niente?

A Jack venne la pelle d'oca.

Vaughan continuò.

– Qualche anno fa Curtis ha pubblicato un libro davvero illuminante, *The Commonwealth of Nations*. Te lo consiglio.

– Chi sono? Cosa c'entra Lawrence?

– Sono gli eroi di mio padre. Gente che si trova nei posti chiave, e non per caso, istruita a dirigere l'impero dall'interno, senza passare per il Parlamento. Hogarth è uno di loro. Mi chiedo cosa penserebbe Lenin di questo genere di imperialisti.

– Non m'importa niente di Lenin, non hai risposto.

In quel momento Leo Baker propose il terzo giro e la parlantina allegra di Barfield tornò a indirizzarsi su di loro.

Vaughan si strinse nelle spalle: – Leggi il libro, – sibilò.

Quando uscirono dal pub si salutarono tutti con una stretta di mano. Jack avrebbe voluto chiedere a Vaughan di fare ancora due passi, ma il suo appartamento era a Summertown.

Cosí si incamminò da solo, attraverso le strade deserte. L'aria fresca gli avrebbe snebbiato la mente.

I presentimenti prendevano la forma di una rivelazione, un raggio di luce in mezzo alla foschia. Lawrence incarnava l'ipocrisia del dopoguerra, tutto ciò che di quell'epoca si potesse odiare. Era incredibile che poeti come Sassoon e Graves non se ne fossero accorti. Di piú: era vergognoso.

Quando entrò nella sua stanza trovò Darsey che russava già profondamente. Si spogliò al buio per non svegliarlo e sperò di addormentarsi in fretta. La mattina dopo doveva alzarsi presto per accompagnare Warnie alla stazione.

Lord Dinamite

Gerusalemme, gennaio 1918

Christian Street. Un caleidoscopio di razze e tipi umani lungo la via che porta alla chiesa del Santo Sepolcro. Ebrei russi con i riccioli che spuntano dagli zucchetti; sacerdoti greco-ortodossi con cappelli neri e barbe che sfiorano la pancia; vecchi nomadi del deserto, ritratti viventi dei profeti della Bibbia; bottegai turchi con fez e pantaloni alla zuava; mercanti arabi dai sorrisi falsi sulla soglia delle botteghe.

Gerusalemme. Crocevia tra Oriente e Occidente. Odore di spezie, sporcizia, umanità varia. Corrono voci, leggende che portano lontano, fino al deserto.

Dopo lo sfondamento del fronte a Gaza e Bersheeva, gli inglesi sono entrati in città senza sparare un colpo. Il capolavoro tattico di Allenby.

Dettaglio interessante: nessuna bandiera britannica in vista. Nemmeno in cima al palazzo del governatore.

L'appuntamento è per le dieci di mattina. C'è tutto il tempo di vedere il bazaar.

– Grazie di avermi ricevuto, colonnello Storrs.

– Si accomodi, la prego, signor Thomas. Purtroppo il generale Allenby è molto occupato e non sarà qui tanto presto.

Mentre si siede, l'americano ne approfitta per inquadrare l'uomo che ha di fronte. Aria raffinata, elegante anche nella divisa cachi; guance scavate e baffi d'ordinanza. Cortesia inglese. Il nuovo governatore militare di Gerusalemme.

– Prometto di rubare meno tempo possibile.

– Di questo non possiamo che esserle grati. Se ho capito bene lei è qui per raccontare ai suoi concittadini cosa stiamo combinando in Medio Oriente.

Con un gesto automatico l'americano tira fuori penna e taccuino.

– Diciamo che il mio giornale vorrebbe rendere chiaro ai lettori perché vale la pena combattere questa guerra al fianco di Gran Bretagna e Francia. Cerchiamo qualcosa che vada al di là delle fredde ragioni politiche, non so se mi spiego. All'inizio mi ero indirizzato sul fronte francese, ma, a essere sincero, non ho trovato materiale interessante.

Storrs lo fissa rigido.

– Capisco. Le trincee non sono molto accattivanti.

– Non per quello che ho in mente, in effetti.

Ebbene sí, sono uno yankee, pensa l'americano, mentre ostenta un sorriso devoto.

– Cosa vuole sapere?

– Ho sentito parlare di lotta per l'indipendenza araba. Poi questa mattina, al bazaar, mi sono imbattuto in una storia curiosa. Riguarda un certo maggiore Lawrence. In città ne parlano tutti.

– Ah –. Storrs si liscia i baffi. – E cosa dicono?

– Che si è messo a capo di un'armata di beduini e combatte contro i turchi. Che è un mago della dinamite ed è diventato una specie di eroe.

Il militare si alza e raggiunge una porta laterale. Quando la spalanca, l'americano scatta in piedi.

C'è un uomo seduto a un grande tavolo. Indossa un vestito tradizionale, candido come la neve. Insieme alla pistola porta in cintura un pugnale ricurvo, elsa e fondina intarsiate d'oro. Quando alza gli occhi dal grosso tomo, il giornalista nota che sono di un blu intenso.

Storrs assume un tono divertito.

– Signor Thomas, le presento il maggiore Lawrence, il Re Senzacorona d'Arabia.

L'americano si fa avanti con la mano tesa.

– Questo è il signor Lowell Thomas del «Chicago Evening Journal». Vuole farla conoscere agli americani.

Una stretta timida.

– Molto lieto, maggiore.

Storrs ne approfitta per accomiatarsi e tornare ai propri affari.

L'inglese lo invita a sedersi con un gesto affettato.

Il giornalista prende tempo, incredulo di ciò che vede. Vorrebbe scoppiare in una risata: è puro cinema, esattamente quello che stava cercando. Lo sguardo gli cade sul libro: parla delle rovine di Petra.

– In guerra si trova anche il tempo per l'archeologia?

– Una vecchia passione.

L'americano estrae un pacchetto dalla giacca.

– Sigaretta?

– Grazie, non fumo –. L'inglese fa scattare un accendisigari d'argento. – Mi permetta, la prego.

Le volute azzurre salgono verso il soffitto.

– Lo tiene per dare fuoco alle micce?

Non sembra cogliere l'ironia.

– Per la verità usiamo detonatori elettrici –. Osserva l'oggetto che ha in mano. – Credo appartenga a Von Falkenhayn. Questo era il suo quartier generale –. Un sorriso indulgente. – Nella fretta del trasloco probabilmente lo ha dimenticato qui.

– Falkenhayn? – Lowell Thomas si guarda intorno, mentre riapre il taccuino. – Era da questa stanza che escogitava le difese della Palestina per conto dei turchi?

– Precisamente.

– Posso scrivere che ha requisito l'accendisigari del suo avversario, allora?

– Oh, nient'affatto. Intendo ridarglielo, se ci farà la cortesia di aspettarci a Damasco, quando arriveremo.

– Bella risposta. Mi concede una breve intervista?

– Credevo avesse già cominciato.

Lowell Thomas sogghigna compiacente.

– Lei è aggregato allo Stato maggiore di Allenby?

– Sí.

– Cosa pensa di lui?

– È un genio militare. Vincerà questa guerra.

La penna scivola velocissima sulla pagina.

– E lei? Qual è il suo ruolo nella campagna?

– Mi occupo di treni.

– Per essere una mezza leggenda è fin troppo modesto. Ho sentito dire che ha fatto saltare in aria il treno del governatore turco.

– È stato un caso. Con i primi due convogli avevamo fallito, l'innesco era difettoso. Se avessimo saputo che il treno era pieno di soldati non lo avremmo mai attaccato. Abbiamo perso troppi uomini in quell'assalto.

– Quanti treni ha fatto saltare finora?

– Piú di venti.

L'americano scuote il capo estasiato, senza smettere di scrivere.

– Se dovessi dire ai lettori del mio giornale chi è il maggiore Lawrence?

– Un archeologo prestato alla guerra.

– Mi tolga una curiosità. Che fine ha fatto la sua uniforme? Questi vestiti sono un modo di accattivarsi la simpatia della popolazione locale?

– In un certo senso, signor Thomas, questa è un'uniforme. Questo pugnale, questo *agal*, e l'anello dicono che sono al servizio di re Hussein della Mecca e di suo figlio Feisal, i nostri alleati arabi, e che godo della loro benevolenza.

– Fantastico. Mi parli di loro. Per cosa combattono?

– Per una nazione araba. Una casa dove tutti gli arabi possano vivere liberi e in pace.

L'americano alza lo sguardo.

– Dice sul serio?

– Sí.

Il giornalista si gratta la testa.

– Avrà sentito dell'accordo Sykes-Picot. I bolscevichi l'hanno reso pubblico subito dopo il colpo di Stato. Un bel mattacchione, quel Lenin.

– Ne so quanto lei.

– Libano e Siria ai francesi, Palestina e Mesopotamia agli inglesi, il Caucaso ai russi. Gli arabi dove sono nominati?

Lowell Thomas lo osserva rimanere in silenzio. Immagina che stia cercando una risposta, eppure non dà segni di nervosismo, piuttosto sembra valutare la sincerità della domanda. Ha una postura regale, come portasse un peso… una corona, sí. Risponde senza scomporsi.

– A quanto pare quell'accordo è stato siglato prima che la rivolta scoppiasse. E prima che decidessimo di avvalerci dell'apporto di Feisal per sconfiggere i turchi.

– Sta dicendo che per lei non ha valore?

– Sto dicendo che in guerra le cose cambiano.

Il giornalista chiude il taccuino e ci appoggia sopra la penna. Niente piú sorrisi.

– Non lo scriverò, è una curiosità personale. Come hanno preso la notizia i suoi amici arabi?

– Volevano smettere di combattere.

– E lei li ha convinti a non farlo?

– Sí.

– Deve avere una buona dialettica.

– Non hanno alternativa. Se si ritirassero adesso verrebbero messi da parte per sempre. Se vogliono sperare di ottenere ciò che gli spetta devono combattere fino alla fine.

Lowell Thomas annuisce.

– Argomentazione ineccepibile. Vorrei farle delle foto. Ho con me un cineoperatore, mi piacerebbe anche riprenderla in azione.

– Noi scorrazziamo parecchio. È difficile starci dietro.

– Non le darò problemi, glielo prometto.

– Credevo volesse raccontare l'avanzata di Allenby, non la rivolta araba.

Il sorriso ammiccante dell'americano torna a galla.

– Credevo fossero la stessa cosa.

Anche l'inglese sorride, adesso, mentre si alza e prende congedo.

– Ripartiamo tra qualche giorno. Andiamo a incontrare Feisal nel suo quartier generale ad Aqaba. Ha il tempo di ripensarci.

Lowell Thomas rimane solo nella stanza e si sposta alla finestra per vederlo uscire in strada. Un gruppo di beduini lo aspetta in piedi e lo attornia come un piccolo sciame. Lo seguono e al contempo lo proteggono, lanciando occhiate fosche a chiunque li incroci. Facce scure, bandoliere, pistole e scimitarre in cintura. Gli uomini del deserto. La storia che cercava. Si siede e riprende a scrivere finché un rumore di tacchi a passo di marcia lo fa alzare di scatto.

Il Toro arriva come una folata di vento, un vortice che risucchia l'aria. L'americano deve trattenere l'istinto di scattare sull'attenti.

– Buongiorno, signor Thomas. E benvenuto a Gerusalemme –. Allenby getta il cappello sul tavolo e gli elargisce una stretta poderosa. – Temo di poterle concedere soltanto pochi minuti.

– Li farò bastare, generale.

Il comandante in capo non si siede. Si appoggia al tavolo, incrociando appena gli stivali, le braccia conserte, ma fa cenno al giornalista di mettersi comodo.

Mentre impugna gli arnesi del mestiere, Lowell Thomas pensa che è esattamente come lo immaginava. Mascella quadrata, occhi grigi, baffi affilati come baionette. Un capolavoro di estetica marziale.

– Per cominciare, le mie congratulazioni. Negli annali non sono molti quelli che hanno espugnato la Città Santa.

– Devo correggerla, signor Thomas. Io non l'ho espugnata, l'ho liberata.

– Oh, sí, ho avuto il privilegio di filmare il suo ingresso trionfale. Lei è entrato a piedi, senza insegne e senza bandiere.

– Vede, quando il Kaiser Guglielmo venne in visita qui, sfilò a cavallo per le strade insieme alla sua guardia reale. Da queste parti è considerato un gesto di conquista, di dominio. I tedeschi non capiranno mai questa gente.

– Lei invece sí. Qual è il segreto?

– Io voglio farlo.

Le pagine si riempiono di geroglifici.

– Gli ebrei americani sono molto interessati al proclama del governo britannico che ha definito la Palestina... – il giornalista sfoglia il taccuino in cerca di un appunto precedente, – «un focolare per il popolo ebraico». Significa che appoggerete il progetto sionista?

Allenby alza una mano.

– La mia è un'amministrazione militare, signor Thomas. Per me la politica è solo una necessità contingente. Se vuo-

le una risposta alla sua domanda deve andare a Londra e ri-
volgerla direttamente a Lord Balfour.

– Quindi è incidentale che il capo dei suoi Servizi segreti sia un ebreo sionista...

Allenby non cambia espressione.

– Il colonnello Meinertzhagen è un ufficiale di Sua Maestà. Un *ottimo* ufficiale. Tanto basta.

L'americano china la testa in segno di resa.

– D'accordo. Poco fa ho conosciuto il maggiore Lawrence. Un personaggio singolare. Forse di lui può dirmi qualcosa.

– Il miglior combattente che abbia sotto il mio comando.
E il peggior soldato.

– In effetti dall'aspetto non lo si direbbe nemmeno un
militare.

Il generale gli lancia un'occhiata indecifrabile.

– Si riferisce alla sua mascherata. Non sono un formali-
sta, valuto in base ai risultati.

– Quindi la messinscena funziona?

– Giudichi da solo. Diciotto mesi fa gli arabi si ritira-
vano davanti a Medina. Oggi ho tremila irregolari che tengono in scacco l'intera linea del Giordano.

– Sorprendente. È vero che i turchi hanno messo una taglia sulla sua testa?

– Pare di sí. È stato fortunato che quando l'hanno preso
non l'abbiano riconosciuto.

L'americano si blocca.

– È stato catturato dai turchi? Quando?

Il generale trattiene le parole, come avesse detto qualcosa di sconveniente, poi le lascia cadere una alla volta in tono
sommesso. – Il mese scorso, mentre era in ricognizione a Deraa, al Nord. Credo l'abbiano scambiato per un disertore
caucasico, molti di loro hanno capelli biondi e occhi azzur-

ri. Non devono averlo trattato con i guanti, i turchi non lo
fanno mai. Bisogna ringraziare la loro ignoranza se l'hanno
lasciato andare. Ma è inutile che gli faccia domande sull'e-
pisodio, non le dirà nulla –. Il generale si avvicina alla finestra e guarda la città come dovesse sincerarsi che niente tur-
bi la sua conquista. Per un momento è come se parlasse a se
stesso. – Ci sono lati di quell'uomo che ho rinunciato a com-
prendere e credo sia giusto cosí. Io non sono un filosofo, signor Thomas, sono un soldato.

L'americano riprende a scrivere.

– Capisco. Che farà Lawrence adesso?

Allenby torna al tavolo.

– Farà a modo suo, come al solito. Ed è esattamente quello che ci serve. Scatenerà gli uomini di Feisal contro le stazioni ferroviarie tra qui e Damasco e ingaggerà la IV Armata turca, tenendola lontana dalla mia ala destra mentre avanzo verso nord.

– Lei sembra fidarsi molto degli arabi.

– Vede, per fortuna gli arabi non sono affar mio e di questo devo ringraziare il maggiore Lawrence. Io devo occuparmi del grosso del contingente turco-tedesco, che è ancora tra
noi e Damasco e non ci renderà la vita facile –. Consulta l'o-
rologio al polso, raccoglie il cappello e lo infila sotto il braccio. – Adesso purtroppo sono costretto a lasciarla. Ha intenzione di seguire la nostra avanzata?

– Vorrei documentarla, sí.

– Molto bene. Arrivederci, allora.

Se ne va rapido come è arrivato, facendo risuonare i passi nel corridoio.

Lowell Thomas si guarda intorno indeciso sul da farsi.
Poi si risiede e accende un'altra sigaretta. Con calma rilegge
gli appunti, fino alla prima pagina bianca. Scrive in stampa-
tello.

Lawrence degli arabi...

Il Principe della Mecca...

L'efficienza inglese avrà ripristinato il telegrafo. Il pezzo può essere pronto per la sera stessa.

Lord Dinamite...

Che ore saranno a Chicago?

Lawrence d'Arabia.

28. Essay Club

Io vorrei che fossimo felici, Ronald.

La voce di Edith lo accompagnava lungo la strada, mentre passava accanto alle lapidi di St Mary Magdalen, storte e ricoperte di muschio. Non aveva alcuna fretta, non lo aspettavano prima di mezz'ora, e poteva concedersi di passeggiare per le strade che preferiva, come un visitatore capitato lí per la prima volta. Si era affezionato a Oxford, l'idea di lasciarla non lo allettava. Eppure l'occasione che gli avevano offerto era irripetibile.

Il viaggio al Nord era stato foriero di novità e decisioni da prendere. Leeds lo aveva accolto al rumore delle sirene delle fabbriche e dei motori. Il colloquio era stato cordiale: il consiglio d'istituto non si era ancora riunito ufficialmente, ma gli avevano fatto sapere che, se voleva, il posto era suo.

Al ritorno, Edith lo aspettava sulla soglia di casa, cercando di decifrare l'espressione sul suo volto.

– *Vuoi davvero andare lassú?*

– *Certo che no, preferirei restare qui. Ma voglio insegnare. Garantirvi un futuro.*

Svoltò all'incrocio con Broad Street e sedette su una panchina davanti al Balliol, la valigetta sulle ginocchia. C'era un altro motivo che lo spingeva a tentare, un motivo che non aveva certo condiviso con Edith. Lasciare Oxford poteva essere un modo di sfuggire ai fantasmi. La tentazione era forte, ma poteva rivelarsi un'arma a doppio taglio. Se fossero comparsi anche altrove? Sarebbe stata una sentenza senza appello sul suo stato mentale.

– *In una città piena di ciminiere e fumo?*

Leeds era brutta, senz'altro. Industrie, ferrovie, quartieri operai grigi e spettrali. Ma all'università gli garantivano quello che lí sarebbe stato eresia. Avrebbe avuto mano libera nell'indirizzare gli studi letterari e linguistici, differenziandoli e allo stesso tempo rendendoli complementari. Un'occasione unica per un docente di ventotto anni alla prima nomina.

– *Credi che sia una scelta facile? Potrebbero passare mesi prima che riesca a trovare una sistemazione per te e i bambini.*

– *Io vorrei che fossimo felici, Ronald.*

Non riusciva a non pensare al trasferimento come a un esilio, lontano da ciò che amava, persone, luoghi. Lo prese il rimpianto di ogni posto in cui aveva vissuto. L'infanzia in Sudafrica, poi Birmingham, la scuola, infine Oxford, l'Exeter College, che adesso lo attendeva dall'altra parte della strada per ascoltarlo leggere davanti all'uditorio dell'*Essay Club*. Un onore riservato agli ex allievi. Con quella città aveva instaurato un legame particolare, che gli sarebbe toccato recidere, per cambiare ancora, trovare una nuova via. Le necessità non lasciavano molte opzioni. Se fosse rimasto, avrebbe continuato a insegnare senza una cattedra né riconoscimenti. Un professore senza professione.

Consultò l'orologio. Doveva andare. Si scoprí piú teso del previsto, era parecchio che non leggeva in pubblico. Si era risolto a recuperare *La caduta di Gondolin*.

L'uditorio era circoscritto agli studenti e qualche professore, che ascoltavano composti, in un silenzio assoluto. Ronald lesse lentamente. Sapeva di non avere una buona dizione, a scuola Chris lo canzonava, diceva che ci voleva un interprete. Cercò di mettere piú foga nella descrizione del grande assedio, attento a non mangiarsi le parole. Rallentò al momento della morte tragica di re Turgon, arroccato con pochi fedelissimi sull'ultima torre, cinta dalle fiamme e infine sbriciolata in un boato terribile. La voce si arrochí quando giunse al sacrificio eroico di Glorfindel che affrontava il Balrog, il demone degli abissi, per consentire la ritirata dei profughi e dei feriti. Il silenzio si fece ancora piú denso, mentre il mostro ferito a morte afferrava i capelli dell'elfo con l'ultimo scatto rabbioso e lo trascinava con sé in fondo al dirupo.

Infine recuperò fiato insieme ai superstiti che discendevano lungo il fiume Sirion, fino alle coste del Grande Mare, sotto la guida dell'eroe Tuor. Con lui c'erano anche la moglie Idril e il figlio di pochi anni. Il suo nome era Eärendel, mezzo uomo e mezzo elfo, pronto a crescere splendido nella nuova casa del padre, sul confine sottile tra il fiume e il mare. Il mare che ne avrebbe segnato il destino di navigatore.

Alzò lo sguardo, aspettando di vederli comparire in mezzo agli altri, rigidi nelle uniformi scure. Ma al posto degli spettri inquadrò un volto noto in fondo alla sala. Appena una frazione di secondo, prima che venisse cancellato dallo scroscio dell'applauso.

Si lasciò avvolgere dalle strette di mano e dalle domande che seguirono la lettura. Vecchi e nuovi studenti si complimentarono con lui e pretesero di sapere qualcosa di piú sulla sua idea di *elficità* e se la storia avesse un seguito. Colse qualche nome, Dyson, Coghill, gli parve. Lo trascinarono al rinfresco a base di tè e panini. Si sentí stupido. Evocare i fantasmi era affare da stregoni e lui certo non lo era. Frugò i volti che lo circondavano, in cerca di quello che aveva intravisto, finché non si convinse di averlo immaginato.

Piú tardi, mentre tornava verso casa, si ritrovò ad alzare gli occhi sulle finestre dell'Ashmolean Museum, ancora illuminate. Si fermò in mezzo al marciapiede, appeso a un presentimento che premeva per diventare intenzione. Senza pensare raggiunse la scalinata.

Il custode lo riconobbe, anche se non tornava al museo da molto tempo. Rispose al saluto militare e seguí la propria intuizione all'interno.

Al piano superiore la teca con gli anelli brillava in mezzo alla sala.

Lawrence si voltò appena, senza meraviglia, quasi lo stesse aspettando.

– Salve.

Ronald si avvicinò.

– Era alla lettura?

Lawrence annuí.

– Mi sono intrufolato. Lei è un ottimo narratore, lo sa? Al contrario di me, che non riesco a scrivere quello che vorrei.

– I miei sono mondi fantastici...

– Di cos'altro potremmo scrivere se non di ciò che ci riguarda? La sua storia parla dei sopravvissuti a una guerra. Gente come lei e me. E di quelli che non ce l'hanno fatta.

Ronald non seppe cosa aggiungere. Aveva ragione, ma sentirselo dire da un estraneo lasciava senza parole.

– Sembra di averli traditi tutti, vero? – aggiunse Lawrence. – Amici, fratelli...

Ronald ebbe di nuovo l'istinto di confidarsi con lui, come mesi prima, quando si erano incontrati nello stesso posto. Eppure tra loro rimaneva una barriera. Quell'uomo indossava una corazza di metallo elfico. Leggerissima e al contempo impenetrabile.

Lo vide avvicinare il viso alla vetrina.

– Ricorda cosa mi disse a proposito della corruzione del potere?

– Mi sembra di sí, – rispose Ronald, e in quel momento capí che era Lawrence a volersi confidare.

– Per due anni ho portato un anello come questi. Me ne sono servito per condurre le persone che si fidavano di me a un trionfo vano. Ho imbrogliato loro e me stesso. È questo che dovrei scrivere, quanto mi è costato. Difficile conciliarlo con l'*epos* della rivolta.

Ronald ascoltò la propria voce uscire bassa e vibrata, quasi non gli appartenesse.

– Che ne è dell'anello?

– Me ne sono sbarazzato –. La mano sottile si aprí sulla superficie liscia del vetro. – Certe volte mi sembra di averlo ancora al dito. Come se mi mancasse. Credo sia il richiamo del comando, la voglia di sentirsi ancora al centro degli eventi, fare la differenza. O soltanto l'assurda pretesa di riscattare i morti.

C'era qualcosa di penoso, di commovente, nel modo in cui fissava gli anelli.

Ronald ricordò la passeggiata con Hogarth in quelle sale.

– Proprio qui, una volta, mi è stato detto che spetta a noi decidere come usare la piccola forza creatrice che abbiamo in dote.

Lawrence sorrise.

– Il vecchio Merlino lo ha detto anche a me, molto tempo fa –. Si voltò a guardarlo. – Come prosegue la sua storia?

La domanda era giunta inattesa. Ronald si accorse di non avere risposte.

– Non lo so.

– Allora forse dovrebbe scoprirlo.

Ronald annuí, senza sapere cosa aggiungere. Lawrence tornò a fissare gli anelli.

L'ultima cosa che vide prima di lasciarlo fu la sua immagine riflessa nel vetro.

Robert l'avrebbe definita una primavera onnipotente. Come tutte le primavere, del resto, che sembrano sempre uniche. L'aria era fresca abbastanza da tenere desti i sensi senza congelare le idee. Un'agitazione sottile attraversava sottopelle la città, l'aria trasportava i suoni in modo piú acuto e vivido. Gli scoppi di risa degli studenti agli angoli delle strade o nei pub potevano far tremare i nervi, ma non paralizzavano, anzi, costringevano ad accelerare il passo al ritmo di pensieri piú veloci, piú coerenti. A tratti gli sembrava di non essere un veterano in congedo, padre di famiglia, afflitto da traumi psichici, ma soltanto un uomo di venticinque anni che camminava per la città, incontro a quello che il giorno avrebbe riservato.

Il fatto era che i nervi non gli consentivano di passare molte ore tra i pianti dei bambini, e questo lo spingeva inesorabilmente a valle, dove, consapevole del proprio azzardo, riscopriva il consesso umano.

Vedeva T. E. quasi tutti i giorni. Andavano in giro a piedi, intorno a Oxford, oppure trascorrevano ore a parlare nel suo alloggio. Si erano spinti spesso fino a Elsfield, per approfittare dell'ospitalità di John Buchan, il romanziere, che nutriva una vera passione per le imprese di T. E.

Buchan era una curiosa specie di conservatore, con il quale Robert aveva scoperto di avere una paradossale coincidenza di vedute. Almeno in parte. Le loro discussioni finivano spesso in una gara a chi si accaniva di piú contro i liberali e Lloyd George.

Poi c'erano i letterati a caccia di ispirazione. I piú detestabili. La fama di Lawrence d'Arabia li attirava a All Souls come il miele le mosche. La sera prima Robert aveva dovuto forzarsi per non litigare con Ezra Pound. Quell'americano saccente l'aveva fatto pentire di essersi messo a discutere con lui. Continuava a parlare del «vortice». Quale vortice? Era la sua idea di poetica? A Robert faceva venire in mente il risucchio in fondo al lavandino. Quel tizio era convinto che la poesia potesse fare a meno della sintassi, che dovesse sbarazzarsene come di una vecchia armatura, per sprigionare nel mondo il vorticoso sentimento interiore. Ma il linguaggio è un codice, serve a comunicare, se lo elimini chi ti capisce? A un certo punto Robert aveva rimpianto la buona vecchia dialettica pugilistica: un jab al mento l'avrebbe messo a tacere per un po'. Aveva perfino immaginato di farlo. Non aveva niente contro il modernismo, la poesia aveva bisogno di battere nuove piste, ma certo non aveva bisogno di gente tanto piena di sé. L'unico atteggiamento serio nei confronti della propria epoca era quello di non prenderla troppo sul serio.

T. E. aveva assistito alla discussione in silenzio, molto divertito. Quando Pound se n'era andato, Robert si era rilassato sulla poltrona sbuffando fuori l'aria che gli ribolliva dentro.

– Quello non ispira nessuna fiducia.

– Non ne ha bisogno, – T. E. aveva assunto un tono pomposo. – È stato il segretario di Yeats.

Robert aveva risposto con un gestaccio, e T. E. aveva riso.

– A proposito, ha detto che il vecchio sta al 5 di Broad

Street. Che ne dici di andare a suonare il campanello e scappare?

Robert aveva declinato l'invito. Per sopportare le idiozie di Pound si era riempito di birra e non era in condizione di correre.

La sera dopo salí i gradini a due a due e bussò alla porta, ma nessuno rispose. Fu Burnes a fare capolino dalla stanza di servizio.

– Il colonnello Lawrence è fuori, signore.

Robert si sentí deluso, ringraziò e fece per tornare di sotto, ma la voce dell'inserviente lo fermò.

– Oh, no, signore, non da quella parte.

Robert si voltò, lo vide aprire la porta dell'alloggio e lo seguí all'interno. Burnes indicò la finestra aperta.

– Di là.

L'espressione di Robert valse piú di una domanda.

– Il colonnello ha detto che se lei fosse venuto avrei dovuto farla passare.

– Di là? – chiese Robert incredulo.

– Sissignore. Il colonnello ha detto che lei è uno scalatore e non avrebbe avuto problemi a salire.

Robert si sporse all'esterno e guardò in su, ripensando che l'ultima volta che aveva affrontato una parete rocciosa era stato prima della guerra. Per fortuna si trattava soltanto di issarsi sul davanzale e salire sul tetto inclinato. Operazione che eseguí con facilità.

Sull'altro lato, il tetto spioveva verso la fila di guglie e merli e segnava un comodo camminamento lungo tutto il quadrilatero. Udí qualcuno confabulare a poca distanza e individuò tre sagome sedute in cima. Quando T. E. lo scorse si alzò in piedi, imitato dagli altri. Robert notò, aperta in mezzo al loro, la planimetria della città. Un paio di taccuini e una custodia da occhiali impedivano che il vento la portasse via.

– Vi presento il capitano Graves, – disse T. E. – Con lui non ci sono segreti.

– Non è del tutto vero, – lo corresse Robert sarcastico, – ma a questo punto sono curioso.

Erano due studenti dall'aria sveglia, che si presentarono come Archer e Neville. Avevano la faccia entusiasta di chi si sente parte di una confraternita di invincibili.

– State organizzando un altro sciopero?

– No, – rispose T. E. – Un rapimento.

– Non il preside, spero.

– Oh, no. Molto meglio, – disse Archer. – I daini del Magdalen College.

Seguí un momento di silenzio. Robert li guardò tutti e tre e si convinse che erano seri.

– Perché?

– Rappresaglia, – spiegò Neville. – Il Magdalen ci ha soffiato un finanziamento per rifare il campo sportivo. La scusa è stata che devono mantenere il loro bel prato per la mandria.

Robert si rivolse a T. E.

– È un'idea tua?

– Hai presente che al Magdalen hanno sempre quell'aria da «noi abbiamo i daini e voi no»?

Robert sorrise.

– E come vorreste fare?

T. E. si chinò a indicare un punto sulla mappa.

– Agiremo di notte. Neville ha fatto i sopralluoghi: si tratta di rompere il lucchetto della cancellata posteriore. Si entra nel parco, si radunano i daini e li si spinge fuori. A quel punto li guidiamo fino a qui, – indicò di sotto, – e li facciamo entrare dal cancello grande.

– Grazie alla copia della chiave del custode che ci siamo procurati, – aggiunse Neville.

– E quando quelli del Magdalen vengono a reclamarli, gli si dice che quella è la mandria di All Souls dal 1475! – concluse Archer, scoppiando a ridere.

– Effettivi utili: cinque, – disse T. E. – Servono altre due persone fidate.

– Uno è Williams. Non è molto agile, ma può stare di vedetta.

Robert vide T. E. voltarsi verso di lui.

– Capitano Graves, – disse in tono marziale. – Anche se non è membro del convitto, saremmo onorati di poter contare sulla sua esperienza.

Robert trattenne a stento una risata e batté i tacchi.

– Per il re e per la bandiera.

La discussione proseguí intorno alla data dell'operazione e su questo trovare l'accordo non fu facile. Alla fine optarono per il rientro dalle vacanze estive, che sarebbero iniziate presto. Archer e Neville si congedarono e mancò poco che facessero il saluto militare. Raggiunsero il cornicione e si calarono nella stanza.

Robert e T. E. rimasero seduti a guardare la luce calare rapida dietro la Radcliffe Camera e i pinnacoli del Lincoln College.

– Se li scoprono li espellono dall'università, lo sai, vero?

– Sei stato tu a dirmi che dovevo ispirarli, – disse T. E.

– Non è esattamente quello che avevo in mente.

– Non li scopriranno, perché sarò io a guidarli. Questa città ha bisogno di una scrollata. Vieni, facciamo due passi.

Si incamminarono sui tetti. Raggiunsero il quadrilatero maggiore e ne percorsero i lati, passando dietro le torri e poi sopra la biblioteca, fino alla meridiana. Il cielo si riempiva di stelle e la luna illuminava la distesa di tetti rendendo il percorso ben visibile.

– Vengo spesso qui. Mi aiuta a pensare.

Si appoggiarono a una guglia d'angolo e Robert si accorse che avevano raggiunto il confine dei tetti dell'Hertford College.

Era il momento di chiederglielo.

– Perché non vuoi che legga il manoscritto?

T. E. guardò in basso.

– Non è ancora pronto. Non lo sono io.

– Che significa?

Gli parve che l'altro cercasse le parole adatte.

– Ci sono cose che mi è costato molto scrivere e di cui non vado fiero. Altre, be', non ci sono proprio riuscito. Non si combatte mai soltanto per motivi ideali. Si è spinti da molte ragioni. Prestigio, ricompensa, senso del dovere, vendetta e, perché no?, perfino l'amore. Cose che possono accecarti, nel fuoco di una guerra di liberazione. Poi c'è quello che si subisce. La sofferenza, l'abbrutimento –. L'espressione si fece tetra, distante, come stesse scrutando in fondo a un mare torbido. Robert sentí un brivido. L'emozione gli inumidí gli occhi, dovette deglutire e controllare il respiro mentre l'altro continuava. – La verità è che la vita è qualcosa di talmente intimo che nessuna circostanza dovrebbe poter giustificare la violenza di un uomo su un altro.

T. E. si riscosse e cercò di alleviare la grevità dei propri pensieri.

– Per lo meno l'epigrafe è molto piú efficace adesso. Grazie a te.

Robert decise di assecondarlo.

– Tutti si domanderanno chi è S. A. Ma a te i misteri piacciono.

Un'alzata di spalle.

– Parlarne mi rattrista. Era la mia giovinezza, il mio Graal. Un'idea che mi spingeva a mettere in gioco tutto. Effimera, come l'impresa che ho lasciato a metà.

Nessuno dei due seppe cosa aggiungere. T. E. chinò la testa e quando la risollevò aveva un altro sguardo. – Ho ricevuto una lettera dalla Siria. La situazione è drammatica. Lloyd George si illude di poter restare alla finestra, ma tutta l'area sta scoppiando, da Gerusalemme a Baghdad. Presto o tardi il governo sarà costretto a fare qualcosa.

– E tu? Cos'hai intenzione di fare?

Non rispose. Si limitò a contemplare le stelle con aria sognante. Per un po' rimasero in silenzio. Poi T. E. riprese a parlare, guardando davanti a sé.

– Era una notte limpida come questa, quella prima di entrare a Damasco. Le esplosioni illuminavano il cielo oltre la collina, l'aria vibrava. I turchi e i tedeschi, prima di ritirarsi, facevano saltare le polveriere. Uno spettacolo magnifico e terribile. Il premio era là, dietro l'ultimo sperone di roccia, in mezzo all'oasi che tremila anni fa accolse i fondatori della città. La nostra promessa, la posta dell'intera guerra –. Le dita si tesero nel buio, verso la linea scura dei tetti di Oxford. – Bastava allungare la mano e prenderla. Eppure mi aggiravo per l'accampamento in mezzo a quegli accenti australiani, inglesi, ai dialetti arabi, senza sapere a quale fuoco sedermi. Avrei dovuto saperlo, invece non ero pronto alla perdita dello scopo. Le ragioni politiche svanivano e i moventi personali, i miei sentimenti profondi, erano sepolti nel deserto. Quella notte mi sono reso conto che il mio compito era finito e che me ne sarei andato appena possibile, per non tornare piú.

Robert finí di ascoltare e lasciò alle parole il tempo di depositarsi in fondo alla mente.

– Significa che non li aiuterai? – chiese.

T. E. si scostò dal bordo e rimase in piedi accanto a lui.

– Non si tratta di aiutare gli arabi, Robert, ma l'Inghilterra. Prima che sia troppo tardi.

Ridiscesero in silenzio nell'alloggio, dove brillava una candela solitaria. T. E. gli propose di restare a dormire e Robert accettò volentieri.

T. E. disse che lui non dormiva mai sul letto e lo offrí a Robert, mentre si coricava su uno dei tappeti. Robert preferí adeguarsi alle usanze locali e si stese accanto a lui. Spensero la candela e rimasero cosí, fianco a fianco, senza piú voglia o bisogno di parlare. La luce della luna attraverso il vetro della finestra colpiva l'anta socchiusa dell'armadio. L'ultima cosa che Robert vide prima di chiudere gli occhi fu il lembo candido di un mantello che spuntava attraverso la fessura.

Lord Dinamite
Damasco, ottobre 1918

In mezzo al convoglio dei camion la Rolls Royce avanza
lenta. L'autista impreca, tentando di evitare le buche. Si scusa con i due passeggeri, che però non ci fanno caso, intenti
a osservare la gente che si è radunata per vederli passare.
Qualcuno applaude, ma la maggior parte se ne sta zitta, una
lunga sequenza di volti scuri e anonimi.

Il generale Allenby cerca i segni delle esplosioni, ma a eccezione del pessimo pavimento stradale la città appare intatta, addirittura sopita.

Al suo fianco, il colonnello Clayton si spazza la polvere
dalla manica e dai baffi.

– Sembra che non possiamo lamentarci. I tedeschi sono
stati clementi con Damasco.

Allenby fa schioccare la lingua.

– Non erano loro a preoccuparmi. E nemmeno i turchi.
Ma metti assieme l'esuberanza degli australiani e la litigio-
sità degli arabi e otterrai una miscela esplosiva.

– Il generale Chauvel ha il pieno controllo dei suoi cavalleggeri. E per quanto riguarda gli arabi... siamo nelle mani
di Lawrence.

Allenby replica con un mugugno.

– Quell'uomo non smette di stupirmi. Non mi aspettavo
che obbedisse all'ordine di fermarsi, ma come sia riuscito ad
arrivare qui prima di tutti rimane un mistero. Lei che idea
si è fatto, Clayton?

– Nessuna, signore. A essere sincero non so nemmeno come quei beduini siano riusciti ad annientare la IV Armata di Jemal. Eppure l'hanno fatto. E con una certa ferocia, a quanto pare.

– Finché non sono i soldati di Sua Maestà a commettere certe efferatezze, io dormo sonni tranquilli.

– Questo è il vantaggio di avere degli alleati indigeni, – conclude Clayton.

La Rolls Royce si ferma davanti a un edificio elegante. Sulla facciata campeggia la scritta *Victoria Hotel.*

Clayton si concede un sorrisetto.

– Scommetto che non l'ha scelto a caso.

– Già –. Allenby apre la portiera e mentre scende indica la cima del tetto, dove sventola una bandiera araba. – E nemmeno quella.

Il sorriso di Clayton sparisce.

Raggiungono l'ingresso rapidi, costringendo la scorta a inseguirli su per le scale. Sulla soglia li attende il saluto dei piantoni e quello di un ufficiale attempato, nella divisa della Cavalleria leggera australiana.

Entrambi rispondono con un gesto sbrigativo.

– Generale Chauvel, è un piacere vederla.

– Benvenuti, signori. Da questa parte, prego.

L'australiano fa strada attraverso la hall affollata di soldati sull'attenti e li conduce in quella che deve essere la sala da pranzo dell'albergo. I tavoli sono accatastati contro le pareti, a eccezione di quelli centrali, sui quali è spiegata una mappa di Damasco. La luce che entra dalle finestre appannate e coperte da pesanti tendaggi non basta a rischiarare l'ambiente.

Chavel si scusa.

– Purtroppo la corrente elettrica è ancora intermittente.

Lawrence sta cercando di risolvere il problema. Questi ultimi tre giorni sono stati piuttosto movimentati.

Allenby sta già adocchiando la pianta.

– Devo ammettere che il suo messaggio mi ha allarmato. Mi aspettavo di trovare una guerra civile in pieno corso.

– In effetti abbiamo dovuto sventare il colpo di mano di un paio di capi arabi che si sono autoproclamati governatori. Fortunatamente non hanno riscosso molto seguito in città. Per qualche ragione a me ignota, Lawrence non ha voluto fucilarli.

Allenby solleva un sopracciglio.

– Lawrence? È lui che comanda qui?

Chauvel annuisce.

– Come mandatario del principe Feisal. Date le circostanze e non avendo ricevuto disposizioni in merito, ho preferito lasciarlo fare.

Clayton non trattiene un sospiro scoraggiato, mentre Allenby circumnaviga il tavolo a grandi passi, le mani dietro la schiena.

– Prosegua.

– Gli arabi hanno messo in piedi una specie di consiglio di Stato, presieduto dal maggiore Lawrence.

Allenby e Clayton scambiano un'occhiata esplicita.

– Il consiglio ha eletto governatore militare un certo Ali Riza Rikabi, – continua Chauvel. – Finora hanno fatto fronte alle emergenze immediate, ma il problema principale sono gli approvvigionamenti. Colgo l'occasione per fare notare che io ho quattromila cavalli da foraggiare.

Dopo qualche istante di silenzio Allenby rilassa i tratti del viso e si appoggia al bordo del tavolo.

– Molto bene –. Il commento lascia interdetti gli altri due.

– Molto bene, – ripete. – Adesso comunque ci siamo noi. La

Marina potrà sbarcare i rifornimenti a Beirut non appena la città sarà stata sgombrata.

Chauvel dà un sommesso colpo di tosse.

– La notizia è di poche ore fa, generale. Su Beirut sventola la bandiera araba, – indica il soffitto, – la stessa che abbiamo sulla testa.

Allenby lo fissa stupito, mentre registra l'informazione. Alla fine scrolla le spalle.

– Meno lavoro per noi –. Si china verso Clayton. – Lei ha creduto nella rivolta fin dall'inizio. Sembra proprio che i suoi bambini siano cresciuti.

In quel momento la sala si illumina a giorno. Gli ufficiali alzano gli occhi alla cascata di cristallo del lampadario *fin-de-siècle* che fino a quel momento non avevano notato.

– *Fiat lux*.

Riconoscono la voce e l'uomo sulla soglia, la mano ancora appoggiata all'interruttore.

– Ah, ecco il nostro dio in terra, – commenta Allenby.

Lawrence li raggiunge al centro della sala. Niente saluto, le vesti arabe e il copricapo logori, l'aspetto trasandato di chi si regge in piedi grazie alla forza di volontà.

– Santo cielo, quanti giorni sono che non dorme?

– Piú o meno da quando siamo entrati in città.

Clayton gli offre una sedia, che però lui rifiuta.

– Ben arrivati, signori. Damasco vi saluta.

– Può farmi un rapporto esaustivo? – chiede Allenby.

Lawrence si passa una mano sugli occhi, per strappare il velo di stanchezza che li offusca.

– Certamente. Abbiamo messo in piedi un servizio di pubblica sicurezza e requisito tutto quello che poteva servire allo scopo. Il collegamento telegrafico con Gerusalemme funziona di nuovo. Le strade e l'acquedotto sono stati ripuliti. Abbiamo avviato il razionamento per la popolazione, ma i turchi hanno portato via tutto. I genieri sono appena riusciti a ripristinare la ferrovia, finora i viveri sono arrivati a dorso di cammello dai villaggi vicini. Stiamo sotterrando i cadaveri in fosse comuni, per sventare un'epidemia, ma ho un ospedale pieno di turchi feriti o moribondi. Manca qualsiasi cosa. Bisogna far arrivare viveri, medicine, personale medico…

– Non dimentichi il foraggio per i miei cavalli, – interviene Chauvel.

Lawrence annuisce nervoso.

– Lo so, generale. Farò il possibile, se lei si impegna a contenere i suoi soldati che hanno fatto incetta di banconote turche e le stanno scialacquando in giro per la città –. Si rivolge agli altri due: – Nelle ultime quarantotto ore il denaro si è svalutato del trecento per cento. Stiamo provando a fissare un cambio con l'oro requisito ad Aqaba, ma non c'è una stamperia che funzioni.

– D'accordo, d'accordo, – lo interrompe Allenby. – Risolveremo tutto.

Clayton richiama la loro attenzione su un beduino dall'aria fosca, in piedi sulla soglia del salone, in mezzo a due soldati. Lawrence si affretta a raggiungerlo. Scambiano poche parole in arabo. Quando si volta, accenna un sorriso.

– Credo che dobbiate seguirmi, signori.

– Dove?

– Alla stazione. Sta arrivando Feisal.

La notizia corre per le strade insieme alla Rolls Royce decapottabile. I passanti si fermano a guardare l'insolito equipaggio: un arabo seduto in mezzo a tre alti ufficiali britannici. Il vociare si fa piú forte, la parlata melodica dei siriani riempie i vicoli, i caffè alzano le saracinesche.

Lawrence nota l'aria incuriosita di Allenby.

– Damasco si risveglia da un sonno durato quattrocento anni.

– I miei complimenti, Lawrence. Finora ha fatto un ottimo lavoro.

– Grazie. Ma c'è ancora tanto da fare e in tutta onestà credo che il mio tempo qui sia finito.

– Lei ha soltanto bisogno di una buona dormita, – taglia corto Allenby.

Alla stazione le divise cachi formano un cordone che tiene lontana la folla festante. La Rolls Royce si ferma per far scendere gli ufficiali, mentre Feisal compare sul predellino del treno, accolto da un boato di entusiasmo.

Scende con passi leggeri e avanza verso Allenby, la figura esile ed elegante di fronte alla mole massiccia dell'inglese. I due uomini si incontrano a mezza via e si stringono la mano nel chiasso piú assordante. Lawrence traduce le parole di benvenuto.

Allenby invita il principe a salire sull'automobile e ripartono attraverso le strade in festa. Quella che li saluta è una selva di copricapi e cappelli lanciati per aria, insieme alle grida festose di donne che si tolgono il velo e ai loro nomi scanditi in coro.

Feisal! Feisal! Urens! Urens!

Gli occhi del principe tradiscono la commozione e rigano il viso di lacrime. Quasi non riesce a leggere la lettera che Allenby gli consegna, con la quale il Foreign Office riconosce gli arabi come forza belligerante.

Quando arrivano davanti all'albergo, il picchetto d'onore schierato da Allenby presenta le armi e alza gli stendardi.

Accanto alla bandiera araba garrisce l'Union Jack.

Siedono intorno ai tavoli accostati al centro della sala da pranzo, dove la mappa di Damasco è stata sostituita con una cartina del Medio Oriente. Gli inglesi su un lato, Feisal e i suoi consiglieri sull'altro, Lawrence da solo. Se ne sta con le mani in grembo e le spalle rigide.

Allenby schiarisce la voce e si rivolge a lui.

– Molto bene. Innanzitutto spieghi al principe che è necessario che mandi ordini precisi ai suoi partigiani a Beirut. La Marina anglo-francese deve sbarcare viveri e materiali e prendersi carico dell'amministrazione locale.

Lawrence traduce con voce atona. Attende la secca replica di Feisal e passa alla lingua madre.

– Dice che non vede perché dovrebbe farlo, dal momento che si tratta di una città araba e gli inglesi sono suoi alleati.

Allenby parla rivolto al principe, adesso.

– Inglesi e arabi non sono i soli artefici di questa vittoria. L'Inghilterra è alleata della Francia e, in base agli accordi prestabiliti, il Libano e la Siria sono destinati a diventare protettorato francese. La Palestina sarà posta sotto un'amministrazione condivisa, per il momento retta da noi.

Quando Lawrence termina la traduzione, Feisal lo fissa a lungo, come si aspettasse di vederlo correggere un errore. Ma a poco a poco sembra convincersi di quello che ha appena sentito. Si volta verso Allenby, la faccia è una maschera di gelo, la voce è un cozzare di sassi.

Il generale ascolta Lawrence tradurre le parole del principe.

– Dice che questo è inaccettabile. Nessuno gli ha mai parlato del coinvolgimento della Francia. Privare la nazione araba di uno sbocco al mare equivale a renderla dipendente da un nuovo padrone. È disposto ad accettare la protezione inglese, ma non a ridurre i confini a favore di uno Stato straniero.

La replica di Allenby è soltanto per il suo sottoposto.

– Non capisco. Non gli ha detto che la Francia avrebbe avuto il protettorato sulla Siria?

– Nossignore. Non ne sapevo nulla.

Il generale contrae la mascella e cerca con lo sguardo l'appoggio di Clayton, che però tiene gli occhi bassi. Torna su Lawrence.

– Ma lei doveva almeno sapere che il principe Feisal non avrebbe avuto voce in capitolo sul Libano.

– Nossignore. Non lo sapevo.

Allenby si irrigidisce. Il viso di Lawrence è senza espressione. È come se si potesse guardargli attraverso.

– Non vorrà farmi credere che è all'oscuro dell'accordo Sykes-Picot!

– Nossignore, se lei non pretenderà di farmi credere che gli arabi avrebbero dovuto combattere per qualcosa meno di Damasco e uno sbocco al mare.

Silenzio.

– È questo che lei gli ha promesso?

– Sissignore.

Allenby non si scompone.

– Allora dovrà spiegargli che non aveva l'autorità per farlo.

Lawrence curva le spalle. Si appresta a rivolgersi a Feisal, ma il principe lo blocca. Scambia poche frasi con i suoi consiglieri ed è pronto a parlare di nuovo. Solo che questa volta lo fa in inglese, lentamente, lasciando tutti impietriti.

– Damasco e Beirut sono state liberate da contingenti arabi, generale. L'Inghilterra che lei qui rappresenta vuole ignorare questo fatto?

A nessuno sfugge l'occhiata che il generale scambia con Clayton e Chauvel.

– A dire la verità, altezza, il rapporto del generale di brigata Chauvel afferma che i primi cavalleggeri australiani hanno raggiunto la periferia di Damasco all'alba dell'1 ottobre.

Le dita di Lawrence artigliano il bordo del tavolo.

– Signore, io stesso ho inviato un'avanguardia in città la notte precedente, per prendere contatti con la resistenza.

Allenby attende il commento di Chauvel, che replica impassibile.

– Non mi risulta.

Lawrence fissa l'australiano con disprezzo in mezzo alla raffica di commenti indignati degli arabi, messi subito a tacere da un gesto della mano di Feisal. Il principe cela la rabbia sotto il silenzio, lasciando intendere che Allenby deve prendere una decisione, da cui lui trarrà le conseguenze.

Il Toro si concede solo qualche attimo di riflessione.

– Altezza, io non sono un politico, ma un soldato, e ho la responsabilità dell'esito di questa campagna. Lei ha il grado di generale sotto il mio comando ed è tenuto a osservare gli ordini. Dovrà agire di concerto con l'ufficiale di collegamento francese. Queste sono le mie disposizioni. L'intera faccenda verrà risolta a guerra finita.

È un tono che non ammette repliche, e infatti non ne ottiene. Feisal si alza, pallido in viso, e prende congedo senza cerimonie, seguito dai suoi.

Solo quando il rumore dei loro passi scema del tutto, Allenby si rilassa sulla sedia. Nessuno sente l'obbligo di dire nulla. Il fruscio delle vesti di Lawrence che si alza è un suono lugubre, sinistro.

– Signore.

– Sí?

– Avrei una richiesta da farle.

Allenby sfodera l'aria piú indifferente di cui è capace.

– La ascolto.

– Chiedo il permesso di andarmene.

– Una licenza? Proprio adesso che c'è tutto da fare?

– Nossignore. Vorrei essere congedato. Penso sia meglio che io me ne vada. Vorrei tornare a casa, in Inghilterra.

Allenby finge di non accorgersi dell'agitazione di Clayton al suo fianco. Fissa Lawrence ancora per un momento, prima di dargli la risposta che aspetta.

– Immagino che lei abbia ragione.

Il piccoletto china il capo in una riverenza orientale e si allontana silenzioso da loro.

– Lawrence? – lo richiama Allenby quando è già vicino alla porta.

Lui si volta.

– La promuovo tenente colonnello. Farà un viaggio di ritorno piú comodo.

– Grazie, – risponde lui con un filo di voce stanca, prima di lasciarli.

Quello che Jack non aveva detto alla signora Moore prima di partire era che non sarebbe andato direttamente a Liverpool per imbarcarsi. Aveva salutato lei e Maureen con un bacio ed era filato alla stazione a prendere il primo treno per Londra.

L'idea era andata formandosi nel corso dei giorni, man mano che leggeva il libro consigliato da Vaughan, *The Commonwealth of Nations*. Lo aveva preso in prestito alla Bodleian, dopo aver consultato i numeri arretrati di «La Tavola Rotonda», la rivista di Curtis. Senza piú gli esami da preparare era riuscito a leggere tutto con calma, forzandosi non poco, dato il suo istintivo disinteresse per le questioni politiche. Il buon vecchio metodo logico appreso alla scuola di Kirkpatrick aveva fatto il resto.

La deviazione avrebbe sottratto un paio di giorni alle vacanze estive, ma nessuno ci avrebbe fatto caso, tanto meno suo padre, che lo aspettava a Belfast. Erano le ultime repliche dello spettacolo di Lowell Thomas, prima della partenza per il tour mondiale, in tutti i paesi di lingua inglese. Avrebbe comprato il biglietto appena arrivato in città. Ventiquattr'ore dopo sarebbe già stato sul treno diretto a casa.

Un'eccitazione nuova lo spingeva a riguardare gli appunti con foga, ignorando gli altri viaggiatori e il paesaggio fuori dal finestrino. Aveva riempito un taccuino di scrittura fitta, ricopiando interi stralci, e componendo un quadro piuttosto interessante.

La Tavola Rotonda era uno strano incrocio tra un circolo politico e un ordine cavalleresco. Difficile capire quanto i suoi membri credessero alle reminiscenze arturiane, ma una cosa era certa: avevano un'idea forte e articolata del futuro.

Nelle pagine della rivista si affrontavano i piú svariati argomenti di politica internazionale. Ad esempio si fornivano diverse ragioni storiche a favore della rivalità tra Francia e Gran Bretagna, mentre si sosteneva la naturale affinità tra britannici e americani, figli della stessa cultura. Secondo i novelli cavalieri perfino i tedeschi non erano da considerarsi nemici naturali dell'Inghilterra, in quanto appartenevano allo stesso ceppo. Le pesanti condizioni di pace imposte al vecchio impero prussiano erano controproducenti, perché impedivano il naturale recupero della Germania al fianco degli anglo-americani. In piú di un articolo si sosteneva che la Germania poteva svolgere un prezioso ruolo di contenimento del revanscismo francese ed essere un baluardo contro l'affermazione dei bolscevichi in Russia.

Curtis e i suoi sodali credevano fermamente nella supremazia dell'élite bianca e anglosassone sul mondo postbellico ed era chiaro che tutti quei riferimenti alla storia andavano a parare nel presente. Il progetto delineato da Curtis nel suo libro era quello di traghettare l'impero britannico nel futuro, con i necessari ammodernamenti. Il modello imperiale doveva essere superato in favore di una Comunità di Nazioni legate alla Corona inglese da solidi rapporti politici, economici e culturali. La Gran Bretagna con i suoi paesi satellite e gli Stati Uniti dovevano essere il traino del mondo nei decenni a venire. Secondo Curtis tale egemonia si poteva affermare soltanto in un modo: abbandonando il vecchio canone colonialista e coltivando classi dirigenti non piú tra i ranghi dell'impero, ma *in loco*. La nuova forma imperiale si sarebbe fondata sulle alleanze con i leader indigeni e su una relativa autonomia dalla Gran Bretagna, che in questo modo avrebbe potuto proporsi come tutrice della libertà e del benessere dei popoli.

Jack era rimasto impressionato. Non avrebbe saputo dire se quella gente fosse piú o meno affidabile, ma certo guardava lontano, agitava spettri, tracciava linee di condotta per governi e capi di Stato.

E Lawrence? Cosa c'entrava con tutto questo?

Per capirlo aveva dovuto leggere la stampa delle ultime settimane e la bagarre scoppiata intorno alla questione mediorientale. Un'altra dose massiccia di storia politica, da farne indigestione. Quando nel '17 i bolscevichi avevano firmato la pace unilaterale, facendo uscire la Russia dalla guerra, avevano anche rivelato un accordo segreto tra le potenze dell'Intesa per la spartizione del Medio Oriente. Stando a quanto riportavano i giornali, pochi mesi prima che scoppiasse la rivolta araba, il funzionario inglese Sykes e quello francese Picot avevano stabilito le rispettive aree di influenza e dominio. Agli arabi sarebbe toccata soltanto la penisola arabica, cioè il deserto. Nessun porto sul Mediterraneo né città di una qualche rilevanza.

Le parole etiliche di Vaughan diventavano piú chiare.

Nelle lettere che aveva pubblicato sui giornali, Lawrence parlava di tradimento degli alleati arabi, di cedimento al ricatto francese, e sosteneva di essere stato a sua volta raggirato dal proprio governo, che lo aveva spinto a impegnare la sua parola con Feisal, per poi scaricarlo. Una vittima tra le vittime. Mentre sfogliava i quotidiani, Jack si era ritrovato sulla faccia un ghigno sarcastico. Il Re Senzacorona d'Arabia era una presa in giro. C'era da scommettere che il motivo per cui adesso inveiva contro la pusillanimità dei propri capi era che il suo lavoro non dava i risultati sperati. Bastava leggere tra le righe: quell'esaltare di continuo l'amicizia con i principi hascemiti, inneggiando alla gloriosa causa araba... A che scopo?

La risposta era come il risultato di un'equazione matematica, ottenuto mettendo assieme tutti i fattori, le decine di pagine lette. Una Grande Arabia, estesa dal mar Rosso all'Eufrate, sotto l'ala protettrice inglese. Un alleato tanto sottomesso quanto cruciale nella partita postbellica, per la gioia degli accoliti della Tavola Rotonda.

Gli arabi non erano che pedine nelle mani degli occidentali. A occhio e croce Lawrence era l'attore di un doppio gioco da cui pretendeva di uscire illibato.

Jack si era reso conto di una cosa: quell'uomo era la sua nemesi.

La decisione era nata qualche sera prima, mentre tornava al college. Alla luce di un lampione aveva visto i due tizi che passeggiavano affiancati. Aveva riconosciuto subito Robert Graves e soltanto dopo, quando era già passato oltre, Lawrence. In pochi attimi i tratti del viso si erano sovrapposti a quelli dell'unica foto che aveva visto sul giornale, in posa da principe musulmano. Quei due sembravano grandi amici. Come aveva detto Darsey? *Lo hanno accolto nel Parnaso*. Era riuscito a imbrogliare proprio loro, i poeti che cantavano l'inumanità della guerra.

Era stato in quel momento che aveva deciso. Forse cercava una giustificazione, qualcosa che difendesse le sue scelte con l'egida di una coerenza schiacciante e inappellabile. Lui aveva mantenuto la promessa e reggeva il peso delle conseguenze. Lawrence aveva tradito tutti ed era portato in trionfo per le strade.

Scese dal treno e si lasciò inghiottire dal caos di Londra.

Acquistò i biglietti per la *Albert Hall* a un botteghino in Charing Cross Road e alle nove in punto era seduto in platea in attesa che il signor Thomas desse il via all'esibizione.

Ascoltò il racconto con estremo interesse, e man mano che la voce melodica lo guidava alla scoperta delle Terre d'Oriente, si rese conto che la rabbia non avrebbe piú inquinato la sua volontà. Impresse nella mente le frasi che piú gli interessavano e quando fu di nuovo per strada si affrettò ad annotarle sul taccuino, mentre la voce ispirata dell'istrione gli ripeteva le notizie salienti all'orecchio.

– La contea di Galway, nella parte occidentale dell'isola d'Irlanda, è il luogo d'origine dell'antica famiglia Lawrence. Tra i loro piú celebri antenati si annovera Sir Robert Lawrence, che accompagnò Riccardo Cuordileone in Terra Santa, e che si distinse nell'assedio di Acri. Proprio come il giovane Lawrence settecento anni dopo sarebbe stato al fianco di Allenby, per liberare gli stessi luoghi. Suo padre, Thomas Lawrence, era un proprietario terriero che avendo perso molti dei suoi possedimenti a causa della svalutazione durante il periodo di Gladstone, si trasferí con la famiglia sull'altra sponda del canale d'Irlanda. E lí, nel villaggio di Tremadoc, nel Galles settentrionale, non lontano dalla casa natale del signor Lloyd George, il primo ministro, il 16 agosto 1888 nacque Thomas Edward Lawrence.

Jack raggiunse a piedi la piccola pensione dove avrebbe trascorso la notte, un tugurio fatiscente che ospitava fin troppi esseri a sei zampe. Ma non gli importava, poche ore di sonno e sarebbe corso di nuovo alla stazione. Adesso aveva una meta intermedia, un piccolo villaggio gallese da cui iniziare le ricerche che lo avrebbero portato fino a casa. Suo padre lo aspettava tre giorni dopo.

Prima di addormentarsi, il pensiero andò alla vecchia e martoriata Irlanda. Si chiese come l'avrebbe trovata. A marzo il governo aveva inviato i reparti controinsurrezionali e la risposta dell'Ira non si era fatta attendere. Il conflitto degenerava, non c'era giorno che non chiedesse il suo tributo di sangue.

Era inutile negare che ormai si sentiva lontano dai destini dell'isola, eppure era lí che tutto aveva avuto inizio, e non soltanto per lui, a quanto pareva.

Partiva alla ricerca di cavalieri crociati e vecchi coloni, pronto ad arrampicarsi sugli alberi genealogici per trovare risposta alla domanda piú semplice.

Chi era Lawrence d'Arabia?

L'odore umido dei pagliericci riemerse intatto da un angolo del cervello, insieme alla sensazione di prurito causata dai pidocchi. Il rombo delle cannonate in lontananza; i lamenti dei feriti trasportati nelle retrovie; nessuna tregua per i sensi. Lo sguardo che trova scampo solo in alto, nel cielo stellato, dove si infrangono le domande, le stesse per tutti, la stessa lettera, lasciata in custodia a chi potrà recapitarla.

Carissima Edith…

Le buste vengono chiuse. Insieme al rancio, una tazza di rum che non riuscirà a farli dormire. Il tintinnio dei cucchiai contro le gavette tradisce l'angoscia condivisa.

Geoffrey smette di mangiare e si stende sulla paglia puzzolente. La luce della lanterna esalta ogni piega del viso, facendolo sembrare giallo e decrepito.

– Credi che Rob abbia avuto paura? Che se ne sia accorto?

Anche Ronald posa la gavetta. Un sospiro mentre ruota la fede all'anulare.

– Mi hanno detto che a La Boiselle è stato terribile. Lui era con la prima ondata…

– Mio Dio, – la voce di Geoffrey è un mormorio sommesso. – Se deve toccare a me, spero che sia rapido.

– Mi ha scritto Chris. Ha avuto la notizia. Gli ho risposto che per quanto mi riguarda la Tcbs è finita.

Geoffrey si mette seduto.

– Non dirlo mai! Finché uno solo di noi sarà ancora vivo, la società vivrà.

Ronald evita di guardarlo in faccia. Non c'è alcuna sfida da raccogliere. Sono soltanto tristi e spaventati, come chiunque laggiú.

– Non per me, Geoffrey. Mi dispiace, ma non ce la faccio.

– Cosa significa?

Gli occhi neri di Geoffrey sono pozzi di rabbia, ma non è il momento di mentire, di portarsi dentro quel peso.

– Non mi sento piú parte di un corpo completo. Qualcosa si è rotto. La verità è che non potremo essere quello che avevamo immaginato. Non tutti assieme, almeno. Siamo individui adesso, scaraventati qua in mezzo, e il nostro destino, sia come sia, riguarda ognuno di noi.

Geoffrey non nasconde lo sgomento, vederlo stringe l'anima e lo stomaco.

– Lo pensi davvero? – Si fa piú vicino. – Cosí rendi inutile la vita di Rob, quello in cui credeva, in cui tutti noi abbiamo creduto. Abbiamo sempre detto che il nostro destino era accendere una nuova luce, anzi, riaccendere l'antica luce nel mondo, ricordi? Tutto quello che sognavamo, che avevamo in mente, poesia, verità, lealtà. Non significa piú niente per te?

– Non ho detto questo. Ma non puoi fingere che sia come prima.

Geoffrey scuote la testa.

– Non è come prima, Rob è morto. Ma cosí tu lo tradisci. Stai lasciando che la guerra ci sconfigga, John Ronald. Ti stai ritirando e io questo da te non posso accettarlo.

Le parole si conficcano in mezzo a loro come la mannaia di un boia maldestro. Negli occhi di Geoffrey c'è la richiesta disperata di non essere abbandonato, ma lui sa che è troppo tardi.

– Mi dispiace, Geoffrey.

Non riesce ad alzare lo sguardo, per fortuna è Geoffrey a mettersi giú e girarsi su un fianco.

Per un attimo Ronald ha ancora l'istinto ipocrita di allungare la mano sulla sua spalla, ma si accorge di non riuscirci piú. Si sdraia anche lui. Sotto il peso del cielo, della luna e di tutte le stelle, che strappa una preghiera.

L'indice schiacciò una lacrima sull'orlo dell'occhio. Lo sguardo rimase fisso oltre il finestrino. Per qualche ragione gli sembrava che gli altri passeggeri nello scompartimento fossero attenti a ogni suo gesto. Una signora dall'aria malaticcia, un giovane azzimato, una madre con il figlio al collo. La rigidità forzata di chi è costretto a condividere un piccolo spazio. L'Inghilterra scorreva rapida oltre il vetro. Direzione nord, la mente tesa tra Oxford e Leeds, tra il passato e l'immediato futuro. Bagaglio leggero. Le cose piú importanti che si portava dietro: l'abbraccio di John alla stazione, il bacio di Edith, la mano sul suo ventre. Ma c'erano anche i dubbi, ben chiusi in valigia. Vecchi fantasmi e paure.

Sembra di averli traditi tutti, vero?

Le parole di Lawrence potevano suonare sibilline solo per chi non era stato al fronte. Erano pronunciate per un estraneo di cui certo non poteva conoscere la storia, ma che in quel momento sentiva forse piú vicino di chiunque altro. Ripensare all'ultima volta che aveva visto Geoffrey non lo faceva sentire meglio, ma era inevitabile. Avevano trascorso il resto di quella notte fingendo di dormire e all'alba si erano stretti la mano con un certo imbarazzo.

– Dio solo sa se non ti strozzerei per quello che hai detto, John Ronald. Ma ti voglio bene. Buona fortuna.

– Dio ti protegga, Geoffrey.

Nelle settimane seguenti aveva saputo che Geoffrey lo

aveva cercato dappertutto. Ma ogni volta la sua compagnia se n'era appena andata, trasferita sul caotico scacchiere di quella Grande Spinta. Era facile immaginare che volesse parlargli ancora, cercare di convincerlo. Poi la piressia aveva gettato Ronald in una branda da campo, nelle retrovie, su un treno diretto a Calais, in un ospedale di Birmingham, di nuovo tra le braccia di Edith. La sua guerra era finita.

Era lí che aveva ricevuto la lettera di Chris dalla nave su cui prestava servizio: tre settimane prima Geoffrey era morto per le ferite riportate nello scoppio di una granata. Setticemia. Cancrena.

Immagini raccapriccianti che Ronald scacciò ancora, mentre i campi si susseguivano monotoni: pecore, cavalli, case. Papaveri. Ripensò a una delle rare passeggiate che lui e Geoffrey avevano potuto concedersi, in un campo come quello, l'ultimo graziato dai bombardamenti e dalla marea di fango. Ogni fiore una macchia rossa. *Protetto è questo angolo sull'alto campo mietuto a metà.* Quanto era lontana Oxford, allora? Avevano parlato di letteratura, si erano scambiati appunti, infischiandosene della guerra, impedendole di strappare loro la visione del futuro. Non sapevano ancora che Rob era morto il primo di luglio. Si erano stesi entrambi nell'erba a faccia in su e Geoffrey gli aveva chiesto una poesia. Per evadere da lí, continuare a tenere in vita ciò per cui erano stati amici, il ricordo dei pomeriggi in biblioteca, i racconti condivisi, i sogni e l'avventura della giovinezza che finiva.

Lui aveva cercato il ricordo di Edith e del tempo prima della Caduta, prima che il mondo sprofondasse nella Somme. Si era aggrappato a quei pensieri e aveva cominciato.
Sorse Eärendel dalla coppa dell'Oceano
sull'orlo tenebroso del mondo di mezzo…

Eärendel

Autunno 1920

32. Lettere

Gli inglesi sono stati condotti in Mesopotamia in una trappola da cui sarà difficile uscire con dignità e in modo onorevole. Sono stati imbrogliati grazie a una costante sottrazione di informazioni. I comunicati da Baghdad sono tardivi, insinceri, incompleti. Le cose stanno molto peggio di quanto ci è stato detto, la nostra amministrazione è piú sanguinaria e inefficiente di quanto sappia l'opinione pubblica. È una tragedia negli annali dell'impero, che può diventare presto troppo esplosiva per ogni cura ordinaria. Oggi siamo vicini al disastro.

Aveva fame e anche una gran voglia di bere un goccio. Gli ultimi soldi li aveva spesi due giorni prima, cominciava a sentirsi debole. La tentazione di stendersi su una panchina e dormire era forte, ma sapeva che non l'avrebbe fatto. Non voleva ridursi come quei barboni pieni di croste che chiedevano l'elemosina nel parco e venivano allontanati a male parole dagli sbirri. Non Andy Mills.

Le giornate erano piú corte adesso, e quando calava il buio iniziava a sentirsi davvero solo, per la prima volta spaventato dal futuro. Era una sensazione nuova per lui, che lo faceva sentire stanco di essere un'ombra, in perenne attesa dell'occasione buona. Sapeva di uno che era riuscito ad accalappiare un lord, che l'aveva portato a vivere nella sua tenuta di campagna, dove andava a trovarlo quando voleva. Ma chissà, forse era una leggenda dell'ambiente, nata per consolarsi e continuare a sperare che potesse esserci qualcosa oltre a quello schifo.

Si strinse nella giacca lisa e guardò la propria faccia riflessa in una pozzanghera. Aveva il presentimento che il sorriso stesse perdendo convinzione. Non era piú troppo sicuro di sé, anche se era ancora in grado di trascinare gli uomini dentro un portone o in qualche bettola di Soho.

Affrettò il passo, il foglio di giornale stretto sotto il braccio, quasi fosse un oggetto prezioso e non l'avanzo di una settimana prima trovato vicino a un chiosco di gelati. Casualità del vento, che aveva trascinato la cartaccia fino al suo stinco, lasciando che lo abbracciasse come un animale fedele. L'articolo che gli interessava parlava della rivolta scoppiata quell'estate in Mesopotamia. Gli arabi erano insorti contro l'amministrazione militare britannica. Ned ci teneva a far sapere a tutti che le cose da quelle parti erano un vero merdaio, di quelli che ti tirano sotto. Se la prendeva a cuore, come aveva fatto per quel suo amico principe. E chissà, magari aveva pure ragione.

> Abbiamo detto che andavamo in Mesopotamia per sconfiggere la Turchia. Abbiamo detto che saremmo rimasti per liberare gli arabi dall'oppressione del governo turco e mettere a disposizione del mondo le risorse di grano e petrolio del paese. Nell'arco dell'intero conflitto abbiamo impiegato quasi un milione di uomini e quasi un miliardo di sterline per questi scopi. E adesso, a conti fatti, il nostro governo in Mesopotamia è peggiore del vecchio sistema turco.

Andy si accorse di avere un'aria furtiva, frettolosa, e di essere attento a non incrociare gli sguardi dei passanti. Quel giorno aveva deciso che l'affare sarebbe stato diverso dal solito, la posta piú alta. Se non poteva avere una residenza di campagna, almeno avrebbe comprato vestiti nuovi, scarpe, e mangiato in un ristorante decente, dove la fauna era piú selezionata. Non avrebbe mai pescato un pesce grosso finché continuava a fare marchette al Garden. All'inizio aveva pensato che la sua carta vincente potesse essere Ned, anche se non lo aveva mai sfiorato nemmeno con un dito. Ma quando si era reso conto che quell'uomo era pazzo se n'era andato a gambe levate.

Chi l'avrebbe detto che sarebbe tornato con una folata di polvere? Leggendo la sua lettera su quella pagina solitaria gli era venuta l'idea. Se Ned non poteva redimerlo, avrebbe almeno potuto dannarlo. Sarebbe stata la sua occasione di fare un po' di soldi. Quanto bastava per entrare nel giro piú chic.

Dovette fermarsi a riposare un po', si sentiva debole. Dopo aver partorito l'idea aveva subito pensato alla concorrenza e trovato l'indirizzo della redazione che gli interessava. La mossa era azzardata, ma bisognava tentare.

Si fece forza e riprese il cammino.

L'amministrazione inglese a Baghdad impicca gli arabi per reati politici, che vengono definiti ribellione. Ma gli arabi non sono ribelli. Nominalmente sono ancora sudditi turchi, quindi nominalmente ancora in guerra contro di noi. Queste esecuzioni illegali provocheranno le ritorsioni degli arabi sui trecento prigionieri britannici che sono nelle loro mani? E, in questo caso, li puniremo con una rappresaglia ancora piú severa e persuaderemo le nostre truppe a combattere fino all'ultimo uomo? Fino a quando permetteremo che milioni di sterline, migliaia di truppe imperiali e decine di migliaia di arabi siano sacrificati in nome di un'amministrazione coloniale che non è di beneficio a nessuno, se non agli amministratori stessi?

William Keane aveva abbastanza mestiere alle spalle per intuire a colpo d'occhio chi aveva davanti. Che fosse un ex soldato era chiaro da come si era irrigidito quando gli aveva detto chi era. Anche la postura mentre sedeva ricordava trascorsi marziali. I vestiti erano di poco prezzo e avrebbero avuto bisogno delle cure di un sarto. I tratti regolari del viso erano adombrati dal pallore e da un accenno di barba non rasata. Tutto congiurava a identificarlo come un reduce sbandato, uno dei tanti che non erano riusciti a reinserirsi. Il modo in cui lo guardava, poi, suggeriva anche qualcos'altro: la consuetudine a occhiate indiscrete, ammiccanti, che faticava a trattenere anche in quell'occasione. Ma Keane non volle azzardare oltre.

Era stato un caso che si trovasse a rientrare in redazione a quell'ora, per sostituire un pezzo nell'edizione della sera. Il portiere non lo aveva salutato, impegnato com'era in una discussione accesa con quel tipo dall'aria trasandata. Keane si era fermato a osservare la scena divertito. Il giovane cercava di spiegare che aveva un'informazione importante per il direttore, qualcosa di segretissimo. Una battaglia persa. Il vecchio Singe era come uno di quei megaliti di Stonehenge: inamovibile, imperturbabile.

Keane aveva provato un moto di solidarietà umana per il piú anziano dipendente del giornale e aveva deciso di intervenire.

– Mi scusi, forse posso aiutarla.

Il ragazzo si era voltato, esibendo il volto pallido, coronato da un ciuffo nero corvino.

– Lei chi è?

– William Keane, il caporedattore.

Aveva proteso una mano, che l'altro aveva stretto appena.

– Il direttore non c'è, e comunque non la riceverebbe mai. Può approfittare della mia presenza, se crede.

Il ragazzo ci aveva pensato sopra, poi aveva annuito, ma senza dire nulla.

Un cenno a Singe, e il vecchio era tornato nella guardiola.

– Di che si tratta?

Il ragazzo gli aveva allungato un foglio di giornale sotto il naso, indicando un articolo.

– Di lui.

– Posso sapere a che proposito?

– La sua vita privata.

– Non potrebbe essere piú preciso?

– Non gratis.

– Capisco. Perché non saliamo nel mio ufficio, allora?

Quando Andy Mills ebbe finito di raccontare la storia, Keane versò da bere per entrambi e scolò lo scotch d'un fiato. Anche se non li lasciava trasparire, i pensieri viaggiavano veloci e non gli davano il tempo di compiacersi per avere azzeccato l'identikit del soggetto. Una bomba ad alto potenziale. Di quelle che lasciano molte macerie e schegge incandescenti tutt'attorno. Da maneggiare con cura.

– Devo essere sincero con lei, signor Mills. È una storia che avrebbe bisogno di qualche elemento concreto per essere comprovata.

Il ragazzo annuí.

– Sissignore. Ce l'ho.

Keane poggiò le mani sul tavolo, l'espressione neutra. Vide il ragazzo tirare fuori dal taschino una chiave.

– Il suo appartamento. Dove vive quando viene in città.

Keane deglutí senza darlo a vedere, l'immagine di uno Zeppelin tedesco sui tetti di Londra, pronto a sganciare, si materializzò nella mente.

La scacciò alzandosi dalla sedia. Raccolse giacca e cappello.

– Portami lí.

Presero un taxi fino al fiume e l'ultimo pezzo lo fecero a piedi. Era buio ormai, e il quartiere governativo era un gatto placidamente acciambellato sulla pancia di Londra.

Andy fece strada su per le scale, e quando introdusse la chiave nella toppa, Keane non seppe cosa augurarsi.

Alla luce fioca dell'unica lampadina la stanza era spoglia.

Andy attese accanto alla porta che Keane si guardasse attorno. Una scrivania, un divano letto, un piccolo bagno.

Sospirò.

– Non c'è niente qui.

– Lui è a Oxford, credo.

Keane si voltò verso Andy.

– Intendo dire che potrebbe essere l'appartamento di chiunque e la tua una colossale balla per spillarmi quattrini.

Il ragazzo lo guardò con astio.

– Sei un giornalista. Fai quello che devi fare.

Keane scosse il capo con un mezzo sorriso e lanciò un'altra occhiata alla stanza. Si accorse in quel momento del cestino della carta straccia, sotto il tavolo. Conteneva solo un paio di fogli accartocciati. Li spiegò sotto la luce.

– Mio Dio, – mormorò.

Ebbe la certezza di essere sbiancato.

– Parla Marsh.

– Keane.

– Ciao, William. Scusa se hai dovuto aspettare, ma ero in riunione col primo ministro. Buone o cattive?

– Giudica tu. Nell'altra stanza ho un ragazzo che mi ha appena raccontato una storia scabrosa sul conto del colonnello Thomas Edward Lawrence. Gli ingredienti principali sono pratiche masochistiche e raptus di autolesionismo.

– Non prenderai sul serio il primo mitomane che si presenta? Lascia queste cose alla stampa scandalistica.

– No, Eddie, questo tipo non è abbastanza fantasioso per montare un bufala del genere. E soprattutto ha le chiavi di casa sua. È uno sbandato che bazzica Covent Garden. Molto giovane e molto carino, mi spiego?

– Capisco.

– Sono stato nell'appartamento. Nel cestino della carta straccia c'era la brutta copia di una lettera autografa a Lord Curzon. Ce l'ho in tasca.

Silenzio.

– Perché vieni a raccontarlo a me?

– So che conosci Lawrence personalmente. Se faccio filtrare la cosa in redazione potremmo assistere alla caduta dell'idolo del momento.

– Un idolo scomodo. Non fa che attaccare la politica estera del governo.

– Non bluffare con me, Eddie. Si sa che il tuo beneamato Churchill è in disaccordo con Lloyd George e vorrebbe il ritiro dalla Mesopotamia contro il parere di tutto lo Stato maggiore imperiale.

– Dialettica interna al governo.

– Balle. Le lettere di Lawrence sui giornali vi fanno comodo. Sostiene le stesse cose.

– E se anche fosse? Chi ti dice che siamo interessati a proteggerlo?

– Mettiamola cosí: se lui cade, cade da solo? Ricordati lo scandalo dei Quarantasettemila.

– Una montatura che si è risolta in nulla.

– Ma quanta gente ha rischiato di finirci in mezzo? Molti amici tuoi, mi sembra, tra cui il sottoscritto. Non venirmi a dire che anche tu non hai sudato freddo.

– Cosa vuoi da me, William?

– Che tu mi chieda di lasciare cadere la cosa. Cosí saremo pari una buona volta.

Un sospiro nella cornetta.

– E pensare che un tempo dicevi perfino di amarmi. Guarda a cosa ti sei ridotto.

– La parte della verginella non ti si addice, Eddie. Eravamo giovani e io sono stanco di essere in debito. Aspetto una risposta.

Di nuovo silenzio. Poi due sole parole.

– Insabbia tutto.

– Questo volevo sentire.

– Il nome del ragazzo?

– Scordatelo. Protezione delle fonti.

– Andiamo, William...

– *Au revoir*, Eddie.

Keane interruppe la comunicazione. Aprí il cassetto della scrivania e prelevò alcune banconote. Raggiunse Andy nel corridoio e gli consegnò i soldi.

– Fila piú lontano che puoi, dammi retta.

– Dove? – chiese il ragazzo mentre li contava.

– Dove ti pare, ma lascia la città.

– Voglio piú soldi.

– Vattene.

– Andrò a un altro giornale.

Keane scosse il capo.

– È una faccenda molto piú grande di te, credimi. Se parli con la persona sbagliata ti ritroverai nei guai.

– Andrò a un altro giornale, – ripeté il ragazzo imperterrito.

Keane sospirò e tornò nel suo ufficio. Sedette alla scrivania e con la coda dell'occhio osservò Andy Mills che si allontanava. Gli augurò buona fortuna.

33. Tutto dovrà cambiare

Fu un'epifania. Quando Robert entrò in casa li trovò seduti al tavolo, uno di fronte all'altra. La matita di Nancy si muoveva con scatti rapidi e sicuri, gli occhi guizzavano dal modello alla carta.

Robert si asciugò il sudore dalla faccia, scusandosi per il ritardo. Aveva forato, ed era dovuto salire per la strada con la bicicletta in spalla. T. E. rimase un po' rigido, indeciso se rompere i ranghi per stringergli la mano o rimanere in posa sotto lo sguardo vigile di Nancy.

La linea del mento, gli zigomi, la bocca sottile. Poi le arcate sopraccigliari, la fronte ampia e piatta.

– Robert sostiene che lei ha degli occhi materni.

Lawrence si sforzò di non cambiare espressione.

– Davvero?

– Creano un bel contrasto con l'ossatura del cranio.

– Detto cosí sembra un referto anatomico.

– Se posso essere sincera, non ha proprio la stazza dell'eroe.

– Non deve credere a quello che dicono sul mio conto.

– Nemmeno a quello che dice lei? E comunque non si preoccupi, io credo solo a quello che vedo.

Trovarli in conversazione amichevole fece svanire i timori di Robert. Quando aveva invitato T. E. a colazione, aveva temuto che Nancy potesse dare battaglia. L'idea che quei due rimanessero da soli lo aveva fatto accelerare su per la salita, sotto il peso della bici.

Invece eccola lí, un'amabile padrona di casa che omaggiava il suo ospite di un ritratto a matita. Merito forse della vacanza che si erano concessi ad agosto, pedalando fino al Devon, incontrando paesaggi e persone interessanti. Dalla nascita di Jenny non si erano mai dati l'opportunità di restare davvero soli. Durante l'estate erano riusciti a riallacciare i fili di quell'unione, sfuggendo alla presa delle necessità economiche e alla routine famigliare. Avevano conosciuto Thomas Hardy, il mostro sacro. Era bastato bussare alla sua porta, per ritrovarsi davanti a una tazza di tè, nel salotto buono di casa, a parlare con lui e la moglie.

Condividere nuove esperienze, emozionarsi insieme, con il privilegio di avere a disposizione le parole per dirselo. Si poteva essere felici anche senza dire nulla, ma riuscire a enunciare la vita vissuta, raccontarla, aveva un altro sapore, piú pieno e duraturo.

– Lo trova impertinente?

– Che cosa?

– Che abbia voluto farle il ritratto.

– No, mi diverte.

– Eppure sembra un po' teso. Non sarà certo la prima volta.

– No. Ma gli altri pittori...

La matita non colse il sorriso imbarazzato.

– ... erano uomini, – lo anticipò lei. – Le donne la intimidiscono?

– Per niente. È una timidezza caratteriale.

– O forse semplicemente non sa di cosa parlare.

– A volte con le donne mi capita, sí.

– Allora è per questo che non è sposato. Per sfuggire ai vuoti nella conversazione.

– Temo che il matrimonio non faccia per me, in effetti.

– Ci sarà stata almeno una donna importante nella sua vita.

Un lieve rossore sulle guance.

– Una sí.

– Come si chiamava?

– Faridah.

– Bellissimo nome.

– Anche lei lo era. Era la mia insegnante di arabo. Una regina.

– Ne parla al passato. Cos'è successo?

Un gesto lieve della mano, come ad accarezzare un fantasma.

– Appartiene alla mia vita precedente.

Quando Robert espose l'idea di Nancy lo fece con un certo scetticismo, convinto che T. E. gli avrebbe dato sponda. Invece lui approvò. Robert si chiese se non volesse compiacerla, ma sembrava sincero.

Poi Nancy espose il sillogismo formulato durante il viaggio di ritorno dal Devon. Gli abitanti di Boar's Hill dovevano scendere in città per i loro acquisti. Certo avrebbero fatto volentieri meno strada, se ne avessero avuto la possibilità. *Ergo*, aprire un negozio sulla collina avrebbe fatto la fortuna della famiglia Graves-Nicholson. Sarebbero venuti anche da Wootton e Foxcombe, forse perfino da Hinksey.

T. E. si permise di domandare chi avrebbe finanziato l'impresa.

– Prestiti, – rispose Nancy. – Da parenti e amici. Il terreno lo offrono i Masefield. La merce sarà in conto vendita.

Gli mostrò il progetto che aveva disegnato: un piccolo edificio di legno senza pretese.

– Robert mi ha detto che due suoi fratelli sono morti in guerra.

– Sí. Anche il suo, non è vero?

– Le guerre hanno il brutto vizio di strapparci le persone care. Ma immagino lei pensi che siano una triste necessità della storia.

– La Germania aveva invaso il Belgio e la Francia.

– Non la Germania. La borghesia imperialista tedesca.

– E non era giusto fermarla?

– Certo. Con la rivoluzione sociale, come hanno tentato di fare gli spartachisti, non contrapponendole l'imperialismo britannico. O forse crede che il nostro esercito impegnato a reprimere ribellioni in giro per il mondo renda un servizio alla libertà dei popoli?

Uno sguardo triste, preoccupato, che la matita cattura al volo, con un rapido passaggio sulla superficie porosa del foglio.

– Le vie della storia sono tortuose. Io ho tentato di favorire una rivoluzione nazionale, ma non sono riuscito a portarla fino in fondo. Se fossi stato piú bravo, oggi molte cose non accadrebbero.

– Per essere una persona timida ha un'enorme considerazione di se stesso.

Ancora imbarazzo.

– Prego?

– Non pensa che la responsabilità di quanto accade spetti ai popoli?

– Immagino di sí. Tuttavia non posso fingere di non avere avuto un ruolo in quegli eventi.

– È per questo che ha rifiutato tutte le onorificenze? Senso di colpa?

– Preferisco pensare che sia per coerenza. Non intendo trarre profitto da quello che ho fatto. Nemmeno scrivendone.

– Ah, già, il suo libro. Spero che riesca a mettere sulla pagina le sue contraddizioni. Ne verrebbe fuori un'opera molto interessante.

T. E. osservò il ritratto. Robert sbirciò da sopra la sua spalla.

– Ecco l'ennesimo Lawrence. Quanti altri ne scoveremo?

– È davvero cosí che mi vede? – chiese T. E. a Nancy.

– Non ce n'è uno uguale all'altro, – disse ancora Robert.

– Sí, – rispose Nancy. – È deluso?

– No. Posso tenerlo?

– Certo, è per lei –. Sorrise maliziosa. – Ispirazione per il suo libro.

Robert guardò entrambi perplesso, consapevole che gli era sfuggito qualcosa.

Durante la colazione parlarono del negozio che sarebbe nato. Nancy voleva mettersi subito all'opera, contattare un carpentiere e poi sondare i fornitori.

– Mi ci vedi dietro un bancone? – chiese Robert, ancora in cerca di complicità maschile.

T. E. inclinò la testa per inquadrarlo meglio: – Con un grembiule verde, – rispose. – Te ne regalerò uno.

Nancy scoppiò a ridere. Poi si alzò, raccolse i piatti e passando alle spalle del marito gli sibilò all'orecchio.

– È un lavoro vero, Robert.

In quel momento Margaret comparve sulla portafinestra della cucina, paonazza per lo sforzo di tenere in braccio Jenny e intanto spingere dentro la carrozzina di David.

– Quante volte ti ho detto di farla camminare! – strillò
Nancy. – Ha quasi due anni!

La porta della cucina venne chiusa di botto e il rimprovero di Nancy divenne un brontolio soffuso oltre la parete.
Imbarazzato, Robert suggerí di spostarsi in giardino. Quando furono all'esterno sentí l'obbligo di scusarsi.

– È convinta che la tata vizi i bambini. Troppo mangiare, troppo dormire... – Sospirò. – Se un giorno avrai una famiglia te ne accorgerai.

– No, grazie, – disse T. E. – Una moglie saprebbe tutto
di me. Quello che non fosse in grado di capire vorrebbe spiegarselo lo stesso, trovando motivazioni che riconducano
ogni cosa al quotidiano. Be', io odio la quotidianità. Spegne ogni mio entusiasmo.

– Eppure ti riempirebbe la vita, – riprese Robert. – I figli, poi, dànno l'immortalità.

Sorrisero. Robert propose una passeggiata fino a Youlbury. A quell'ora del giorno non avrebbero incontrato nessuno.

Costeggiarono la carreggiata e svoltarono a destra, pro-
seguendo tra il bosco e il margine dei prati che digradavano
dolci fino a valle. Oxford galleggiava su un velo di nebbia
che le dava l'aspetto di una città incantata. Videro i conigli
selvatici correre a infilarsi nei loro buchi, piccole escrescen-
ze scure nel verde acceso dell'erba. Raggiunsero il bosco e
si ritrovarono sotto un tetto di rami che si toccavano da un
lato all'altro della strada. Gli unici rumori erano lo scalpic-
cio dei loro passi e qualche volatile che frullava via al loro
passaggio. Arrivarono in prossimità della residenza di Evans
e del campo scout, da dove la vista poteva di nuovo perdersi all'orizzonte, oltre la città, e immaginare di raggiungere
Londra, la Manica, il continente. Robert si chiese chi avreb-

be goduto di quel panorama, quando lui non ci fosse piú stato, e se qualcuno avrebbe ripercorso quegli stradelli, pensando a chi li aveva battuti infinite volte prima di allora. La via dei giganti: Evans, Lawrence... insieme al piccolo Graves.

Si accorse che T. E. aveva detto qualcosa e si voltò.

– Marsh?

– Sí. Mi ha chiesto un incontro privato, – ripeté l'altro. – A quanto pare gli articoli sul giornale hanno colpito nel segno.

Robert annuí. Edward Marsh era piú di un mecenate per i giovani poeti della sua generazione. Eddie «la Chioccia». Una guida gentile, capace di incoraggiarli nei momenti piú cupi, perfino davanti alla morte, convincerli a non smettere di credere nella forza delle parole. Ma anche un protettore, in grado di trasformare una brillante carriera politica in un ombrello per i pulcini bagnati che tornavano dal fronte, pieni di orrore da mettere in versi. Era stato a lui che Robert si era rivolto per salvare Siegfried Sassoon dalla corte marziale.

– Hai deciso di ritentare, allora.

– Laggiú accade qualcosa di terribile. La Raf bombarda i villaggi. Non ci è bastato abbandonare i siriani e Feisal al loro destino, adesso martoriamo la Mesopotamia. E per cosa? Per non cedere nemmeno un millimetro di terreno, con un dispendio di uomini e denaro incalcolabile. È una follia, siamo diventati come i turchi, anche peggio, e faremo la stessa fine.

– Il canto del cigno degli imperi non è mai una melodia, – commentò Robert.

La cupezza dei suoi pensieri era bilanciata dallo spirito battagliero che sentiva rinascere dentro l'amico. Non poteva che compiacersene. Si disse che avrebbe sempre voluto ricordarlo cosí, mentre guardava dritto davanti a sé e mormorava al vento.

– Tutto dovrà cambiare. Tutto.

– Se te ne vai a Londra, dovremo rimandare il colpo al Magdalen. Era fissato per questo fine settimana, mi pare. Archer e Neville ci rimarranno male.

T. E. sembrò non ascoltarlo.

– Ogni cosa a suo tempo.

Tornarono a casa, dove T. E. venne presentato a Jenny, che si nascose timida tra le gambe del padre. Quando Robert prese il piccolo David dalla culla e lo mise tra le braccia di T. E., vide l'amico irrigidirsi e stringere il fagotto per paura che potesse cadergli. Si accorse che Nancy cercava di gelarlo con lo sguardo, ma fece finta di niente. T. E. era goffo come un padre alle prime armi, come era stato lui con Jenny appena nata.

– Porta i miei saluti a Eddie Marsh, – disse quando si accomiatò. – Gli farò avere le nuove poesie appena saranno pronte.

Rimasero sulla soglia a vederlo scendere lungo la strada, in sella alla bici, leggero come un fuscello.

– A volte vorrei che mi guardassi come guardi lui, – disse Nancy.

– Sei gelosa della nostra amicizia?

Nancy non rispose.

– Quell'uomo mi spaventa, – disse. – Taglialo in due e dentro troverai soltanto cicatrici. È ancora in guerra con tutti. Incluso se stesso. Prima o poi ripartirà e tu sarai tentato di seguirlo.

– Dici cose senza senso.

– Siete gregari per natura. E tu dovrai scegliere da che parte stare.

– Non voglio litigare. – disse Robert.

Nancy alzò le braccia sullo stipite, poi gliele mise al collo. – Nemmeno io.

Lo guardò con un sorriso intrigante, prima di baciarlo.

34. Il segreto

La luce si alternava alle ombre degli edifici sul selciato. Il via vai di studenti, professori, massaie, garzoni era sempre lo stesso, ma sembrava rispondere a un andamento preciso, ordinato. Perfino i rumori erano soffusi. L'aria frizzava ancora di estate.

Oxford era la stessa di sempre, eppure nuova. Forse era lo scarto con il grigiore di Belfast che la faceva apparire cosí agli occhi di Jack. Un luogo placido, dove il pensiero rimaneva al sicuro dagli affanni della storia, ben chiuso dentro palazzi antichi, colmi di libri e discussioni a bassa voce.

Le settimane trascorse in Irlanda gli avevano sbattuto in faccia cronache del caos. Era ripartito con il cuore pesante. Temeva che se i repubblicani avessero preso il potere suo padre potesse cadere vittima di qualche rappresaglia. In gioventú era stato un fervente oppositore dell'Home Rule e sarebbe rimasto fedele alla Gran Bretagna fino alla morte. Si considerava un illuminista e non c'erano dubbi che si trovasse a vivere nell'epoca sbagliata, aggrappato al passato, mentre intorno tutto bruciava.

Nel paese imperversavano mercenari senza onore e riservisti ingaggiati dal governo di Londra perché sfogassero contro la popolazione civile l'odio accumulato sulla Somme. Bestialità ripagata con la stessa moneta: occhio per occhio, lutto per lutto, figlio per figlio. La «terribile bellezza» salutata da Yeats nella Pasqua del 1916 dispiegava tutta la sua potenza. Era la genesi del nuovo tempo, un parto di sangue, come ogni parto, da cui sarebbe dovuta sorgere la nuova Irlanda. Un'Irlanda irlandese, a detta dei repubblicani, anche se Jack faticava a capire che cosa significasse e anche se il frastuono non lasciava ancora intendere ciò che sarebbe stato. C'era qualcosa di spaventoso nella fredda determinazione dei nazionalisti come Michael Collins. Il misticismo dell'ideale, la fede. Il fumo della dinamite puzzava di Dio. Qualcuno diceva che era una guerra di religione.

Noi conosciamo il loro sogno; basta | sapere che sognarono e sono morti; | e se fosse l'eccesso dell'amore | a sconvolgerli fino a farli morire?

I versi del vate: troppo amore, un'affezione dell'anima. Quello era il genere di romanticismo che non serviva a interpretare il presente. Il suo amato Yeats si rivelava una delusione.

Era felice di essere di nuovo lí, lontano da tutto. Certo non ancora libero di essere ciò che aveva scelto, ma piú risoluto. Voleva farla finita con i sotterfugi. Per fare quello che doveva fare aveva bisogno di sentirsi inattaccabile.

Mentre camminava in direzione del centro, la falcata rivelava lo stato d'animo del viaggio di ritorno. Passò sotto l'orologio della Carfax Tower, all'ombra dei secoli, e proseguí sullo High fino al college.

Trovò Charlie Darsey nella sala comune, intento a leggere un libro. Si avvicinò, posò la valigia e gli tese la mano.

– Salve, Charlie.

L'altro lo guardò sorpreso, mentre ricambiava la stretta.

– Bentornato, Jack.

– Che ne dici di accettare le mie scuse per come mi sono comportato ultimamente?

– Vuoi dire che torni tra noi comuni mortali?

– Per la verità me ne sto andando.

Darsey si alzò in piedi.

– Che significa?

– Mi trasferisco. Ho preso una stanza.

– Lasci il college?

– Solo il letto e la mia metà dell'armadio. Lo dividerai con qualcun altro, magari piú affabile di me.

Darsey lo accompagnò in camera, dove Jack si mise a riempire un'altra valigia con le sue cose.

– Ma perché? Non sarà per Moran, vero? Quello è antipatico a tutti.

Jack sorrise ancora.

– È una storia lunga, Charlie. Per me è meglio cosí, credimi.

– Hai chiesto la dispensa?

– Lo farò. Non avranno problemi a darmela, non credi? Mi tolgo dalle spese.

– Ma... ma... – Charlie sedette sul letto. – Io non capisco. È per via degli incubi? Hai avuto una ricaduta?

Jack smise di piegare le camicie e lo guardò.

– La vita è già abbastanza complessa senza che la rendiamo piú difficile. Quando si fa una scelta è meglio che sia la piú chiara possibile. Altrimenti siamo deboli, vulnerabili. E io non posso permettermelo.

– C'entra con i tuoi pomeriggi misteriosi, vero?

– Te l'ho detto. Ho bisogno di fare chiarezza. A proposito, hai visto Moran?

– Poco fa era giú nel quadrilatero che parlava con Pritchard. Lascialo perdere, quello.

Jack chiuse la valigia e Darsey si offrí di portare l'altra. Scesero da basso e Jack marciò nel cortile, seguito dall'amico. Quando scorse Moran che parlava con un altro studente chiese a Darsey di aspettarlo lí con i bagagli.

Si avvicinò.

– Posso parlarti?

Moran lo guardò con sufficienza, poi si allontanò di qualche passo insieme a lui.

– Torna pure a spiarmi quando vuoi, – disse Jack. – L'indirizzo lo conosci. Mi sto trasferendo lí.

– La cosa non mi riguarda.

– Balle. Volevi che ti vedessi.

– Orgoglio ferito. Mi avevi colpito, ricordi? – Moran si sfiorò lo zigomo. – Non ha piú importanza adesso. E poi dovresti conoscermi, non mi appellerei mai al potere costituito.

– Perché sei un rivoluzionario? Credevo che per voi il fine giustificasse i mezzi.

– Senti, non so perché frequenti quella casa, né chi ci vive. Non voglio saperlo, non piú. Buona fortuna, Lewis.

Jack fece per voltarsi, ma si trattenne.

– Dimmi una cosa. Cos'è piú rivoluzionario? Accettare le convenzioni, – indicò l'edificio intorno a loro, – o avere il coraggio di ignorarle?

Moran tacque interdetto.

– Io me ne vado. Buona permanenza.

Jack tornò sui suoi passi, raccolse le valigie e salutò Darsey.

– Ci vediamo a lezione, Charlie.

Camminò spedito fino al Magdalen Bridge, dove si fermò a riposare le braccia e sgombrare la mente. Respirò a fondo, osservando la corrente del fiume, talmente placida che a stento faceva dondolare le barche. Il suo Rubicone. *Alea iacta est.* Si sentiva decisamente meglio e poteva indirizzare il filo dei pensieri sulle scoperte di quell'estate. Certo avevano avuto una parte rilevante nel passo appena compiuto.

Una volta qualcuno gli aveva detto che una menzogna ne chiama sempre un'altra, e un'altra ancora, e cosí via, finché

una recita prende il posto della vita vera. Non era un caso
che le panzane piú grosse su Lawrence d'Arabia piovessero
da un palcoscenico. Il Sir Robert Lawrence che aveva accompagnato Riccardo Cuordileone alla terza crociata non veniva dalla contea di Galway, non era neanche irlandese, ma del
Lancashire, dove a quanto pareva il suo ceppo aveva messo
salde radici e sviluppato un grosso fusto con rami frondosi.

Se per sconfessare le fandonie genealogiche di Lowell
Thomas era bastato poco, aveva dovuto percorrere un cammino piú lungo per scoprire la verità al centro del labirinto.
Il punto d'ingresso era stata la chiesetta di un piccolo villaggio gallese, dopo la deviazione attraverso un paesaggio di colline rocciose e greggi sparse.

Tremadoc. Poche case spazzate dal vento salmastro, che
aveva osservato con l'emozione di chi penetra la vita altrui,
a un passo dal cuore di un segreto.

Il vecchio curato, un omino curvo e grigio dallo sguardo
vispo, ricordava bene la famiglia Lawrence, anche a distanza di tanti anni.

I suoi occhi, soprattutto.

Erano giunti da Dublino, con un figlio piccolo e un secondo in arrivo. Aveva battezzato lui il neonato. Jack era
riuscito a farsi mostrare i registri battesimali della parroc-
chia. Ed eccolo, Thomas Edward, figlio di Thomas Robert
Lawrence e Sarah Maden Lawrence, sposati alla St Peter's
Church di Dublino nel 1884. Il vecchio prete ricordava un
uomo sulla quarantina e una donna piccola ed energica, dallo sguardo penetrante. *I suoi occhi, soprattutto, erano di un
blu acceso, come quelli degli angeli sui rosoni delle cattedrali.*
La famiglia era rimasta al paese poco piú di un anno, poi si
era trasferita altrove.

Sul treno per Liverpool e poi sul traghetto per Belfast,
Jack aveva pianificato la tappa successiva della ricerca.

Suonò il campanello in Warneford Road, e quando la porta si aprí, Janie Moore lo accolse con un bacio sulla guancia. Si accorse delle valigie, e lo guardò stupita.

Lui prevenne la domanda.

– Ho lasciato la stanza al college.

Il viso le si illuminò, ma subito represse il sorriso.

– Non ti fa piacere?

Lei lo condusse in salotto e gli porse una lettera. Seduto sul divano, Jack la scorse in fretta. Era un'ingiunzione di sfratto.

– È arrivata tre giorni fa. Mi dispiace, Jack.

Ripiegò il foglio e sorrise.

– Troveremo un'altra casa. Abbastanza grande per tutti e tre.

– Quattro, – lo corresse lei.

Simulò un colpo di tosse e andò ad aprire la porta a vetri che dava sul retro. Un essere nero e peloso zampettò in casa trafelato e si precipitò ad annusare i piedi di Jack. Quando gli infilò il muso tra le gambe, lui si ritrasse, cercando di allontanarlo. Il risultato fu una mano fradicia di bava.

– Maureen lo ha voluto a tutti i costi. Si chiama Max.

Richiamò il cane e lo fece uscire nel giardinetto retrostante.

Jack andò in bagno a lavarsi via l'odore del cane e la stanchezza del viaggio. Si fissò a lungo nello specchio, avvertendo la presenza di un'incrinatura, senza riuscire a individuarla. Capí che non era la superficie di vetro: quel viso era deformato da qualcosa di impercettibile.

Era stato bravo. Meglio di un investigatore da romanzo d'appendice. La scoperta fatta a Dublino era da tenere ben stretta. All'improvviso si ritrovava a parte di un mistero, condiviso da una cerchia ristretta di persone, un piccolo discreto clan che si nascondeva da anni. Lui lo aveva scovato e questo gli dava una forza inaspettata. Si rivide davanti al registro parrocchiale della St Peter's Church, in cerca di un atto di matrimonio che non avrebbe trovato. Man mano che sfogliava le pagine ingiallite dell'anno 1884, un presentimento era andato formandosi nella mente sempre piú forte, dirompente. Voltata l'ultima pagina, la conferma era lí davanti a lui, piú solida delle colonne di granito. Per sicurezza aveva consultato anche i registri dell'anno precedente e di quello successivo. Nessun Lawrence era emerso da quegli eleganti arzigogoli. Thomas e Sarah non si erano mai sposati in quella chiesa. Perché al battesimo del loro secondogenito avevano dichiarato il falso? La risposta escresceva, lapidaria, come un macigno al margine del campo visivo che bisognava sforzarsi di non vedere. Il vicario O'Brian era troppo giovane per ricordare fatti di trentacinque anni prima. Era stato gentile, ma non aveva altre informazioni da offrire.

Soltanto sul treno che lo riportava a Belfast, Jack aveva dato via libera alle congetture. Non si mente al battesimo di un figlio. A meno che non si abbia un motivo davvero valido, qualcosa che potrebbe compromettere il sacramento stesso, l'accettazione sociale. Jack ne sapeva qualcosa, erano due anni che sfidava i pregiudizi della famiglia e degli amici. Sapeva quant'era dura vivere fuori dalle consuetudini accettate. Sapeva quanto fosse piú facile mentire. Perfino a un prete.

Uscí dal bagno ancora sovrappensiero e la trovò seduta sul divano, l'aria distesa, l'espressione vaga, la luce che indorava i capelli raccolti.

– Vieni. Sdraiati.

Per un attimo Jack si trattenne, poi obbedí controvoglia. Poggiò il capo sul suo grembo e lasciò che lei gli accarezzasse i capelli. Chiuse gli occhi e immaginò ancora che fossero le dita di sua madre, in un tempo lontano, i muscoli distesi, la percezione del corpo che affondava sui cuscini e nel tessuto morbido della gonna.

– Rilassati. Dopo mi racconterai tutto.

Lui fece per dire qualcosa ma lei lo zittí con un dito davanti alle labbra.

– Dopo.

Lo steward lo squadrò dalla testa ai piedi. Era evidente che giudicava inappropriato il suo abbigliamento. Il taglio anteguerra della giacca; la cravatta di lana mal stirata; niente soprabito né cappello. Ma era nella lista degli ospiti di uno dei soci onorari, il segretario personale del ministro della Guerra, e questo bastò a fargli chinare il capo e a invitarlo a entrare. Percorsero in silenzio la guida di velluto che portava nella sala grande, dove i ritratti dei soci fondatori del club osservavano severi i nuovi membri. La luce entrava da tre grandi finestre sulla stessa parete, l'ambiente odorava di libri e tabacco.

Lo steward indicò l'angolo in fondo alla sala, dove un uomo di mezza età sedeva da solo, il volto in parte coperto dal giornale, che richiuse quando scorse l'ospite avanzare verso di lui. Si alzò e lo accolse con un sorriso sottile.

– Mio caro Lawrence.

Una stretta leggera. Edward Marsh aveva l'aspetto azzimato di sempre. L'uniformità del gessato era interrotta da alcuni vezzi che, senza essere vistosi, rivelavano un certo estro. Una piccola spilla da cravatta d'argento, le ghette beige con i bottoncini di corno, l'anello della loggia al mignolo della sinistra. Seduti uno di fronte all'altro, i due uomini producevano un netto contrasto.

La scena aveva a malapena distratto dalle edizioni della

sera i pochi soci presenti, che già tornavano alla lettura e ai loro sigari.

– Accomodati. Un bicchierino di porto? – chiese Marsh. – Ah, già, sei astemio. Forse un tè?

Ned sedette di fronte a lui.

– Niente, grazie.

– Il solito asceta, eh? Grazie, Samuels –. Un gesto elegante congedò lo steward. – Allora, come vanno le cose nella vecchia Oxford? Hogarth porta ancora a spasso quel grosso cagnaccio?

– Oh, tutte le mattine. Ogni tanto, per la verità, lo faccio io.

– Devi assolutamente fargli avere i miei saluti. Ho saputo che Robert Graves è diventato padre per la seconda volta. Un maschio, vero?

– Sí. Mi ha chiesto di salutarti.

– Ringrazialo e digli che aspetto le ultime poesie. Spero venga a trovarmi, prima o poi, se la salute glielo consente. A proposito… – gli porse un volume rilegato. – Le poesie di Wilfred Owen.

– Grazie.

– Siegfried Sassoon ha curato l'edizione, Dio gliene renda merito. Hai saputo che è tornato dagli Stati Uniti? Piuttosto affaticato, a quanto pare. Mai pensato di andare in America? Dopo il successo di Lowell Thomas ti farebbero ponti d'oro.

– È un modo elegante per suggerirmi di togliere il disturbo?

Il sorriso di Marsh si incrinò appena.

– Oh, no, tutt'altro. A proposito, grazie di essere venuto.

– A cosa devo l'invito?

Marsh giocherellò con la catenella dell'orologio da taschino.

– Credo che tu possa immaginarlo e vorrei tenessi presente che non sono qui in veste ufficiale. Siamo solo due amici che chiacchierano al club.

– Per me sta bene.

Marsh si appoggiò allo schienale e accavallò le gambe. Prelevò un portasigarette d'argento dalla tasca interna della giacca e fece per offrirgliene una, ma si trattenne, ricordando che non fumava. Ne innestò una su un bocchino nero e l'accese. Per qualche secondo lasciò che il fumo si frapponesse tra loro, scrutando l'altro da dietro le volute. Ned ebbe la sensazione che si stesse chiedendo qualcosa su di lui, una domanda che non avrebbe potuto fargli. O forse cercava lo spunto per cominciare. Da un movimento lieve del corpo riuscí a prevedere il momento esatto in cui riprese a parlare.

– Ho letto i tuoi articoli sul «Sunday Times». Piuttosto impietosi nei nostri confronti. Però sagaci, devo ammetterlo.

– Grazie.

– Ho apprezzato meno la tua *boutade* con Sir Henry Wilson al ricevimento di nozze della figlia di Lord Ashton. Perdonami, ma le voci girano.

– Gli ho detto la verità. Dalla faccia che ha fatto è chiaro che non deve essere abituato ad ascoltarla spesso.

Le sopracciglia di Marsh si sollevarono fino a diventare due punte di freccia.

– Suvvia, è pur sempre il capo di Stato maggiore imperiale. Non è stato gentile dirgli che dovremmo essere buttati fuori dalla Turchia, dalla Mesopotamia e dalla Persia.

– Non era mia intenzione essere gentile.

Marsh affilò di nuovo il sorriso a labbra strette.

– Per curiosità, hai tralasciato l'India di proposito o è stata una dimenticanza?

Il sarcasmo era fuori luogo. Non era arrivato fino lí per girare intorno alla faccenda.

– Mi fa piacere che tu abbia ancora voglia di ironizzare, Marsh, dopo che abbiamo ucciso diecimila arabi in una sola estate e siamo riusciti a coalizzare sciiti e sunniti contro di noi. Nemmeno i turchi erano riusciti a fare tanto. E, per inciso, il sangue versato in India lo sconteremo con gli interessi negli anni a venire. Di questo dobbiamo ringraziare la miopia di Lloyd George e dei vecchi gufi come Sir Henry.

Marsh incassò il colpo con stile, battendo con delicatezza la sigaretta sul bordo del posacenere.

– Ammetto che all'interno del governo ci sono sfumature diverse nel valutare la situazione in Medio Oriente.

Un tono evasivo. Stava cercando di provocarlo per spingerlo a scoprire le carte. Tanto valeva accontentarlo e scalfire quella maschera di cortesia.

– La permanenza in Palestina ci è già costata otto milioni di sterline e ne abbiamo spesi trentatré per schiacciare la rivolta in Mesopotamia. Abbiamo novantamila uomini impegnati sul campo e riusciamo soltanto a trasformare in ribelle ogni ragazzino che può tenere in mano un fucile. Senza considerare le guarnigioni che manteniamo in Turchia, Persia e Irlanda. Con l'India in subbuglio non possiamo piú nemmeno trasferire reggimenti attraverso il Golfo Persico.

Marsh non batté ciglio.

– È evidente che hai dei buoni informatori.

– Sono gli interlocutori che mancano.

– E se ti dicessi che ne hai trovato uno?

– Tu?

– Oh, io non conto nulla. Il mio capo invece ha manifestato un certo interesse.

Ned si concesse qualche secondo per registrare l'informazione.

– Churchill? È a lui che devo questo incontro?

Marsh annuí.

– Precisamente.

Questa volta rimase zitto.

– I conti non lasciano scampo, è vero, – riprese Marsh.
– Non possiamo piú permetterci l'attuale impegno militare
su un fronte cosí vasto. Aumentare la pressione fiscale è fuori discussione, ne va della tenuta del governo. Churchill lo
ha capito e questo lo mette un passo avanti agli altri. Sta cercando di convincere Lloyd George ad approvare un piano
di ritiro da Baghdad e dalla Siria orientale, ma si scontra con
le resistenze dell'Esercito.

– Quale piano?

Marsh sostenne il suo sguardo.

– Sul tavolo ci sono varie ipotesi. Ma il tempo stringe. È
per questo che Churchill vorrebbe ascoltare la tua proposta.
Ammesso che tu ne abbia una.

Erano arrivati al punto. Non era il caso di esitare.

– C'è una sola via d'uscita onorevole. Ma senza il consenso di Lloyd George non si può fare niente.

Marsh spense la sigaretta con gesti affettati.

– Ipotizziamo per un momento che il consenso arrivi.

– Mandato limitato o carta bianca?

– L'appoggio del ministero delle Colonie sarebbe sufficiente?

– Certo.

– Vai avanti.

– Dobbiamo creare stati autonomi in tutta l'area, – disse Ned. – Andranno sostenuti nell'amministrazione finché
non saranno in grado di reggersi sulle proprie gambe. Biso-
gnerà addestrare i loro eserciti, la polizia. Mentre imparano,
noi disimpegniamo i nostri contingenti. L'operazione può

avvenire in meno di un anno, ma bisogna muoversi subito. Tra sei mesi potrebbe essere troppo tardi.

– Sei davvero convinto che gli arabi possano governarsi da soli?

– Sí, se scegliamo i capi giusti e li facciamo eleggere con un mandato popolare. Per questo servono leader carismatici, che abbiano preso parte alla lotta di liberazione ma non siano compromessi con l'amministrazione coloniale.

Marsh incrociò le dita sul ventre.

– Suppongo che tu voglia suggerirne qualcuno.

– I figli di Hussein della Mecca. Soprattutto Feisal. Abbiamo lasciato che i francesi lo cacciassero da Damasco senza dire una parola. Deve essere risarcito. È l'uomo che ci serve a Baghdad.

Osservò Marsh accendersi un'altra sigaretta. Prendeva tempo, buon segno.

– Questo progetto trascura un particolare non irrilevante. Il petrolio. Da quelle parti il sottosuolo ne è pieno e a detta di molti sarà la risorsa strategica dell'immediato futuro. In Parlamento il partito del petrolio è il maggiore ostacolo per Churchill.

La vecchia volpe aveva tenuto per ultima l'obiezione piú forte. Non per niente era sopravvissuto a un paio di governi e poteva ancora accompagnàrsi a giovani poeti di bell'aspetto.

– Quello è il deserto, Marsh, lo conosco bene. Il petrolio non si mangia e non si beve. I nuovi Stati avranno sempre bisogno di qualcuno a cui venderlo per acquistare quello che gli serve, e se avremo regalato loro l'indipendenza saranno i nostri migliori alleati e soci in affari. È un rischio che l'Inghilterra deve correre. Come pensi che potremmo sfruttare i giacimenti petroliferi se l'intera regione sprofonda nel caos?

Marsh si concesse un sorrisetto.

– E pensare che qualcuno dei vecchi gufi, come li chiami, mette in dubbio il tuo patriottismo. Mi pare di sentirli: diranno che stai cercando un'opportunità per tornare sulla scena.

– Ha importanza?

– No, ma credimi, i corridoi di Whitehall sono piú insidiosi del labirinto di Cnosso.

– Riferirai l'idea a Churchill?

– Sí. Ovviamente se lui appoggiasse il progetto saresti disposto a prendere contatto con Feisal per convincerlo.

– Sono l'unico che può farlo. Ma a una condizione.

Marsh si rilassò sulla poltrona.

– Sentiamo.

– Che Hogarth e Curtis siano della partita.

Marsh annuí.

– Lo terremo presente. Tuttavia ci renderesti le cose piú semplici se non ti impegnassi anima e corpo a irritare l'establishment. Quando quella gente vuole bruciarti non lesina colpi sotto la cintura.

Una scrollata di spalle.

– Facciano pure. Ho servito il paese meglio di molti altri.

Marsh lo guardò ancora con quell'espressione ambigua che conteneva una domanda inespressa.

– Andiamo, Lawrence, perfino Achille aveva un punto debole. Le pubbliche virtú possono non bastare a proteggere i nostri vizi privati. Se Churchill decide di rimetterti in gioco dovrai essere inattaccabile. Impara dal sottoscritto.

Quello sguardo ammiccante lo innervosiva.

– Sei fuori strada, Marsh.

– Me lo auguro, amico mio. Me lo auguro di cuore. Sicuro di non gradire una tazza di tè?

– No, grazie. Me ne torno a Oxford –. Si alzò, imitato dall'altro. – Aspetto tue notizie.

Si strinsero la mano.

– Non sarà un'attesa lunga, vedrai.

Ripercorse la stanza a passi rapidi, sentendo lo sguardo di Marsh sulla nuca finché non ebbe varcato la porta.

36. Leeds

Ronald misurò la stanza in pochi passi. Era angusta e spoglia. Nonostante l'estate fosse finita e le sere non fossero piú miti, si sentiva soffocare. Aprí la finestra, sperando che questo gli facesse venire voglia di uscire, ma i profili degli edifici erano tetri, piú scuri della notte che li avvolgeva. Il vialetto sottostante si perdeva oltre la curva, dove la periferia della città sfumava in un reticolo di stradine, tra capannoni caliginosi e prati spelacchiati. Quella grande zona grigia, non piú città, non ancora campagna, ricordava la Terra di Nessuno, disseminata di detriti d'ogni genere: lamiere contorte, bidoni arrugginiti, vecchi pneumatici.

Le città industriali lo inorridivano, avevano la tendenza a espandersi, espellendo i propri scarti e spargendoli nel circondario. Fino a quando anch'essi non fossero stati raggiunti dall'ansia edilizia e inglobati nelle fondamenta di nuovi quartieri e distretti. La campagna moriva, sommersa di ferraglia e immondizia, mentre il paesaggio mutava per sempre, il terreno contaminato, inaridito dai liquami e dagli olî combusti. Un'offensiva che metteva in rotta la natura e consegnava il territorio al secolo dell'industria.

Rimpianse Oxford, la possibilità di uscire a piedi dall'abitato e passeggiare attraverso i campi. Gli mancavano il giardino botanico e il suo vecchio amico frondoso, la luce filtrata dai rosoni e l'odore del legno antico. Soprattutto gli mancavano Edith e John. Lei era stata chiara: non avrebbe piú accettato sistemazioni di fortuna, quell'epoca era finita, adesso voleva una casa dove crescere i figli, un luogo in cui fosse possibile piantare bulbi e vederli germogliare la primavera successiva. Voleva essere felice. Per il momento la sua spedizione al Nord, in cerca di fortuna, sarebbe rimasta solitaria e l'avrebbe visto ingrossare la schiera dei pendolari del fine settimana.

Ronald sapeva che Edith aveva ragione. La gravidanza era ormai al termine e iniziavano le preoccupazioni. Una voce interiore gli ripeteva che non avrebbe dovuto trovarsi in quella stanzetta claustrofobica, ma al fianco di sua moglie, e lo costringeva ad avvinghiarsi alla convinzione che lo aveva portato lí, in un ateneo giovane, dinamico, aperto alle novità. Era appena stato creato un corso per gli specializzandi in letteratura anglosassone e in medio inglese. Il capo del dipartimento di lingue voleva che il piano di studi venisse impostato su solide basi filologiche. L'incarico di fissare un programma era stato assegnato a lui. Considerazione, stima, spazio di manovra. Cosa si poteva desiderare di piú? La propria famiglia. Si disse che era solo questione di tempo, quello necessario a trovare una sistemazione stabile per tutti loro. Ma quando?

Riprese a camminare, dalla finestra all'armadio, quattro passi e mezzo e ritorno, mentre l'ansia montava nel petto. Ricordava fin troppo bene quella sensazione di straniamento e abbandono, e la maledisse. Sentirsi lontani da tutto ciò che si ama, totale assenza di intimità con le voci, le presenze, gli oggetti. Era stato cosí in trincea e poi nei sanatori, nella miriade di posti dove la burocrazia militare l'aveva sbattuto prima che la guerra finisse. Conosceva i sintomi. Tachicardia, respiro affannoso, incapacità di fissare lo sguardo. Afferrò la maniglia, aprí la porta, la richiuse, si bagnò il viso nel lavandino, aveva caldo, tolse il gilet e la camicia, rimase in canottiera, rabbrividí, sempre piú teso. Fu tentato di nascondersi sotto le coperte e riemergere solo quando la luce del giorno avesse fatto apparire il mondo meno cupo e la vista delle persone avesse consolato quella solitudine. Dormire era fuori discussione, non ci sarebbe riuscito. Lo spaventava l'idea di ritrovarsi solo, al buio, senza la presenza e il respiro di nessun altro.

Doveva spostare la mente altrove, lontano da lí, ma anche da Edith e John.

Lo sguardo cadde sui vecchi quaderni appoggiati sull'unico scaffale. Per qualche ragione li aveva portati con sé. Ne agguantò uno e l'aprí sulla prima pagina. Si mise a leggere con foga, poi piú lentamente. Man mano che procedeva si accorse di recuperare autocontrollo. La storia era quella di Túrin Turambar, una delle prime che aveva abbozzato. La decisione di abbandonare i racconti gli aveva impedito di rileggerla. Curioso che avesse dovuto arrivare fin lí per avere occasione di farlo. Si stese sul letto. In breve il mondo prima del mondo sostituí le pareti della stanza e Ronald si ritrovò tra valli e montagne, al tempo in cui il demone malvagio Melkor prendeva la propria rivincita sugli dèi, sfruttando le debolezze e i dissidi fra le creature della Terra. Ripercorse le imprese di Túrin, cugino di quel Tuor che avrebbe portato in salvo i superstiti dalle rovine di Gondolin. Un destino piú nefasto lo accompagnava nella lotta senza quartiere e senza speranza contro il potere oscuro. La conduceva insieme a una banda di predoni, ignaro della maledizione che incombeva sul proprio destino e quello di coloro che amava. Ogni vittoria, ogni nemico ucciso, non faceva che avvicinare Túrin alla rovina. Padre, madre, sorella, alleati, finanche l'amico piú fidato, tutti sarebbero stati travolti dalle sue migliori intenzioni e dalla sua cecità. E quando infine l'eroe avesse aperto gli occhi e capito, come Edipo non avrebbe potuto che rivolgere la forza contro se stesso, per punirsi di ogni empietà commessa.

Era la storia di un fallimento implicito nel peccato stesso di immaginarsi «Turambar», Padrone del Fato. Come se il filo della sorte non fosse teso da una volontà piú grande e insondabile.

Si accorse che la lettura aveva sortito l'effetto catartico di una preghiera. Tornò alla finestra, fuori la notte era avanzata e si era fatta ancora piú fosca. Cercò le stelle, ma non ve n'era traccia. Si ridistese e a poco a poco scivolò in un dormiveglia affollato d'immagini.

C'era un uomo legato a un albero mani e piedi. Su di lui sagome scure e massicce che parlavano una lingua gutturale e astrusa, di cui pure gli parve di riconoscere alcuni suoni famigliari. Pungolavano il prigioniero con i coltelli, strappandogli lamenti a denti stretti. Le risate gracchianti si interruppero di colpo, quando uno di loro si voltò. Occhi di serpente, una faccia mostruosa, grugno che fiutava l'aria. Ronald si acquattò, e quando tornò a sbirciare si erano allontanati. Quanto bastava per strisciare fino al prigioniero. Lo raggiunse, e lo chiamò per nome.

Túrin... Túrin...

Sembrava esanime. Lo trascinò via, fuori dalla portata degli aguzzini. Con la lama che si ritrovò in pugno recise le corde sui polsi, poi passò alle gambe e in quel momento l'uomo mugolò, aprí gli occhi, li sbarrò su di lui. Erano di un blu acceso. Appena lo riconobbe, Ronald trasalí. Lui gli saltò alla gola, il viso deformato dalla furia, il ciuffo biondo che gli frustava la fronte. Ronald avrebbe voluto parlare, ma l'aria non uscí dalla strozza. Con un colpo di reni si sollevò di scatto e scalciò via il lenzuolo che gli impediva di respirare. Si ritrovò seduto sul letto, trafelato, oppresso dalla percezione netta che qualcuno fosse stato nella stanza mentre dormiva.

Perlustrò l'ambiente, ma ogni cosa era come l'aveva lasciata. Dalla strada veniva il cinguettio dei passeri. L'inquietudine scemò. Con un gesto stanco raccolse il quaderno dal pavimento e lo rimise sullo scaffale.

37. Mad Jack

– Diciannove volte dal dentista. Diciannove! Un calvario.

Mentre lo ascoltava parlare, Robert si chiese come Siegfried riuscisse a mantenere quell'aria *fin-de-siècle* senza scadere mai nella caricatura di se stesso. Si fermava mezzo pollice prima di sconfinare nel farsesco, con una battuta, spesso giocando con la fama di soldato maledetto. Sass l'eroe di guerra. Sass che aveva buttato nel fiume la croce militare e inviato la sua protesta allo Stato maggiore. Sass che per una notte intera si era aggirato furente nella Terra di Nessuno, a caccia di tedeschi, per vendicare la morte del suo giovane Patroclo. Sass detto «Mad Jack», che aveva assaltato da solo una trincea tedesca con le bombe a mano. Al rientro una solerte sentinella inglese l'aveva scambiato per un nemico, mandandolo in ospedale con una ferita di striscio alla testa. Questione di millimetri e insieme a Wilfred Owen avrebbero dovuto piangere anche lui. Nichols era convinto che si fosse trattato di un complotto del Comando per sbarazzarsi di un ufficiale scomodo, ma Robert aveva sempre trovato l'ipotesi troppo fantasiosa, e il fatto che fosse Nichols a sostenerla non deponeva a favore.

Versò ancora birra nei bicchieri, sperando che la riserva bastasse. Era venuta gente da tutto il circondario e anche da Oxford. Merito dei giornali che avevano dato la notizia dell'inaugurazione con titoli pittoreschi: *Un negozio sul Parnaso*.

Non era facile crederci. Stava per diventare un commerciante. Un poeta commerciante. Un socialista commerciante. Sempre meglio che sotto padrone. Dopo il congedo dall'Esercito aveva giurato a se stesso che non sarebbe mai piú stato alle dipendenze di qualcuno.

A ogni modo Nancy aveva studiato un metodo per superare la contraddizione etica. Era piuttosto eccitata mentre spiegava la sua strategia di ridistribuzione dei costi.

– È molto semplice, Robert. Ritocchiamo il listino dei prezzi a seconda di chi si presenta. Alle massaie di Wootton facciamo lo sconto su tutta la merce. Ai residenti dei villini di Boar's Hill rincariamo il prezzo del dieci per cento.

A ognuno secondo i suoi bisogni, da ognuno secondo le sue possibilità.

Robert aveva qualcosa da ridire su quel marxismo applicato, ma era rimasto zitto. Aveva mesi di presenza intermittente da recuperare, e del resto se l'iniziativa avesse funzionato sarebbero usciti dalle secche economiche.

Pensò alla faccia che doveva aver fatto suo padre. Prima un sorriso all'idea che suo figlio si era trovato un'attività, poi di nuovo il muso lungo, immaginandolo nei panni del bottegaio anziché dell'accademico. Il suo paradossale contributo all'impresa era stata una poesia di incoraggiamento.

Tutto avveniva molto in fretta, il negozio era spuntato come un fungo sulla collina, ornato dai disegni celticheggianti di Nancy, riempito di merce acquistata a credito dai fornitori. Robert si chiedeva se sarebbe stata la fine delle tribolazioni di famiglia o piuttosto il loro definitivo aggravamento. Era chiaro che pochi dei presenti si rendevano conto del suo dilemma. Interpretavano quell'avventura come un'eccentrica performance. Il negozio dei poeti. Una cosa divertente, buona per i giornali.

Jenny era vestita con un grembiulino che la faceva asso-

migliare a una versione in miniatura dell'Alice di Carroll.
L'umore di Nancy si guastò quando scoprí che la bambinaia
le aveva dato una fetta di torta in piú.

– Margaret ha di nuovo rimpinzato Jenny. Non voglio
che quella bambina impari che può ottenere tutto facendo
gli occhi dolci agli adulti. Che razza di donna vuoi che di-
venti?

Robert le scoppiò a ridere in faccia e per un po' lei lo
ignorò, dedicandosi agli invitati.

Il piccolo David regalò un sorriso a chiunque si affaccias-
se sulla culla, fino a quando la confusione non lo spinse ad
addormentarsi. Ottima strategia difensiva, pensò Robert con
invidia, mentre si aggirava per il locale che odorava di legno
e vernice fresca, offrendo biscotti appena sfornati. Una voce nella testa continuava a ripetere le stesse parole: *sono uno
scrittore... sono uno scrittore...*

Al centro del capannello piú nutrito, Siegfried Sassoon,
fresco di *rentrée* dal viaggio negli Stati Uniti, teneva banco
con aneddoti sugli americani. Quando le chiacchiere scema-
rono e gli invitati andarono a rifornirsi di cibo e bevande,
Robert decise di approfittarne per scambiare due parole in
santa pace. Lo trovò piú freddo del solito, segno che aveva
qualcosa sul gozzo. Si appollaiarono su due sgabelli e quando Siegfried disse, senza aggiungere altro, che aveva letto
Country Sentiment, Robert capí tutto quanto. Per fargli vuo-
tare il sacco gli bastò provocarlo con una battuta.

– Troppa poca guerra per i tuoi gusti?

L'altro rispose serio. Disse che gli pareva il tentativo di
andare da un'altra parte, ma senza sapere dove. Non avevano nemmeno iniziato a fare i conti con quello che avevano
passato, e non se lo sarebbero scrollato di dosso tanto facilmente.

– Guarda Ed –. Indicò Edmund Blunden, seduto con il

bicchiere in mano, lo sguardo distratto, sognante, perso in un altrove troppo grande per la sua timidezza. Era chiaro che non prestava ascolto alla conversazione degli altri invitati. Sua moglie rispondeva alle domande per entrambi, consentendogli di restare nascosto dietro un sorriso tenue. – Lui lo sa che l'ultima cosa che vedrà prima di morire è una schiera di fanti in marcia nella Terra di Nessuno. Non c'è niente che possa fare per evitarlo. Può soltanto scrivere al meglio delle sue possibilità. Provare a raccontarlo, se ci riesce. È molto piú sincero con se stesso di noi due, che pretendiamo qualcosa, una specie di risarcimento dalla vita.

Robert sentí la replica salirgli dallo stomaco.

– La verità, Sass, è che a forza di rimirarla finiremo per estetizzare la guerra.

– Sento odore di Nancy Nicholson.

– È quello che penso.

– Ma non è quello che senti. L'insuccesso di *Country Sentiment* parla chiaro.

Un colpo basso da parte di uno sportivo come Siegfried. Robert disse che non poteva giudicare un libro di poesia in base al successo commerciale.

– Andiamo, Robert, non farai la parte dello scrittore incompreso? Non tu. È la difesa d'ufficio dei mediocri.

– Tu hai paura di guardare oltre.

Siegfried rimase in silenzio per qualche secondo, e quando rispose lo fece lasciando scivolare le parole tra le labbra, come per caso.

– Ci provo, credimi, ma quello che vedo è terribilmente famigliare. Ancora rovine e quei fanti tutti in fila. Vedo un crucco di diciott'anni morto in una buca e la sua faccia diventa quella di David –. Si trattenne. – A proposito, è bello che tu abbia scelto il suo nome per tuo figlio.

Lo disse con affetto. Robert rimase silenzioso, non era sicuro della risposta che avrebbe dato, perché prima di quel momento non aveva mai pensato alla coincidenza. Non poteva escludere che l'idea di chiamare cosí il piccolo implicasse una sorta di omaggio. A un amico caduto, prima ancora che all'amore degli opliti. Quando David si era beccato una pallottola in gola, Siegfried si era trasformato in un angelo della morte. Cosí era nato Mad Jack, la leggenda del reggimento. Dopo, soltanto Wilfred avrebbe potuto prendere quel posto nel suo cuore, ma anche lui aveva i giorni contati, come le poesie che avrebbe scritto. Robert ritornò con la mente al sanatorio scozzese in cui lo avevano conosciuto, nel '17. Alle lunghe chiacchierate con il dottor Rivers, al quale aveva detto: «Ricoverate lui, non me», concedendo cosí a Siegfried di scampare la corte marziale. Per Sass era stata poco piú di una breve vacanza, ma lassú era stato accudito come un figlio da un uomo in grado di capire cosa avesse passato. Poi era voluto tornare in trincea. Wilfred l'avrebbe seguito di lí a poco, solo per morire l'ultima settimana di guerra. A Siegfried non era rimasto che dare alle stampe le sue raccolte.

In quel momento sull'uscio comparve T. E. Ebbe appena il tempo di rivolgere loro un cenno di saluto prima di essere fermato da Nichols, che voleva presentargli John Masefield e consorte.

– Ecco il nostro eroe, – disse Siegfried. – Ha poi scritto il suo libro?

– Sí, ma non lo fa leggere a nessuno. Ci sono editori che pagherebbero oro.

Siegfried sorseggiò la birra meditabondo.

– O è troppo timido o non ha scritto tutta la verità.

– In realtà credo gli piaccia ammantarsi di mistero, – commentò Robert.

L'altro gli indirizzò un'occhiata di sbieco.

– Forse da parte nostra potrebbe aspettarsi un po' di comprensione. Girano un sacco di storie sul suo conto, deve avere addosso una dannata pressione. Qualcuno dice che laggiú è stato catturato dai turchi e torturato. Poi c'è quell'altra storia, l'ho orecchiata a una cena di ufficiali quando ero in servizio in Palestina. Lord Kensington accennò a una strage di prigionieri compiuta dagli irregolari di Feisal. Probabilmente una delle tante voci messe in giro per convincere i soldati turchi ad arrendersi, anziché subire la rappresaglia degli arabi. Però ricordo che suscitò un certo scalpore. Con grande soddisfazione di quel sadico di Kensington, ovviamente.

Non disse altro perché T. E. era riuscito a smarcarsi e li stava raggiungendo.

– Vi porto i saluti di Eddie Marsh.

– Come sta?

– Splendidamente, direi. Vuole farmi conoscere Winston Churchill.

Siegfried ridacchiò.

– Il solito Eddie. Quando è toccato a me, Churchill ha provato a convincermi che la guerra è un'attività naturale dell'uomo. Insieme al giardinaggio, nientemeno.

– Per quanto riguarda gli inglesi, forse non ha tutti i torti, – commentò T. E.

Robert schioccò la lingua.

– Niente da fare, combattere e coltivare sono attività incompatibili, consacrate a divinità contrapposte dalla notte dei tempi.

– E non sapendo a quale delle due votarti, al momento hai scelto una terza via: il commercio, – lo sfotté Siegfried. – E buon pro ti faccia.

Robert lo ignorò e si rivolse a T. E.

– Siegfried si chiedeva quando potremo leggere il tuo libro.

– Non lo so davvero. Certe volte mi sembra di avere scritto un sacco di fandonie –. Sorrise. – Come se avessi raccontato un sogno. Quando lo rileggo mi devo convincere che è la mia storia e non quella di un altro.

– Per fortuna non rimaniamo sempre uguali a noi stessi, – disse Robert.

– Se fossi capace scriverei poesie come le vostre, – aggiunse T. E. – A proposito, Marsh mi ha regalato la raccolta di Wilfred Owen. L'ho trovata formidabile. Credo che lui ci fosse riuscito, a trovare le parole giuste.

Siegfried guardò in fondo al bicchiere che teneva in mano, come dovesse leggerci qualcosa.

– Oh, lui sí –. Le sopracciglia corrugate, sembrò voler fissare un pensiero. – Nella sua ultima lettera mi ha descritto la morte di un commilitone. Quel ragazzo è rimasto per mezz'ora con la testa sanguinante sulla sua spalla, prima di spirare. Wilfred non ha potuto fare altro che guardarlo morire, pensando all'unico modo che avrebbe avuto per affrontare quella cosa. Raccontarla. Usare la poesia per trasmettere la verità. Non quella fredda delle cronache, ma la realtà di chi vede la vita spegnersi negli occhi di un compagno. Di chi lo culla per l'ultima mezz'ora di vita, come un bambino nel grembo materno. Be', non so cosa ne pensiate, ma io credo che ci voglia del fegato per farlo.

Tacque. Robert spostò lo sguardo su T. E. Il blu delle pupille era cupo come la notte, la bocca un solco. Furono pochi secondi, prima che un sorriso comprensivo riportasse la normalità sul volto, ma senza riuscire a cancellare del tutto quell'ombra. T. E. alzò il bicchiere di sidro.

– A Wilfred Owen.

I due amici lo imitarono con i boccali.

– A Wilfred.

38. La signorina Heuwett

La periferia residenziale a nord era una sequenza di strade uguali. Jack controllava i nomi delle vie, mentre la bicicletta filava dritta su Woodstock Road, sollevando schizzi ogni volta che le ruote solcavano le pozze di pioggia.

Rallentò quando lesse la targa di Polstead Road. Svoltò a sinistra e i freni cigolarono nel silenzio della via. Appoggiò la bicicletta a un albero davanti al civico numero 2. Una casa di mattoni rossi, su due piani, con un cortiletto davanti e probabilmente il giardino sul retro.

Era bastata una rapida indagine al municipio per scoprire dove risiedeva la famiglia Lawrence dal 1896. Il signor Thomas Robert Lawrence, capofamiglia, risultava deceduto da poco piú di un anno.

Jack sentí l'eccitazione stringergli lo stomaco. Se le sue supposizioni erano giuste, da un quarto di secolo quelle mura ordinarie custodivano un segreto. Si accorse di non sapere cosa farne della verità, ma era un falso problema, scoprirla era il suo punto segnato contro la sorte. La sua *cerca* privata, come aveva iniziato a chiamarla tra sé e sé.

Si potevano sentire le gocce cadere dagli alberi e il cinguettio dei passeri che tornavano in attività dopo la pioggia. Provò a scorgere qualcosa oltre i vetri delle finestre, ma la casa sembrava senza vita. Non aveva fretta, poteva prendersela comoda. Era la prima mattinata libera da molti giorni, sottratta alle cure domestiche e alla ricerca di una nuova sistemazione per Janie, Maureen, se stesso e il peloso Max.

Passeggiò sotto gli alberi, fino in fondo alla strada, poi ripercorse il tragitto sull'altro lato. Quando fu davanti alla casa, si fermò. Un passo nel cortile, due, scivolò accanto alla porta, ma evitò i gradini. C'era un portoncino laterale, che dava accesso al giardino sul retro. La vernice verde era scrostata. Bastò spingere la maniglia, che girò senza nemmeno un cigolio, e si affacciò sul giardino, restando vicino al muro esterno per non farsi scorgere dalle finestre posteriori. Era in un punto cieco, da dove poteva osservare senza essere visto. Un piccolo prato, un tavolo di metallo con le sedie, aiuole di fiori. Un sentiero di pietre piatte portava a un casotto in fondo alla proprietà.

In quel momento si vide da fuori e si sentí ridicolo. Cosa voleva fare? Introdursi in casa scassinando una finestra? Per cercare cosa? O forse avrebbe suonato il campanello e chiesto alla signora Lawrence di mostrargli il certificato di matrimonio? A stento trattenne il panico, fece dietro front e tornò in fretta sulla strada. Adesso i suoi passi gli sembravano quelli di un elefante.

Una voce lo fece trasalire come un ladro.

– Cerca la signora o suo figlio?

Accento marcato, faccia di donna anziana che scrutava dal cancello accanto. Non ebbe il tempo di dire nulla.

– Lei non è un fattorino.

Jack non riuscí a interpretare il tono perentorio, ma la risposta emerse d'istinto da un anfratto del cervello.

– No. Giornalista.

– Ah, – commentò la donna. – Di quale giornale?

Non sapeva se l'avesse visto entrare nel giardino dei Lawrence. Il passo era fatto. Forse l'avrebbe impressionata e convinta a lasciarlo perdere.

– «Oxford Mail».

– È per il piccolo Ned Lawrence, vero?

Per un attimò Jack immaginò che potesse essere un po' svitata.

– Intende il colonnello Lawrence?

– Proprio non mi viene di chiamarlo cosí. L'ho visto crescere. Nel cortile qui dietro con i suoi fratelli –. Jack si rese conto che la donna cercava di attirare la sua attenzione e tutto gli apparve piú chiaro. – Comunque non sono in casa, – aggiunse lei. – Né la signora né i figli.

Jack si sentí sollevato.

– Tornerò piú tardi.

– Meglio domani.

– Domani, allora.

Fu sul punto di salutarla, quando ebbe l'illuminazione. Era ancora appoggiata al cancello e lo guardava con un'espressione stolida, come aspettasse una risposta a una domanda non fatta.

Jack le sorrise.

– Forse potrebbe aiutarmi lei.

Lo scrutò per qualche secondo.

– Lo metterà sul giornale?

– Devo scrivere un articolo.

– Voglio dire il mio nome. Lo metterà sul giornale?

Non sapeva quale fosse la risposta giusta.

– A sua discrezione. Come preferisce.

Lei si guardò attorno con indifferenza, poi si spostò di lato.

– Si scrive con due «t». Heuwett. Dora Heuwett.

Allungò una mano grinzosa verso di lui.

– Cinque maschi. Mia sorella ne ha avuti tre e ci ha perso la salute, sa? Ma i suoi, Sarah Lawrence ha saputo tenerli in riga. Una donna minuta e dura come una roccia, se capisce cosa intendo. E sí che la vita non le ha risparmiato niente. La guerra le ha portato via due figli e la febbre spagnola il marito, giusto l'anno scorso. Non creda che si sia persa d'animo. Ha una grande fede, è questo che le dà forza. È una bella cosa avere fede, non trova?

Jack sfiorò la tazza che gli era stata depositata davanti. La signorina Heuwett l'aveva spolverata prima di versarci il liquido caldo. Doveva appartenere al servizio della festa e lei non aveva l'aria di una persona che ricevesse molte visite.

– Temo di non essere credente, signorina Heuwett.

– Oh –. La donna si portò una mano alla bocca. – Mi dispiace per lei –. Armeggiò con una scatola di latta prelevata dalla credenza finché non riuscí a sollevare il coperchio e a mostrargli il contenuto. Jack accettò un biscotto che depositò sul piattino. La cucina era accogliente. Dora Heuwett si era scusata di non poterlo ricevere in salotto, ma stava cambiando la carta da parati e la stanza era sottosopra. Per la verità, quando era passato accanto alla porta, Jack non aveva notato segni di lavori in corso, ma solo vecchi mobili fuori moda e odore stantio.

– Mi è dispiaciuto molto per Will e Frank, – disse la signorina Heuwett. – Erano i piú belli. Will soprattutto, un giovanottone alto e biondo… – Rimase appesa ai ricordi, gli occhi sognanti puntati sul passato.

Jack sorseggiò il tè e per poco non si scottò il palato. Era rovente. Tentò con il biscotto, ma era come mordere un sasso, e desistette senza farsi notare.

– Qualche volta, – riprese la signorina Heuwett, – preparavo i biscotti per loro. Erano un piccolo esercito. Un piccolo educatissimo esercito. Se la madre avesse scoperto che non si erano comportati a modo… be', credo che li avrebbe sistemati a dovere –. Mimò i colpi con la mano. – Ned era il piú sveglio. Basso e secco come sua madre, gli stessi occhi, la stessa forza d'animo. Una volta, doveva avere nove o dieci anni, era seduto proprio dov'è seduto lei, giovanotto, – la signorina Heuwett si sporse sul tavolo. – Si rovesciò una tazza di tè bollente sulla gamba e non cacciò nemmeno uno strillo. Neanche un ahi. Strinse i pugni e chiese scusa. Capisce? Era mortificato, e gli bruciava di sicuro, ma rimase lí seduto composto a denti stretti.

Jack immaginò la scena e si guardò la coscia come si aspettasse di vedere comparire una macchia sui pantaloni. Si sentiva imbarazzato, consapevole di essersi trasformato in un ladro di ricordi, e di avere fatto molto piú di due passi dentro l'intimità altrui.

– Sa per caso dove hanno vissuto prima di trasferirsi qui?

La signorina Heuwett emise un sospiro e scosse il capo.

– Una volta hanno accennato a un'isola nella Manica. Di piú non saprei. Non è che siano mai stati gente molto espansiva, sa. Cordiali sempre, ma piuttosto riservati, capisce? Di certo Sarah Lawrence è scozzese, l'accento è inconfondibile. Lo so perché mio zio Reginald era scozzese. Beveva come una spugna, pace all'anima sua. Sarah Lawrence no, ovviamente, – agitò l'indice e poi lo puntò verso la finestra. – Mai girato alcol in quella casa. E mai una parolaccia o un gesto volgare, non so se mi spiego. Altrimenti... – di nuovo quel gesto con la mano.

– Il signor Lawrence che tipo era?

L'espressione della donna si sciolse.

– Oh, un irlandese distinto. Le maniere di un gran signore. Sempre gioviale, educato. Una rarità. Se ne sentono di tutti i colori al giorno d'oggi: mariti persi dietro la bottiglia, le cattive compagnie, mogli e figli mandati all'ospedale... Ci vuole una gran fortuna per trovare un uomo dabbene. Tutto sommato non rimpiango di non essermi sposata, sa?

– Il signor Lawrence non aveva un'occupazione, un lavoro?

La signorina Heuwett scosse di nuovo la testa.

– Se devo essere sincera non aveva l'aria di uno che avesse mai lavorato. Si capiva da come trattava con gli artigiani e i fattorini. Credo avesse delle proprietà in Irlanda. Una rendita, capisce? Perché un paio di volte all'anno tornava lassú e immagino fosse per occuparsene –. Si zittí, parve tentennare, poi riprese: – Chi lavora non ha tempo da perdere dietro gli apparecchi fotografici, non trova?, mentre lui ci passava le ore. Certe volte montava l'apparecchiatura in giardino e scattava foto ai figli. Voleva loro un bene dell'anima. Anche se non credo sia riuscito a trasmettere la sua passione. A eccezione di Ned. A lui piaceva parecchio. Ricordo che un'estate fece un sacco di foto ai suoi ospiti stranieri. E anche alla sua amica, la signorina Laurie. Credo fosse l'unica ragazza a cui era consentito frequentare la casa –. Sospirò. – Avrei giurato che si sarebbero sposati, invece… – Non concluse la frase, ostentando pudore.

– Ha detto che il signor Lawrence è morto di febbre spagnola?

– Sí. Mi è dispiaciuto, sa? Era un uomo buono, a mio modesto parere. Perfino troppo –. La donna si morse il labbro. – Riposi in pace, – si affrettò ad aggiungere.

– Cosa intende per «troppo», se non sono indiscreto?

– Oh, be', nulla di male, s'intende. Forse era un po', come dire… accondiscendente –. Si sporse di nuovo sul tavolo. – Non vorrei sembrarle sfrontata, ma ho sempre avuto l'impressione che non fosse lui il capofamiglia, là dentro, – tornò a indicare la finestra.

– Capisco.

Jack le sorrise. Sembrava che la signorina Heuwett sostenesse una conversazione di prammatica, nella quale doveva tessere le lodi dei vicini, e che tuttavia ci fosse un non detto, un «ma» intuibile nelle occhiate fugaci. Scommise che dentro di lei fosse in corso una piccola battaglia tra correttezza e voglia di cedere al pettegolezzo. Immaginò che fosse incerta su quale sarebbe stata la sua reazione, quindi decise che l'avrebbe aiutata, ma senza spaventarla. Le disse che il tè era squisito e lei si affrettò a riempirgli di nuovo la tazza fino all'orlo.

– Immagino godessero di buona considerazione, nel quartiere.

Lei distolse lo sguardo.

– Assolutamente. Se si escludono le solite malignità.

Jack assunse l'aria piú innocente di cui era capace e continuò a guardarla in attesa che proseguisse. Quando parlò di nuovo, Dora Heuwett aveva un tono di voce piú basso.

– È raro incontrare qualcuno che non menziona mai i propri parenti o i luoghi dov'è cresciuto, non trova? Chiunque ne parla in continuazione, ma i Lawrence no. Credo sia questo che genera una certa diffidenza nel vicinato. Dànno l'impressione di essere, come dire… reticenti. Che ci sia qualcosa fuori posto, ecco. E con questo non vorrei mai mancare loro di rispetto, ovviamente.

– Ovviamente, – ripeté Jack.

Dora Heuwett era un'investigatrice piú brava di lui. Non aveva avuto bisogno di andare in Irlanda per elaborare il sospetto che lo aveva accompagnato lí. Forse perché li aveva avuti sotto gli occhi per venticinque anni. Un mucchio di tempo perché il segreto non trapelasse. Jack si ripeté che non era possibile. Qualcosa doveva essere affiorato, affiora sempre. Oxford non era certo diversa da Belfast, in questo. La prassi del buon vicinato imponeva di farsi gli affari propri, per poter meglio impicciarsi delle vite altrui. Bastava darle l'appiglio giusto.

– E i maligni cosa dicono?

La vide combattere ancora un po' con se stessa e infine cedere alla tentazione. Si fece piú vicina e gli sfiorò un braccio.

– Qualcuno dice che il signor Lawrence, in Irlanda, non aveva soltanto delle proprietà, ma anche un *passato*.

Jack sentí il cuore accelerare. Avrebbe voluto ridere.

– Capisce? – aggiunse lei con aria complice. – Un'altra famiglia. E che la andava a trovare periodicamente –. Scosse forte il capo. – Ovviamente io non ho mai dato credito a queste maldicenze.

– Ovviamente, – le sorrise lui.

La vide in imbarazzo, forse si rendeva conto di essersi spinta troppo in là. Era il momento di cambiare discorso.

– Mi parli di Ned.

La signorina Heuwett apparve subito sollevata.

– Senz'altro. Posso dire che non mi meraviglio che sia diventato… – non seppe come esprimere il pensiero, – be', quello che è diventato. Fin da ragazzo aveva molte passioni. Si figuri che se ne andava in giro per la campagna a cercare tesori sepolti. Spesso tornava a casa con cocci antichi, cimeli pieni di ruggine. È sempre stato curioso, fin da piccolo. Quando è partito per i suoi viaggi non mi sono stupita. Aveva sempre viaggiato con l'immaginazione e lo affascinavano le lingue esotiche. Ricordo che si sforzava di parlare arabo con i suoi ospiti stranieri.

– Ospiti arabi?

– Be', immagino di sí. Se li era portati dietro da uno dei suoi viaggi. Fu nell'estate del '13 mi pare, o forse era il '14? No, doveva essere il '13. Erano in due, un uomo e un ragazzo. Dormivano nel cottage in fondo al giardino. Sa, il padre l'aveva fatto costruire apposta per lui, perché potesse studiare in pace. Era il suo piccolo regno. Una volta li sentii ridere a crepapelle e mi affacciai alla finestra di sopra. Ned gli stava insegnando ad andare in bicicletta. Da come ridevano credo che non ne avessero mai vista una. Ned è fatto cosí, sa? Gli piace stupire. È timido, ma in fondo è sempre stato un ragazzo ambizioso. Fece loro un sacco di foto. Insegnò perfino al ragazzo come usare quel marchingegno –. Sospirò ancora. – Fu l'ultima estate di felicità, prima della guerra.

Jack la lasciò parlare ancora, senza fare altre domande. La signorina Heuwett proseguí nel riassunto della vita di Ned Lawrence con una capacità di sintesi insospettabile e una profusione di aneddoti di vita domestica. Quando la salutò, si accorse che era trascorsa quasi un'ora. L'ultima immagine che ebbe di lei fu sulla soglia di casa, la mano sulla porta, mentre gli ricordava ancora che il suo cognome si scriveva con due «t».

39. Il ministero

In groppa ai dromedari, tre fagotti intirizziti spingono lo sguardo verso il gruppo di case poco distante. Dietro di loro si allunga la traccia lasciata dal passo cadenzato delle bestie, un sentiero che si inoltra a ritroso nella notte, fino al bivacco della sera precedente.

Al primo abitante del villaggio quelle sagome allineate devono apparire come re magi in cerca di una capanna. Scambiano con lui pochissime parole, un braccio proteso indica la direzione, qualche passo ancora, poi fanno accucciare gli animali di fronte a una casa addormentata. Solo uno entra, gli altri restano ai lati della porta. Non sembrano avere armi, ma è difficile dire cosa custodiscano sotto i mantelli. Davanti a loro si raduna una piccola folla, volti scuri, il sonno cancellato dalla curiosità.

Quando l'alba inizia a spegnere le stelle a una a una, l'uomo esce a volto scoperto. Qualcuno lo riconosce, un mormorio porta il suo nome di bocca in bocca, mentre lo osservano risalire in sella seguito dagli altri.

Qualcuno racconterà che quella notte i magi sono davvero passati dal villaggio.

Qualcun altro dirà che invece era il diavolo, accompagnato da due demoni. E, per chissà quale miracolo, piangeva.

– Paddington! Stazione di Paddington!
La prima cosa che mise a fuoco furono le goccioline di

condensa sul bordo del finestrino, poi il vetro stesso, infine il capostazione sul marciapiede che agitando il campanaccio annunciava la fine della corsa.

Ned si riscosse dai ricordi e uscí in fretta dallo scompartimento. Raggiunse il predellino, dove lo investí il vento freddo che si infilava sotto la grande tettoia di ferro. Alzò il bavero del cappotto e si avviò in mezzo al viavai di viaggiatori fino a un taxi.

– Whitehall, per favore.

Lungo il tragitto osservò i pub affollati, i passanti che si affrettavano verso casa sotto la luce diafana dei lampioni. I destini dell'impero non erano affar loro, avevano altro da pensare, le mille preoccupazioni quotidiane a cui lui aveva rinunciato volentieri. Stava rientrando in gioco e sentiva una sottile emozione reimpossessarsi di lui. Avrebbe provato a rimediare, a concludere quello che aveva interrotto. Ricordò che al museo Tolkien aveva citato il professor Hogarth. *Spetta a noi decidere come usare la piccola forza creatrice che abbiamo in dote*.

Piú prosaicamente, si trattava di salvare il salvabile e di riscattare un'amicizia. Quella con l'uomo che gli aveva donato un anello e un manto bianco da sceriffo del deserto, concedendogli di diventare una stella del firmamento. Non si nascondeva che l'amore per Feisal superava quello per la Gran Bretagna, ma aveva una certa esperienza nel far coincidere le due cose.

La convocazione era arrivata prima di quanto si aspettasse. Era convinto che dopo gli ultimi avvenimenti in Irlanda Churchill avesse altre gatte da pelare. Tre settimane prima, a Dublino, i militari britannici avevano aperto il fuoco in uno stadio pieno di gente. Quattordici morti e sessantacinque feriti. Era la risposta alle eliminazioni di agenti inglesi messe in atto dall'Ira. L'impero mostrava la sua faccia piú rabbiosa e feroce. In mezzo al clamore, Churchill aveva colto l'occasione per proporre ai capi del governo clandestino irlandese una tregua e un negoziato. Mossa azzardata ma scaltra, che lo metteva sotto la luce del pragmatismo, quando l'esecutivo di cui faceva parte non sapeva piú che pesci pigliare, né in Irlanda né in nessun altro angolo dell'impero. Doveva ammettere che Churchill lo incuriosiva, iniziava a capire l'ascendente che aveva su Eddie Marsh. Era evidente che quell'uomo non perdeva la visione d'insieme, convinto com'era che esistesse una soluzione pratica per ogni cosa e di essere in grado di trovarla.

Quando scese davanti alla mole biancastra del ministero alzò gli occhi sul massiccio edificio barocco. Era tetro e sporco. Rimase a guardarlo per qualche istante, prima che una folata gelida lo convincesse a entrare.

Un impiegato dall'aria grigia controllò la sua convocazione e lo spedí al secondo piano, dove un altro figuro si sperticò in formalissime scuse. Era molto spiacente, il ministro aveva avuto un contrattempo e gli chiedeva gentilmente di attendere in anticamera. Indicò una stanza in fondo a un corridoio, che Ned percorse a passi lenti, attutiti dalla moquette. Da una saletta laterale proveniva un brusio concitato, qualcuno discuteva fitto. Passando davanti alla porta, rallentò abbastanza per vedere tre persone sedute a un tavolo, fogli e penne in mano. Uno di loro alzò gli occhi e lo vide. Smise di parlare, prima di sparire oltre lo stipite.

Ned raggiunse l'anticamera e sedette. Lasciò scorrere lo sguardo sulla carta da parati a motivi floreali, le tende di velluto, i quadri. Si alzò per osservarli da vicino. Ritraevano episodi di storia militare. Gli spartani alle Termopili. Nelson a Trafalgar. Si soffermò a osservare i dettagli della cari-

ca di Balaklava. Le bocche dei cavalli erano spalancate in un
ruggito, le criniere come fiamme al vento. La sciabola del
conte di Cardigan teneva l'epicentro del quadro e puntava
dritta verso la gloria, raffigurata come una ragazza. Lo aspettava oltre le linee nemiche, vestita solo di un velo e una corona. La testa del general maggiore era avvolta da un'aura luminosa. Eppure c'era qualcosa nello sguardo che sembrava
violare la retorica del dipinto. Non era facile accorgersene,
ma guardando bene ci si rendeva conto che gli occhi erano
spiritati, gli occhi spaventosi di un folle che incitava i propri
uomini a correre incontro alla morte. Possibile che l'autore
avesse voluto suggerire proprio quello?

Sentí un brivido e per un attimo le urla gli risuonarono
nella mente, grida di terrore puro, lame che calavano sulle
schiene di uomini in fuga. Qualcuno incitava all'assalto urlando in arabo. Riconobbe la propria voce.

– L'ottusità imperiale.

Sussultò e si girò di scatto.

Un uomo alto, orecchie a sventola e mascella quadrata,
osservava il dipinto. Era il tizio che aveva alzato lo sguardo
al suo passaggio davanti alla porta.

L'uomo protese il mento verso la tela: – È cosí che do-
vrebbero intitolarlo.

Aveva le mani nelle tasche dei pantaloni, la cravatta al-
lentata e l'aria stanca. Ned non disse nulla.

– Cariche a cavallo contro l'artiglieria, assalti alla baionetta contro le mitragliatrici. È la logica che ha riempito i ci-
miteri di tutta Europa.

Questa volta Ned annuí.

– Un'idea vecchia della guerra.

– Giusta per un impero decrepito, ridotto a sparare sui
civili.

Ned fu sul punto di chiedergli chi fosse, ma l'altro lo precedette.

– Lei è il colonnello Lawrence, vero? Ho visto una sua foto sul giornale.

Ned scrutò quel volto come se potesse riconoscerlo. Doveva avere piú o meno la sua età, ma aveva in faccia i segni del sonno arretrato e sembrava scosso, teso da una forza interiore in conflitto con il mondo. L'accento era inconfondibile.

– Fa parte della delegazione irlandese?

L'altro sbuffò.

– Sí. Prigioniero qui dentro da tre giorni.

Ned sedette in poltrona con movimenti delicati, quasi temesse di turbare l'atmosfera intima del momento.

– Guerra o pace?

Lo chiese come fosse la domanda piú innocente.

L'irlandese lo guardò senza imbarazzo.

– Lei che dice? Meglio una pace disonorevole o una guerra suicida?

– Dal disonore ci si può riscattare, – disse Ned. – Dalla morte no.

La risposta parve colpirlo, andò a sedersi di fronte a lui.

– Ha idea di quanto odio sia in gioco? – Non attese una risposta. – Come si fa a sparare su gente inerme? Padri e figli che guardano la partita?

Di nuovo le grida, occhi che implorano pietà, il crepitare meccanico di una mitragliatrice, i bossoli che rimbalzano per terra. Si sentí stringere lo stomaco e dovette abbassare lo sguardo.

L'altro si protese in avanti. Non c'era ansia nella voce, ma una profonda stanchezza che a tratti pareva sconfinare nella delusione.

– Quegli uomini nell'altra stanza, – disse. – Sono i migliori politici che abbiamo, combattono con la sintassi, cercano di guadagnare ogni pollice di terreno. Ma la decisione finale spetta a chi ha la dinamite in tasca. È per questo che mi hanno mandato qui. Credo che lei possa capire.

Ned pensò che forse in quel momento era l'unica persona davvero in grado di farlo e che non c'era piú bisogno che quell'uomo si presentasse.

Guardò Michael Collins provando una pena inaspettata.

– Posso prendere tempo, – continuò Collins, – tirarla per le lunghe, lasciare che gli altri sfoglino il vocabolario, ma alla fine dovrò decidere per tutti. E scrivere il mio nome accanto a quello del mio nemico. Dovrò tornare a casa e dire che la guerra è finita, che gli inglesi se ne andranno, ma il nuovo Stato irlandese non sarà del tutto libero e non sarà nemmeno una repubblica, bensí un *dominion* della Corona britannica. Dovrò dire ai miei compagni che non ho ottenuto quello per cui hanno combattuto e per cui tanti di noi sono caduti. Dovrò farlo perché le madri d'Irlanda non debbano piú piangere i loro figli e perché un'alternativa non esiste. Sarà la mia condanna a morte.

Ned non avrebbe creduto possibile che esistesse qualcuno piú solo di lui. Si sentí triste per quell'uomo.

– Qualcosa mi dice che lei non è tipo da tirarsi indietro per questo, – disse.

Michael Collins fece una cosa sorprendente: rise. Una risata sincera, in faccia al destino.

– So che suo padre era irlandese. Lei e io potevamo trovarci dalla stessa parte della barricata.

– Non ho mai messo piede in Irlanda.

– Dalle mie parti uno come lei potrebbe fare grandi cose, – indicò l'ambiente che li circondava. – Quando sarà deluso a sufficienza da questi burocrati imperiali, ci faccia un pensierino –. Si alzò. – Ora è meglio che torni dai miei.

Ned gli strinse la mano senza indugi. – Buona fortuna, – disse.

. – Anche a lei.

Rimase seduto immobile per una manciata di minuti, incapace di fissare i pensieri, come in uno stato di dormiveglia. Fu la voce suadente di Edward Marsh a destarlo. Era sulla porta, in un completo di lana pettinata grigio scuro, e gli stava chiedendo scusa per averlo fatto aspettare. Churchill era stato terribilmente occupato quel pomeriggio, ma adesso finalmente l'avrebbe ricevuto. Lo scortò fino a una porta a doppia anta, bussò, e quando dall'interno risposero, lo fece entrare.

40. Benvenuto

Gli venivano in mente le frasi stupide che si era ripetuto in treno, come: «Benvenuto, Michael Hilary Reuel», oppure: «Felice di conoscerti, sono tuo padre», o ancora una sfilza di invocazioni e benedizioni.

Invece se ne rimase zitto a guardare la piccola vita tra le braccia di Edith. Lei era appoggiata ai cuscini del letto, il viso stanco e gli occhi febbricitanti di gioia. Gli sembrò che non fosse mai stata cosí bella. Avrebbe voluto baciarla, ma aveva in grembo Michael e lui teneva per mano John. Interpretando l'una i pensieri dell'altro, scoppiarono a ridere senza riuscire a dirsi niente. Ronald sedette sul bordo del letto, strinse John ed Edith, che poggiò la testa sulla sua spalla. Lui sfiorò il viso del neonato con la punta delle dita.

– Eccoci, – disse imbarazzato, gli occhi lucidi, e capí che non c'era altro da aggiungere.

Il parto era andato bene, di questo era già stato informato dal telegramma ricevuto a Leeds. Poi c'era stato il viaggio, che gli era parso interminabile, e la corsa dalla stazione a casa. Infine la cugina di Edith che lo accoglieva sulla porta e John che lo guidava per mano a conoscere il nuovo venuto. Nuova vita. Una in piú. Una ancora.

Avrebbe dimenticato in fretta le ore seguenti, a causa dell'eccitazione e dell'ansia per il da farsi, ma non quel primo momento, non la prima volta che aveva visto in faccia suo figlio, cercando di intuire da segni imperscrutabili che tipo

di persona sarebbe stato. Il senso pratico di Edith non gli diede tempo di cullarsi con quelle fantasie. Presto si sarebbe reso conto che sua moglie aveva predisposto tutto, riorganiz-
zato gli spazi e la vita domestica in previsione della nascita,
ma anche della sua assenza. Ora il ménage domestico ruota-
va proprio intorno a essa. Non tanto da farlo sentire fuori
posto, ma abbastanza per causargli un certo imbarazzo. Perfino i mobili erano stati spostati, e per lui c'era un letto sin-
golo nella stanza piú piccola. La puerpera aveva bisogno di
tutto lo spazio disponibile. Solo lo studio non era stato toccato: un messaggio chiaro. Questione di un paio di giorni e
finí per esiliarsi lí dentro, dato che ogni passo fuori dalla
stanza sembrava essere d'intralcio a qualcuno. La domestica si indaffarava in cucina, Edith pensava al neonato, mentre sua cugina vegliava su John, che dopo la nascita del fratellino aveva manifestato qualche disturbo del sonno.

Una sola cosa lo amareggiò davvero. Edith gliela comu-
nicò la mattina dopo il suo arrivo. Non sarebbe piú andata
in chiesa. Il modo in cui lo disse lasciava intendere che non
avrebbe avuto senso insistere. Anche questo faceva parte dei
cambiamenti avvenuti in sua assenza. Cosí Ronald si rassegnò ad andare alla messa da solo.

Fu l'unica nota dolente, perché nonostante il subbuglio,
si sentiva di nuovo a casa, tra i suoi affetti, non piú oppresso dalla solitudine di Leeds, anche se i giorni trascorrevano
in fretta e presto avrebbe dovuto tornare alla vita divisa.

Lo svegliò un rumore soffuso che dissipò il sonno poco
alla volta. Aprí gli occhi al buio e rimase in ascolto, immobile. Bastava un respiro un po' piú forte per far cigolare il
letto. Pensò che potesse essere la pioggia, ma no, la notte era
serena e il rumore non veniva da fuori. Si alzò. La stanza dove dormiva era l'unica al pianoterra. Si affacciò sul corridoio

e vide la luce uscire dallo studio. Percorse il corridoio a passi lenti, lottando per contenere l'ansia. Quando fu vicino alla porta distinse dei sussurri, flebili e ripetuti. Sentí la paura azzannarlo alla nuca. Deglutí e gli parve di fare tutto il rumore del mondo.

Girò oltre lo stipite a pugni stretti.

Il bambino gli dava le spalle, giocava con la barchetta di carta che gli aveva costruito quel pomeriggio, e intanto parlava a bassa voce.

– John, che ci fai qui? È ora di dormire.

Il piccolo si voltò, serio. Non sembrava troppo sorpreso di vederlo.

– Papà.

Ronald si guardò intorno, notando i segni del suo passaggio. Un paio di fogli fuori posto, matite sparse sul pavimento. Per fortuna il tagliacarte era chiuso nel cassetto.

Lo prese in braccio e sentí il contatto della sua pelle gelida. Avrebbe dovuto punirlo per essersene andato in giro di notte, ma non adesso. Doveva riportarlo subito a letto, prima che si buscasse il raffreddore.

– Con chi parlavi, John?

Gli prese di mano la barchetta e la lasciò sulla scrivania. Il bimbo nascose il viso contro il suo petto. Ronald sorrise.

– Non me lo vuoi dire?

In quell'attimo si pietrificò, investito dalla stessa sensazione provata nella stanzetta di Leeds, dopo la notte d'incubi. Solo che adesso era molto piú forte e ghiacciava il sangue.

John rispose con la bocca contro il suo pigiama.

– Con 'li elfi.

Ronald rimase immobile, il cuore che pompava paura.

Loro erano lí. Non poteva distinguerli, ma avvertiva netta la loro presenza al margine del campo visivo, a pochi passi da sé e dal bambino. Se ne stavano immobili nell'angolo in ombra della stanza e della sua mente. Non lo avevano abbandonato, minacciavano ancora la vita, gli affetti, quelli che avrebbe dovuto difendere da tutto, inclusi i propri spettri. Ronald si sforzò di non guardarli, ma il piccolo percepí la sua angoscia e arricciò il labbro.

Ronald lo strinse e lo portò di sopra, dove bussò alla porta di Edith finché lei non aprí in vestaglia, gli occhi assonnati e preoccupati. Accolse il bimbo tra le braccia, minacciando punizioni per l'indomani.

Ronald si ritrovò sul pianerottolo ad ascoltare il proprio respiro. Dopo qualche minuto di esitazione scese le scale.

Lo studio era illuminato soltanto dalla lampada sulla scrivania. Rimase a lungo in piedi in mezzo alla stanza, cercando di decifrare la paura, finché non spezzò il silenzio con una domanda.

– Cosa volete? – mormorò.

– Che ritorni te stesso.

Si voltò.

Edith era sulla porta.

– John?

– È con Janet. Dorme già.

La maternità aveva accentuato i tratti del viso, le sopracciglia erano nerissime, eleganti, ma capaci di aggrottarsi e darle un'aria di torvo rimprovero.

– Non era una domanda retorica, vero?

Lui sedette sulla poltrona e scosse il capo con aria affranta.

– Qualunque sia la cosa che ti tormenta, credo che devi affrontarla –. Si avvicinò e raccolse le matite che John aveva sparso sul pavimento. Le ripose dentro il portapenne e a Ronald ricordarono le frecce in una faretra.

– Non è nulla, – disse.

– È qualcosa che riguarda te, Ronald, – insistette lei. – Qualcosa che hai smarrito.

Lui si passò una mano sugli occhi.

– La giovinezza, forse. Il tempo non ci migliora.

Edith non smise di fissarlo. Ronald conosceva quella determinazione. Era la stessa con cui pochi giorni prima gli aveva annunciato che non sarebbe piú andata in chiesa.

– Non hai mai voluto parlarmene e io ho rispettato questa decisione. E forse adesso è troppo tardi perché possa aiutarti. Però io... noi vogliamo raggiungerti a Leeds e per farlo abbiamo bisogno che tu torni te stesso –. Gli sfiorò il volto con una carezza triste e dolce. – Oppure non verremo.

Ronald si rivide in mezzo alla Terra di Nessuno, avvolto dall'alito dei draghi, mentre cercava di segnalare agli altri la via della ritirata e della salvezza. Ma i razzi luminosi si confondevano nella nebbia e lui si ritrovava ad arrancare, consapevole dei corpi che correvano e gli cadevano intorno, senza riuscire a vederli. I richiami di Geoffrey e Rob sembravano venire da ogni direzione. Avrebbe dovuto portarli fuori da lí, indicare loro la strada. Se solo avesse saputo quale.

Impiegò qualche secondo ad accorgersi di essere rimasto solo. Edith era tornata a dormire. Guardò lo studio come fosse la prima volta. Poi aprí il cassetto della scrivania e ne trasse il pacco di lettere ingiallite. Il carteggio che aveva avuto con gli amici durante la guerra, bruscamente interrotto dalla prematura scomparsa di due di loro.

Ne aprí soltanto una.

Erano passati quasi quattro anni dalla prima e unica volta che l'aveva letta, immerso nel fango fino alle ginocchia, il foglio appiccicato al naso perché la visiera dell'elmetto lo salvasse dalla pioggia. Imboccò la pipa e la tenne tra i denti, per scaricare la tensione. Spiegò di nuovo il foglio tra le mani,

sentendo frusciare la carta e annusando l'odore d'umidità
che conservava ancora.

   Caro John Ronald,
   la mia principale consolazione è che se finisco nei guai sta-
notte – sarò fuori in servizio tra pochi minuti – ci sarà ancora un
membro della grande Tea Club Barrovian Society a dare voce a
quello che sognavo e a quello su cui concordavamo tutti. Per-
ché la morte di uno dei suoi membri non può, ne sono certo, dis-
solvere la Tcbs. La morte può renderci ripugnanti e lasciarci in-
difesi come individui, ma non può mettere fine agli immortali
quattro! Una scoperta che sto per comunicare a Rob prima di
uscire stanotte. E lo scriverò anche a Christopher. Dio ti bene-
dica, mio caro John Ronald, e possa tu raccontare le cose che ho
cercato di dire anche dopo che non sarò più qui per farlo, se que-
sto sarà il mio destino.
   Tuo per sempre,

                                   Geoffrey

   Nella nebbia si aprí uno squarcio di cielo, oltre il quale
apparve un chiarore di schiuma marina. Un varco per uscire dal labirinto, la via di una fuga possibile dal campo di battaglia, prima che l'ombra lo ricoprisse di innumerevoli lacrime. Si strappò la maschera antigas e chiamò gli amici. Urlò
di seguirlo, verso la quiete di quella spiaggia, lambita dal mare d'Occidente, dove le onde portavano a morire gli ultimi
riflessi del sole e si frangevano sulla chiglia insabbiata di una
barca.
   Sollevò lo sguardo sulla barchetta di carta di John e in
quel momento seppe cosa fare.

Robert rientrò in casa e si tolse il grembiule. Lo piegò con gesti stanchi, prima di riporlo nell'armadio. Chiudere il negozio era un compito che spettava a lui, per consentire a Nancy di tornare a mettere a letto i bambini. La giornata era trascorsa dietro le ordinazioni natalizie, confezioni e pacchi regalo da vendere sotto le feste. Quel pomeriggio ne aveva venduto uno alla moglie di Sir Arthur Evans e un altro al professor Murray, con cui si era trattenuto a discutere di Euripide. Se la fama dei clienti fosse bastata ad arricchirsi, avrebbero già coperto i debiti. Non era mai stato forte in matematica, ma alla chiusura dei conti del giorno non gli sembrava che le cose andassero secondo le rosee previsioni di Nancy.

La trovò già davanti alla cena riscaldata.

Da quando c'era il negozio avevano poco tempo per parlare d'altro. Nancy non dipingeva quasi piú e lui, be', da mesi non riusciva a scrivere una riga decente. Nessuna poesia nuova, e la tesi di laurea languiva in un cassetto. Era la schiavitú di un lavoro vero, che alimentava quotidianamente la loro frustrazione. A volte, quando era dietro il bancone a servire i clienti, si ritrovava a pensare cosa avrebbe scritto, come se la mente premesse per andarsene altrove, fuori di lí, giú per la collina, fino a Oxford oppure in mezzo al bosco. Per la prima volta poteva provare sulla pelle l'alienazione, quella di cui aveva letto sui libri. L'istinto di sorridere alla signora Heavens, saltare oltre il banco e scappare fuori, era

forte. Gli capitava perfino di immaginare di farlo. Per un po'
aveva pensato che la vicinanza a casa gli avrebbe consentito
di frequentare di piú i figli, invece era vero il contrario.

Come se non bastasse, gli mancavano le chiacchierate con
T. E. e le loro passeggiate sui tetti.

Qualche settimana prima T. E. era salito al Parnaso per
raccontargli dell'incontro con Winston Churchill. Il progetto prendeva piede. Churchill sembrava intenzionato a
fare sul serio, voleva risolvere la situazione in Medio Oriente e intendeva avvalersi di T. E. per farlo. Stava organizzando un gruppo di esperti, tra cui Hogarth, Lionel Curtis
e Gertrude Bell, in tutto una quarantina. «I miei quaranta
ladroni», li chiamava. T. E. era divertito dalla cosa e aveva
iniziato a chiamare il ministro della Guerra «Alí Babà». Capiva che era la sua occasione per rimettere a posto le cose,
saldare i conti lasciati in sospeso. Sarebbero partiti all'inizio dell'anno per il Cairo, dove si sarebbe svolta la conferenza sul Medio Oriente. Nuove strategie, nuovi confini,
nuovi governi. Tutto sarebbe cambiato. Robert non riusciva a non provare invidia per quella possibilità di rilancio della vita in un altrove esotico, all'ombra delle piramidi. Come
sarebbe stato mollare tutto, filare lontano, seguire la pista
del deserto?

Mentre sedeva davanti alla minestra fumante scorse la
busta sul tavolo.

– Quando è arrivata?

– Stamattina.

Lesse l'indirizzo del mittente.

– Cosa aspettavi a darmela?

Nancy lo guardò storto.

– Non sono il tuo postino.

– Metto piede a casa solo per andare a dormire. Potevi
dirmelo.

– Viene dall'India. Hai aspettato un mese, potevi aspettare un giorno, non credi?

Robert sentí la stanchezza farsi rabbia e si sforzò di contenerla. Aprí la busta con il coltello e sparí in soggiorno, ignorando l'espressione contrariata di Nancy.

Sedette in poltrona.

Caro Robert,

certo che sei davvero incredibile. Fingi di scrivermi per farmi sapere come sta la tua famiglia e in realtà mi chiedi ancora di Lawrence. Spero tu abbia scritto anche agli altri e non faccia stare tutti in pensiero come al solito.

Lasciami almeno dire che sono molto felice che stiate bene e che auspico di poter venire presto a conoscere il piccolo David, quando gli impegni me lo consentiranno. Ho lasciato i guai d'Irlanda solo per venirmi a infilare nel ginepraio indiano, non meno intricato. Spiegare ai lettori inglesi cosa succede da queste parti è un'impresa degna di Sisifo, te lo assicuro, cioè di un Graves. Al momento ti scrivo tra un articolo e l'altro, con due orologi sotto il naso, uno puntato sull'ora locale, lentissimo, e l'altro su quella di Greenwich, che viaggia al ritmo delle rotative e mi ricorda le scadenze di consegna.

Perdona quindi se sarò conciso, spero di riuscire a scriverti con calma in tempi migliori.

Come avevo previsto, non hai seguito il mio consiglio di non prenderti troppo a cuore il nostro Ned Lawrence. Ti conosco fin troppo bene, continui ad andare a caccia di sirene. Questa volta però non posso esserti di grande aiuto. All'epoca, fuori e dentro l'Arab Bureau circolavano le voci piú incontrollate sulle imprese di Lawrence, alcune anche a tinte fosche. Molte le mettevamo in giro noi, per sviare lo spionaggio nemico, altre erano gonfiate dal passaparola della truppa.

A questo aggiungi che i rapporti di Lawrence erano regolar-

mente evasivi e pieni di lacune; ci ha sempre fatto sapere quello che lui riteneva dovessimo sapere. Era molto geloso dei suoi legami con gli arabi e credo che lo Stato maggiore lasciasse correre per via dei brillanti risultati. Seguire i suoi spostamenti era pressoché impossibile, non credere che non ci abbia provato. Una volta, poco prima della conquista di Aqaba, ci informò che sarebbe andato a nord, fino ai dintorni di Damasco, per prendere contatti con la resistenza cittadina. Un viaggio attraverso il fronte di guerra, in una regione in subbuglio. Chissà se ci andò davvero. Un'altra volta disse di essere stato catturato dai turchi e poi rilasciato senza che l'avessero riconosciuto e nemmeno sospettato di essere un agente inglese.

Quell'uomo non ci ha mai raccontato tutta la verità. Ti confesserò il presentimento che nutrivo allora – anche se non l'ho mai esternato – e cioè che Lawrence avesse mantenuto i contatti con la rete di informatori che gestivamo insieme quando era al Cairo. Credo che alcuni di loro non rispondessero al Bureau o al Servizio informazioni, ma a lui stesso, senza che noi ne sapessimo nulla. Non so come altro spiegarmi il fatto che avesse sempre notizie di prima mano, fotografie, resoconti dettagliati, di cui entrava in possesso prima di tutti.

Però, a differenza di te, io ho smesso da un pezzo di interrogarmi sui misteri che quell'uomo si è intessuto attorno. Probabilmente perché ho altri rompicapi di cui occuparmi, visto che le rivolte adesso squassano il nostro, di impero.

Tutto questo per dire che in effetti sentii parlare dell'episodio a cui fai riferimento, ma nessuno al Servizio informazioni ebbe modo di confermarlo. Eravamo sul finire di una campagna militare delle più imponenti, il caos regnava sovrano, le informative si susseguivano una dietro l'altra, non tutte verificabili, come puoi immaginare. Quello che sapevamo era che gli arabi avevano annientato la IV Armata turca e che erano stati fucilati dei prigionieri a Tafas, un piccolo villaggio vicino a Deraa, sul-

la via di Damasco. Ma di quella storia non esiste alcuna versione ufficiale. Quindi, fratellino mio, credo proprio che tu non abbia altra scelta che chiedere al diretto interessato, anche se dubito che vorrà risponderti.

Tic-tac tic-tac, adesso devo lasciarti. Promettimi di pensare alla tua salute, niente scherzi. Guardami Oxford, mi raccomando, e leggimi sul «Times» ogni tanto.

Un abbraccio a tutti,

Philip

P.S. Ho ricevuto Country Sentiment, *grazie. La mia preferita?* Manticor in Arabia, *ovviamente. È una specie di Chimera orientale, vero? Ci leggo lo zampino del nostro comune conoscente. Ho saputo che prepara qualcosa di grosso insieme al redivivo Churchill. Quando «Manticor restaurerà il suo potere e dominerà le pianure arabe ancora una volta»?*

Si alzò, i sensi ridestati, la stanchezza arginata dalla pressione dei pensieri.

Prese la giacca senza riflettere e si accorse di Nancy, sulla porta della cucina.

– Stai andando da lui?

Robert non rispose.

– Io non sono Penelope. Non ti aspetterò.

Il cuore batteva forte, mentre usciva nel buio della sera.

Il college sembrava già assopito. Nessuno lo notò salire. Bussò alla porta dell'alloggio senza ottenere risposta. Provò con la stanza di servizio. Silenzio. Burnes doveva essere in libera uscita.

La camera di T. E. non era chiusa a chiave. Entrò titubante e venne subito investito dall'effluvio speziato. Accese la luce e la prima cosa che notò fu l'assenza dello sguardo severo di Feisal sulla parete. Il quadro era appoggiato a terra, in un imballaggio di fortuna.

Robert fece pochi passi all'interno, indeciso. L'armadio era aperto e vuoto, niente piú libri né soprammobili.

Un leggero panico gli affannò il respiro, sostituito subito da una malinconia profonda.

Se n'era andato.

Vide il pacco sul tavolo, al centro di quello spazio deserto, che odorava di assenza. Sopra era appoggiata una busta. Lesse: «Per R. G.», nella grafia che conosceva bene.

Scostò la lettera e trasse fuori il plico.

Il titolo sulla copertina era scritto a mano.

I sette pilastri della saggezza.

Respirò a fondo, sfogliò la prima pagina e si ritovò sotto gli occhi la poesia dedicatoria con le sue modifiche sovrascritte.

42. Il piccolo regno

L'appartamento era sopra un negozio di liquori lungo Banbury Road.

James Vaughan lo accolse in maniche di camicia e lo fece entrare nel suo caos privato. Una delle due stanzette arredate era adibita a studio e le pareti stipate di ritratti rendevano l'atmosfera opprimente. Su un cavalletto di legno i colori riproducevano la linea degli edifici del centro.

– La vista dalla mia finestra rivolta a sud. Niente male, – commentò Vaughan mentre offriva a Jack una sedia. – Di giorno c'è una bellissima luce.

C'erano libri d'arte e poesia gettati alla rinfusa un po' dappertutto. Una foto di Lenin ritagliata da un giornale fungeva da modello per un ritratto a matita ancora in embrione. Un mazzo di rose appassite campeggiava in un vaso, pallida allusione a ciò che erano state. Emanavano un profumo forte e intenso.

Vaughan stappò il vino e riempí due bicchieri.

– C'è una cosa che ho sempre voluto chiederti. Perché ti fai chiamare Jack?

Lui scrollò le spalle.

– È cosí fin da bambino. Clive Staples è un nome da maggiordomo.

– Meglio qualcosa di piú comune?

– Direi piú simpatico.

Vaughan rise, mentre serviva il roastbeef e le patate su piatti spaiati.

– Scusa, ma il servizio buono… – finse di guardarsi intorno. – Be', credo di non averne mai posseduto uno.

Si lasciò cadere su una poltrona logora, di fronte a Jack.

Si erano rivisti dopo alcuni mesi la sera prima, nell'alloggio di Barfield al Wadham College. Vaughan lo aveva invitato a cena per l'indomani, nel suo appartamento, e Jack aveva accettato volentieri, anche se poi al momento di attraversare la città in bicicletta si era pentito. Non tanto per la distanza, quanto per la stanchezza che lo braccava da tutto il giorno, a causa del trasloco e del sonno agitato della notte precedente. Trasferire i mobili della signora Moore nella nuova casa in affitto, decisamente piú piccola della precendente, era un'impresa d'incastri e acrobazie. Per fortuna non si erano dovuti spostare di molto, avevano trovato un appartamento a Headington.

Quel pomeriggio, dopo aver smontato e rimontato un armadio che non entrava intero dalla porta, si era accorto che ormai era troppo tardi per rimandare l'invito di Vaughan, e cosí si era risolto a pedalare fino a Summertown.

Durante la cena bevvero quasi tutto il vino e alla fine Jack si sentí pervaso dal calore della sazietà, concentrato soprattutto nelle orecchie. Dovette trattenere uno sbadiglio. Vaughan se ne accorse.

– O io sono molto noioso o tu sei molto stanco.

– Scusa. Ieri notte ho dormito poco.

– Colpa della birra del Wadham.

– No, dei brutti sogni.

– Ah –. Vaughan annuí. – Gli incubi sono sempre molto interessanti. Racconta.

Jack si sentí in imbarazzo.

– Coraggio, Jack, – si affrettò ad aggiungere Vaughan con un sorriso ammiccante. – Non lo dirò a Barfield, te lo prometto.

Gli versò altro vino. C'era qualcosa di fastidioso e allo stesso tempo accattivante nel modo che aveva di sorridere e parlare.

– Amoreggiavo con una ragazza bellissima, – disse Jack. – Poi mi alzavo dal letto, uscivo dalla stanza e mi ritrovavo nei corridoi di un castello. Un labirinto di cunicoli che sembravano trincee. A quel punto mi rendevo conto di non volermi affatto allontanare dalla ragazza e provavo un desiderio fortissimo, incontenibile, di stare di nuovo con lei. Tornavo indietro, ma davanti alla porta chiusa era accovacciata una vecchia seminuda. Provavo a cambiare strada, mi avventuravo per altre gallerie, in cerca di un passaggio, ma ogni volta finivo davanti alla stessa porta, con la strega che mi impediva di entrare.

Si interruppe. Vaughan lo ascoltava attento.

– Poi mi sono svegliato, – tagliò corto Jack.

Omise di dire che quell'orrore matriarcale sorrideva con un ghigno di denti gialli e protendeva le braccia con desiderio verso di lui, che tentava di controllare l'erezione senza riuscirci. Si era svegliato con una macchia umida sui pantaloni del pigiama e un senso di nausea l'aveva accompagnato per tutto il giorno.

– Quale donna ti tiranneggia, Jack? – chiese Vaughan.

– Le interpretazioni sono sempre più di una. Freud serve a poco.

Vaughan sorseggiò il vino e parve riflettere su quelle parole.

– Non lo so. Forse contiene più verità un sogno di tutti i discorsi che facciamo. Siamo talmente abituati a dissimulare. La verità non è di casa a Oxford –. Si alzò e raggiunse il dipinto sul cavalletto. Una città tratteggiata, sfumata dalle nebbie. – Qui ci si viene a nascondere. C'è chi scappa da un passato oscuro, da una colpa, da un lutto. Molti hanno commesso crimini in uniforme e per questo sono considerati eroi, anche se la loro coscienza dice tutt'altro. La merce piú a buon mercato in Arcadia è l'ipocrisia.

– Tu da cosa sei fuggito? – chiese Jack.

Ancora il sorriso ambiguo.

– Dalla famiglia, ovviamente. Il loro disprezzo era troppo da sopportare.

– Questa non è una colpa, – commentò Jack.

– Dipende dai punti di vista –. Vaughan nascose un'espressione triste. – E tu? A Belfast faceva troppo freddo?

– Dopo la morte di mia madre, mio padre e io non siamo piú riusciti a parlarci.

– Quanti anni avevi?

– Nove.

– E non c'è piú stata un'altra donna nella tua vita?

– No.

– Chi è la signora Moore? Non è tua moglie e nemmeno tua madre.

– Barfield parla troppo.

– Non dare la colpa a lui, – disse Vaughan. – Sono un buon osservatore. Vivo di dettagli, luci e ombre.

Jack fissò le rose appassite. Alcuni petali erano già caduti e giacevano vizzi alla base del vaso. Gli altri erano stinti e smorti. Sentí un'infinita tristezza pervaderlo. Fece scorrere lo sguardo sui quadri e si rese conto che per la maggior parte erano ritratti. Si chiese come avesse fatto a non notarlo prima. I soggetti erano di chiara ispirazione preraffaelita: ragazzi androgini dalle chiome boccolose e dalle labbra vermiglie. Alcuni di loro indossavano l'uniforme. Il tratto aveva qualcosa di originale e inquietante. Jack non avrebbe saputo spiegarlo, ma era del tutto evidente che quei giovani erano morti. L'artista ne edulcorava le fattezze rendendole eteree, quelle di principi elfici che un richiamo irresistibile aveva spinto ad abbandonare il mondo terreno. La sensazione di disagio aumentò.

– È una promessa mantenuta.

La confessione parve colpire Vaughan.

– Chi merita tanta lealtà?

Jack lo guardò negli occhi e prima di valutare cosa avrebbe detto si accorse che stava già rispondendo.

– Si chiamava Paddy Moore, – disse. – Aveva diciotto anni.

Vaughan annuí con estrema lentezza. Il livello del vino nella bottiglia continuava a scendere.

– Capisco. Molto nobile da parte tua, degno di un cavalier servente. Te lo dissi la prima volta che ci siamo incontrati: tu sei uno che cambia in fretta. Molto difficile da inquadrare e dannatamente intricato.

– Con Lawrence è stato piú facile, immagino, – disse Jack.

Vaughan scolò il vino nel bicchiere e ne versò ancora.

– Tutt'altro. Abbiamo condiviso la stessa stanza per un anno e oggi negherebbe perfino di avermi conosciuto.

– Perché?

– Perché lo amavo, è ovvio, – rispose Vaughan. – E ho commesso l'errore di dirglielo. Si arrabbiò al punto che sparò fuori dalla finestra –. Si strinse nelle spalle. – Ero giovane e sprovveduto.

Jack sentí l'imbarazzo e il disgusto sopraffarlo, artigliò i braccioli della sedia, lottando per rimanere seduto.

– Che succede, Jack? – sorrise Vaughan con malizia. – Ti metto a disagio?

– È per questo che lo odî? Perché ti ha respinto?

La faccia di Vaughan lasciò trasparire un dolore antico.

– No. Perché sapendo quello che provavo per lui è stato cosí crudele da chiedermi di ritrarre l'oggetto dei suoi desideri. E io ho voluto punirmi fino in fondo, accettando di farlo. Ci ho messo l'anima. L'ho dipinto nei panni di un principe arabo. Avrei usato il mio stesso sangue.

Jack si guardò intorno, fissando quei volti a uno a uno. Vaughan scosse il capo.

– È nella galleria dell'Ashmolean Museum.

– Chi era?

– Il suo principe hittita. Il suo scudiero. Si chiamava Selim Ahmed. Ma per lui era Dahoum, il piccolo moro.

Jack si sentiva frastornato, le orecchie ronzavano, a causa del vino e delle rivelazioni. Vaughan lo fissava con uno sguardo compassionevole, adesso.

– Non te lo aspettavi.

Jack parlò rivolto a se stesso, con un misto di rabbia e incredulità.

– Ne hanno fatto un eroe nazionale. Quell'uomo è falso fin nel midollo. Il suo nome, la sua famiglia, quello che ha fatto in Arabia. Perfino… questo.

Vaughan annuí.

– Siamo tutti impegnati a costruire l'immagine di noi stessi. Nascondiamo quello che non ci piace nello scrigno dei segreti. Un vecchio baule, dove seppellire la colpa e il dolore. Nel tuo cosa c'è, Jack? – si alzò e prese un libretto dallo scaffale. Jack lo riconobbe, era la sua raccolta di poesie, firmata con lo pseudonimo di Clive Hamilton. – Un nome falso? – Vaughan si risedette. – Una tragedia famigliare, – ammiccò. – Un giovane amico perduto…

– Ti sbagli. Io non sono come voi.

– Voi? Ci siamo solo tu e io qui, Jack.

– Hai capito benissimo. Ho promesso per la vita e per la morte. Non hai fatto la guerra, cosa vuoi saperne?

Vaughan mostrò i palmi delle mani, lo sguardo provocatorio, una calma esasperante.

– *Touché*, Jack. Ma non sono io ad avere gli incubi. La promessa prevedeva anche che facessi da marito alla madre del povero Paddy?

Jack si alzò, un po' incerto sulle gambe, la bocca impastata. Dovette fare uno sforzo per scandire bene le parole.

– Vai al diavolo, Vaughan.

Barcollò fino alla porta, scese le scale rischiando di cadere, e si ritrovò in strada, la voce di Vaughan che lo chiamava da una distanza siderale. Saltò in sella alla bici e partí. Gli ci vollero diverse pedalate per trovare l'equilibrio. Per fortuna a quell'ora la strada era deserta. La dinamo illuminava una piccola scia d'asfalto davanti a lui, mentre il vento freddo gli snebbiava la mente e irrigidiva i pensieri fino a trasformarli in intenzioni.

Polstead Road era silenziosa. Solo un paio di finestre illuminate e un cane che latrava qualche isolato piú in là. Controllò le finestre della signorina Heuwett: erano buie. La rivide in cucina, intenta a versargli il tè.

Ricordo che si sforzava di parlare arabo con i suoi ospiti stranieri.

Abbandonò la bici, attraversò il cortile e raggiunse la porta laterale. Era ancora aperta. Si ritrovò nel punto cieco e rimase qualche secondo ad ascoltare il proprio respiro.

Dormivano nel cottage in fondo al giardino. Sa, il padre l'aveva fatto costruire apposta per lui, perché potesse studiare in pace. Era il suo piccolo regno.

Si inoltrò lungo il sentiero di pietre lisce e arrivò davanti alla costruzione. Era ormai molto oltre il punto dove si era fermato quando era andato lí la prima volta e capí che non sarebbe tornato indietro.

Cercò di guardare attraverso la veranda buia. C'erano due porte. Si mosse rapido, le viscere strette in una morsa di eccitazione e paura. Scelse quella di sinistra e aprí lo scrigno dei segreti.

Dovette aspettare che la vista si abituasse all'oscurità dell'interno, prima di muovere un passo. Quando iniziò a distinguere le forme capí di trovarsi in un salottino, con un caminetto su una parete divisoria, al centro dell'edificio. Lungo le pareti, scaffali stipati di libri. Scorse i titoli. Testi sulle Crociate, libri di architettura medioevale e di scienza militare. Narrativa varia. Poesia. Una poltrona accanto alla veranda. Un grammofono. Oltre la porta, la camera da letto, poco piú di un'alcova con una brandina e il secondo ingresso. Si chiese perché un bilocale avesse bisogno di due porte e non seppe spiegarselo, finché un pensiero si insinuò sempre piú nitido. Era come se l'architetto avesse voluto un'uscita di sicurezza, ovvero un ingresso alternativo. L'edificio era una specie di doppio.

Scovò un mozzicone di candela sopra uno scaffale. Il fiammifero sfrigolò nel buio e incendiò lo stoppino. Jack schermò la luce con la mano e tornò nel salotto. C'era una lunga tela appesa sopra il camino, rappresentava un cavaliere in armatura, con le mani in preghiera e un leone accovacciato ai piedi. Sembrava una lapide tombale. Jack si avvicinò e si accorse che era un calco a mina.

Sopra lo scrittoio era appeso un ritratto a matita su un foglio di carta semplice. Alla luce della candela gli occhi di Lawrence erano inquieti, glaciali, puntati dritti al cuore, con una violenta richiesta d'attenzione. O forse d'aiuto. Gli ricordò l'autoritratto di Van Gogh. Una linea nera al posto della bocca, la fronte grande, spinta in avanti come un elmo minaccioso. Jack rabbrividí.

Sullo scrittoio, un apparecchio telefonico, una piccola

lampada e una testa di statua antica, una divinità probabilmente, che fungeva da fermacarte.

Aprí il primo cassetto. Un mazzo di fotografie e un album da disegno. Le foto ritraevano castelli da angolature
particolari. Sui margini, scritti a mano, nomi francesi. Nel-
l'album, disegni di altre rocche medioevali dai nomi esotici,
abbarbicate su colline aride, con una sfilza di appunti illeg-
gibili a lato.

Aprí il secondo cassetto. Altre fotografie.

Jack sentí il cuore accelerare mentre osservava un ragazzo scuro, in vesti arabe, con un sorriso di denti candidi e per-
fetti.

Sul retro, una poesia scritta a mano.

Ti guardo adesso, mio caro, fratello mio
la pistola addormentata sull'inguine,
le tue labbra contratte in un sorriso possente.
Mio piccolo hittita, dopo di te non può esserci nessun altro.
Nei tuoi occhi scuri, mio caro, fratello mio,
il mondo fu creato dalle acque del Caos;
adesso nere onde di lacrime
si infrangono sulle spiagge del mio sonno
e annegano i miei sogni per sempre.

Dahoum. Il piccolo moro.

Nella foto stringeva in mano una pistola. La stessa che
giaceva in fondo al cassetto. Fredda come la morte.

43. Dahoum

Suo fratello Bob si era coricato presto. Dopo cena aveva dato un bacio alla madre e lo aveva salutato augurandogli buon viaggio.

Ned aiutò Sarah a sparecchiare e rassettare la cucina. La osservò mentre asciugava i piatti e li riponeva con cura nella credenza. I capelli erano diventati grigi in fretta, sotto il peso dei lutti, ma il viso conservava l'antica forza. Mentre mangiavano aveva spiegato cosa andava a fare in Egitto, senza aspettarsi il plauso da parte sua e di Bob. Sapeva che erano consapevoli del ruolo cruciale che gli era toccato in sorte, ma non erano abituati a mostrarsene orgogliosi. Del resto Ned non lo pretendeva, suo padre era stato l'unico a portarlo in palmo di mano e a ritenerlo degno di grandi imprese. Ma suo padre era un gentiluomo d'altri tempi che aveva infranto le convenzioni per amore. Sir Thomas Robert Tighe Chapman avrebbe potuto condurre la propria esistenza a South Hill, nel cuore d'Irlanda, insieme alla moglie e alle figlie. Invecchiare nella grande magione di campagna che Ned aveva visto soltanto in fotografia e morire in pace con Dio e con gli uomini. Sarebbe stata un'esistenza infelice, all'insegna della frustrazione e all'altezza dell'aspettativa sociale del mondo. Ma la piccola balia delle sue figlie, molto piú giovane di lui, l'aveva incantato con i suoi occhi color del mare e l'energia di una vita temprata nelle difficoltà, quelle che lui non aveva mai conosciuto. L'aveva portata a Dublino, già incinta, poi a Tremadoc. E ancora in Scozia e sull'isola di Jersey. Fino a Oxford. Un girovagare lungo quanto il loro amore, incalzati dalle gravidanze e dalla verità che ogni volta li raggiungeva, costringendoli a spostarsi, a bruciare le tappe di una fuga verso una vita normale. Avevano dovuto simulare le nozze, per aggirare un divorzio mai concesso e salvare le apparenze. Un nome nuovo, Lawrence. Una finzione. Cinque figli da crescere.

Guardò ancora sua madre e si rese conto che avrebbe apprezzato da parte di quella donna un po' della tenerezza che gli era mancata da bambino. Forse era questo che non riusciva a perdonarle. Molto piú dell'ipocrisia e del segreto a cui li aveva costretti. Ormai era tardi per recuperare. La rigida educazione, fatta di penitenze inculcate, preghiere e bacchettate sulle terga era un muro invalicabile tra loro. Sapeva che lei temeva per l'anima di suo figlio. Ma non a causa della gloria mondana di una stagione passeggera, quanto per ciò che aveva intuito un giorno d'estate, anni prima, guardando lui e Dahoum scherzare in giardino o bagnarsi nel fiume. La sua coscienza puritana le impediva di ammetterlo a chiare lettere, ma l'istinto di madre l'aveva messa in guardia allora. Lui non poteva accettare quella disapprovazione, non da parte di chi aveva fondato la propria famiglia su quello che la sua stessa religione bollava come peccato mortale. E cosí era stata una sfida tra due forze contrapposte, una rigidamente arroccata dentro le mura domestiche, l'altra alla conquista del mondo e del proprio destino.

Eppure, nonostante tutto, si rendeva conto che in quello strano conflitto a distanza si erano voluti bene.

– Buonanotte, Ned.

– Buonanotte, mamma.

Ascoltò i passi per le scale, la porta della camera da letto che si apriva, ancora i passi nella stanza, fino al silenzio. Immaginò le preghiere per un figlio «sbagliato» a cui Dio non aveva fatto la grazia di una vera fede.

Tornò in cucina e versò dell'acqua in un bicchiere. Oltre la finestra, la notte avvolgeva il giardino e la piccola mole del cottage. Suo padre aveva capito la potenzialità disgregante dei due magneti di famiglia e gli aveva offerto quella possibilità: una *dépendance*, un rifugio dall'autorità indiscussa di Sarah. Era un uomo pacifico, che rifuggiva il conflitto. Aveva trascorso mezza vita a scappare e alla fine era stata la febbre spagnola a raggiungerlo. Il destino che Ned si era scelto gli aveva impedito di essere al suo capezzale, cosí come la guerra gli aveva impedito di essere a quello di Frank e Will. E di Dahoum.

I ricordi dell'ultima estate di gioia lo assalirono senza che potesse farci niente. Le risate di Hamoudi, il caposcavi di Carchemish, davanti ai suoi tentativi di insegnare ad andare in bicicletta al ragazzo, proprio in quel giardino. Il ragazzo per il quale avrebbe affrontato l'orco tedesco che lo aveva percosso e umiliato davanti a tutti. Da quel momento gli occhi neri di Dahoum avevano brillato di devozione, lo avrebbero accompagnato nel Sinai, insieme a Woolley, e infine avrebbero trattenuto la promessa di un ritorno sotto le bandiere spiegate di una nuova nazione. Il dono, la casa dai sette pilastri che Ned avrebbe voluto edificare solo per lui. Lui che aveva atteso oltre le linee, scattando fotografie di carriaggi e aeroplani, passando informazioni preziose, e non poteva sapere che sarebbe morto per mano di un nemico subdolo e invisibile.

Ogni volta che andava a trovare Hogarth al museo andava a guardare l'immagine di Dahoum nella sala dei ritratti. Era un omaggio, o piuttosto la dose ferale di autocommiserazione per aver sacrificato alla propria missione l'unica persona che avesse mai amato.

Curioso che proprio durante quelle visite avesse conosciuto Tolkien. Un uomo modesto, ma acuto, del quale avrebbe potuto diventare amico. Forse in un mondo parallelo dove Lawrence d'Arabia non fosse mai esistito e non avesse ingombrato l'orizzonte, avrebbero potuto trascorrere molte ore al museo, sotto l'egida di Merlino, parlando di antichità e di scrittura, come due tra i tanti figli di Oxford.

Pensò che era meglio andare a sistemare le ultime cose per la partenza. Voleva prendere il primo treno del mattino. Uscí in maniche di camicia e sentí il freddo pungente sulla pelle. Niente a confronto di quello patito nelle notti siriane.

Attraversò il prato, e soltanto quando fu vicino all'ingresso scorse il bagliore di una fiammella all'interno.

Si fermò e scivolò di lato alla veranda. Si tolse le scarpe e raggiunse la porta di destra. L'aprí piano, evitando il minimo cigolio, e si infilò dentro.

Il fruscio di carte nell'altra stanza tolse ogni dubbio. Sbirciò oltre lo stipite e vide la sagoma scura di un uomo seduto allo scrittoio, le foto sparse davanti, il viso a malapena illuminato dalla luce della candela. Lo sconosciuto avvertí la sua presenza, sollevò la pistola e gliela puntò contro.

– Chi sei? – chiese Ned.

– Nessuno –. L'uomo si alzò, il braccio teso in avanti. – Siediti.

Le parole suonavano nervose. Ned obbedí. Raggiunse la poltrona e sedette. Lo sconosciuto accese la lampada sullo scrittoio e Ned cercò invano di riconoscere quel volto ovale, capelli neri e corti. Dimostrava poco piú di vent'anni.

– Chi sei? – ripeté.

L'altro girò intorno al tavolo e si appoggiò al bordo, continuando a tenerlo sotto tiro.

– La domanda è piuttosto chi sei tu, colonnello. Se la gente lo sapesse non ti sarebbe tanto facile recitare la parte dell'eroe tradito.

Ned rimase zitto. L'estraneo storse la bocca.

– Dubito che i figli illegittimi che portano un nome falso e hanno tendenze contronatura siano benvoluti dall'opinione pubblica.

Ned sentí il gelo nel sangue, il cuore accelerò. Dovette respirare a fondo per non tremare.

– Cosa vuoi?

Lo vide prendere una delle foto sul tavolo.

– A lui lo hai detto cos'eri andato a fare laggiú?

Gliela gettò in grembo. Ned le diede appena un'occhiata, poi tornò a fissare quella faccia pallida e slavata.

– Dimmi chi sei.

– Non ha importanza. Uno dei tanti che hanno sputato sangue in trincea. Quelli che hanno tenuto fede alla parola data e si svegliano tutte le mattine sapendo che dovranno affrontare le conseguenze. Quelli che non vengono acclamati da nessuno. Quelli a cui dovresti rendere conto delle tue menzogne.

D'un tratto la paura scomparve lasciando il posto a un'ondata di tristezza, talmente pressante che gli parve non l'avrebbe piú abbandonato.

– A lui non sarebbe importato, – disse. – Eravamo in pochi a saperlo.

– La Tavola Rotonda.

Ned si guardò le mani, come potesse leggerci tutte le risposte. Per la prima volta dopo anni sentí di non essere costretto a mentire. Era un sollievo, quasi una liberazione, ma senza alcuna gioia.

Alzò lo sguardo e fissò quello spettro sbucato fuori da chissà dove, rinunciando a identificarlo. Parlò lentamente.

– Non sono mai stato affiliato alla società. Sapevo soltanto che avrebbero appoggiato le scelte piú spregiudicate. Chiunque tu sia, se sei venuto a processarmi non credo che ti darò molta soddisfazione. Non ho nulla da difendere, e questa è la mia unica fortuna. La gente vuole un eroe da portare in trionfo e qualcuno da odiare. Per questo io vengo osannato e Michael Collins sarà crocefisso. È un'ingiustizia enorme.

L'altro aveva abbassato l'arma, ma la teneva in pugno, poggiata al ginocchio.

– È cosí che speri di cavartela?

C'era ansia nella sua voce, esasperazione sul punto di esplodere.

– Non spero niente, – rispose lui in tono stanco. – Ho l'opportunità di tornare laggiú per cercare di mettere a posto le cose. È tutto ciò che posso fare.

– Balle. Vuoi ripulirti la coscienza, uscirne ancora come un eroe. Ma tu sei un bluff, colonnello, non lo dimenticare. Nient'altro che una menzogna portata in giro nei teatri, buona per i rotocalchi.

Ned si fece tetro.

– Hai deciso di essere la mia giuria, – guardò l'arma. – Il mio giustiziere. Ma sei solo uno sciocco con una pistola in mano. Credi di avere scoperto la verità e non sai nulla.

L'altro sputò fuori la rabbia.

– So che sei un pederasta, un traditore e un bugiardo. Se una giustizia esistesse davvero dovresti espiare per tutto questo.

Io lo so chi sei.

Le parole riaffiorarono come un corpo sulla superficie di uno stagno e lo colpirono allo stomaco, togliendogli il fiato.

Io lo so chi sei.

La lingua gutturale degli orchi lo fece tremare ancora.

Sei un pederasta.

Trattenne il conato di vomito.

Sei un traditore e un bugiardo.

Il sottufficiale turco stava flettendo uno scudiscio per cammelli.

Lo sai cosa facciamo a chi si sottrae alla leva? C'è un tratta-mento speciale per quelli come te. Togliti i vestiti.

Ned si alzò dalla poltrona. L'altro parve ridestarsi e sol-levò di nuovo la pistola.

– Fermo.

– Il cammino della pena è fatto di umiliazione, sofferen-za, dolore cristallino. Ma bisogna saperli infliggere. Pensi di esserne capace?

Togliti i vestiti, ho detto!

Fece un passo avanti e sbottonò la camicia.

L'esasperazione dell'altro esplose in un ringhio.

– Fermo!

Tenetelo fermo.

– È questo che vuoi, no? – disse Ned. – Fare giustizia. Punirmi.

– Tu sei pazzo!

– Fallo.

Rimase a torso nudo. Abbassò i calzoni e si voltò. Lasciò che vedesse la schiena tumefatta, le cicatrici che la ricopri-vano dalle spalle alle natiche, fitte come una ragnatela. Nel-la luce tremula della candela parevano creature vive, lunghe sanguisughe violacee appiccicate alla carne. Sentí ancora sul collo l'ansimare dell'orco, le mani che lo inchiodavano al ta-volaccio di legno nella stazione di polizia di Deraa. Lasciò che il ricordo di quelle sensazioni lo soffocasse, finché gli mancò l'aria e il suono di un pianto lo riportò al presente.

Si voltò. L'uomo era inginocchiato, la mano che stringe-va la pistola abbandonata su un fianco, mormorava parole storpiate dalle lacrime.

– Maledetto bastardo… bastardo…

Ned raccolse la fotografia. La guardò, riascoltando il suono vago delle risate in giardino.

– Il tifo lo ha ucciso, ma sono stato io a condannarlo, – disse. – Avrebbe fatto qualsiasi cosa per me. Invece di portarlo in salvo l'ho trasformato in una spia. Se l'avessi tenuto con me avrei potuto proteggerlo. Sono riuscito soltanto ad arrivare tardi sul suo letto di morte.

Con uno sforzo che parve enorme, l'altro sollevò ancora l'arma e gliela appoggiò sulla pancia. Biascicò un nome tra i denti, i tratti stravolti.

– Paddy…

Ned gli tolse la pistola senza sforzo. Si inginocchiò accanto a lui e gli toccò il viso con la mano.

Lo baciò sulle labbra come si bacia un morente. Il bacio che non aveva potuto dare a Dahoum la notte che lo aveva raggiunto solo per stringere un cadavere.

L'altro sembrò recuperare la forza di volontà e si tirò su in piedi, una mano sulla bocca. Ned lo vide correre fuori e sparire nel buio. Il rumore dei passi si fece lontano fino a cessare.

Fissò la parete di fronte e sollevò la pistola con un ghigno sinistro. La poggiò sulla tempia, mentre le lacrime gli rigavano il volto, i muscoli del corpo contratti nel tentativo di sconfiggere la voglia di morire. Guardò se stesso sul muro, gli occhi di un folle, gli stessi di Cardigan nel dipinto al ministero della Guerra. Il volto dell'eroe. Sentí di nuovo montare l'odio provato a Tafas, ma senza poterlo riversare contro un nemico che non fosse se stesso.

Fece fuoco.

Il volto spaccato divenne mostruoso, quello di un Minotauro, di una bestia infernale.

Lo strappò dal muro, scoprendo il foro del proiettile, e lo accartocciò nella mano.

Il telefono prese a squillare.

– Sí.

– Ned! Ned, cos'è successo?

– Niente. È partito un colpo accidentalmente.

– Farai venire un infarto a nostra madre.

– Dille di tornare a dormire, Bob. Va tutto bene.

Riappese il ricevitore. Poi con gesti stanchi si rimise la camicia e sedette allo scrittoio, dove iniziò a mettere a posto le foto.

Lord Dinamite
Tafas, Sud della Siria, settembre 1918

La luce del falò accentua il contrasto delle ombre sui volti, li rende sinistri. Non fosse per gli abiti, nel silenzio stanco della notte, sarebbe difficile distinguere i pochi inglesi dagli arabi. Dopo mesi a cosí stretto contatto i corpi sono diventati uguali, nell'informalità della vita nomade e nella ruvidezza del viaggio. Ma per alcuni si tratta di un destino eterno, per altri solo di un mezzo temporaneo teso verso l'obiettivo. È una notte fredda, la prima di vero riposo, dopo giorni trascorsi a distruggere la ferrovia intorno a Deraa e a osservare i duelli aerei tra gli apparecchi della Raf e quelli turchi. Uno spettacolo grandioso per gli uomini del deserto, che non smettono di raccontarlo nei bivacchi del campo. Fuochi che riflettono le stelle, solo piú piccoli e fragili, ma meno gelidi, scintille di lotta per uno scopo nobile come la libertà e vile come l'oro.

Le notizie di mezzanotte arrivano con un ufficiale di collegamento. Ha viaggiato in aereo dal quartier generale di Allenby e poi in macchina.

– La IV Armata di Jemal Pasha ripiega disordinatamente su Deraa. Grazie al vostro lavoro non potrà ricevere rinforzi. Vi porto i complimenti del generale Allenby. Gli ordini sono di ritirarsi in attesa che le truppe britanniche espugnino la città e proseguano l'avanzata su Damasco.

I capi non hanno bisogno di parlare per condividere gli

stessi pensieri. Auda, Nuri Shaalan, Tallal, Nasir. Il loro silenzio chiede conto della decisione che verrà presa.

L'inglese, avvolto nel mantello logoro, se ne sta buttato
sulla stuoia a guardare le stelle.

Auda lo raggiunge e siede al suo fianco.

– Non puoi fermarti adesso.

– Dovrei. Ho ricevuto degli ordini.

– Ma tu non sei come loro, – il dito nodoso di Auda indica gli altri inglesi. – Tu non smetti mai di pensare. Nemmeno quando dormi.

– Non sai che cosa darei per non farlo, Auda. Sono cosí
stanco.

– Non puoi essere quello che non sei, Urens. Tu non vuoi
che finisca cosí, a un passo dalla meta. Ora che Feisal ci ha
mandato i rinforzi e tutta la Siria è pronta a insorgere al nostro passaggio. Sei stato tu a volerlo, non lo dimenticare.

Auda si alza e per un attimo incombe su di lui con tutta
la mole scura. Poi torna al falò dei capi.

– Cosa farà? – chiede Nasir.

– Verrà con noi, non può fermarsi. Ma è cambiato. È come se la morte gli avesse sfiorato il cuore, come se gli impor-
tasse meno di vivere.

– Quando è venuto in avanscoperta a Deraa lo hanno catturato i turchi. Lo sai cosa fanno ai prigionieri.

Auda scuote il capo.

– La sua ferita non è incisa nella carne.

I due uomini si stendono sulle stuoie, avvolti nei mantelli pesanti, cercando di guadagnare il sonno. È solo poco prima dell'alba che uno scricchiolio di passi li spinge a scattare
in piedi. Il drappello di cammellieri conduce le bestie al passo attraverso l'accampamento che si sta svegliando. È la scorta personale di Urens. Lui cavalca in testa.

Auda si pianta davanti al dromedario, costringendo l'inglese a tirare le redini.

– Dove stai andando?

Gli occhi chiari dell'inglese si fissano in quelli neri dell'arabo.

– A dire a tutti che l'esercito di Feisal sta arrivando. E che è venuto a riscattare quattrocento anni di schiavitú.

Il bianco dei denti finti si staglia sulla faccia truce di Auda, che risponde con un grido, ripetuto da centinaia di voci, poi migliaia, da un capo all'altro del campo.

La marcia si interrompe nel caldo di mezzogiorno, in un avvallamento riparato che non riesce a contenere le schiere di cammellieri sempre piú numerose. Gli uomini dei villaggi vicini continuano ad accorrere sotto le insegne del principe.

Una colonna di fumo sale da dietro la collina che nasconde Deraa. Le notizie giungono col galoppo dei messaggeri. Hanno visto l'incendio dei magazzini e degli aeroplani tedeschi. I turchi stanno evacuando la città.

Winterton sprona la sua cavalcatura fino ad affiancare Lawrence, ritto in sella.

– È la retroguardia di Jemal che si ritira verso Damasco. Ci penserà la cavalleria di Chauvel a incalzarla.

Un'improvvisa agitazione tra le file li costringe a voltarsi. Tallal parla veloce e agita il frustino verso nord.

È Auda a fare da interprete del dialetto locale.

– Il primo villaggio sulla loro strada è quello di Tallal. C'è tutta la sua famiglia laggiú.

Winterton si rivolge a Lawrence.

– Gli ordini sono di lasciarli andare.

Tallal sta già radunando i suoi uomini.

La voce di Auda tradisce la preoccupazione.

– Dobbiamo fare presto, Urens.

Lawrence non smette di fissare il fumo all'orizzonte. Pensa alla marcia estenuante degli ultimi giorni e alla stanchezza degli uomini. Pensa a Damasco, cosí vicina, oltre la pianura davanti a loro. Se Damasco cade, l'impero ottomano si sfascerà del tutto. Con la resa della Turchia i suoi alleati in Europa si troveranno in svantaggio, in poco tempo dovranno cedere. La guerra finirà.

Poi pensa alle donne e ai bambini sulla strada di un esercito in rotta, disperato e senza piú nulla da perdere. Sente una voce, la propria, che ordina di avanzare. Piú veloci del vento del Sud.

Dalla collina il villaggio è una desolazione fumosa. Il reggimento di lancieri di Jemal Pasha si allontana nella piana e va a chiudere la colonna già in marcia. Si lasciano alle spalle i roghi appiccati tra le case. E il silenzio. Fitto. Pesante. Da ammazzare in bocca la voglia di dire qualunque cosa. Si ritirano in buon ordine, la fanteria al centro, l'artiglieria a coprire i lati. Visti dall'alto sono ancora un esercito.

I dromedari sono nervosi, gli uomini in sella preoccupati, stanchi, afflitti dall'idea di ciò che troveranno. Basta uno scambio di cenni con l'artigliere francese perché faccia piazzare i suoi cannoni e prenda a bersagliare i turchi dalla cima, per coprire la discesa dei cammellieri giú per il pendio.

Procedono guardinghi e zitti, in mezzo al fumo che si alza dai mucchi di cadaveri anneriti, ormai irriconoscibili. Un movimento improvviso spinge a spianare le armi, ma è soltanto una bambina che scappa, pensando che i turchi siano tornati. Aziz la insegue e le si inginocchia accanto per tranquillizzarla. La piccola ha una ferita di lancia sul collo e il vestito zuppo di sangue. Non può avere piú di quattro anni. Inveisce ancora contro di loro, le braccia bianche al cielo, prima di cadere a terra morta.

Proseguono dentro il villaggio. Gli abitanti sono stati abbattuti sul posto, mutilati da armi bianche. Su un muretto, il corpo nudo di una donna incinta, inchiodato da una baionetta che le spunta tra le gambe. Intorno, i suoi figli. Fatti a pezzi.

Qualcuno dà di stomaco.

Un solo turco non è riuscito ad andarsene. È ferito, a torso nudo, e implora pietà nella polvere. Viene preso a scudisciate, urla, il sangue schizza. L'uomo si rotola e supplica, finché una figura scura e veloce scosta le altre e gli spara tre colpi in pieno petto.

Auda Abu Tayi rinfodera la pistola e indica la scia di polvere sull'orizzonte.

– Ce ne sono duemila, laggiú.

Gli uomini risalgono in sella e raggiungono il limitare del villaggio. Un urlo bestiale risuona da un'altura poco distante. Sulla cima, Tallal guarda rigido i turchi che si ritirano, nell'aria tiepida della sera. Cavallo e cavaliere, frementi, si stagliano contro il rosso del tramonto.

Lawrence sprona il dromedario per raggiungerlo, ma una mano robusta gli afferra le redini. Auda scuote la testa, non servono parole.

Tallal si avvolge il copricapo davanti alla bocca e si lancia al galoppo.

Forse anche gli artiglieri sulla collina l'hanno visto, perché i colpi di cannone cessano, e i due eserciti rimangono spettatori attoniti di quella cavalcata solitaria, che diventa un gesto plastico e irreale per la sua perfetta coordinazione, per la linearità della traiettoria, mentre Tallal si alza sulla sella e sguaina la spada.

Il suo grido di guerra risuona forte, terribile come una maledizione.

Solo a quel punto i turchi aprono il fuoco, crivellano animale e cavaliere, che lo slancio proietta sulla punta delle loro picche.

Il silenzio torna a dominare la sera.

– Dio abbia pietà di lui. Pagheranno anche per questo, – la sentenza di Auda dà i brividi.

Si muove davanti alle file dei guerrieri, trattenendo il cavallo, li guarda negli occhi a uno a uno, senza dire niente, come li stesse reclutando per il giorno del giudizio.

Winterton afferra l'altro ufficiale britannico per la manica.

– Sono soldati regolari che si stanno ritirando. Ti prego, Lawrence.

L'inglese ha gli occhi sbarrati sull'orrore che non avrebbe voluto vedere, la gola serrata dall'odio. Quello che gli corrode l'anima dal giorno che l'hanno torturato e seviziato. Dalla notte in cui ha maledetto se stesso, la guerra e l'impero ottomano, davanti al cadavere di Dahoum.

– Sei un ufficiale di Sua Maestà, – supplica rabbioso Winterton. – Devi concedergli la resa.

Lawrence non lo sente. Guarda i volti dei suoi sessanta assassini, la scorta che lo seguirebbe all'inferno per un'oncia d'oro in piú, sguardi spenti di tagliagole e predoni, ora accesi da una luce fosca.

Ascolta la propria voce, il sibilo di un serpente.

– Il migliore di voi sarà quello che mi porterà piú turchi morti.

Winterton si ritrae spaventato, come se il suo tocco fosse velenoso.

Lawrence allinea i suoi uomini insieme agli altri. L'ultimo ordine lo legge nei loro cuori neri, prima che la forza magnetica di Auda trascini tutti verso la vendetta.

– Niente prigionieri.

È un galoppo convulso, assordante, una montagna che si

muove. I turchi approntano le difese, ma la consapevolezza di ciò che hanno fatto rattrappisce le mani e si trasforma in terrore.

Niente prigionieri.

Gli splendidi lancieri di Jemal il Sanguinario spianano le picche. Le mitragliatrici crepitano. Ma i proiettili non possono fermare l'odio. Quello che si abbatte su di loro è un groviglio di bestie e uomini, muscoli e lame, denti e unghie. Auda fende lo schieramento, lo spezza. La sua spada cala su teste, spalle, braccia e ogni volta si risolleva piú rossa. Perché adesso Auda è l'Apocalisse e suo è il destino di tutti fino alla fine del tempo. Incalza i turchi sul terreno piú sfavorevole, il loro ordine di battaglia si sgretola. Scappano, ma non sanno che non c'è scampo. La sentenza è stata pronunciata da millenni, la stessa sorte per tutti. La luce cala rapida, ma quegli uomini non hanno bisogno di vedere, fiutano, inseguono, azzannano. La piana è una distesa caotica di scontri, in poco tempo il raggio della battaglia si estende per chilometri. Dai villaggi vicini scendono i paesani con armi di fortuna e finiscono i turchi feriti o disarcionati. Qualcuno di loro dirà di avere visto una figura bianca galoppare con la lancia in resta e trafiggere i nemici uno dopo l'altro. Perché al crepuscolo l'Arcangelo Michele cavalcava al fianco del grande Auda Abu Tayi e gli ripeteva all'orecchio le stesse parole.

Niente prigionieri.

Anche quelli che si arrendono, i portatori d'acqua, i mulattieri. Chiunque si fermi a implorare, con le mani alzate, chi inciampa e non ha piú nemmeno la forza di strisciare. C'è un colpo per ognuno. In fronte per i piú fortunati. All'addome, per gli infelici, perché all'alba gli sciacalli li trovino ancora in vita. Bande di inseguitori corrono in ogni direzione, trascinati dalla stessa furia, si spingono avanti, ancora e ancora, non si fermeranno finché troveranno turchi sulla loro strada. Auda arriverà a Damasco, perfino a Costantinopoli, per strappare il cuore a Enver Pasha e al Sultano.

Nell'ultima luce della sera la piana è una distesa di cadaveri. Un campo di battaglia antico. Potrebbe essere Qadesh. O Armageddon. L'inglese è in piedi sul predellino di un'automobile decapottata. Il viso annerito dalla polvere, guarda i cadaveri degli uomini nell'abitacolo. Nasir si avvicina cauto, quanto basta a scorgere le uniformi tedesche macchiate di sangue. Lawrence fissa il corpo esanime sul sedile posteriore: la faccia del tedesco è coperta di sangue, i baffi impiastricciati. Un foro spicca sulla tempia. Lawrence avverte la presenza di Nasir senza bisogno di voltarsi.

– Si è sparato, – mormora. – Era un ingegnere della ferrovia, prima della guerra.

Sembra affranto. Nasir deve chiamarlo due volte perché si desti dal suo incubo a occhi aperti. Gli annuncia che una tribú locale si è unita alla battaglia e ha fatto dei prigionieri.

L'inglese curva le spalle e poi fa un gesto stanco con la mano.

– Lasciali andare. Saranno i testimoni della nostra ira.

Il tono di Nasir è preoccupato.

– È meglio che vieni, Urens.

L'inglese si rassegna a seguirlo, mentre ormai la notte mangia la pianura da oriente e ha già preso metà del cielo.

Poco distante, quel che resta di una compagnia di turchi è raggruppato in un avvallamento, sotto la mira di due mitragliatrici Hotchkiss. Ricoperti di lerciume, le divise strappate, labbra spaccate dalla sete e sguardi ottusi. Fanno pena e schifo.

C'è un arabo a terra, steso su una macchia scura prodotta dal suo stesso sangue. È inchiodato al suolo da due baionette, una gli trapassa la spalla, l'altra la gamba. Ha un taglio nella coscia, profondo fino all'osso. È stata recisa l'arteria e l'uomo è spacciato. Urla il nome di Urens, lo chiama disperato. Stringe la veste lercia dell'inglese che si inginocchia al suo fianco.

– Dimmi chi è stato, Hassan.

Gli occhi dell'arabo ruotano fino a fissarsi sui prigionieri, ma gli manca l'ultimo fiato per maledirli.

Lawrence si alza e guarda quegli uomini a lungo, perché capiscano senza bisogno di parole, perché possano rendersi conto di cosa li aspetta. Gli abiti e la faccia coperti di polvere da sparo, gli occhi azzurri febbricitanti, deve sembrare loro un demone salito dall'abisso piú profondo per trarli con sé. Si stringono in un grande abbraccio, i piú giovani piangono sulla spalla dei compagni, ricevendone tenere carezze. Sono ragazzi di diciotto anni, precettati da ogni angolo dell'impero. Per un momento un barlume di umanità rinasce in quella pianura maledetta da Dio. Prima che l'inglese dia l'ordine ai mitraglieri.

Solo quando il mucchio di corpi smette di fremere, sfodera la pistola e scende giú. Li rovescia col piede e finisce quelli che ancora agonizzano. Spara loro in faccia o alla nuca, finché il tamburo non scatta a vuoto. Allora sguaina il lungo pugnale.

Quando risale, il buio li ha ormai cancellati alla vista.

Nasir fissa spaventato quella maschera rossastra di sangue e sudore. È il volto di un profeta, quello che vede, su cui la follia e la determinazione hanno impresso il loro marchio.

– Cosa facciamo adesso, Urens?

Lui guarda a nord, dove risuonano ancora gli spari della battaglia. Chiede gli venga portata una cavalcatura.

– Abbiamo azzannato la coda del drago. Bisogna colpirlo al cuore. Per Tallal, Hassan e tutti gli altri.

– Questa notte ci danneremo l'anima, – mormora Nasir.

L'inglese annuisce.

– E conquisteremo un impero.

Fa alzare il dromedario e lo sprona verso Damasco.

44. La strada del ritorno

Robert voltò l'ultima pagina e rimase seduto a fissare il pezzo di cielo oltre la finestra tingersi di rosa. I passeri avevano iniziato a cinguettare.

Massaggiò gli occhi stanchi e guardò ancora la stanza che diventava ogni minuto piú anonima. Presto anche l'odore di spezie sarebbe evaporato. Respirò a fondo come volesse imprimerlo bene nella memoria. La lettura di quella notte aveva scacciato la tristezza, man mano che il racconto della grande avventura lo conduceva dal deserto ai minareti di Damasco. Restava l'ansia di un'occasione persa. Adesso avrebbe voluto parlare con lui del libro, c'erano mille cose da dire.

O forse no. Forse avrebbe soltanto voluto chiedergli di portarlo con sé, a riscattare una rivoluzione mancata, di concedergli l'incanto di un viaggio dove le leggende avevano ancora un nome e le cose erano semplici e dirette come la vita o la morte.

Ripose il manoscritto e aprí la lettera con dita incerte.

Decise di rinunciare alla lampada, si accostò alla finestra per catturare la prima luce del giorno.

Caro Robert,
come sai gli addii non sono il mio forte. Quindi non prendertela, ti prego, per questa fuga clandestina. Ti lascio queste poche righe e il mio libro. Conservalo per il mio ritorno. E magari nel frattempo scegli un paio di capitoli da mandare a quell'e-

ditore americano di cui ti ho parlato. Offre una bella cifra per un'anticipazione, potrà servirti per gli affari del negozio. Non ti offendere, io non accetterei comunque quei soldi e tanto vale che questo fiume d'inchiostro sia utile a qualcuno. A me è servito per capire un paio di cose. All'inizio speravo che mettendo i dubbi e le incertezze sulla carta sarei riuscito a rielaborare il mio cammino, a convincermi di quanto sia stato giusto o sbagliato. Alla fine mi accorgo che il libro è l'argomentazione di uno che non ha mai visto le cose con chiarezza. Ma adesso penso che forse non è poi cosí importante. Vedere con chiarezza è un'illusione, un effetto ottico. Perlopiú facciamo quello che facciamo in modo inconscio, alla cieca. Pretendere di decifrare a mente fredda ciò che siamo serve a illuderci di dominare la strada percorsa. È un esercizio di vanità. Le cose accadono. Noi possiamo solo fare del nostro meglio per restare in sella.

Tuo,

T. E. L.

Ripiegò il foglio e cercò le ultime stelle nello squarcio di cielo tra gli edifici. Senza pensare si ritrovò sul davanzale della finestra, poi sul tetto, avvolto dal gelo, deciso a indugiare nella nostalgia dei momenti passati, per trattenerne meglio il ricordo, anche a costo di farsi del male. Perché era certo che comunque fossero andate le cose, non sarebbero tornati. Prese a camminare a passi lenti, le mani in tasca per il freddo. L'ultima *promenade* in omaggio all'amicizia e al libro grandioso che gli aveva fatto attraversare la notte.

A minuti Oxford si sarebbe svegliata per iniziare un nuovo giorno, uguale a ogni altro, fino alla fine del tempo. Ma in quell'attimo prima dell'alba era una città fantasma, bianca e immobile, svuotata di vita. Come se gli abitanti se ne fossero andati altrove, seguendo un irresistibile richiamo. L'impressione era che avrebbe potuto urlare per ricevere in risposta soltanto l'eco dalle vie deserte, dalle facciate dei palazzi, dai chiostri dei college.

Invece udí un rombo lontano, man mano piú forte, che si avvicinava, come se sotto il selciato ribollisse un magma. Si sporse per vedere la mandria invadere la strada sottostante e il cancello del quadrangolo spalancarsi, lasciare entrare i daini in un galoppo fragoroso e spettacolare di corna e manti maculati. Neville e Archer lo salutavano dal basso, mentre le finestre del college si spalancavano una dopo l'altra, rivelando le facce assonnate degli studenti. Si scatenarono gli applausi e le grida, sciarpe sventolate e fischi. Un contagio che raggiunse il Lincoln, dove i ragazzi risposero facendo ancora piú baccano, e da lí l'Exeter, l'Hertford, le finestre del Queen's e del New College pullulavano di facce, i cortili si riempivano di voci e risa. E ancora, oltre lo High, lo University e l'Oriel rimandarono i richiami con altrettanto fiato e applausi. Il Grande Tom prese a battere i rintocchi fuori orario, qualcuno al Christchurch doveva essere salito lassú per far saltare il tempo. Tutti indicavano verso l'alto, dove gli sguardi cercavano di cogliere la sagoma che correva rapida, uno spettro candido che saltava da un cornicione all'altro, accompagnato dalle grida di tutti.

Urens! Urens! Urens!

Sembrava dovesse spiccare il volo, tanto era agile e leggero tra guglie e comignoli, come potesse percorrere la città intera da quell'altezza. Ogni edificio che toccava era un coro di incitamento. Tutti torcevano il collo per riuscire a vederlo, ma non era che un'ombra fugace, uno sventolio bianco nella luce debole dell'alba. Robert lo perse nella foresta di pinnacoli, quando il suono basso e vibrato di un corno da battaglia lo spinse a guardare oltre i tetti di Oxford.

Allora li vide. Una linea lunga e sottile nel miraggio del giorno che nasceva. Centinaia, migliaia, sull'orlo delle colline. Guerrieri d'Oriente pronti a calare sulla città e dischiudere quella gabbia dorata con l'urto di un fiume in piena. Per liberare il loro principe e riportarlo nel deserto.

L'emozione fece tremare i nervi, sottili e labili come petali di rosa, fino a sfociare in una risata solitaria, quasi un pianto, che ruppe il silenzio assoluto.

Si fermò a metà del sentiero che risaliva la collina, il fango congelato sotto i piedi, il cuore rattrappito in un pugno. Puntò lo sguardo poco sopra l'orizzonte e la vide. Era là, a lanciare gli ultimi bagliori, ad annunciare la morte della notte e l'arrivo del sole. Riceveva il canto di commiato degli uccelli, che al contrario degli uomini ancora addormentati conservavano il ricordo di albe antiche quanto il mondo. Lucifero. Venere. Le avevano dato molti nomi, senza riuscire a ridurla al potere dell'oscurità né a quello del giorno. Solitaria, senza genere, unica favilla di una divinità indecisa. La sua virtú era ciò che possedeva: una luce tenue, un coraggio duraturo. Quello che sarebbe servito per attraversare la Terra di Nessuno, vasta quanto il secolo che si estendeva davanti. E per trovare la strada del ritorno.

– E tu, John Ronald, cos'hai portato?

La domanda è poco piú di un sussurro, nella penombra opprimente della biblioteca scolastica. I libri salgono fino al soffitto, dove la luce della piccola lampada non può raggiungerli, e proteggono da occhi indiscreti, dagli strali del mondo che aspettano là fuori, per mettere alla prova le loro fragili esistenze.

Ronald apre il quaderno e inizia a leggere il racconto, che narra degli scampati alla caduta di Gondolin e al crollo degli ultimi regni liberi. Li conduce alle bocche del fiume Sirion, sul lembo occidentale della Terra di Mezzo, dove i reduci sopravvivono ancora all'avanzata dell'Ombra.

Tra loro cresce fiero un giovane meticcio, che porta in sé il sangue delle antiche stirpi di uomini ed elfi. I suoi occhi sono color del mare, per aver trascorso gli anni a contemplare la distesa dell'oceano, fino a sentirla entrare in sé e a volerla attraversare. Raggiungere l'altra sponda, la terra dei beati, dei progenitori, degli dèi, che mai piú sarà lambita dall'oscurità. Trovare una via percorribile attraverso il deserto d'acqua. Questo è il suo destino.

– «Cosí Eärendel costruí una barca e con essa navigò fino a dove il sole muore. Il suo viaggio divenne impresa leggendaria, emblema del ritorno all'origine, gloria duratura. Ammirati, gli dèi lo mutarono in stella, affinché il suo bagliore potesse orientare i marinai nella notte. Il primo astro a sorgere sul mare, l'ultimo a spegnersi nella luce del giorno. Quegli uomini sperduti nella vastità dell'oceano avrebbero guardato in alto e si sarebbero sentiti meno soli, riconoscendo un fratello navigare attraverso il cielo e indicare la rotta tra le stelle».

Richiude il quaderno e si trova davanti ai loro volti rapiti, che non mostrano i segni del tempo. È cosí che vorrà ricordarli sempre, mentre impugnano le tazze come coppe sacre e le avvicinano una all'altra sopra il tavolino rotondo, sottratto a una vecchia cantina. Geoffrey Bache Smith. Robert Quilter Gilson. Christopher Luke Wiseman. John Ronald Reuel Tolkien. I cavalieri della Tcbs.

– Agli immortali quattro!

Ronald sollevò la penna dal foglio e asciugò l'inchiostrò col tampone. Aveva scritto per tutta la notte senza accusare la minima stanchezza.

Possa tu raccontare le cose che ho cercato di dire anche dopo che non sarò piú qui per farlo.

Solo ora riusciva a dare a quelle parole il senso appropriato. Adesso che il mondo intero non era piú lo stesso. Era iniziato il dominio delle macchine, le uniche vincitrici incontrastate del grande conflitto e di quelli che sarebbero seguiti. La sua vita era ben diversa da ciò che aveva immaginato, niente piú che il tentativo di conservare un barlume di serenità e speranza in un secolo di acciaio e gas venefici. Ma prima, prima c'erano stati loro, con le velleità piú grandi, aspettative enorme, e una sfida lanciata alla vita, all'intera letteratura, alla cultura di un tempo inadatto, com'è sempre il tempo in cui si vive da ragazzi. Erano quelli i suoi eroi. Uomini comuni che erano stati gettati a milioni nella Terra di Nessuno e non erano indietreggiati.

Gli tornò in mente l'incubo che lo aveva visitato a Leeds.

L'eroe che si ritorceva contro di lui. L'eroe che non poteva essere aiutato. Sentí di nuovo le parole del professor Hogarth, parecchio tempo prima, al museo. Merlino era convinto che il passato mitico ispirasse le azioni degli uomini, al punto da paragonare Lawrence d'Arabia al protagonista di un poema antico. Ronald ricordava di essere rimasto perplesso, allora, ma soltanto adesso capiva perché. Quel sogno orribile lo aveva aiutato a decifrare i dubbi.

Hogarth aveva taciuto del contrappasso dell'eroe, della sua metà oscura. La prima volta che si erano incontrati Lawrence gli aveva trasmesso un'impressione di debolezza e fragilità. Gli era sembrato una creatura aliena, piccola, vagamente deforme. E la seconda volta, quando l'aveva trovato appiccicato alla vetrina degli anelli, bramoso di tornare alla ribalta, di essere ancora un semidio, e allo stesso tempo schiacciato dal senso di colpa per non essere stato all'altezza della storia e non riuscire a scriverne un resoconto verosimile. Come se il mondo non fosse che un palcoscenico su cui recitare una parte.

Non poteva che provare una profonda compassione per quell'uomo solitario e patetico, Lawrence *Turambar*, padrone del fato e distruttore di se stesso.

Eppure era stato capace di dirgli la cosa giusta, di cogliere il destino che accomunava entrambi. Doveva proseguire la storia, o i fantasmi non avrebbero mai avuto pace nella sua mente. Quella era l'impresa eroica a cui dedicare il tempo che restava. Riprendere l'opera dove si era interrotta. Ripartire dall'intuizione originaria, nata nel buio di una biblioteca, tanti anni prima. Doveva rendere i racconti piú organici, farne una saga che raccontasse un mondo. Non un altro mondo, ma il suo, la gloria e la miseria degli uomini. L'amore, la guerra, il tradimento e la redenzione.

Per oltre un anno aveva lasciato che quelle storie languissero nei suoi quaderni, come passatempi venuti a noia. Aveva perfino pensato di lasciarli decantare in una soffitta polverosa, favole da leggere a figli e nipoti.

Adesso riusciva a vedere le cose da una prospettiva diversa, come se si fosse alzato in volo e potesse contemplare a colpo d'occhio l'intero piano. L'architettura necessaria era complessa. C'erano ancora molti spazi bianchi da riempire, ponteggi da costruire o rendere piú solidi, perché tutto si tenesse con la coerenza necessaria. Ma alla fine avrebbe compiuto l'opera, quei racconti perduti avrebbero composto una mitologia, dalla genesi del mondo all'avvento dell'èra degli uomini, popolata da esseri precipitati sulla Terra per plasmare il creato e infine cedere il passo al presente. Carta e inchiostro come roccia e scalpello, carne e sangue. Il segreto delle parole.

In fondo erano anni che lavorava all'idioma delle fate, anzi, degli elfi, fino a convincersi sempre piú di essere impegnato in una meticolosa decifrazione. Come Evans davanti alle tavolette di Minosse. Non doveva fare altro che ascoltarli, ricomporre la loro canzone, seguire il sottile filo di sillabe che l'avrebbe condotto verso la luce.

Beren, Lúthien; i fondatori della città di Gondolin e i suoi distruttori; Túrin e Tuor; Eärendel, l'eroe che avrebbe ridato speranza ai sopravvissuti e intrapreso un viaggio degno di Odisseo, fino a trasfigurarsi nella stella piú luminosa. E tanti altri. Tutti i suoi personaggi sarebbero entrati a fare parte del grande piano, ogni frammento avrebbe riverberato sull'insieme. La coerenza stessa di quel mondo lo avrebbe reso vero agli occhi di chi avesse scelto di esplorarlo. Come un viaggiatore che percorresse terre sconosciute, alla scoperta di qualcosa che aveva preceduto la storia dei comuni mortali e lasciato una traccia di sé nelle saghe scampate all'oblio del tempo.

Era come pretendere di competere con le narrazioni millenarie, sedimentate per generazioni fino a divenire pilastri di intere civiltà. Un'impresa che poteva richiedere una vita.

Non importava quanto tempo sarebbe occorso, non c'era altro che potesse fare. Doveva attraversare quel deserto, trovare la rotta da seguire. Mettere Rob e Geoffrey su quella barca.

Al margine del cerchio di luce della lampada vide le ombre dissolversi e seppe che non sarebbero tornate, pronte a intraprendere il viaggio oltre il grande mare, dove un giorno le avrebbe raggiunte.

Edith aprí gli occhi all'improvviso. Era mattina presto. Si tirò su a sedere e lo sguardo andò subito alla culla.

Vuota.

La preoccupazione salí dallo stomaco, un vago senso di panico le impedí di parlare. Si alzò, andò in cucina, la cuoca era china sui fornelli e nemmeno si accorse di lei. Il bagno. La camera di Janet e John, dove entrambi dormivano ancora.

Arrivò davanti alla porta dello studio e aprí senza bussare.

Il piccolo Michael dormiva con la testa sulla spalla di suo padre, che camminava su e giú per la stanza, cullandolo con le parole piú dolci. Edith ne ricordò il suono, anche se erano parecchi mesi che non lo sentiva piú. Il calore si infuse in tutto il corpo, la tensione sciolta in un sorriso. Ronald la vide, e le sorrise a sua volta, senza smettere di cantare.

Lei si avvicinò, abbracciando entrambi, al suono di quella ninna nanna elfica.

46. La morte d'Artú

Lo svegliano le voci al piano di sotto. Quella piena e gioviale di suo padre, il tono calmo e razionale di sua madre. Jack scende dal letto, impaziente. Gli ci vogliono un paio di scossoni per tirare giú anche Warnie. I due ragazzini si muovono insieme, in punta di piedi, senza bisogno di dirsi niente. Portano soltanto una coperta. Imboccano la scala che va in soffitta, cercando di non fare scricchiolare i gradini di legno. Oltre la porticina ritrovano l'odore di umidità e vecchiume. A Jack piace, sa di segreti e antichità senza tempo. Ci sono centinaia, forse migliaia di libri, su scaffalature di fortuna o impilati in colonne precarie e polverose. Warnie trattiene uno starnuto che potrebbe tradirli. Mamma e papà non vogliono che salgano lí, fa troppo freddo, dicono. Emozionati, si ritrovano davanti al grosso baule con le borchie arrugginite, la coperta tirata sulle spalle, come un mantello troppo grande per uno solo. Sollevano piano il coperchio, per non farlo cigolare, e contemplano ansiosi il contenuto dell'arca magica.

Hanno raccolto lí dentro i libri selezionati nelle loro spedizioni segrete lassú. I loro preferiti, quelli che rileggerebbero sempre, il carburante dell'infanzia, l'età d'oro perfetta e infinita a cui attingeranno le loro vite adulte. Nel bene e nel male. Ancora non sanno che quella stagione verrà presto interrotta dalla perdita, si limitano a prendere un libro per uno e a sfogliare le pagine al riparo della coperta, lasciandosi tra-

sportare su altri pianeti, a caccia di draghi, alla conquista di
regni e coppe sacre.

Jack apre *La morte d'Artú* di Malory nel punto dove l'ha
chiuso la volta precedente. Pensa a cosa può esserci di piú
desiderabile di quel tepore, la grazia di un vecchio baule che
diventa la porta di un mondo fantastico. Una buona storia è
capace di scaldarti il cuore e avvicinarti a qualcosa di vero,
talmente forte che si potrebbe perfino scambiare per Dio.
Lui si sente piuttosto parte di una totalità che unisce a filo
doppio gli esseri e le generazioni, Sir Thomas Malory e il piccolo Jack. Un cavaliere imprigionato in un'oscura segreta,
armato solo di penna e calamaio, e un bambino nascosto in
soffitta, che presto rimarrà orfano di madre. Entrambi in
cerca di un'evasione impossibile, di un sogno d'arme e d'avventura su cui riversare le proprie speranze. Una sfida agli
uomini senza immaginazione, che da sempre affliggono il
mondo con la loro crudeltà.

Jack si commuove, la vista si appanna. Non ha mai pianto di gioia e presto dovrà farlo per un addio troppo precoce.

Seduto davanti alla finestra Jack si asciugò gli occhi. Gli
stessi occhi, la stessa commozione, o piuttosto nostalgia per
quell'incanto perduto. Era rientrato a casa senza farsi sentire ed era rimasto seduto ad aspettare che l'alba sorgesse dietro le case di Headington, ascoltando i propri pensieri e il respiro regolare di Max. Il cane, immobile, teneva il muso sulla sua gamba per lasciarsi accarezzare.

Jack guardava fuori. Per troppo tempo aveva provato a
vivere al riparo dall'emozione che legava ai ricordi dolorosi
del passato, nel tentativo di mantenere la propria vita sotto
un rigido controllo. La guerra aveva cambiato tutto, mettendo a nudo i nervi e le ferite. Ora, mentre decideva di dimenticare gli eventi della notte appena trascorsa, di cancellarli

come segni sulla sabbia, l'orrore delle cicatrici, il dolore rac-
chiuso sotto la pelle, l'umiliazione inflitta e subita, la vergogna del bacio che gli aveva gelato il cuore; ora sapeva di essere pronto ad accettare tutto quanto. Perfino a riaprire quel
baule segreto e ricominciare a scrivere, infischiandosene delle critiche tiepide, e cercando una strada diversa da quella
dei suoi eroi poeti. La strada di Jack Lewis, che dal fondo del
baratro presto o tardi l'avrebbe portato a incrociare quella di
altri uomini come lui. Li avrebbe riconosciuti dallo sguardo,
forse, o da ciò che avrebbero detto. Sarebbe cambiato ancora. L'arroganza della giovinezza evaporava poco alla volta,
mentre il sole freddo di dicembre faceva filtrare i raggi tra i
comignoli.

In quella prima ora del giorno Jack si scoprí sereno. E fu
una bella scoperta, poco prima che i rumori lo raggiungesse-
ro dal piano di sopra. Janie e Maureen si stavano alzando.

Fece un gran respiro, ritrovando un sorriso, in un angolo
della faccia stanca. Lo indirizzò al cane insieme a un'ultima
carezza. Si alzò e andò in cucina a preparare la colazione.

47. Il Grande Gioco

Prima che le lacrime annebbiassero la vista, Andy riuscí ancora a vedere l'uomo che si toglieva i guanti, li infilava in un sacchetto di tela insieme al coltello e faceva sparire l'involto nella tasca del cappotto. Un mantice soffiava a ripetizione. Sentí il rumore della porta che veniva chiusa. Provò a parlare, ma produsse solo un rantolo. La luce del mattino gli ferí gli occhi come una lama rovente, non voleva chiuderli, non ancora, restava aggrappato a un filo di vita con la disperazione dei condannati. Sputò sangue e cercò l'aria a grandi boccate, ma lo squarcio che aveva in gola gli impedí di trattenerla. Il mantice non smetteva di pompare aria a vuoto. Rotolò dal letto, sulla moquette puzzolente. Sarebbe morto cosí come aveva vissuto. Nessuna fortuna per Andy Mills. Nessun riccone che lo portasse via con sé, nessun acquirente per la storia che aveva provato a vendere ai giornali. Una manciata di sterline in tasca, e niente piú fiato. Un freddo impietoso lo avvolgeva, i contorni delle cose presero a sfumare nell'oscurità. Andy scorse una colonna in marcia attraverso un paesaggio lunare. Sporchi e logori, a capo chino, gli uomini si trascinavano lenti nella terra d'ombra. Li riconobbe a uno a uno, nomi, cognomi, matricole. Con le ultime forze si alzò, raccolse lo zaino e prese posto in fondo alla fila.

L'uomo si lasciò la porta della stanza alle spalle e scese le scale con calma. Attraversò la piccola hall fatiscente e uscí nel vicolo. Prese a camminare spedito. Poche centinaia di metri e imboccò il Tower Bridge. Lo percorse per metà e lí si fermò a guardare il Tamigi, indorato dal sole del primo mattino, come un viaggiatore che volesse imprimere un ricordo da portare con sé.

Trasse l'involto di tasca, ci infilò dentro una biglia di piombo, quindi lo lasciò cadere giú. Non guardò in basso, riprese a camminare fino a raggiungere l'altra sponda e una cabina telefonica.

In pochi secondi ottenne la comunicazione.

– Parla Callum. La faccenda è risolta, signore.

– Molto bene.

L'uomo ripose il ricevitore e si allontanò, mescolandosi alla folla di impiegati in marcia verso la City. Una fitta schiera di individui uguali, anonimi come soldati.

Winston Churchill incrociò lo sguardo del segretario e trasse un respiro profondo. Di amarezza piú che di sollievo. Indurí la mascella, facendo vibrare il sigaro tra i denti, e fissò il vuoto.

– Stanno aspettando, – mormorò Marsh.

Il ministro annuí.

– Solo un minuto.

Estrasse qualcosa dal cassetto della scrivania, si alzò e andò a controllare la propria immagine nella specchiera sulla parete. Fissò quegli occhi piccoli e astuti, incastonati in una faccia storta, da rospo. Spazzò via un po' di cenere dal gessato e infilò l'anello al dito con un gesto nervoso.

– Lui e io faremo grandi cose, Eddie.

– Ne sono certo.

Churchill annuí ancora al suo doppio.

– Sono pronto. Facciamolo entrare.

I quadri delle battaglie erano ancora lí, ma questa volta non si fermò a guardarli. Sentirsi circondato da tutta quella gloria imperiale era già abbastanza opprimente. Preferí fissarsi la punta delle scarpe, almeno finché la voce del professor Hogarth non lo avvolse come un abbraccio tiepido.

– Chi l'avrebbe detto che ci saremmo ritrovati qui?

Il viso del vecchio trasmetteva l'arguzia e la paterna saggezza di sempre. Ned pensò che quell'uomo era un pilastro, uno di quelli su cui poggiano gli imperi.

Rispose come se pronunciasse una sentenza.

– Lei lo aveva detto, professore. Di non demordere.

– Alla fine tutto rientra in gioco, ragazzo mio, – il tono non nascondeva la soddisfazione. – Ogni gesto diventa parte di una catena –. Hogarth appoggiò le mani al bastone da passeggio e per un attimo l'anello riflesse un bagliore di luce. – Le cose non accadono sempre come avevamo previsto, ma accadono. Il nostro contributo, per quanto minimo possa essere, è sempre determinante.

Ned rimase in silenzio.

– Ho riflettuto a lungo, – riprese Hogarth in tono vago. – Penso che il nuovo regno di Feisal dovrebbe avere un nome arabo.

La cosa destò l'attenzione di Ned.

– Sarà uno Stato arabo, in fondo, – aggiunse il professore. – E gli arabi hanno sempre chiamato quella regione *Iraq* –. Hogarth inclinò il capo di lato, nel gesto tipico di quando esprimeva una curiosità sincera. – Pensi che Churchill approverà?

– Sicuro, – rispose Ned serio. – Rispetto a *Mesopotamia* è un bel risparmio di inchiostro.

Hogarth ridacchiò. Poi sfiorò la spalla del giovane, percependo il suo umore incerto.

In quel momento la porta in fondo alla stanza si aprí. Sulla soglia comparve il ministro insieme al suo segretario.

– Benvenuti, signori.

Il vecchio e il giovane si alzarono. Hogarth si mosse per primo. I tre uomini scambiarono solide strette di mano e si voltarono verso Ned, ancora immobile.

– Colonnello Lawrence.

Per un attimo sembrò indeciso sul da farsi. Gli tornò in mente un passo di Thomas Malory che aveva riletto molte volte nel corso del tempo, nei frangenti piú diversi, ma che non gli era mai suonato limpido come in quel momento.

Merlino istituí la Tavola Rotonda a somiglianza della sfericità del mondo, che in essa si rappresenta. Nella Tavola Rotonda il mondo cristiano e pagano trovano conforto, e coloro che sono scelti a fare parte di quell'eletta compagnia si ritengono pieni di grazia e piú onorati che se fossero i padroni di metà della Terra.

Avvertí una lieve vertigine. Poi, un piede davanti all'altro, percorse la stanza sotto gli sguardi impassibili degli eroi defunti, incontro ai sorrisi di complice attesa e alle mani sulle spalle che lo accompagnarono oltre la soglia.

Post scriptum
Deyà, Maiorca, maggio 1935

Una volta lo invitarono a un ricevimento di nozze pieno di aristocratici e pari del regno. Si presentò in compagnia di un giovane sconosciuto e al maggiordomo che chiedeva i loro nomi disse: «I signori Lenin e Trockij». Quando li annunciarono in sala, piú di un calice finí sul pavimento.

Basterebbe ricordarlo cosí e immaginarlo di nuovo in viaggio. È caduto tante volte che è difficile credere che non si rialzerà ancora, spazzandosi la polvere dai pantaloni.

La notizia è arrivata due giorni fa, insieme alle richieste dei giornali. Oggi che la narrativa mi ha reso abbastanza famoso da farmi diventare perfino un buon poeta, vorrebbero che scrivessi un'epitaffio in grado di dare coerenza alla sua immagine, forgiare il busto di bronzo che fissi in uno solo i mille volti dell'eroe. Ma lui ha combattuto la coerenza per tutta la vita e non sarò certo io a imporgli un ordine. Sono stato suo amico e cantore, non potrò mai esserne lo storico né il becchino.

Esopo racconta che un giorno un satiro vide un uomo soffiare in una ciotola di zuppa per raffreddarla e poi sulle proprie dita per sottrarle al gelo. Da ciò dedusse che non poteva fidarsi di uno che soffia caldo e freddo allo stesso tempo.

Non posso dire se la morale della favola si addica al nostro principe bianco, perché il soffio caldo e freddo che spira da lui è legato alle sfaccettature della sua anima e a chi pretende di decifrarla. Fino alla fine ha covato la maledizione del dubbio di sé, che può diventare ostilità verso se stessi e perfino rinuncia a tutto ciò che si ama e si stima. Al nostro fianco ha capito di non essere un poeta, la sua musa era morta e voleva cancellarne il ricordo, non consacrare a esso la vita, anche se questo lo condannava a un'infelicità duratura.

Negli anni che ci separano dal nostro incontro ci ha abituati a improvvise scomparse e clamorose riapparizioni, nel tentativo sempre frustrato di sfuggire alla nostalgia della ribalta. Ha cercato di tornare monaco crociato, servitore di cause maggiori, poi soltanto milite ignoto, con nomi nuovi, tutti precari e insufficienti a nasconderlo agli occhi del pubblico. Una ritirata sotto i riflettori in fondo alla quale ha trovato una curva cieca e un'ultima sbandata fuori strada. Da qualche tempo si era rifugiato nella sicurezza oleosa delle macchine – aerei, barche, motociclette – ed è stata proprio una di esse a tradirlo, per la gioia dei profeti postumi di sventura.

Ora gli storici si contenderanno le spoglie dell'Achille di Britannia e gli ammiratori copriranno gli anfratti bui della sua anima con foglie di fico e cerimoniosa ipocrisia. È il destino che guadagnano gli eroi; individui capaci di specchiarsi nelle pozze di sangue nemico e mettersi in posa per un verso, come per una fotografia, davanti alle macerie di Troia o Gerusalemme.

Del resto gli eroi non sono che invenzioni di poeti. E i poeti sono uomini, a volte sciamani, che in mezzo ad antichi cerchi di pietre si accingono a evocare gli spiriti. Si dice che per chiamare uno spettro servano oggetti intimi: una spada, l'anello di un re, un mantello bianco, una penna. Riportare in vita i morti non è poi una gran magia. Pochi muoiono del tutto, basta soffiare sulle ceneri, per scoprire le braci ancora calde e far rivivere la fiamma.

E chissà che un giorno, tra cent'anni, qualcuno non pronunci l'incantesimo anche per noi, reduci guerrieri dalla corazza ammaccata.

Per quanto mi riguarda, ho impiegato questo tempo a trovare la forza di evadere dall'esilio d'Arcadia, lasciare il paese per cui una volta sono morto, il matrimonio, le torri bianche, la campagna inglese. Ho detto la verità a tutti quanti e ne ho accettato le conseguenze. Nancy, Siegfried, Edmund, se ne sono andati lungo le vie della vita. La mia zattera mi ha portato su un'isola nel cuore del mare da cui tutto ha avuto origine, alla corte di un'antica dea che chiede devozione assoluta e concede ai suoi amanti la grazia della poesia.

Alla fine ho fatto la mia scelta. Come direbbe Siegfried, gli amici uccisi sono dovunque vada e non brucio piú per redimere i loro peccati. Non sono pentito della mia vecchia, sciocca, dolcezza e c'è assoluzione nelle mie canzoni.

Nota dell'autore

I personaggi principali di questa storia sono realmente vissuti. Tuttavia mi sono preso la libertà di colmare alcuni buchi nelle loro biografie, di romanzare o inventare le circostanze dei loro incontri, di adattare a scopi letterari gli eventi storici che li hanno visti partecipi. Ciò fa di questo libro un'opera di fantasia.

Ringraziamenti

A Giulia, per le lunghe discussioni sull'idea di questo romanzo e per certe occhiatacce quando mi scoraggiavo.

Ai compari della Wu Ming Foundation, uno per tutti e tutti per uno.

A Severino Cesari, per l'amicizia, i consigli e le sedute di lettura a voce del romanzo.

A Roberto Santachiara e alle sue collaboratrici, per il lavoro indispensabile.

A Miranda Seymour, Pat Barker, John E. Mack, Phillip Knightley, Colin Simpson, Michael White, Lionel Adey, Humphrey Carpenter, Tom Shippey, John Garth, Peter Gilliver, Jeremy Marshall, Edmund Weiner, Nancy Hood, Malcolm Brown, David Stevens, Max Egremont, Paul Fussell, Eric J. Leed, per i libri preziosi che hanno scritto.

Al personale dell'Imperial War Museum di Londra e dell'Ashmolean Museum di Oxford, per la gentilezza.

A Margi Blunden, per la sua risposta.

Alla signora Bess, per avermi indicato il sentiero in mezzo al fango di Boar's Hill.

Ai Radiohead, per *In Rainbows*.

Alla città di Oxford, per essere quello che è.

Indice

Iblis. Primavera 1920

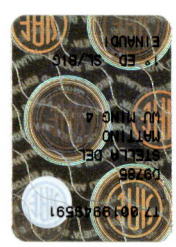

Stampato per conto della Casa editrice Einaudi
Presso Mondadori Printing S.p.a., Stabilimento N.S.M., Cles (Trento)
nel mese di aprile 2008

Edizione   C.L. 18694   Anno

1   2   3   4   5   6   2008   2009   2010   2011